新潮文庫

族長の秋

G・ガルシア＝マルケス
鼓　直訳

族長の秋

週末にハゲタカどもが大統領府のバルコニーに押しかけて、窓という窓の金網をくちばしで食いやぶり、内部によどんでいた空気を翼でひっ掻きまわしたおかげである。全都の市民は月曜日の朝、図体のばかでかい死びとと朽ちた栄華の腐れた臭いを運ぶ、生暖かい穏やかな風によって、何百年にもわたる惰眠から目が覚めた。このとき初めて、われわれは勇気をふるい起こして大統領府に押し入ったのだが、しかしそのためには、やたらと威勢のいい連中がけしかけたように、すでにあちこち崩れかけた石積みの塀を破ることも、また、ほかの連中が持ちかけたように、首木につないだ牛を使って正門をひき倒すまでもなかった。何者かが軽くひょいと押しただけで、大統領府のいわば英雄時代にはウィリアム・ダンピア*の臼砲にもよく耐えた鉄の扉の蝶番が、あっさりはずれたのである。まるで、べつの時代にもぐり込んだような感じがした。だだっ広い権力の巣窟のがらくたの谷間にただよう空気が、思いのほか稀薄だったからである。静寂ははるかに由緒ありげだし、そこらの器具も、しおたれた光のなかで、かろうじて見えるというありさまだったからである。とりつきの中庭に敷きつめられた石は、下から首をもたげる雑草の力にとっくに屈していたけれど、そこでわれわれは、親衛隊が逃亡したあとの散らかりほうだいの詰所や、棚に置きざりにされた銃器や、パニックで中断されたらしい日曜日の昼食の食いさしの皿が並んだ、大きな白木のテーブルなどを見た。役人どもの執務室が置かれている薄暗いバラックや、その不毛な日常よりもはるかに悠長な流れのなかにある未決裁の書類の上に生えた、色とりどりのキノコや、青白いユリなどを見た。中庭の真ん中あたりでは、五つの世代を超える者たちが荒っぽい洗礼を受けたという聖水盤を見た。その奥では、車庫になり下がった副王*たちの厩舎を見た。そしてカメリアの花と乱舞するチョウの群れの向こうに、騒乱の時代に使われた二人乗りの箱馬車や、ペストを運んだ貨車や、彗星出現の年に造られた山車や、秩序ある進歩とやらを見送った霊柩車や、初めて迎えた百年の平和のなかを夢中遊行するリムジンなどを見た。それらはいずれも、うっすらとクモの巣をかぶっていたが、しかしまだまだ使える状態にあり、国旗の色できれいに塗りわけられていた。つぎの中庭の鉄柵の背後には、この大統領府が華やかだったころに、茂みのかげでレプラ患者がいぎたなく眠っていた場所だが、白っぽい塵を雪のようにかぶったバラの植込みが見られた。放ったらかしにされたバラは茂りほうだい、芳香をただよわせていたけれど、ただそれには、庭園の奥から流れてくる異臭や、鶏舎の悪臭や、牛の糞のそれこそ胸の悪くなる腐臭や、牛小屋にまで落ちぶれた植民地時代の会堂の、牛と兵隊たちの小便のむっとする臭いなどがまじっていた。息苦しいほどの藪を掻きわけながら進むと、愛妾たちのバラックが並んでいるアーケードふうの回廊に置かれたカーネーションの鉢や、*アストロメリアとパンジーの植込みなどが目についた。捨てられた家具什器やミシンの台数から考えて、ここには、大勢の月足らずの子供をかかえた、優に千人を超える女が住んでいたことは確かだと思われた。台所のなかはまるで戦場のような乱雑さ、桶の洗濯物は日にさらされてボロボロ、愛妾と兵隊たちがもやいで使っているトイレの壺は開きっぱなし、という調子だった。奥のほうに、よく馴染んだ土や樹液や小雨ごと、巨大な温室付きの船に乗せて小アジアから運ばせた、シダレヤナギが見えていた。そしてこのシダレヤナギの林の奥に、壊れたシャッターから相変わらずハゲタカが出入りしている、だだっ広くて陰気な大統領府の建物が見えた。われわれの思い過ごしで、扉をこじ開ける必要はなかった。人間の声の力だけで充分だとでもいうように、正面の扉が自然に開いたのである。おかげでわれわれは、自然石の階段を踏んで、オペラハウスに敷いてもおかしくはないカーペットが牛の蹄(ひづめ)でめちゃめちゃに痛めつけられている、二階へ上がることができた。入口のホールから寝室のあたりまで、執務室や公的な行事に使われる広間が続いていたが、それらはいずれも荒れきっていた。牛がずうずうしくうろつき回って、ビロードのカーテンを食らい、肘掛け椅子(ひじかけいす)のサテン*を嚙(か)みちぎっていたのである。壊れた家具や真新しい牛の糞がちらかった床の上に、聖者や将軍たちの威風あたりを払う肖像が投げだされているのが見えた。牛たちによって食い荒らされた食堂や、その糞で汚された音楽室や、おなじく牛たちによって無残に壊されたドミノ用のテーブルや、牧場の草のように嚙みちぎられたビリヤードの台なども見えた。そして片すみには、風*洞が打ち捨てられているのが見えた。それは、大統領府の内部に住む者たちが今は消えた海への郷愁に溺(おぼ)れないように、羅針盤上のあらゆる現象をでっち上げるためのものだった。至るところに鳥籠(とりかご)が吊(つ)り下げられ、前の週のある晩にかぶせられた睡眠用のカバーが、そのままになっているのが見られた。そして無数の窓を透かして、明けそめた記念すべき月曜日にまだ気づいていない、眠れる巨獣のような首都が見えた。その首都のはるかかなたの地平線まで、かつて海があったところまで、粗い灰で埋まった死の火口のような、果てしない平原が広がっているのが見えた。ごくごく少数の寵臣(ちょうしん)だけが近づくことを許された、このいわば聖域に立って初めて、われわれはハゲタカの餌食(えじき)の放つ悪臭に気づいた。彼らの持病である喘息(ぜんそく)や勘の良さをまざまざと感じた。彼らの羽ばたきで舞いあがる腐臭に導かれて、われわれは謁見(えっけん)の間にたどり着き、蛆(うじ)のたかった牛の骨に出くわした。牝(めす)の家畜の大きな尻(しり)が等身大の鏡のなかで、きりもなく反射をくり返しているのを見た。われわれはそれを眺めながら、壁の奥に隠された秘密の執務室に通じる、横手のドアを押した。そしてそこに彼を見出(みいだ)した。階級章も何もついていない麻の軍服、長靴(ちょうか)、左のかかとにだけ残っている金の拍車。陸と海のあらゆる人間よりも、あらゆる動物よりも、彼は年老いて見えた。床にうつ伏せになり、右腕を枕(まくら)がわりに頭の下にあてがっていた。孤独な独裁者としての長い長い一生のあいだ、彼は毎晩、その格好で眠ってきたのだ。顔をよく見るために死体を引っくり返したとき、われわれは、たとえハゲタカに食い荒らされていなくても、彼を確認するのは不可能だということに気づいた。実際にその顔を拝んだ者は、われわれのなかに、ただの一人もいなかったのである。彼のプロフィルはさまざまな貨幣の裏表や、郵便切手や、浄血剤のラベルや、脱腸帯や、*スカプラリオなどに印刷されていた。また、胸に国旗と国章のドラゴンをあしらった石版刷りの肖像は、それこそ四六時中、至るところに掲げられていた。しかし、われわれはその肖像が、彗星出現の年にすでににてもにつかぬものと見なされていた肖像のコピーの、そのまたコピーであることを知っていた。当時のわれわれの親でさえ、その親の口から話を聞いて――この連中もまたその親から聞いて――それで、彼がどういう人間なのかを知っていたに過ぎない。われわれは幼いころから、大統領府には彼が住んでいると信じきっていた。パーティーの夜に明りがともされるのを、その目で確かに見た者がいたからである。大統領専用車のミサの飾付けを透かして、憂鬱(ゆううつ)そうな目付きや、土気色の唇や、誰にともなくもの思わしげに振る手などを見た、と話をする者がいたからである。また、ずいぶん昔のことだがある日曜日、街頭に立って、もはや忘れられた詩人ルベン・ダリーオ*の詩を五センターボ*のはした金で吟じてみせる盲人が、何者かによってさらわれるという事件があったが、彼は大統領ひとりのために詩を吟じ、報酬として与えられた大枚の金をふところに、意気ようようと戻ってきたからである。もっとも、盲人は大統領の姿を拝むことはできなかった。目が不自由なためではない。かつて黄熱病が流行したとき以来、大統領をその目で見た者は一人もいなかったのだ。にもかかわらず、大統領がそこにいることをわれわれは疑わなかった。依然として世界は存在し、人間の営みは変化がなく、郵便物は無事に届けられたからである。市役所のブラスバンドが土曜日ごとに、砂をかぶったヤシの茂みやアルマス広場の陰気な街灯の下で、間のびのしたワルツを吹奏し、そのメンバーの一人が死ねば、べつの年輩の男が取ってかわったからである。この数年、大統領府の内部で人間の立てる物音や小鳥のさえずりが聞こえたことはなく、鉄の扉もまた堅く閉ざされていた。にもかかわらず、みんなが内部に何者かが住んでいることを疑わなかったのは、夜になると海側の窓のガラス越しに、巨船のものかと思うほどの無数の灯がともるのを見たからである。釣られてそこに近づいた者の耳に、にぎやかな巨獣の蹄の音や吐息などが堅固な壁越しに聞こえたからである。一月のある日の午後にはわれわれも、大統領府のバルコニーから暮れなずむ空を眺めている一頭の牛を見かけた。大統領府のバルコニーに牛、こんな不似合いなものはない！　まったく、情けない国があったもんだ！　牛がどうやってバルコニーに上がったのか、この点についていろいろと憶測がなされた。誰もが知っているとおり、牛は階段を昇るようなことは決してしないものだ。石の階段ならばなおさらだし、カーペットが敷かれていればなおなおのことである。われわれも結局、現実に牛を見たのか、それとも、たまたま日暮れどきのアルマス広場をぶらついていて、大統領府のバルコニーに立つ牛の夢をみたのか、とうとう分からずじまいだった。当然のことながら、その後の長い年月、バルコニーに何かが見えたという話はなかったが、つい先週の金曜日、いつも居眠っている施療院の軒先から舞いあがったハゲタカの最初の群れが、そこに飛来したのである。その群れは奥地からもやって来た。昔はほんものだった砂の海の水平線から、文字どおり波のごとく押し寄せた。そしてまる一日、ゆっくりと輪を描きながら大統領府の屋根の上を舞っていたが、やがて、花嫁のように美しい羽毛と真紅の首飾りが目立った、首領とおぼしき一羽のハゲタカから無言の命令が下された。こうして、あのガラスを割る狼藉や、あの図体のばかでかい死骸から発する腐臭や、あのハゲタカの群れの窓からのしきりな出入りが始まったのである。こんなことは、そこらの並みの家でしか起こりえないことだ。それでわれわれも、大統領府に押し入る気になったわけである。無人の聖域に土足で踏みこんだわれわれの目にまず映ったのは、無残にもついえた栄華の跡だった。鳥についばまれた死体であり、骨だけの薬指に権力の象徴である指環が残っている、生娘のようになめらかな手だった。小さな苔や海の寄生虫が全身にびっしり張りつき、とくに腋の下や鼠蹊部がひどかった。睾丸のヘルニアをズックの脱腸帯で押えていたが、牡牛の腎臓ほどの大きさがあるにもかかわらず、ハゲタカもこれには手をつけていなかった。しかしこのときになっても、われわれは素直に彼の死を信じることができなかった。というのは、遠い遠い昔のことだが、鉢を使う巫女たちの水占いによって予言されたとおり、彼が執務室でただ一人、服を着たまま、眠っている最中に、大往生ともいえるものを遂げたのを見るのは、じつは、これで二度めだったのである。そのいわば秋の始まりだったが、彼がおなじ状態で見つかった一度めのころは、民衆にもまだ活力が残っていて、寝室の奥にひそんでいるときでさえ、大統領は死の脅迫をまざまざと感じたものだった。しかしそれでも彼は、不死の運命を授かっているかのように、国政を執りつづけた。当時のここは、大統領府というより、むしろ騒々しい市場だった。人びとは、回廊でロバの背中から野菜や鳥籠を下ろしている、はだしの使用人たちを掻きわけて歩かねばならなかった。お上の慈悲という奇跡を期待しながら階段の下で丸くなって眠っていたけれど、腹をすかせた名付け子を連れた女たちの上を、それこそ飛び越えていかねばならなかった。花瓶のなかで一夜を過ごした花を新しいものと取り替えたり、床を磨いたり、バルコニーでカーペットをはたく枯れ枝の拍子に合わせて、はかない恋の歌などをうたったりしている、口の悪い愛妾たちが捨てる汚れ水を、器用に避けていかねばならなかった。それだけではない。メンドリがデスクの引き出しのなかに卵を産んでいるのを見つけて、一生を保証された小役人どもが大騒ぎをし、淫売(いんばい)と兵隊たちがトイレのなかで用事をすませ、小鳥たちが鳴きくるい、のら犬どもが謁見の間でいがみ合いをおっぱじめるという、そんなありさまだった。いったい誰が誰なのか、さっぱり見当がつかなかった。扉が開きっぱなしのこの館（やかた）がいったい何様のものなのか、それさえ定かでなかった。この途方もない混乱のなかでは、政府の中枢（ちゅうすう）がどこに存在するのか、それを突き止めることは不可能だと思われた。しかも大統領府のあるじは、この市の凄（すさ）まじい騒ぎにみずから加わるばかりか、それをあおりたて、思いどおりに操ってもいた。その寝室に灯がともったかと思うと、一番鶏（いちばんどり）の鳴く声よりも早く、親衛隊の起床ラッパがほど遠からぬコンデ兵営に新しい一日の始まりを告げた。そしてこのコンデ兵営はサン・ヘロニモ基地に、このサン・ヘロニモ基地は港の守備隊に、あの起床ラッパを引きついだ。守備隊の起床ラッパは続けざまに六度もくり返され、まず首都の全国民をたたき起こしたが、この間、大統領はつい最近始まった耳鳴りを両手で懸命に押えこみながら、携帯用の便器にしゃがんで瞑想（めいそう）にふけっていた。また、あの栄華を誇った時代にはまだ窓の向こうに存在した、*トパーズ色の荒海を越えていく船の灯を眺めていた。大統領府のあるじとなってからというもの、彼は毎朝、牛小屋の乳しぼりに立ちあった。大統領府の三台の車で市中の兵営に送られるミルクの量を、手ずから計った。そしてそのあと台所で、タピオカを焼いたパンといっしょにブラックコーヒーを一杯飲んだが、いつも使用人たちのおしゃべりに耳を奪われて、新しい一日の気まぐれな風に吹き流されていくその先のことは、およそ気にしなかった。おなじことばが通じるのはこの使用人たちだけで、彼らのしかつめな世辞を大いに喜んだが、しかしその下心はちゃんと読んでいた。九時すこし前になると、専用の中庭のアーモンドの木の下にしつらえさせた花崗岩の浴槽で、薬草を煎じた湯にゆっくりつかり、十一時を過ぎてやっと、明け方から続いていた不安が消え、移り気な現実のなりゆきに直面する勇気をえた。遠い昔のことだが海兵隊の駐留中は、祖国の命運を決するべく上陸部隊の司令官といっしょに執務室にこもり、拇印で——当時は読み書きができなかったので——あらゆる種類の法令や命令書にサインをした。しかし、ふたたび国家とその権力を一手にゆだねられると、法律文書などという厄介なものに煩わされることはなかった。しょっちゅう、あらゆる場所に姿を現わして、万事を取りしきった。その態度は石のようにそっけなかったが、同時に、その年齢では考えられないほど、まめまめしいものでもあった。その手で病気を治してもらおうとする大勢のレプラ患者や、盲人や、中風病みなどがよく彼を襲った。また、地震、日蝕、閏年、その他の神の手違いをためなおす者、などと持ちあげる学識ゆたかな政治家や、厚かましい阿諛追従のやからが、つねに彼を取り巻いていた。しかし彼は、雪の上に残った象の足跡めいた大足を引きずりながら、こまめに大統領府のなかを歩きまわって、公私の問題をてきぱきと片づけていった。

いやもうその簡単なこと、ここのドアを取り払って、あそこに取りつけろ、といったん命じながら、それが取り払われたとたんに、元へ戻せと言ってまた取り付けさせるのと、少しも変わらなかった。塔の上の時計に十二時を十二時に打つのをやめさせて、二時に打たせるようにしろ、そうすれば一生がもっと長いものに感じられるはずだ、というその一言で、一瞬のためらいもなく、一秒の間もおかず、それが果たされるのと、少しも変わらなかった。もっとも、ものみな死に絶えたような午睡の時間だけはべつだった。この時刻になると大統領は、愛妾たちのいる薄暗い部屋に引きさがって、いきなりその一人をえらび、たがいに服も脱がず、ドアを開けっぱなしにしたまま事を始めた。それが始まると大統領府の内部いっぱいに、にわか亭主の荒々しい喘ぎや、金の拍車の切なげな音や、犬めいた低い呻きや、女のすっとんきょうな声などが響きわたった。女はゆっくり楽しむどころか、必死で、目だけが光るやせこけた子供たちを追い払おうとした。ここにいちゃ、だめ、向こうの、中庭で、遊びなさい、子供の、見るもんじゃ、ないわ！　まるで天使がこの国の空を渡っていくかのような、それは時刻だった。人声は絶え、日々の営みはぱったり止まった。人びとは唇に人差し指をあてたまま石と化した。息を詰めて、物音ひとつ立てなかった。将軍が、ほら、お楽しみの最中だ！　しかし、彼をよく知っている連中は、この神聖な休息の時間にも決して気をゆるめなかった。ふだんから彼は、分身の術を心得ていると信じられていたからだ。夜の七時にドミノを楽しんでいたかと思うと、おなじ時間に、謁見の間で牛の糞に火をつけ、蚊を追い払おうとしている姿が見られたからだ。みんなが生きる夢にその胸をふくらませるのは、最後の窓の灯がやっと消えて、大統領の寝室のドアの三個の掛け金、三個の錠前、三個の差し金がさし込まれる大きな音を聞いたあとだった。やがて、疲れきった体を石の床に投げだす音と、子供に返った老人の寝息が聞こえる。寝息は潮のみちるにつれて深くなっていく。夜風の奏でるハープの音が、その鼓膜の奥に巣くったセミを沈黙させる。逆巻く大波が、副王や海賊たちの存在で名をあげた古都の街々へ押し寄せて、窓という窓から大統領府の内部になだれ込む。凄まじい話だけれど、ある八月の土曜日には、エボシ貝が鏡にびっしり張りつき、サメが狂ったように謁見の間を泳ぎまわった。海面は、先史時代の大海原のもっとも高かった水準を超えて、地球の表面から、空間と時間から、あふれた。ただ大統領だけが、兵卒の麻の軍服や長靴、金の拍車などをつけ、右手を枕がわりに頭の下にあてがうという格好で、孤独な溺死者の夢でみちみちた青白い水の上を、うつ伏せになって漂流していた。その最初の頓死に先だつ波瀾の多かった年月、あらゆる場所に同時に姿を現わしえたこと。落ちめかと思うと、すぐにまた運が上向くこと。不首尾な恋に悩みながら海中で法悦を味わっていたこと。これらのすべては、彼のお取り巻きが礼賛していう、天賦の才によるものでは決してなかった。また、彼の批判者たちが主張していう、集団的な幻覚でもなかった。もっぱら、この上ない影武者であるパトリシオ・アラゴネスの申し分のないご奉公や、犬のごとき忠誠心があったという幸運による。ところで、この影武者はとくに探して見つけてきたものではなかった。あるとき、妙な報告が彼のもとにもたらされたのだ。閣下、にせの大統領専用車がインディオの村々を回って、しこたま稼いでいるという話です、にせ者は、葬式の晩みたいに陰気な目付きと、土気色の唇をしているそうですが、ただ、手だけは花嫁のようにきれいで、サテンの手袋をはめたこの手で塩をつまんでは、通りにひざまずいた病人たちの頭の上から振りかける、車の後ろには、これもにせ者の、馬に乗った二人の将校がついていて、治療代の名目で金を巻きあげるのだそうです、閣下、まったくひどい話じゃありませんか！　しかし当の閣下は、問題のぺてん師を厳罰に処するよう命令を下すことはしなかった。それどころか、まぎれを避けるために頭にすっぽり袋をかぶせて、内密に大統領府に連れこませた。連れこませたのはいいが、おかげで彼は、そっくりさんとの対面という、たいへんな屈辱を味わうはめになった。なんだこりゃ、これはわしじゃないか！　思わずそう叫んだが、それも道理、ほんとうに瓜ふたつだった。ただし、いかめしい声はべつで、これだけは、もう一人の男もまねることができなかった。また、生命線が親指の付け根までまっすぐ伸びている、はっきりした手相もべつだった。大統領はその場で男を銃殺に処することはしなかった。しかしそれは、男を公認の替え玉として飼っておくほうが得策だと考えたからではない。そう思いはじめたのはかなり時がたってからで、ほんとうの理由はほかでもない、己れの運命を暗示するものがぺてん師の手のひらに刻まれていはしないかという、妙な考えが頭にひらめいたからだった。これが無意味な妄想だと気づいたころには、すでにパトリシオ・アラゴネスは、六度もの暗殺に遭いながらしぶとく生き延びていた。大槌をくらってつぶれた足を引きずって歩く癖がつき、猛烈な耳鳴りに悩まされ、真冬の明け方にはヘルニアに苦しむようになっていた。ええい、せっかくフランダース*の鍛冶屋に注文して作らせたのに、この尾錠め、くその役にも立たん！革紐がからんでうまくいかない振りを装い、ぶつぶつ文句を言いながら、金の拍車をつけたりはずしたりすることも覚えた。その狙いは、ただ、謁見の時間をできるだけ短くすることだったが。さらに彼は、父親のガラス工場で瓶を吹いていたころは、じつにおしゃべりで冗談好きだったにもかかわらず、分別臭くて陰気な男に一変した。相手の話はろくに聞かず、その暗い目の底をじっとのぞくだけで肚のなかを見抜いた。そっちの意見はどうかね、とまず相手に訊いてからでなければ、絶対に質問に答えなかった。奇跡を売って歩くのを仕事にしていたころはひどい怠け者で、他人にたかってばかりいたはずなのに、人にうるさがられるほど小まめになり、やたらとそこらをうろつき回った。狡猾で貪欲な男に変わった。女の不意を襲ったり、服を着たまま、枕もなしで、うつ伏せになって寝る生活にも馴染んだ。若いころの自尊心をきっぱり捨てて、鮮やかな手つきでガラス瓶を吹いて作るだけのことだけれど、父親ゆずりの天職もすっぱりあきらめた。政敵の土地に出かけて、二つめが積まれるはずのない場所に最初の礎石を据えたり、落成式のテープを切ったりという、権力者につきまとう恐ろしい危険にも果敢に立ち向かった。しょせん高嶺の花、という思いに苦しめられて夜もろくに眠れず、力なく溜息をつくことが多かったが、手が触れないように気を遣いながら、移ろいやすい美を誇る大勢のミスに優勝の王冠を授けた。つまり彼は、自分のものではない他人の運命を生きるという、ぱっとしない境遇に喜んで甘んじたのだった。ただし、それは欲得ずくでもなければ、確固たる信念によるものでもなかった。月額五十ペソという名目的な俸給と引き替えに、また、現実にそうだという不便を伴わない王侯暮らしの特典と引き替えに、身を売って、公式の影武者という終身職——こんなうまい話があるかね！——に就いたからに過ぎなかった。誰が誰やらかいもく分からぬこのまぎらわしさは、大風の吹き荒れたある夜、その極に達した。大統領がたまたま見かけたパトリシオ・アラゴネスが、ジャスミンの芳しい香りのただようなかで、海を眺めながら溜息をついていたのである。当然のことながら大統領は不審に思って、足許がふらふらしているようだが、食い物にトリカブト*の毒か何かが入っていたのじゃないか、それとも、悪い風にあたったのか、と尋ねた。するとパトリシオ・アラゴネスは答えて言った、いいえ、閣下、もっと厄介なことです、土曜日のことですが、カーニバルでえらばれたミスに王冠を授けたあとで、この娘と最初のワルツを踊りました、じつは、この記憶が頭にこびりついて、忘れようにも忘れられんのです、しょせん、わたしには手の届かない高嶺の花、絶世の美女です、閣下、閣下にもお見せしたいくらいです。それを聞いて大統領は、安堵の吐息をつきながら言った、なんだ、そんなことか、惚れた男によくあることだ。大勢の美しい女を愛妾にするとき使った手だが、そのミスを誘拐しろ、と大統領はすすめた、四人ほど兵隊をやって、娘を力ずくでお前のベッドに連れこませよう、連中が手足を押えているあいだに、そのでかいスプーンで、手早く、あそこを掻きまわしてやれ、無理やり手籠めにしてしまえ。さらに大統領は言った、どんなに堅い女でも、じたばたするのは初めだけだ、そのうちに女のほうから、閣下、やめちゃいや、これじゃまるで、実のはじけかけたフトモモ*よ、なんて言うに決まっとる。しかし、パトリシオ・アラゴネスの望みはそんなことではなかった。もっともっと大きなもの、相手からも愛されたいということだった。閣下、あれは素姓の正しい女ですよ、閣下だってひと目見れば、ぴんとくるでしょう。そう打ち明けられた大統領は、少しは気がまぎれるだろうというので、愛妾たちの部屋へかよう夜の道を教えてやった。このわしになったつもりで、女たちを自由にするがいい、不意を襲うのもけっこう、そそくさとすませるのもけっこう、服を着たままやるのもまたけっこう、と言った。パトリシオ・アラゴネスもこれでやっと情欲のほむらを鎮められると思い、泥沼めいた借りものの色事に文字どおり打ちこんだ。その欲情ぶりの凄まじいこと、あくまで借りものだということをちょくちょく忘れた。のんびりとズボンの前をはだけ、どうでもいい詰まらぬことに手間をかけ、心根のひどく卑しい女たちが隠しもった宝石に、さりげなく蹴つまずいた。女たちに深い吐息をつかせ、暗闇のなかでびっくりさせ、吹きださせた。いやだあ、年取ってから、なんだか、よけい助べえになったみたい、などとほざかせた。そしてこのころから、男たちも女たちも、どの赤ん坊がどちらの子なのか、どちらを相手にしたときの子なのか、さっぱり分からなくなった。パトリシオ・アラゴネスの子も大統領の子とおなじように、そろって七カ月の月足らずだったからである。以上のようなしだいでパトリシオ・アラゴネスは、権力の中枢的な存在に、もっとも愛されると同時に、どうやらもっとも恐れられる存在になった。おかげで余裕のできた大統領は、初めて指揮権を手中にしたころとおなじように、軍の掌握により多くの時間をついやした。しかしそれは、みんなが思っていたように、軍隊がその権力の支柱であったからでは決してない。まったくその逆で、軍隊がもっとも恐るべき敵であったからだ。大統領は、同僚から監視されていると将校たちに思いこませ、謀議を凝らすひまを与えないために、やたらと転属を命令した。兵営には実包十発にたいして空包八発を送り、海岸の砂のまざった火薬を支給し、一方、大統領府内の兵器庫にはまともな弾薬をたっぷり用意した。そしてその鍵を、合鍵のないほかの鍵といっしょに、金環に通して持ち歩いた。誰もなかへは入れんぞ、わしの終生の友、ロドリゴ・デ゠アギラル将軍があそこを守っているかぎりはな。このロドリゴ・デ゠アギラルという男だが、彼は士官学校出の砲兵将校で、国防大臣で、同時に親衛隊長と国家秘密警察長官を兼ねていた。大統領相手のドミノで勝つことを許されている、ひと握りの人間の一人でもあったが、そのわけは、大統領の馬車が暗殺の現場に差しかかる直前、ダイナマイトの導火線を切ろうとして右腕を失ったということだった。ロドリゴ・デ゠アギラル将軍の守護とパトリシオ・アラゴネスの忠勤ですっかり安心した大統領は、日ごろの用心深さを忘れ、あちらこちらに姿を見せるようになった。標旗をつけないボロ馬車に副官ひとりを連れて乗りこみ、市中の見回りに出かけた。窓のカーテンを透かして、この世でもっとも美しい、と政令まで出して宣言したことのある、金メッキの石で築かれた壮麗な大聖堂を眺めた。正面の玄関で時間がいぎたなく眠りこけ、ヒマワリが海に顔を向けている、古い石造りの大邸宅。副王時代からの街の、ろうそくの臭いがただよう石畳の通り。日射(ひざ)しの明るいバルコニーのカーネーションの鉢とパンジーの吊り鉢に囲まれながら、身についた上品な手つきでレース編みの棒を操っている、色白な令嬢たち。初めての彗星の通過を祝うのに使われたこともあるが、午後の三時になると決まって*クラビコードの弾奏が始まる、*ビスカヤ出身の尼僧(にそう)らの住む修道院の市松模様。そんなものを通りすがりに眺めた。また、バベルの迷路じみた商店街や、その殺人的な喧噪(けんそう)ぶりや、小旗のようにはためく宝くじや、サトウキビのジュースの屋台や、糸に通したイグアナの卵や、トルコ人が安売りしている色あせたがらくたや、両親にそむいた罪でサソリになった女を描いた見るからに恐ろしい絵や、男のいない女たちが住んでいる惨(みじ)めな裏通りなどを眺めた。ついでだがこの女たちは、日暮れになると、彫りもののある木造のバルコニーに洗濯物を干しっぱなしにして、裸のまま表へ飛びだし、青いタラや赤いタイを買ったり、野菜売りの女と口汚くやり合ったりした。腐った貝の臭いを運んでくる潮風。夜ごと、街角に立つペリカンどもがともす灯。湾をかこんだ岬に群がる黒人の小屋のにぎやかないろどり。それらの存在に気づいて大統領は思わず叫んだ。港だ、ああ、港だ！ 港と大統領は言ったけれど、その桟橋は海綿のようにぶよぶよで、そこにつながれているのは、実物よりも長くて陰気な印象を与える、海兵隊の古ぼけた舟艇(しゅうてい)だけだった。まるで何かにおびえたように駆け抜ける小さな馬車。それをとっさにかわした黒人の女仲仕(なかし)は、世にも悲しげな目で港を眺める、たそがれた老いぼれを見て、死神に出会ったと思ったのにちがいない。大統領さまだよ！ 腰を抜かさんばかりに驚いて彼女は叫んだ、大統領バンザイ！ 彼女は声を張りあげた、バンザーイ！ 中国人経営のバーや食堂から飛びだしてきて、男も、女も、子供も叫んだ、バンザーイ！ 馬の脚が止まり、馬車が立ち往生すると、彼らは最高の権力者に握手を求めた。当然のことながら武器をかまえた副官の腕をかろうじて押えた大統領は、緊張した声で激しく叱責(しっせき)した、ばかなまねはやめろ、中尉、連中はわしを愛しているんだ、放っておけ！ この日だけでなくそれ以後も民衆が示した敬愛のそぶりに、大統領はすっかり感激してしまった。祖国を愛するあの連中に、ぜひ、この姿を見せてやりたい。オープンカーで市中見回りに出かけるという思いつきを捨てさせるのに、ロドリゴ・デ＝アギラル将軍はひと苦労した。大統領は、港での出来事は自然発生的なものだが、あとのそれは、危険を冒さずに喜んでもらえるように、彼自身の秘密警察が仕組んだものだとはつゆ疑わなかったのである。秋を目前に控えてめぐり合った春風のような愛に浮かれた彼は、久しぶりに首都の外へ出ることにし、国旗の色で塗りわけられた古い専用列車の運転を命じた。だだっ広いだけで惨めったらしい国土の断崖(だんがい)絶壁を這(は)い登るようにして、列車は進んだ。アマゾン特産のランやニガウリの茂みを掻きわけ、レールの上で眠りこけているサルや極楽鳥やジャガーを蹴ちらして走り、やがて、生まれ故郷の荒野に点在する、寒冷で無人にひとしい村々にたどり着いた。どの村の駅にも陰気くさい楽隊が待ち受けていた。聖三位一体(さんみいったい)の画像の右手に座った名も知らぬお偉方のために、弔いの鐘めいたものが打ち鳴らされた。歓迎のプラカードが用意され、しなびたインディオたちが奥地から駆りだされていた。大統領専用列車の陰気な暗がりのなかに鎮座する権力者を拝むために、彼らは山を下ってきたのだが、間近に寄ることのできた連中でさえ、そのうつけたような目を見ただけだった。わななく唇と、これといって特徴のない手のひらを見ただけだった。権力の辺土でしきりに振られるこの手を、護衛のなかの一人が懸命に窓から引き離そうとしていた。閣下、気をつけてください、お国にとってかけがえのない、大事なお体です。ところが当の閣下は、まるで夢みているような声で言った、心配しなくていい、大佐、この連中はわしを愛しているんだ。こうした情景は、荒野を行く列車のなかだけではなく、河を上り下りする木造の外輪船の上でもくり返された。赤道直下の流れの岸のガーデニア*と腐ったイモリの死体が発する甘ずっぱい香りに包まれ、自動ピアノのワルツの航跡を残して走る外輪船。それは、ポンコツの車めいた有史以前のドラゴンの群れや、人魚が上がって子を産むというめでたい島や、消えた都市の廃墟（はいきょ）に訪れるたそがれなどを巧みに避けながら進んで、やがて、炎天下にわびしい集落が点在する土地に到着した。その住民たちは、国旗の色で塗りわけられた木造船を見物するために岸に集まったが、大統領の船室の窓で揺れている、誰のものかはっきりしない手とサテンの手袋しか見ることができなかった。しかし大統領のほうは、国旗がわりにニシキイモの葉っぱを振りまわしている、河岸の人影をはっきりと見ることができた。シチューにして召しあがっていただこうというのだろう、生きたままの野牛や、象の足のように大きなヤマイモや、籠に入れた野生のニワトリなどをかかえて河に飛びこむ人影を見ることができた。教会の奥のように暗い船室の大統領はすっかり感激して言った、あの連中を見ろ、船長、こっちへやって来る、よっぽどわしを愛しているんだ。カリブの世界がガラスのそれに一変する十二月の声を聞くと、大統領は例のボロ馬車を駆って絶壁沿いの道をゆき、岩山の頂上の別荘に入った。そして昼間から、おなじアメリカ大陸のほかの国々を追われてきた旧独裁者、失脚した国父らを相手にドミノの勝負に興じた。多年にわたって大統領の庇護を受けてきた連中は、その仁愛の淡い光のなかで今や老いさらばえて、テラスの椅子にへたり込み、復辟の吉報をもたらす船の到着を夢みたり、ひとりごとをつぶやいたりしているのだった。この死人も同然の男たちが住みついた別荘だが、これは昔、大統領自身がわざわざ海の見える場所をえらんで、彼らのために建てさせたものだった。それに先だって大統領はみずから彼らを出迎えたけれど、みんな似たり寄ったり、ただの一人としか思えなかった。というのも、全員がパジャマの上に裏返しの礼服を引っかけ、横領した公金をしこたま詰めたトランクを持ち、勲章のケースや、古い帳簿に貼った新聞の切り抜きや、アルバムなどの入ったスーツケースをさげて、夜明けに姿を現わしたからだった。最初の謁見の場で、全員がこのアルバムを――まるで信任状でも捧呈するように――大統領の目の前に差しだしながら言った、ごらんいただきたい、閣下、これは、わたしが中尉のとき、これは、就任式の当日のもの、こちらは、在位十六年を祝う式典、それから閣下、こちらは……。しかしその閣下は彼らの政治亡命を認めても、それ以上の関心を示したり信任状に目を通したりすることはしなかった。下野した元大統領の身許証明はただひとつ、死亡証明書であるというのが持説だったからだ。しばらくご厚意に甘えさせていただく、民衆の正義は簒奪者を許しはしないでしょう、などというたわごとも、にたような冷淡さで聞き流した。幼稚でもったいぶったこの決まり文句は、間もなく簒奪者から、さらにその簒奪者の簒奪者から、聞かされたのである。あの間抜けな連中には、この男のなかの男の仕事では、負けは負けだということが、どうもよく呑みこめてないらしい。そう言いながら大統領は彼らの全員を数カ月間、大統領府に泊めた。そして無理に誘ってドミノの相手をさせ、一文残らず金を巻きあげた。そのあとだった、閣下はわたしの腕を取って、海の見える窓ぎわまで引っぱってゆき、いわば一方通行の、この情けない人の世をともに嘆いた、そしてわたしを慰めるように言った、あそこへ行かれるがよい、あそこへ、岩に乗りあげた船のように見えるが、あの広い別荘に部屋を用意させてある、よく日は入るし、食事も申し分がない、それに何よりも、ほかの不幸なお仲間といっしょに、昔を忘れる時間がたっぷりある。十二月になると、大統領は好んで海をのぞむテラスの椅子に座って、午後のひとときを過ごした。ただしそれは、あの大勢の役立たずにドミノの相手をさせるためではなかった。彼らの一人ではないという、いじましい喜びにひたり、彼らの惨めな境遇を他山の石として肝に銘じるためだった。彼らとちがって大統領は、ひとり夢想にふけりながら、泥深い沼にもにた幸福感にひたっていた。まだ暗い夜明けの建物の掃除をしているおとなしい混血の女たちを、悪霊のように忍び足でつけ回し、あとに残る大部屋や髪油の匂いを敏感に嗅ぎとった。格好の場所で待ち伏せして一人をとっ捕まえ、執務室のドアのかげに引っぱりこんで、まあいやらしい、出世しても助べえなところは、ちっとも変わらないわ、とまわりで笑いころげる女どもの声を無視して、そそくさと事をすませた。だが、そのあとは決まって憂鬱な気分に陥り、他人に聞かれる心配のない場所をえらんで、気晴らしに歌をうたった。一月の明るい月よ、とうたった。絞首台のような窓ぎわで、浮かぬ顔したおれを見てくれ、とうたった。しかし、あの十月ごろにはまだ不吉な前兆は見られず、国民の忠誠心を疑う理由もなかったので、大統領は、母親のベンディシオン・アルバラドが住む郊外の屋敷の中庭にハンモックを吊り、護衛を遠ざけた上で、*タマリンドの木蔭の午睡を楽しんだ。寝室の色付きの水のなかを自由に泳ぎまわる魚の夢を楽しんだ。人間の造ったもので、この、国ぐらいけっこうなものはないね、と溜息まじりにつぶやくことがよくあったが、腋の下がタマネギ臭いといって大統領を叱ることのできる、この世でたった一人の人間の返事を待つわけでもなく、カリブの一月という素晴らしい季節や、老年におよんでやっとついたこの世との折り合いや、教皇使節とめでたい和解に達した紫にけぶるかわたれどきなどを思いだして浮き浮きしながら、正面の門をくぐって大統領府へ帰っていった。ところでこの教皇使節だが、彼は謁見の許しも乞わずに尋ねてきて、ココアを飲みクッキーをつまみながら、懸命に、大統領をまともな信仰の道に引き戻そうと努めた。しかし、大統領は腹をかかえて笑いながら反論した。神様があんたの言うとおりの男なら、耳のなかでがさがさやってるこのカナブンを追っぱらうように、ぜひ頼んでもらいたい、とそう言った。また、ズボンの前の九つのボタンをはずして、腫れあがった大きな睾丸を相手に見せながら、こいつを縮めてくれるように、ぜひ頼んでもらいたい、とそう言った。それでも教皇使節は辛抱強く教えを説いた。誰がなんと言おうと、真実はすべて聖霊から発することを納得させようとやっきになった。ところが大統領は、めったにないことだがゲラゲラ笑いながら、明りがついたばかりの門まで教皇使節を見送り、むだなことはやめたほうがいい、とにかくわしは、あんたたちが望むとおりのことをやっているんだ、なにも今さら、わしを回心させることはない、と答えた。しかし、この上機嫌もあるとき突然、底の抜けた桶の水のように消えた。町はずれの原っぱの闘鶏場で、一羽の荒っぽいシャモが相手の首を刎ねたあげく、くちばしで食いちらしたのである。見ていた観衆は血に熱狂し、酒に酔ったブラスバンドの連中は、無残な出来事であるにもかかわらず、大喜びで景気のいい曲を演奏した。大統領ひとりがこの出来事に不吉なものを読み取った。それがあまりにも明白な、差し迫ったものに思われたので、大統領は護衛の者をこっそり呼んで、ブラスバンドのなかの一人を逮捕するように命令した。あいつだ、あの、チューバを吹いてるやつだ、と指さされた男の体をあらためると、実際に、先を詰めたショットガンが発見された。男は拷問にかけられ、退場のどさくさにまぎれて大統領の命を狙うつもりだった、と白状した。そうだろう、やつに間違いないと思ったんだ、と大統領は言った。わしはみんなの顔を見た、みんなもわしの顔を見た、ところがたった一人だけ、一度もわしの顔を見ないやつがいた、チューバを吹いてたあの男だ、ばかなやつさ。けれども大統領自身は、それで不安の原因が消えたわけではないことを知っていた。その後も夜になると、大統領は不安を感じたのだ。閣下、懸念される理由は何ひとつありません、すべてが平常のとおりです、という情報部の報告を受けても、それは変わらなかった。闘鶏場で不吉な予感を抱いた日から、まるで一心同体、彼はパトリシオ・アラゴネスをそばから放さず、自分の食事を食べさせ、おなじスプーンで自分用の蜂蜜を飲ませた。食べ物に毒が入っていた場合でも、二人いっしょに死んでいくことをせめてもの慰めにしたいという、あこぎな魂胆からだった。二人は人目を避けるように、空き部屋を捜して歩いた。タイの象のような大きな足跡を誰にも見られないように、カーペットの上を忍び足で歩いた。三十分ごとに窓から射しこみ、牛の糞の湯気を透かして、また、穏やかな夜の海へ出ていく船のもの悲しい別れの声を掻いくぐって、大統領府の部屋という部屋を緑に染めあげる灯台の光のなかを、手をつないでさまよった。昼間は雨を眺めて過ごした。もの憂い九月の夕暮れの空の下の付き合いの長い恋人同士のように、ツバメの数をかぞえて時を過ごした。あまりにも現実からかけ離れてしまったために大統領は、ひとの二倍生きようとするその必死の努力が、狙いとは逆の疑惑を生んでいることに気がつかなかった。大統領の命もそう長くはない。どうやら昏睡状態に陥ったらしい。護衛の人数を倍にして、誰にも大統領府への出入りを許可しない。それでも何者かが厳重な警戒の網を掻いくぐって、籠のなかで声も立てない小鳥たちや、聖水盤の水を飲んでいる牛たちや、バラの植込みで寝ているレプラ患者と中風病みなどを見たそうだ。真昼だというのに、今か今かと夜明けを待っている、みんながそんな気分だ。眠ったまま大往生を遂げるという水占いの予言どおり、大統領はすでに死んでいるのに、政府の上層部の連中は発表を引き延ばして、たがいの旧怨を険悪な会議の場で晴らそうとやっきになっている。こうしたうわさこそ知らなかったが、しかし大統領は、近ぢか、その身に何かが起きることを予感していた。悠長なドミノの勝負を途中でやめて、ロドリゴ・デ＝アギラル将軍に尋ねた、ようすはどうかね？　すべてを完全に掌握しています、閣下、不穏な動きはいっさいありません、という答えが返ってきた。大統領は、火葬よろしく回廊に積んで焚かれている牛の糞や井戸のよどんだ水を眺めて、前兆らしいものを読み取ろうとしたが、そのかいはなかった。そこで大統領は、暑さの衰える時刻をえらんで、郊外の屋敷に住む母親のベンディシオン・アルバラドを訪れ、タマリンドの木蔭で涼を取った。専用の揺り椅子に腰かけた母親は、体こそ衰えていたが頭のほうはまだしっかりしていて、中庭で餌をあさっているニワトリや七面鳥にトウモロコシを投げ与えた。白のペンキで塗られた籐椅子に座った大統領は帽子でふところに風を入れながら、相も変わらぬ物欲しげな目で、大柄な混血の女たちを、この暑さではのどが乾くでしょ、閣下、などと言いながら、いろんな色をした冷たいフルーツジュースを運んでくる女たちを、追った。おふくろよ、おふくろには分からんだろうが、世の中がつくづく嫌になった、どこかへ、こんな悪事の巣から遠く離れたところへ逃げだしたいよ、と心のなかで考えていたのだが、しかしこの苦しい胸のうちを母親には打ち明けないまま、灯がともるころに大統領府へ引き揚げた。通用門からなかに入って回廊を歩いていくと、親衛隊の兵士たちが軍靴のかかとを鳴らして敬礼し、異常ありません、閣下、と報告した。しかし大統領は、それが事実ではないこと、ふだんの癖ででたらめを言っていること、怖くて嘘をついていること、この不安な状況のなかでは真実と呼べるものは何ひとつないことなどを、ちゃんと心得ていた。闘鶏場のあの不吉な午後から続いている不安は、彼の誇りを傷つけたばかりではない。昔から抱いてきた権力欲さえどこかへ消し飛んでしまった。大統領は眠れぬままに、夜遅くまで床にうつ伏せになっていた。まるで彼の死を祝っているようなにぎやかさだったが、貧しい男女の結婚式のものらしい遠い太鼓やわびしいバグパイプの音を、海に向かって開いた窓越しに聞いた。船長の許可なしに二時に出航する、規律のたるんだ船の汽笛を聞いた。夜明けに開くバラの、紙をもむような音を聞いた。氷のように冷たい汗を掻き、思わず溜息をついた。一瞬も心が休まらなかった。運命の日が迫っていることを本能的に予感した。例の郊外の屋敷からの帰り道、突然、大勢の人間が通りに飛びだし、窓が開け閉めされ、十二月の澄んだ空をツバメがあわただしく飛びかう。何事かと思いながら馬車のカーテンを細目に開ける。これだ、おふくろよ、これだ、と心のなかでつぶやく。ほっと安堵の吐息をつきながらつぶやく。目に映る色とりどりの風船。赤や緑の風船。青いオレンジほどの大きさの、黄色い風船。ふらふら揺れる無数の風船がおびえたツバメの群れを掻きわけながら飛んでいく。午後四時の澄んだ光のなかをしばらくただよっているが、突然、音もなくいっせいにはじけて何千枚もの、いや何万枚もの紙切れを市中に撒（ま）きちらす。このビラのあらしをこれ幸い、御者は公設市場の騒ぎのなかから抜けだすが、みんなは風船が撒いた紙切れの奪い合いに夢中になっていて、大統領の馬車だということに気づかない。バルコニーに陣取った連中が大きな声で読みあげる。暗誦でもしているようにくり返す。圧政を廃止せよ、暴君をたおせ、と叫ぶ。大統領府の回廊に立っている親衛隊の兵士たちまでが声に出して読む。すべての者は階級のべつなく団結し、長きにわたる独裁に闘いを挑め、国家のために和解し、軍部の腐敗と専横に抵抗せよ、これ以上の流血を許すな、これ以上の収奪を許すな、と叫ぶ。国民全体が長い眠りから目覚めようとしているそのすきに、大統領は車庫の扉を無事にくぐったが、しかしそこで、予想もしなかった報告を受けた。パトリシオ・アラゴネスが毒槍で重傷を負ったというのだ。数年前のある夜、たまたま不機嫌だった大統領はパトリシオ・アラゴネスに、命をかたに金貨の裏表で勝負をしようと持ちかけたことがあった。表が出たらお前が死に、裏が出たらわしが死のう、と言ったのだが、それにたいしてパトリシオ・アラゴネスは、いずれにしても二人が死ぬことになりますよ、金貨の裏表には、二人の顔が刻印されているのですから、と答えた。それで大統領は、やはり命をかたに、ドミノをやろう、二十回勝負して、勝ち数の多いほうが生き残ることにしよう、と提案した。パトリシオ・アラゴネスは同意し、けっこうですよ、喜んでやりましょう、ただし条件があります、わたしにも勝つ権利を与えてください、と言った。大統領が承知し、勝負が始まった。一回、二回と行なわれ、二十回めも終わったが、すべてパトリシオ・アラゴネスの勝ちだった。それまで大統領が勝っていたのは、パトリシオ・アラゴネスには勝つことが禁じられていたからにほかならない。長く激しい戦いがふたたび始まったが、結局、大統領は一度も勝てなかった。パトリシオ・アラゴネスはシャツの袖で額の汗をぬぐいながら、申し訳ありません、閣下、わたしも死にたくないので、と弱々しい声で言った。それを聞いて大統領は、牌を掻き集めて小さな木箱にしまいながら、教科書を読みあげる教師のような口調で言った、わしだって、ドミノのテーブルの上で死ぬわけにはいかん、生まれたとき水占いの巫女が予言したとおり、そのときが来たら、ベッドの上で大往生を遂げるつもりだ、いや、よくよく考えれば、これも怪しいな、ベンディシオン・アルバラドがわしを産んだのは、水占いの予言にしたがうためではない、この国を治めるためだ、要するに、わしはわしであって、お前ではない。さらに続けて、この勝負がただの遊びだったことを、神様に感謝することだ、と笑いながら言ったが、そのときの彼は、この悪い冗談が現実になるとは夢にも思わなかったのだ。大統領がその夜パトリシオ・アラゴネスの部屋に入っていくと、彼は瀕死の状態にあった。もはや手の施しようがなかった。生き延びる見込みはまったくなかった。神のみ救いあれ、しかし祖国のために死ぬのだ、たいへんな名誉じゃないか、と大統領は、手を差しのべてドアをくぐりながら言った。二人っきりで部屋にこもり、じわじわと迫る死と闘っている彼のそばに付きっきりで看病に当たったった。苦痛を和らげる水薬を手ずからスプーンで与えた。パトリシオ・アラゴネスは、べつに有難そうな顔もしないで飲み、ひと口ごとに言った、お先に行きますが、閣下がこのいまいましい世界にとどまっていられるのも、そう長くはありませんよ、わたしの勘では、近いうちに、深い深い地獄の底で顔を合わせることになりそうです、わたしはこの毒のおかげで、ドジョウも顔負けするくらい背骨がひん曲がった、そして閣下は自分の頭を手にかかえてうろうろという、おたがいぶざまな姿で。そしてさらに続けて、このさいですから、閣下、遠慮なく言わしてもらいます、閣下はどう思っているか知りませんが、わたしは閣下を愛したことは一度もない、はっきりそう言えます、閣下に捕まったあのときから、わたしは秘かに、どんな死にざまでもいいから閣下が死ぬことを祈ってきました、わずかに許された、この孤児同然の惨めな暮らしにたいする復讐ですよ、まず、閣下のように居眠りしながらでも歩けるように、この足を臼の杵で平らにつぶされました、それから、ヘルニアになるように、靴屋の千枚通しで金玉をぐさりとやられました、それから母が苦労して教えてくれた読み書きを忘れるように、これは容易に忘れられませんでしたがね、テレビン油を飲まされました、それにしょっちゅう、閣下の気が進まない公式の行事に無理やり駆りだされましたよ、それはなにも、ご自身でおっしゃるとおり、祖国が閣下を必要としているからじゃありません、どんなに勇敢な男でも、いつどこで死神に襲われるか分からない状態で、コンテスト代表の美女に王冠を授けるとなると、けつの穴が冷たくなるほど怖いからですよ、ざっくばらんな話、とパトリシオ・アラゴネスは不満をぶちまけた。しかし、大統領はこの無礼なことばよりもむしろ、恩知らずな態度のほうが癇にさわった。けっこうな王様暮らしをさせてやったのは、このわしだぞ、誰にもしてもらえなかったことを、わしはしてやった、女まで貸してやったじゃないか、と言うと、パトリシオ・アラゴネスは答えた、その話はやめましょう、閣下、大槌で金玉をつぶされるほうが、まだましですよ、子牛に焼き印を押すわけじゃあるまいし、あんなばばあたちを床に転がしたって、しようがありません、あの情の薄い、下品なばばあたちは、熱い鉄棒をあてがわれたって、ぜんぜん感じないんですからね、子牛のように脚をばたばたさせたり、もがいたり、呻いたり、そんなことはしやしません、尻から煙も出なきゃ、焦げた肉の臭いもしない、これじゃとても、いい女とは言えませんよ、あいつらと来たら、くたばった牝牛のような体をこちらの思いどおりにさせながら、手だけは休めないでジャガイモの皮を剝いたり、そばにいるほかの女に、悪いけど台所をのぞいてみて、ここでひと休みしてるんだけど、お米が焦げちゃうと困るわ、なんてわめいたりするんですよ、閣下くらいのもんでしょう、あれが愛だ、恋だと思ってるのは、閣下はあの程度のものしか知らないんだ、ほんとの話。これを聞いて大統領は、黙れ、この野郎、黙らんと、ほんとうに痛いめに遭わせるぞ、とどなったが、パトリシオ・アラゴネスはまじめな口調でしゃべり続けた、いいえ、黙るもんですか、痛いめに遭わせるといったって、せいぜい、殺すくらいのもんでしょう、ところがわたしは、もう長い命じゃない。そしてさらに続けて、それよりも閣下、このさい、真実に目を向けられたらいかがです、ほんとに心のなかで思ってることを閣下に言った人間は、一人もいないんですよ、みんなが、閣下が聞きたがっているなと思うことを口にする、閣下の前ではぺこぺこし、後ろではアカンベエをしている、むしろ感謝してもらってもいいくらいです、閣下にいちばん同情しているのは、このわたしなんですよ、閣下ににている、この世でたった一人の人間ですからね、世間の連中がなんてうわさしているか、正直に言いましょうか、閣下は大統領なんてもんじゃない、閣下自身の力でそうなったわけでもない、その座に据えたのはイギリスだし、アメリカの戦艦の弾丸が後ろ楯になったおかげだ、そううわさしているんですよ、わたしもこの目で、気おくれした閣下が何を命令したらよいのか分からず、ゴキブリよろしくあっちへうろうろ、こっちへうろうろするのを見ましたよ、アメリカ兵たちは言いました、この黒人の淫売屋は貴様にまかせる、おれたちなしでやっていけるかどうか、高みの見物だって、あのときもそうですが、これまでずっと大統領の座にとどまり続けたのは、閣下に下りる意志がなかったからじゃありません、下りようにも、下りられなかったからです、そうでしょう、私服を着て街を歩いている閣下を見たら、とたんにみんなが、犬のように飛びかかってくることが、閣下にも分かっていたんですよ、サンタ・マリア・デル・アルタルの大虐殺や、港の要塞の濠に生きたまま投げこまれてワニの餌食になった囚人や、生身の皮を剝がされて、みせしめに遺族のもとに送りつけられた連中の、怨みを晴らされることが分かっていたんですよ。パトリシオ・アラゴネスは、宿怨を秘めた底無しの井戸から、悪名高い政権の暴虐のかずかずを汲みあげながら話しつづけたが、やがて、それ以上口をきくことができなくなった。熱い火がそのはらわたを熊手のように掻きむしったのだ。急に気弱になり、相手を怒らせないような、というより哀願するような口調で締めくくった、閣下、これは冗談ではありません、わたしは間もなく死にます、閣下もいっしょに死んでください、こんなまともなことが言えるのは、わたしだけですよ、誰かのようになりたいと、まして国家の英雄になりたいと思ったことは、一度もありませんからね、ガラス職人になって、おやじのように瓶を吹いていたいと思ったことならありますが、閣下、決心してください、思うほど苦しいものじゃありません。いかにも冷静な、誠意のこもった口調で哀願するので、立腹した大統領も叱るわけにはいかなかった。椅子(いす)の上のぐらぐらする体を懸命に支えているだけだったが、やがて、パトリシオ・アラゴネスがのたうち始めたことに大統領は気づいた。両手で腹のあたりを掻きむしり、苦痛と恥ずかしさのあまりすすり泣きながら、閣下、情けないじゃありませんか、わたしはチビってますよ、と言うので大統領は、それは比喩(ひゆ)的な意味で、死ぬのが怖いということなのだと思った。ところがパトリシオ・アラゴネスは首を横に振って、くそが、ほんとにくそが洩(も)れちゃったんですよ、と言うから、大統領もなだめるのが精いっぱいだった。がまんしろ、パトリシオ・アラゴネス、がまんしろ、国家の重責を担(にな)うわしら軍人は、人間らしく死ななきゃいかんのだ、たとえ身命をなげうっても、と言ったのだが、どうやら遅すぎたようだった。くそと涙にまみれたパトリシオ・アラゴネスはがくりと前に首を落とし、恐怖のあまり足をばたばたさせながら、大統領の上にのしかかって来たのだ。謁見(えっけん)の間に隣りあった執務室で、大統領はたわしと石鹸(せっけん)を使って死体をきれいに洗い、いやな臭いを消さなければならなかった。そのあと、自分が身につけていた服を着せ、厚地のズックの脱腸帯をあてた。左のかかとに金の拍車のついた長靴をはかせた。そんなことをやっていると、この世でいちばん孤独な男になったような心持ちがしたが、それはともかく、大統領は最後に、猿芝居の痕跡をその体から完全に消した。水占いの折りにその目で確かめたように、また翌朝、掃除の女たちが発見しやすいように、細部まで完璧に仕上げをした。思惑どおり掃除の女たちは、執務室の床にうつ伏せに倒れている大統領を発見した。それが最初の眠るような大往生だったわけだが、階級章も何もついていない麻の軍服、長靴、金の拍車を身につけ、右腕を枕がわりに頭の下にあてがって横たわっている大統領を発見した。このときもまた、期待に反してニュースはすぐに広まらなかった。それどころか、慎重の上にも慎重を期して内密の調査を行ない、政権の継承を狙う者のあいだで妥協がはかられる長い時間が過ぎた。この連中は、あらゆるデマを流して時間を稼ごうとした。大統領の母親のベンディシオン・アルバラドを商店街まで引っぱりだして、嘆き悲しんではいないことをわれわれに確認させようとした。ひどいじゃないの、わたしをクモザル扱いして、花柄の服を着せるんだから、インコの羽根を飾った帽子を買わせて、うれしそうな顔をみんなに見せろって言うんだよ、いやがるのを無理に、店じゅうのがらくたを買わせるのよ、買い物どころか、こちらは泣きたいのにさ、だってわたしは、ほんとにせがれが死んだと思ってたんだもの、それなのにあの連中ときたら、お国のためだからって兵隊たちに言われて、町の者がわたしの写真を撮ろうとすると、無理にでも笑えって命令するのよ、と母親はこぼしていた。一方、人目につかぬところに隠れた大統領は、当惑しながらつぶやいていた、いったい世の中、どうなってるんだ、嘘にもせよわしが死んだというのに、なんにも変わらんじゃないか、蹴つまずきもしないで、おてんと様は昇ったり沈んだりしている、こりゃどういうことだ。まだ、おふくろよ、みんなはなぜ、あんなに浮かれてるんだろう、わしが姿を消したのに、どうして暑さに変わりがないんだろう、と大統領は不思議そうな顔でつぶやいていた。するとそのとき、港の要塞で時ならぬ大砲の音がした。大聖堂の主鐘が激しく打ち鳴らされるのが聞こえ、思いもよらなかったニュースによって何百年にもわたる惰眠から目覚めた群衆が、大統領府めがけてどっと押し寄せた。それを見て大統領は寝室のドアを細目に開け、謁見の間をのぞいた。キリスト教世界をすべるどの教皇の遺骸(いがい)よりもきらびやかな姿で、暑苦しい部屋のなかに横たわっている自分が目に映った。ぞっとし、穴があったら入りたい気持ちに襲われた。花に埋もれた軍服姿の己れの死体。白粉(おしろい)をはたいた蒼白(そうはく)の顔。紅をさした唇。戦功章で飾り立てた胸にのせられている、大胆な乙女のようなこわばった手。死んだあとで何者かが急いででっち上げた階級だが、大元帥(げんすい)の十個の星のついた、けばけばしい礼装。一度も抜いたことがないけれど、トランプの王様が帯びているようなサーベル。二個の金の拍車がついたエナメルの長靴。権力を誇示するふんだんな飾りもの。床に横たわるろくでなしの図体に見合ったものにまで落ちぶれた、赫々たる、いや陰々たる武勲のしるし。冗談じゃない、これが、わしであってたまるか、と大統領は腹立たしげにつぶやいた。自分の遺体のまわりに付き添って進む連中を眺めながら、冗談じゃない、こいつはひどすぎる、とつぶやいた。自分のいないこの世の営みを、大統領はその目で見た。自分の権力から見捨てられた人間たちのようすを眺めて、憐憫ににたものを感じた。ほんとに大統領の遺体なのかどうか、この謎を解くためにだけその場にやって来た連中を眺めて、心中かすかな不安を覚えた。連邦派との戦乱に明け暮れたころ流行した、フリーメーソン流の敬礼をささげる一人の老爺を、その目で見た。指環にくちづける喪服の男を、その目で見た。一輪の花をささげる女学生を、その目で見た。大統領の死という事実に耐えきれなかったのか、生魚の入った籠をその場に投げだし、泣きわめきながら遺体にしがみつく魚売りの女を、その目で見た。女はわあわあ泣きながら、大統領だわ、ああ神様、この方がいなくなったら、あたしたちはこの先どうなるのよ、とわめき、それを聞いたほかの連中は、やっぱり大統領だったのか、と叫んだ。アルマス広場の暑さにうんざりしていた大勢の人間のあいだから、大統領だぞ、というわめき声が上がり、それを待っていたように、鳴りひびいていた大聖堂の弔鐘の音がはたとやみ、替わってあらゆる教会の鐘が、来る水曜日が祝日に決まったことを告げた。復活祭用の火矢やローマ花火が打ちあげられ、解放を祝う太鼓が打ち鳴らされた。大統領は、親衛隊の兵士たちが制止しないのをいいことに、略奪が目的で窓からなかへ押し入ろうとする連中を、その目で見た。遺体に付き添った者たちを棍棒で追い払い、悲嘆に暮れている魚売りの女をその場に押し倒す狂暴なリーダーたちを、その目で見た。遺体に乱暴をはたらく連中を、その目で見た。太古より変わらぬ状態から、ムラサキクンシランとヒマワリに飾られた非現実的な時間から、遺体を引き剝がして、階段を下へ引きずっていく八人の男を、その目で見た。幸福と不幸の入りまじったこの楽園をめちゃめちゃに荒らす彼らを、その目で見た。楽園を徹底的に荒らすことによって権力の巣窟を永遠に破壊することができると、連中は信じきっていたのだ。ボール紙貼りの*ドリス様式の柱頭、ビロード製のカーテン、雪花石膏造りのシュロで飾られた*バビロニア様式の柱などが引き倒された。小鳥の籠や、副王たちの座った玉座や、グランドピアノなどが窓から放りだされた。名前の忘れられた顕官の遺骨を納めた壺が割られた。見すぼらしいゴンドラのなかで眠っている娘たちを織りだした壁掛けや、昔の司教や武将を描き、凄絶な海戦の模様を写した油絵などが引き裂かれた。これから生まれてくる者の頭のなかに、軍人という呪うべき種族の記憶を少しも残さぬように、破壊のかぎりが尽くされた。しばらく間をおき、ブラインドのすき間から表をのぞいた大統領はその目で、窓から投げだされたものがどうなっているかを確かめることができた。一瞥しただけで、破廉恥とも恩知らずとも言いようのない行為の結果を見届けて、おふくろよ、生まれて初めてだ、こんなひどい目に遭ったのは、とつぶやいた。死におくれたというのに嬉々として裏口から出ていく女たちを見て、わしの牝牛を引いていくぞ、役所の備品や、おふくろが巣箱から集めた蜂蜜の瓶までかっさらっていくぞ、とつぶやいた。台所道具、豪勢な宴会で使われる高価なグラス、ナイフ、フォークなどでにぎやかな音を作りだしながら、パパは死んじゃった、みんなもう自由なんだ、バンザーイ、と表で叫んでいる子供たちを、その目で見た。政権についたその日から四六時中、あらゆる場所に貼られていた公認の肖像や、暦に刷られた石版画などを焼くためにアルマス広場で焚かれている火を、その目で見た。引きずられていく自分の遺体のあとに残る勲章、階級章、ケープのボタン、ブロケード*の糸屑、金モール、トランプのものめいたサーベルの飾り緒、世界の支配者のしるしである十個のちっぽけな星などを、その目で見た。ひどいことをしやがる、これを見てくれ、おふくろよ、と大統領はつぶやいた。唾を吐きかけられたり、バルコニーの下を通りかかると病人用の便器の中身を浴びせられたりという屈辱を、まるでわがことのように感じた。狂ったような唸り声や、その死を祝う大きな花火の音を聞きながら、野犬やハゲタカどもに八つ裂きにされ、むさぼり食われるのではないかと思い、身震いした。騒ぎが収まったあともなお大統領は、風のない午後の空を渡ってくる、かすかな音楽を聞いた。蚊を殺したその手で、考えごとのじゃまをする耳のなかのセミの命を絶とうとやっきになった。地平線のあちこちに上がった火の手や、三十秒ごとにブラインドのすき間から入りこんで全身を緑の縞に染めあげる灯台の灯や、その死が過去に生じた他の多くの死のひとつになるにつれて平生の状態に戻っていく、ごく自然な日常の営みや、憐憫と忘却の無人地帯へと自分を運んでいく、とうとうたる流れのような現実などを見た。いまいましい、死なんかくそくらえだ、と大統領は叫び、同時に、今がその時だと確信しながら、興奮した面持ちでひそんでいた場所から飛びだした。萎れた花や葬儀用のろうそくの臭いがただよう闇のなかに見捨てられた自分のかつての生の名残りを掻きわけ、亡霊のように重い脚を引きずって、略奪された広間をつぎつぎに渡っていった。いつも閣議の開かれる部屋の前まで来てドアを押すと、もうもうと立ちこめたタバコの煙を透かして、広いクルミ材のテーブルのまわりでこそこそやっている話し声が聞こえた。また、おなじようにタバコの煙を透かして、自分がいてほしいと思った連中がすべて顔をそろえているのを見た。連邦戦争を売った自由派、それを買った保守派、総司令部の将官、三人の大臣、大司教、そしてシュノントナー大使。みんなひとつ穴のムジナで、大統領の死後に遺されたものを山分けしたいばっかりに、このさい一致協力して、長年の圧政の弊をのぞこう、などとほざいていた。欲に目のくらんだ彼らのうちの誰ひとりとして、大統領が生きた姿を現わしたことに気づかなかった。大統領は、大きな手でテーブルを思いきりたたくと同時に、こらあ、とどなった。それで充分だった。手をテーブルから引いたときにはもう、みんなは仰天してその場から消えていた。がらんとした部屋には、吸い殻があふれそうになった灰皿、コーヒーカップ、床に倒れた椅子、そして終生の友であるロドリゴ・デ＝アギラル将軍しか残っていなかった。戦闘服を着た小柄なロドリゴ・デ＝アギラル将軍は、片方しかないその手でタバコの煙を払いながら、落ち着いた声で、床に伏せてください、閣下、いよいよ始まります、と大統領に言った。二人が床に身を伏せたその瞬間に、大統領府の正面で自動小銃による死の狂宴が、大統領の親衛隊による大虐殺が始まった。閣下、連中は、裏切りの謀議に加わっていた者は一人も逃すな、という閣下の厳命に忠実にしたがい、喜んでそれを果たしているのです。このロドリゴ・デ＝アギラル将軍のことばどおりに兵士たちは、表の門から外へ逃げようとする者たちを自動小銃でなぎ倒した。窓から外へ降りようとする者たちを小鳥のように撃ち落とした。包囲の網を掻いくぐって近くの民家に隠れた者たちを手榴弾でバラバラにした。生かしておいたら一生たたるという大統領の判断にしたがって、負傷者たちには止めを刺した。そしてこの間、大統領はロドリゴ・デ＝アギラル将軍から四、五十センチ離れた床にじっとうつ伏せになって、爆発のたびに窓から飛びこんでくるガラスやしっくいの雨に耐えていた。そしてお祈りでもするように、小さな声でつぶやいた、これでいいんだ、将軍、これで、すべて片がついた、今後はわし一人で、万事とりしきっていく、主人に噛みつくような犬に用はない、明日にでも、このがらくたの山のなかから、役に立つものと立たないものを選りわけることにしよう、もし腰を下ろすものがなかったら、間に合わせに、いちばん安い革張りのスツールを六個ほど買えばいい、むしろを何枚か買ってきて、すき間ふさぎにあちこちにぶら下げてもいいだろう、ほかに二つか三つ、道具を買うぐらいのことはかまわん、が、それでおしまいだ、皿もスプーンも買うことはない、こういうものは、わしが兵営から掻き集めてくる、もう兵隊は要らん、将校もだ、ばかばかしい、連中はミルクをがぶ飲みするだけだ、そのくせ肝心なときには、飼っている主人の手にがぶりと噛みつく、わしはもう、まともで勇敢な親衛隊がいれば充分だ、内閣を造るのもやめた、あほらしいわ、ちゃんとした厚生大臣が一人おればいい、人間が生きていくのに必要なのは、厚生大臣だけだ、書類を作らなければならんから、字の上手な人間がべつに入り用かもしれないな、これだけなら、各省の建物や兵営を賃貸することができる、そしてその金で使用人が雇える、今ここで必要なのは、大勢の人間ではなくて、金だ、はたらき者の小女（こおんな）を二人ほど探してきて、一人には掃除と炊事を、もう一人には洗濯とアイロン掛けをやらせよう、残っていればの話だが、牛や小鳥の面倒は、わしが自分でみることにする、トイレの淫売（いんばい）や、バラの植込みのレプラ患者や、何もかも心得た学者や、なんでもお見通しの頭のいい政治家などは、もうたくさんだ、誰がなんと言おうと、ここは大統領府だ、ヤンキーたちがそうほざいたと、パトリシオ・アラゴネスの口から聞いたが、彗星（すいせい）黒人の出入りする淫売屋じゃない、わし一人でやっていく、わし一人で充分だ、彗星がまた現われるまで、何がなんでも政権を維持してみせる、一度じゃないぞ、十度現われるまでだ、わしは、くそっ、絶対にもう死なんぞ、くたばるのは連中のほうだ、と大統領はつぶやいた。頭で考える替わりに、暗誦でもするように絶えず口を動かした。戦争後のことだが、声を出しながら考えごとをしていれば、大統領府を揺るがすダイナマイトの爆発の恐怖も忘れることを、わきまえるようになっていたのだ。こうして大統領が明日の朝の、そしてさらに、つぎの世紀の終わりの計画をあれこれ練っていたとき、表で最後の止めの一発がひびいた。それを聞いて、ロドリゴ・デ＝アギラル将軍は長虫のように床を這いながら窓に近づき、清掃車を呼んで死体を片づけるように命令してから、部屋を出ていった。閣下、どうぞ、ゆっくりお休みくださいという挨拶にたいして大統領は、閣議の間の墓石めいた大理石の床につっ伏したまま、いや、ありがとう、と答えた。そしてやおら右腕を折って枕にし、たちまち深い眠りに落ちていった。大虐殺の名残りの赤い月のような血の沼や、まだ温かい死体の山のなかでその夜から始まった、悲しい秋の飛びちがう枯葉の音を子守り歌に、わびしいわびしい眠りに落ちていった。大統領は、軍じたいが崩壊してしまったので、あらかじめ考えた措置を何ひとつ実施する必要がなかった。部隊は四散してしまった。首都の兵営と地方の六つの兵営で最後まで抵抗した少数の将校たちは、義勇兵の助けを借りた大統領の親衛隊によって全滅させられた。生き延びた大臣たちは夜明けに国外へ亡命し、もっとも忠実な二人の大臣だけが残った。大統領の主治医でもある大臣と、国じゅうでもっとも達筆な大臣だけが残った。大統領は外国に頭を下げる必要もなかった。思いもよらぬ味方によって掻き集められた結婚指環や金の王冠が国庫にあふれていたからだ。大統領はまた、むしろや安物の革のスツールを買いこんで、窓から物が投げだされたあとの惨状を取りつくろう必要もなかった。全国の鎮定がまだ終わらぬうちに謁見の間は修復され、以前にも増して豪華なものになったからだ。至るところに鳥籠が置かれて、コンゴウインコがやかましく鳴き、王様オウムが軒先で、ポルトガルではなくスペインをたたえる歌をうたったからだ。慎ましくてまめな女たちのおかげで、建物の内部はいつも軍艦のように清潔で、よく整頓(せいとん)されていたからだ。大統領の死の祝賀として始まったあの華やかな音楽やにぎやかな爆竹の音、楽しげな鐘の音などが窓から入りこんで、その不滅の命を祝賀しつづけたからだ。アルマス広場に絶えずデモの隊列がくり込んで、永遠に変わらぬ支持を大声で誓うと同時に、〈死から三日目によみがえった偉大な人を、神よ、護(まも)りたまえ〉という文句の描かれたプラカードを振りかざしたからだ。いつ果てるともないこのお祭り騒ぎを、大統領は昔やったように秘かに手を回してあおり立て、引き延ばす必要はなかった。政務がとどこおりなく行なわれ、国家は安泰だったからだ。大統領が政府そのものであって、ことばや行動によってその意志を妨げる者がいなかったからだ。大統領は栄光をひとり占めにし、彼に刃向かう者はもはやいなかった。ただ、終生の友たるロドリゴ・デ＝アギラル将軍には深く恩義を感じ、ミルクの消費量を気にかけるようなことは二度となかった。それどころか、義務にしたがって大いに残忍さを発揮した兵卒たちを中庭に整列させ、気まぐれな思いつきで一人ひとりを指さしながら、また、いずれ飼い主の手に噛みつく軍隊を再建しつつあるのだと心のなかでは思いながら、階級を特進させていった。貴様は大尉、貴様は少佐、貴様は大佐、いや貴様は将軍だ、ほかの連中はみんな、中尉でいいだろう、と言いながらロドリゴ・デ＝アギラル将軍を振り返って、さあ、これで軍隊ができ上がった、あとは好きにやれ。自分の死を悲しんでくれた者がいることに感激した大統領は、フリーメーソン流の敬礼をささげた老人と、その指環にくちづけした紳士を呼びだして、平和勲章を授けた。魚売りの女を連れてこさせて、目下いちばん必要としているという、十四人の子供が暮らせるだけの部屋をそなえた住居を与えた。遺骸に一輪の花を供えた女学生を呼びだして、わたしのいちばんの願いは船乗りと結婚することです、というその願いをかなえてやった。しかし、こうした息抜きがあったにもかかわらず、大統領の動揺した心がやっと平安を取り戻したのは、大統領府に押し入って略奪をはたらいた連中が縄を打たれ、唾を吐きかけられながら、サン・ヘロニモ兵営の中庭に引きすえられるのを見たときだった。根深い怨みにそなわった非情な記憶をたよりに、大統領は一人ひとりを確認し、その罪の程度にしたがっていくつかのグループに分けていった。襲撃の指揮を執っていたやつだな、貴様はこっちだ、あの気の毒な魚売りの女を引きずり倒した連中か、お前たちはあっちだ、死体を棺から出して、階段や泥んこの上を引きずり回したやつらだな、お前たちはこっちだ、ほかの者はみんな、こっちへ寄れ、ばかめ、という調子だった。しかし大統領のほんとうの狙いは、彼らを処罰することよりもむしろ、遺骸の冒瀆と大統領府襲撃が民衆の自発的な行動ではなくて、金で雇われた連中の卑劣な策動であることを証明することにあった。そこで大統領はみずから捕虜たちの尋問にあたり、いわば核心に迫る真相を進んで告白させようと試みた。この試みは成功しなかった。そこで大統領は、オウムよろしく彼らの手足を縛って長時間、梁に逆吊りにした。しかし、この手も成功しなかった。そこで大統領は、彼らの一人を中庭の濠に投げこみ、ワニの群れに食いちぎられる無残なありさまを、ほかの連中に見物させた。しかし、この手も成功しなかった。そこで大統領は、主だったグループのなかから一人をえらんで、みんなの目の前でその生皮を剝ぎとらせた。みんなは、押しだされたばかりの胎盤のように柔らかくて黄色い皮を見せられ、中庭の石のあいだを転げまわって苦しむ赤むけの体の熱い血を浴びたような、いやあな気分になった。そしてやっと、大統領が訊きたがっていたとおりのことを白状しはじめた。遺体を市場のごみ捨て場まで引きずっていくという条件で、四百ペソの金を渡されたこと。べつに大統領に怨みがあるわけではなし、まして死んだ今となっては、いくら金を積まれてもやる気はない、と答えたこと。ところが、総司令部の将官が二人もまじった秘密の会合の場で、ありとあらゆる脅迫を受けたこと。閣下、嘘じゃありません、だからやったんです、と彼らは白状した。それを聞いて大統領はほっと安堵(あんど)の吐息をつき、彼らに食べ物を与えてひと晩ゆっくり休ませ、明日の朝早く、ワニの餌にしろ、と命令した。哀れなやつらめ、まんまとはめられおって、と大統領は溜息(ためいき)まじりにつぶやいた。苦行帯のように心を悩ます疑惑から解放され、晴ばれとした気分で大統領府へ戻りながら、これで分かったろう、これで、みんなはわしを愛しているんだ、と小声でくり返した。パトリシオ・アラゴネスによって吹きこまれた不安をきれいさっぱり消してしまう気になった大統領は、自分が権力の座にあるかぎり、拷問はあれを最後にしようと、心に決めた。ワニたちを殺させた。絶命させないで体の骨を一本一本つぶしていくこともできる道具をすべて、拷問室から放りださせた。大赦を布告した。将来についても遠謀をめぐらし、この国の弱点は民衆がひま過ぎてものを考えることだ、という妙な思いつきをえた。そして民衆に余分なひまを与えない方策のひとつとして、三月の花祭りや、毎年行なわれていた美人コンテストを復活させた。カリブ海随一を誇る野球場を建設させ、全国代表のチームに〈勝利か死か〉というモットーを授けた。掃除のしかたを無料で教える学校を各州に設けるよう命令した。大統領の激励ですっかりその気になった女子生徒たちは、家のなかがすむと路地を、さらに近所の道路やハイウェイを掃除した。その結果、捨て場に困った山のようなごみが、国旗や、国内浄化を心がける聖父に神のご加護を、と書いたプラカードなどを掲げた、許可済みのデモというかたちで、州から州へと移動する事態が生じた。一方、大統領は国民大衆の気をまぎらす新しい手段について思案しながら、獣のような足を引きずって、のろのろと歩きまわった。その体に触れて病をなおしてもらおうとするレプラ患者や盲人、中風病みなどを掻きわけて歩いた。あなたにそっくりな人間がもはやいなくなった、あなたはまさにかけがえのないお方だ、とお追従を並べるずうずうしい連中に囲まれながら、中庭の噴水で、名付け子のそのまた子供に、自分の名前を洗礼名として授けた。ところで大統領は、さながら公設市場のような建物のなかで、体を小さくしていなければならなかった。母親のベンディシオン・アルバラドが小鳥屋を商売にしていることが世間に知れてから、毎日のように、珍しい小鳥を入れた籠が届けられるようになったのだ。ご機嫌を取りむすぶために贈ったり、悪ふざけのつもりで贈ったり、動機はいろいろだったが、それはともかく、あっという間に、それ以上、籠を吊す場所がなくなってしまった。大統領は同時にいくつもの政務を片づけなければならなかったが、中庭も執務室も身動きができぬほどの人で、いったい誰が臣下で、誰が主人なのか、見分けがつかなかった。場所を広げるために多くの壁が取り払われ、海を眺めるためにたくさんの窓が開かれた。おかげで、部屋から部屋へ移動するだけで、秋の横風を受けて漂流する帆船の甲板に立っているような気分になれた。昔から三月の貿易風は大統領府の窓から吹きこんでいた。それなのに人びとは、閣下、これは平和を運ぶ風です、などとお追従を言った。もう何年も前から耳鳴りに苦しめられていたが、主治医は、閣下、これは平和を告げる声です、と言った。大統領の死体が発見されたときから、初めて、この天と地に存在する万物が平和を享受することができるようになったからですよ、閣下、と言った。大統領はそのことばを信じた。すっかり信じた結果、大統領は十二月のある日をえらんで、断崖の上の別荘にふたたび足を運び、思い出のなかに生きている不幸な旧独裁者たちを見舞った。彼らはドミノの勝負の手を休めて、訴えた。たとえば、わたしが六のダブルだとすると、頑固な保守派の連中は三のダブルだった、ところがわたしは、フリーメーソンと坊主が秘かに手を結んでいることに気がつかなかった、予想もしていなかったんですよ、と訴えた。大統領が皿のスープが冷たくなることも忘れて話を聞いていると、べつの一人が説明を始めた。たとえば、この砂糖壺を大統領府に見立てて、ここに置きましょう、敵の大砲はわずか一門、射程距離は追風の場合でも四百メートルのはずだった、それなのにわたしが今、こうしてここにいるのは、要するに、たった八十二センチの目算違いのせいなのです、と説明した。長い亡命生活の垢が身に染みついた者たちまでが、むなしい期待を抱きながら、故国の船が水平線に現われるのを待ち焦がれた。煙の色や汽笛の錆の吹きぐあいでそれを見分けた。夜明けの小雨に濡れながら港まで下りてゆき、乗組員が船から持ちだす食料品を包むのに使われた新聞紙をあさった。屑箱をひっ掻きまわしてそれを見つけ、最後の一行までむさぼるように読んだ。誰が死んだ、誰が結婚した、誕生日のパーティーに誰が誰を招待した、誰を招待しなかった、というニュースによって祖国の未来を占った。凄まじい暴風雨となって母国を襲い、河川を氾濫させ、ダムを決潰させ、耕地を荒らし、都市を窮乏に陥れ、悪疫をはびこらせてくれるにちがいない、ありがたい黒雲の動きによって自分の運命を占いながら、いずれ、彼らはここへやって来て、災厄と混乱からわれわれを救ってくれ、と頼むでしょう、間違いありません、と強がりを言った。しかし、その晴れの日が来るまでは、いちばん若い亡命者を物蔭に呼んで、針に糸を通してくれんかね、このズボンを修理したいんだ、愛着があってごみ箱に捨てる気にはなれんのだよ、と頼まなければならなかった。人目を避けて下着の洗濯をし、新しく来た連中が使い捨てたかみそりの刃を研がねばならなかった。残飯で命をつないでいることを他人に知られないように、また、恥ずかしい話だが年のせいで汚したズボンを見とがめられないように、部屋にこもって食事をしなければならなかった。そして、たとえばある木曜日、思いがけないことだが仲間の一人が死ぬ。われわれは、一枚しか残っていないシャツの胸に勲章をピンで留めてやり、その国旗で遺体を包む。国歌をうたいながら、この断崖の真下の、深い海の底にそっと葬ってやる。風化してボロボロになった彼自身の心臓だけが重しだ。あとに残されたものは、広いテラスにぽつんと置かれたデッキチェアがひとつだけ。われわれはそこに腰を下ろして、死者の形見をくじで分け合う。もちろん、形見の品があった場合のことで、それにしても閣下、考えさせられますねえ、昔は華やかでも、いったん野に下れば、じつに惨めなものです。やはり昔のことだが別荘が建てられた年の十二月、大統領はそのおなじテラスから、どこまでも連なるアンティリャ*の幻の島々を、一人の男がショーケースのなかを指さすようにして教えてくれる島々を、眺めたのだった。あれですよ、閣下、と言われて、マルティニーク*島の芳香ただよう火山を眺めた。その結核療養所を眺めた。教会の入口で総督夫人たちにガーデニアの花束を売りつけている、レースのシャツを着た黒人の大男を眺めた。あれですよ、閣下、と言われて、パラマリボ*の港の騒々しいマーケットを眺めた。トイレを利用して海から抜けだし、アイスクリーム屋のテーブルに這いあがったカニを眺めた。どしゃ降りの雨だというのに、みごとなお尻を地面にどっかと据えてインディオの首やショウガを売っている、黒人の老婆（ろうば）たちの歯にはめ込まれたダイヤを眺めた。あれですよ、閣下、と言われて、*タナグアレナの浜辺で眠っている純金の牛を眺めた。絃（げん）が一本しかないバイオリンで死神の誘いの手を払い、代わりに*二レアルをいただくという、*ラ・グアイラ生まれの千里眼的な盲人を眺めた。*トリニダードの八月の焦熱地獄や、バックで走り抜ける自動車を眺めた。絹のワイシャツや、中国の大官を彫った丸ごと一本の象牙（ぞうげ）をあきなう店の前の通りで、大ぐそを垂れているインド人たちを眺めた。悪夢のようなハイチや、その青いのら犬たちや、夜明けに道端の死骸を集めてまわる牛車などを眺めた。*キュラソーのドラム缶のなかで息を吹き返したオランダ・チューリップや、雪よけの屋根のある風車小屋や、都心のホテルのキッチンを通り過ぎていく怪しい汽船などを眺めた。*カルタヘナ・デ・インディアスの石がこいや、一本の鎖で仕切られた湾や、家々のバルコニーに当たっている日射（ひざ）しや、いまだに副王の飼い葉を恋しがっている貸馬車のやせ馬などを眺めたのだった。閣下、素晴らしい眺めじゃありませんか、世界は広いでしょう、と言われたが、事実、世界は広かった。広いばかりでなく、気の許せないものでもあった。というのも、大統領が十二月に断崖の上の別荘まで登っていったのは、なにも、不幸の鏡に映った自分自身の影のような気がするので嫌っていた、あの亡命者たちと話をするためではなかった。それは、十二月の光線がその源から射しそめ、バルバドス*からベラクルス*に至るアンティリャの世界全体をふたたび眺めることができる、奇跡の瞬間に立ち会うためだった。大統領はそのとき、三のダブルの札を持っている者のことも忘れて出窓に近づき、大海原(おおうなばら)という水槽で眠っているワニの群れによくにた、奇妙な島々を眺めた。そしてあの忘れることのできない十月の木曜日をまざまざと思い出した。その日の明け方、大統領が部屋から外へ出てみると、大統領府のなかにいる者がみんな赤いボンネット*をかぶっていたのだ。新しく狩り集めてきた愛妾(あいしょう)たちが赤いボンネットをかぶって、広間の掃除をし、鳥籠の水を替えていたのだ。牛小屋の乳しぼりや詰所の歩哨(ほしょう)、階段の中風病みやバラの植込みのレプラ患者たちが、カーニバルの晴れ着にぴったしの赤いボンネットをかぶってうろうろしていたのだ。大統領は早速、自分が寝ているあいだに何が起こり、大統領府の者ばかりか市の住民までが、これ見よがしに赤いボンネットをかぶる結果になったのか、その点を詳しく調べることにした。あっちこっち聞きまわったあげく、やっと、真実を語ってくれた男に出会った。閣下、ひどく古めかしいスペイン語をしゃべるよそ者たちが、やって来たんですよ、〈うみ〉とは言わずに〈わたつみ〉と言い、〈インコ〉を〈オウム〉、〈カヌー〉を〈丸木舟〉、〈銛(もり)〉を〈猎(やす)〉と呼ぶような連中です、おれたちが迎えに出て、やつらの船のまわりを泳いでいると、高いマストの上によじ登って仲間同士、大きな声で言うんです、おい、あいつらを見ろ、いい体をしてるぞ、均整がとれてるし、顔もなかなかのもんだ、髪の毛は太くて、馬の毛にそっくりだ、って、いえ、それだけじゃありません、日に焼けて皮が剝けないように、おれたちが彩色してるのを見ると、水浴びするインコのように喜んで、大きな声で言うんです、おい、あいつらを見ろ、真っ黒に体を染めてやがる、カナリアみたいな色をしたのもいるぞ、白でも黒でもないな、ほんとに、いろんな色をしたやつがいる、って、ところが閣下、おれたちには、なんで連中が騒ぐのか、さっぱりわけが分からない、なにしろ生まれたときから、このとおり裸なんだから、ところが連中と来たら、この暑さ――もっともやつらは、オランダの密輸商人のように、アチサ、なんて発音したけれど――だというのに、クラブのジャックみたいななりをしてました、そしてみんな男なのに、まるで女みたいな髪の形をして、だけど女は一人もいなくて、おれたちが大きな声で言っていることがさっぱり分からない癖に、あいつらはまともな人間のことばが分からんらしい、なんて言うじゃありませんか、そうこうするうちに、さっき言ったとおり、連中のことばでは丸木舟ですが、カヌーに乗っておれたちのところへやって来ました、そして連中は魚の歯だと思ったようですが、ニシンの背骨がおれたちの鋸の先についているのを見てびっくりし、おれたちの持ってるものはなんでも、この赤いボンネットや、このビーズと交換してくれました、連中を喜ばせるために首に掛けている、このビーズがそれです、連中はまた、一文の値打ちもない真鍮の鈴や、どれもこれも安物ですが、フランダース産の壺、眼鏡そのほかの品物と取り替えてくれました、人間も悪くはないし気前だっていいことが分かったので、連中に気づかれないように、おれたちは連中を岸のほうに誘いこみました、ところがそれからがたいへん、これとそれを替えてくれ、これとあれを替えてくれ、とやってるうちに、まるで市でも立ったような騒ぎになってしまいました、あれよあれよという間に、みんながめいめい持参したインコやタバコ、チョコレートの塊やイグアナの卵、要するに神様がお造りになったすべてのものを、交換しはじめました、連中が自分たちの持ってるものと、喜んで取り替えてくれたからですよ、おれたちの一人をビロードの胴着と交換したい、ヨーロッパで見世物にするから、なんてことまで言いだす始末でした、ばかげた話じゃありませんか、閣下。しかし、大統領は話を聞いてすっかり頭が混乱した。この妙ちくりんな取引きが果たして政府の介入すべき問題かどうか、とっさに判断がつかなかった。そこで大統領は寝室に引きさがった。そして、いま聞かされたややこしい話を理解する助けになりそうな光を求めて、海に面した窓を開けた。だが目に入ったのは、海兵隊が桟橋に置きざりにしていった例の舟艇だった。また、この舟艇をはるかに越えた暗い沖合に停泊している、三隻（せき）の帆船だった。

ハゲタカにいいように食い荒らされた大統領が、おなじ執務室で、おなじ服装で、おなじ姿勢で、横たわっているのを発見したのは、それが二度めだったが、われわれの誰ひとりとして、一度めのことを記憶しているほど年を食ってはいなかった。しかし、そのわれわれも、大統領が死んだという決定的な証拠は何ひとつないことだけは、はっきりと心得ていた。真実のかげには、つねに、べつの真実が隠されているからだ。およそ分別など持ちあわせない連中でさえ、目の前の状況だけでは満足しなかった。ひきつけをよく起こすこと。謁見(えっけん)の最中に口から泡を吹き、もがきながら椅子(いす)から崩れ落ちること。しゃべり過ぎのせいで舌がよく回らなくなっているのだが、本人がしゃべっていると見せかけるために、カーテンのかげに腹話術師をひそませていること。

乱行のたたりか、ニシンのうろこのようなものが全身にできていること。涼しい十二月が訪れると、ヘルニアが船乗りの歌をうたいだすこと。腫れあがった睾丸を乗せて運ぶ車椅子の助けを借りて、それでやっと歩けること。純金の飾りと紫のリボンが目立つお棺が、深夜、軍用トラックによって通用門から運びこまれたこと。見たという者の話によれば、レティシア・ナサレノが庭で雨に濡れながら泣きわめいていたこと。こうしたことが、しばしば事実として認められた。ところが、その死のうわさがより確実なものに思われれば思われるほど、大統領はますます精力的で威光にみちた姿を、ひょっこりわれわれの前に現わし、予期していなかった方向へわれわれの運命をねじ曲げた。大統領の印章付きの指環や、いかにも達者そうな足のばかでかいサイズといった直接的な証拠。あるいは、ハゲタカもついばむのを遠慮したが、腫れあがった睾丸という、ほかに類のない証拠。これらのもので納得してしまえば事は簡単なのだが、しかし決まって、大統領ほどのお偉方ではないけれど、むかし死んだべつの人間の体に、よくにた証拠を見たおぼえがある、などと言いだす者が現われるのだった。大統領府の建物を入念に調べてみても、死体の身許を明らかにするのに役立ちそうなものは何ひとつ見つからなかった。ベンディシオン・アルバラドが布告によって列聖されたこともほとんど記憶していなかったが、われわれは彼女の寝室で、長い年月をへて石になった小鳥の細い骨の転がっている、壊れた鳥籠をいくつも見つけた。牝牛が嚙み荒らした籐椅子を見つけた。色のぱっとしない別種の鳥をコウライウグイスと称して市場で売るために、いなかの小鳥売りの女たちが使う水彩のセットや、筆洗い用の皿などを見つけた。瓶に一本のセイヨウヤマハッカが植えられていて、放ったらかしにされながら伸びつづけたその枝があたりの壁を這い、肖像画の目の玉から突きだし、窓から外に乗りだしたあげく、奥の中庭の藪にまぎれ込んでいるのを見た。しかしわれわれは、いかに些細なものであれ、大統領がその部屋にいたという確かな証拠を見つけることはできなかった。比較的近い時期に権勢を誇ったというだけでなく、公式の行事における派手やかな振る舞いのせいで、より鮮明なイメージが保たれていたが、レティシア・ナサレノが初夜を過ごしたその部屋でわれわれは、奔放な愛戯にもってこいの、レースの天蓋付きのベッドが鶏舎になり下がっているのを見た。紙魚にさんざん食い荒らされた青ギツネのストール、フープスカートの針金の骨、冷たくなったボロボロのペチコート、花模様の*ブラッセルレースの胴着、室内用の男物のブーツ、主を迎えるときに履いたものだが、ヒールの高い、ストラップ付きのサテンのパンプス、フェルトのスミレの造花とファーストレディーの豪勢な葬儀にふさわしい*琥珀織りのリボンがついた裾ながなガウン、そして灰色の羊皮にそっくりな粗い麻の修練尼用の僧衣などを見つけた。それらはいずれも、彼女を実質的な大統領夫人の座に着けるために、パーティー用のガラス食器の箱に隠してジャマイカから連れだしたとき、同時に運びこまれたものだった。しかし、われわれはその部屋で、海賊並みのあの誘拐が愛ゆえになされた行為であるか否か、少なくともその点をはっきりさせる証拠を何ひとつ発見することができなかった。晩年のほとんどを過ごした場所だったけれど、大統領自身の寝室でわれわれが見つけたのは、使ったようすのない軍隊用のベッド、古物屋たちが海浜隊員の去っていったあとの建物から持ちだした、携帯用の便器、九十二個もの勲章を収めた櫃、そして背中から胸に抜けた大口径の六発の銃弾のために焼け焦げた穴が開いていたが、死体の着ているものにそっくりな、階級章なしの軍服などでしかなかった。この軍服を眺めながらわれわれは思った、卑怯にも背後から撃たれた弾丸は、彼の体を貫通しながら傷を負わせることはできず、正面から撃った弾丸は、彼の体にはね返されて下手人を襲うという始末、彼のためなら死んでもよいと思っている人間が放った弾丸だけが、彼の命を奪うことができる、という世間のうわさはやはりほんとうなのだと。二着の軍服は死体には小さすぎたけれど、だからといってわれわれは、それらが大統領のものである可能性を否定しなかった。百歳まで背が伸び、百五十歳のときに三度めの歯の生え変わりがあったといううわさが、一時、やはり流れたからだった。しかし現実には、ハゲタカに食い荒らされた死体は、近ごろの平均的な人間より大きいということはなかったし、まるで乳歯のように健康で、小さくて、丸っこい歯をしていた。傷ひとつない皮膚は胆汁のような色をし、老人斑(はん)があった。昔よく肥(ふと)っていたように、あちこちたるんでもいた。無表情だった目は、うつろなくぼみだけを残していた。腫れあがった睾丸を除くと、その体に不釣り合いなのはばかでかい足だった。*コノリという鳥のように曲がった固い爪(つめ)のついた、角ばっていて平べったい足だった。軍服の場合とは逆で、お抱えの歴史家たちによる記述では、何もかもが誇張されていた。小学校の教科書には、国父はお体の非常に大きな方で、と書かれていた。ドアの下をくぐることができないので、大統領府の外に出たことは一度もなく、幼い子供たちやツバメをことのほか愛し、ある種の動物たちのことばに通じ、自然の変化を前もって知る能力があり、目をのぞくだけで他人の心を見抜き、レプラ患者の傷をいやし中風病みの足腰をしゃんとさせる、特効薬の秘法を心得ておられる、と書かれていた。その生まれについては教科書はいっさい触れていなかったが、その途方もない権力欲や政治のやり口、陰険な行動などから高地出身の男だと考えられていた。ある大国に海を売却した結果、底知れない夕闇(ゆうやみ)を迎えるたびに心痛むのだが、月面の粗い塵(ちり)を敷きつめたような、この無涯の平原を目の前にしながら暮らすという生活にわれわれを陥れた、想像を絶する非情さからも、そう考えられていた。大統領がその気になるまでつぎつぎにハーレムに送りこまれた、無数の愛なき愛妾たちを相手に、いずれも七カ月の月足らずだったが五千人以上もの子供を一生のあいだに儲けた、とも推定されていた。しかし、大統領の苗字と名前を受けついでいる子供は一人もいなかった。いや、レティシア・ナサレノとのあいだにできた子供だけはべつで、誕生と同時に、なんと師団長に任命された。大統領の考えでは、子供はその母親いがいの誰の子供でもない、母親ひとりの子供であるからだった。この確信は大統領自身にも当てはまるように思われた。周知のとおり彼は、歴史上の有名な独裁者たちと同様に父無し子で、はっきり分かっている身寄り、恐らくたった一人の身寄りは、愛する母親、ベンディシオン・アルバラドだったからである。学校の教科書によれば、ベンディシオン・アルバラドは奇跡的に、男の助けを借りずに後年の大統領を懐妊し、そのメシアとしての運命のお告げを夢のなかで受けたのだという。大統領は布告を発して彼女を国母と呼ばせたが、その理由は簡単めいりょう、わしの母親よりほかに、母を名のれる者はいないという、ただそれだけのことだった。しかし、彼の政権が発足した当初は、素姓のはっきりしない変わり者の女というので、大統領の品位についてうるさい連中の激しい非難の的となったものである。彼らが許せなかったのは、国家元首の母親ともあろう者が、あらゆる伝染病から身を護るためだと言って、樟脳入りの小さな袋を首からぶら下げたり、フォークでキャビアを串刺しにしようとしたり、エナメル革のスリッパでそこらをうろうろしたりすることだった。おなじように彼らが認められなかったのは、音楽室のテラスに蜜蜂の巣箱を置いたり、公務用の部屋で七面鳥や水彩絵具で色付けした小鳥を飼ったり、演説用と決められたバルコニーにシーツを干したりすることだった。おなじように彼らが耐えられなかったのは、外交官の集まったパーティーの席上で、わたしは神様にお願いしてるんですよ、息子が一日も早く、大統領の座から引きずり降ろされますように、って、こんなお屋敷に住んでるのは、まるで四六時中、明るい電灯の下にいるようなもんですからね、と放言したことだった。ある祝日のことだがそれ以前にも、彼女はにたような、あけっぴろげな態度を見せたことがあった。空瓶入りの籠をかかえて儀仗兵の列を掻きわけ、けたたましい喚声や軍歌、花ふぶきなどの降りそそぐなかで、今まさに祝賀パレードを開始しようとしている大統領専用車に追いつき、その窓から籠を差し入れながら、大声で息子に言ったのである、あそこを通るんだろ、ついでだから角の店に寄って、この空瓶を返しておくれ。このいわば歴史的感覚の欠如をあますところなく暴露したのが、ヒギンソン提督麾下の海兵隊の上陸を祝う公式の晩餐会だった。黄金まばゆい勲章をちりばめた礼装に、それ以後死ぬまで使いつづけることになるサテンの手袋、という息子の晴れ姿をその目で見たベンディシオン・アルバラドは、母親としての誇りを抑えかねて、外交官たちがずらり勢ぞろいしているその前で、大きな声で言ったのである、大統領になると分かってたら、この子を学校にやったのにねえ。恥っさらしもいいところだというので、それを機会に、彼女は郊外の家に移された。逃亡した保守党の連中が残していった素晴らしい住宅街を、連邦戦争を牛耳るボスたちがサイコロ賭博で分けあっていたころのことだが、ある夜、大統領が幸運にもわがものにした、部屋数十一の屋敷に移された。ところがベンディシオン・アルバラドは豪奢な造作を嫌って、こんなの見てると、わたしゃ、まるで法王さまの奥さんみたいな気分になっちまうよ、と言った。与えられた六人のはだしの小女たちの居場所に近い仕事部屋のほうが気に入って、暑さもそこまでは及ばず、六時ごろになると現われる蚊を追うのもはるかに簡単な、ひっそりとした一室に、愛用のミシンや鳥籠ともども落ち着いた。広い中庭のけだるい光線とタマリンドの木の芳香のただようなかで、彼女が腰を下ろして縫物をしていると、メンドリたちは広間をうろつき回り、警備の兵士たちは空き部屋で小女を待ち伏せした。彼女はよく、腰を据えて水彩絵具でヨシキリに彩色を施しながら、小女たちの前で溜息をついた。あの子が可哀そうでねえ、海兵隊の連中に大統領府に引っぱりこまれちゃって、おかげで母親にも会えないんだよ、夜中に体のどこかが痛くなって目が覚めても、まめに看病してくれる女房がいるじゃなし、大統領なんて厄介な仕事を押しつけられて、月給はたったの三百ペソ、これじゃ、あの子が可哀そうだ。まったく彼女の言うとおりだった。町じゅうの者たちが日盛りの眠りの沼でもがいている隙を狙って、大統領は毎日のように彼女のところに通っていたのだ。彼女の好物であるフルーツの砂糖漬けを手渡し、その機会を利用して、海兵隊の操り人形になり下がった、つらい立場について綿々と訴えた。砂糖漬けのオレンジや、蜜につけたイチジクをこっそりナプキンに包んで持ち帰らなければならないが、そのわけは、昼食の残りものの量まで帳簿に記入する主計を占領軍当局は用意しているからだ、という話をした。この前などは、戦艦の艦長が測量係らしいのを数名連れてやって来て、そこらじゅうの物の寸法を測りおった、と嘆いた。連中はわしに敬礼するどころか、この頭にメートル尺を巻きつけ、測定値を英語でべらべらやりおった。通訳を使ってわしに、そこをどいてくれ、と言うから、そこをどくと、明るいところに立つな、と言う、そこも離れると、じゃまにならんところへ行け、とぬかす、測量係がうろうろしていて、バルコニーの光線の量まで測っているんだ、じゃまをするなと言われても行き場所がない、しかし、これはまだ序の口で、最後まで残っていた二人の貧相な女まで追いだされちまった、提督の言うには、どの女も大統領にはふさわしくないんだそうだ。女日照りにすっかり音を上げた大統領は、夕方になるのを待ちかねて、郊外の屋敷にこっそり忍びこむようなまねまでした。しかし母親は、大統領が寝室の暗がりで小女たちを追いまわしている気配を見逃さなかった。そして大いに同情し、誰にも息子の窮状を悟られないように、籠のなかの小鳥たちをわざと暴れさせた。女に襲いかかるさいの物音。恥っさらしなもみ合い。閣下、やめてください、やめないとお母さんに言いつけますよ、という押し殺した抗議の声。そんなものを近所の連中に聞かれないように、小鳥たちを無理やりうたわせた。にわか亭主の荒々しい鼻息。着衣のままの恋男の哀れな声。子犬のような呻(うめ)き。惨(みじ)めな話だが、午後三時の液体ガラスのような空気と情け容赦ない暑さのこもった寝室で行なわれる、この間に合わせの色事に仰天して騒ぎ立てるメンドリの声とともにとだえていく、あるいは腐れていく孤独な涙声。そうしたものを誰にも聞かせないために、ヨシキリの午睡のじゃまをして、無理やり鳴き立てさせた。こうした不自由な状態は、占領軍がペストの流行におびえてこの国を立ち去るまで続いた。駐留期限が終わるのはまだ何年も先のことだったが、占領軍の兵士たちは将校用宿舎を解体して部品に番号を打ち、木箱に詰めこんだ。緑ゆたかな牧場をそっくりひっぺがし、毛布のようにぐるぐる巻きにして運び去った。この国の河川に住む寄生虫に体内を食い荒らされないように、わざわざ本国から送らせた蒸溜水入りのゴム製の水槽をたたんだ。白ペンキの映える病院を解体した。建築方法を知られたくないというので、兵舎をダイナマイトで爆破した。六月の夜になると、暴風雨のなかで行方不明になった提督の亡霊が甲板をさまよう、古ぼけた上陸用舟艇を桟橋に置きざりにした。しかし、移動可能な武器のすべてを快速の列車に満載して運び去る前に、彼らは善隣友好勲章を大統領に贈ることを忘れなかった。国家主席にふさわしい栄誉礼をささげ、聞こえよがしの大きな声でほざいた、黒人の淫売屋をお返しする、われわれはいなくなるが、適当にやってください。いなくなったんだ、おふくろよ、ほんとに、連中は消えたんだ、というわけで、占領中は牛のように首うなだれていた大統領は、久しぶりに大統領府の階段を昇り、みずからまつりごとを行なうことになった。闘鶏を復活するようにという請願が殺到すると、気前よく認めた。海兵隊によって禁止されていたたこ揚げその他の遊びをふたたび許可した。あらゆる権力が手中にあると信じた彼は、国旗の配色を逆にし、国章の赤頭巾を勇士に征伐されたドラゴンに変更した。わしらがここの主人なんだ、おふくろよ、そうだろう、連中なんかくそくらえさ、ベンディシオン・アルバラドは、権力の掌握に伴ったこの大騒ぎだけでなく、それ以前に味わった惨めな思いを生涯忘れることがなかった。しかし、彼女が思いだしていちばん嘆いたのは、あのにせの頓死（とんし）騒ぎのあと、大統領が突然訪れた栄華にとまどっていたころのことだった。彼女は話を聞いてくれそうな者がいると、愚痴をこぼした、大統領の母親だなんて言ったって、ほんとに詰まらないよ、持ち物は、この薄汚れたミシンだけなんだから。また、彼女はつぎのように嘆いた、ごらんよ、飾りの付いた豪勢な車を乗りまわしてるけど、うちの息子は、死んでも埋めてもらう墓さえ持ってないんだよ、長いあいだお国に尽くして、こんなばかな話があるかい。しかし、彼女が愚痴をこぼしつづけたのは、身についた癖とか思い違いのせいではなかった。それは、息子がもはや悩みごとを打ち明けてくれなくなったからだった。また、以前のように権力の秘密を分かち合うことをしなくなったからだった。海兵隊がいたころとあまり変わりようが激しいので、ベンディシオン・アルバラドは、息子が自分より年が上になったような、時の流れのなかで先を越されたような、そんな気さえした。彼女は、しゃべる息子の舌がもつれることに気づいた。現実感覚がかなり怪しくなっていて、時にはよだれを繰ることもあるのを知った。息子が山のような小包を抱えて郊外の屋敷までやって来て、汗を掻きながら全部をいっぺんに開けようとするのを見たときには、母親ではなく、むしろ娘にふさわしい憐憫（れんびん）の情に襲われた。息子は荷紐（にひも）を歯で食いちぎった。縫物籠のはさみを取りだす余裕を彼女に与えずに、帯鉄（おびてつ）をはずそうとして爪を痛めた。欲に目がくらんだように、片っぱしから取りだした品物を母親に見せながら、これを見てくれ、凄（すご）いものばかりだ、と言った。水槽入りの生きた人魚。部屋のなかを飛びまわりながら時を告げる、ゼンマイ仕掛けの、等身大の天使。波や風の音ではなくて、国歌がなかから聞こえる大きな貝殻。ほんとに豪勢な品物ばかりだ、貧乏と縁が切れるってことは、いいもんだ、と大統領は言った。しかし、母親は喜んでいる息子をあおるようなことはしなかった。それどころか、胸を締めつけられるほど哀れに思っていることを息子に悟らせないために、コウライウグイスの色付け用の筆を嚙みながら、いま座っている椅子に着くのに、息子がどれほど苦労したかを思いだした。現在はそんなことはない。現在は、大統領自身のいいぐさではないが、手のひらのビー玉のように、確実に、権力を一人で握っている。あれは、連邦戦争で最後まで生き残った、貪欲（どんよく）なサメのようなボスたちに追われた彼が、恥も外聞もなく、小魚よろしく、近所の屋敷に身をひそめていたころのことだった。連中は確かにわしを助けてくれた、おかげで、詩人でもある*ラウタロ・ムニョス将軍を倒すことができた、あの学のあった独裁者も今では、スエトニウスのラテン語の祈禱書（きとうしょ）や血統のいい四十二頭の馬といっしょに地下に眠っているが、それはともかく連中は、戦場でのはたらきと引き替えだと言って、追放した昔の主人たちの農場や家畜を自分のものにし、自治権を持った州に国を分割してしまった、閣下、これこそ連邦主義ですよ、このためにわれわれは血を流したのです、と言われれちゃ反対のしようがない、まるで、わがもの顔に振る舞う絶対君主だ。自分たちの法律、自分たちのために勝手に決めた祝日、自分たちのサインが印刷された紙幣、自分たちでこしらえた礼装、宝石をちりばめたサーベル、金モールの飾り緒、彼以前にこの国に君臨した副王たちの古い写真にヒントをえたもので、クジャクの尾の前立てがついた三角帽子。連中は山だしのいなか者で、感情的で、誰の許可もえないで正門から大統領府に出入りした。閣下、祖国はみんなのものです、だからこそ、われわれも身命をなげうって、などと抜かして、パーティー用の広間に陣取るのはいいが、女に産ませたガキもいっしょ、いや、糧食に不足すると困るというので、通りがかりのすべての農場で貢物よろしく徴発した動物もいっしょだった、連中はまた護衛を、乱暴な傭兵を引きつれていたが、こいつらときたら、靴の替わりにぼろ切れで足をくるんでいて、ろくすっぽスペイン語がしゃべれない、そのくせ、いかさま賭博のほうの腕は達者だし、残忍で、得物の扱いはたけていた。そういうわけで、大統領府もそこらのキャンプではないけれど、大水のあとのような強烈な臭いがただよっていた。参謀本部の将校たちは、国有財産である家具をそれぞれの農場へと持ち去った。政府の高官たちは、大統領の母堂であるベンディシオン・アルバラドの願いなどどこ吹く風、ドミノの勝負に明け暮れた。市場を思わせるごみの山を掃きだし、難破のあとのような状態を少しでもととのえようと思うものだから、ベンディシオン・アルバラドは息つくひまがなかった。自由派の勝利の救いようのない堕落に抵抗を試みたのは、彼女ひとりだったのだ。トランプの勝負で権力の座を争う、あのろくでなしどもによって大統領府が汚されるのを見て、彼らをほうきで追いだそうとしたのも彼女ひとりだった。彼らはピアノのかげで男色にふけった。ベンディシオン・アルバラドが止めるのも聞かずに、雪花石膏の壺でくそをした。ちょいと、それは便器じゃないよ、パンテレリア*の海の底から拾いあげてきた壺だよ、と言っても、彼らは、どうせブルジョア連中のなぐさみものですよ、と答えるだけだった。誰がなんと言おうとやめなかった。神様だってやめさせることはできなかった。アドリアノ・グスマン将軍なんかはむごいもんだった、わしが大統領に就任して十年め、外務省のパーティーに出席したのはいいが、あんなことになるとは誰も想像しなかった、その日のためにわざわざえらんだ白い麻の礼服をきちんと着て、舞踏室に現われた、軍人として誓ったとおり、武器は身につけていなかったが、平服を着たフランスの脱走兵の一団を引きつれていた、こいつらはガイアナ産のキャンディーを山のようにかかえていて、アドリアノ・グスマン将軍はそいつを、大使や公使夫人のあいだを回ってひとつひとつ配って歩いた、もちろん、恭(うやうや)しく腰を折ってご亭主たちの許しをえてからだが、ヴェルサイユでは大いに喜ばれていると、傭兵たちに吹きこまれたんだな、それで、めったにないことだが紳士らしく振る舞ったわけだ、そのあとは片すみに腰かけて、熱心にダンスを眺めながら、ひとりでうなずいていた、うまいもんだ、この、ちりちり髪のヨーロッパの女たちも、ダンスは達者なもんだ、とつぶやいていた、誰でも取り柄はあるもんだな、と椅子に座りこんだままつぶやいていた、そしてそのとき初めてわしは気づいたが、やっこさんがひと口飲むごとに、副官の一人がグラスにシャンパンを注いでいた、時間がたつにつれて、やっこさんの顔がふだんより腫れあがり、赤くなっていった、こらえたゲップの圧力だろう、そいつが目のあたりまで昇ってくるたびに、汗みずくの上着のボタンを一個引きちぎった、さかんに眠気を訴えていた、ところがダンスがちょっととぎれたとたんに、のろのろと椅子から立ちあがった、上着のボタン全部を引きちぎってしまうと、こんどはズボンの前のボタンを引きちぎり、ハゲタカのしなびた一物にそっくりなやつを引きずりだして、大使や公使夫人たちの香水がぷんぷん匂(にお)う*デコルテに、小便をひっかけた、柔らかい*モスリンの膝元(ひざもと)や金襴(きんらん)のベスト、ダチョウの羽根の扇子などを、へべれけの兵隊の、胸の悪くなるような小便でびしょびしょにした、まわりが大騒ぎしているのにそ知らぬ顔で、鼻歌をうたいながらだ、ぼくはきみの庭のバラに水をやる、哀れな恋人、おお美しいバラの花よ、とうたいながらだ、止めようとする者は一人もいなかった。大統領でさえ止めようとはしなかった。このわしが、何でも相談しているあの二人にはかなわないが、ほかの誰よりも力のあることを知っているからだ。誰も気にしていないけれど、大統領は、ほかの者がどういう人間か、じっと観察している。ところが連中のほうは、この老いぼれが心のなかで何を考えているのか、さっぱり見当がつかない。花崗岩でできたような老いぼれの冷静さは、掏摸のような抜け目のなさや、生まれついての底知れない辛抱強さといいとこ勝負である。みんなの目に映るのは、いかにも陰気な目付き、薄い唇、うら若い乙女のような手だけだった。ところがこの手は、あの忌わしい日にも、サーベルの柄を握ったまま微動もしなかった。閣下、お知らせいたします、と耳打ちする者がいたのである。話を聞くと、マリファナとアニス酒*で悪酔いしたナルシソ・ロペス司令官が親衛隊の見習士官をトイレに引っぱりこみ、性悪女のような手管を使ってさんざんなぶったあとで、迫ったという。入れるんだ、思いっきり、こいつは命令だぞ、頼む、その小さな、かわいい金玉を、ここへ入れてくれ。苦痛に涙を流しながら、怒りに涙を流しながらわめいていた司令官は、やがて、恥も外聞もなく四つん這いになり、鼻もひん曲がるほどの臭気の立ちのぼる便器に顔を突っこんで、ゲエゲエやっている自分に気づいた。気づくと同時に、美少年の見習士官の襟を摑んで軽がると持ちあげ、高地の先住民たちが使う槍で、まるでチョウか何かのように、謁見の間の華やかな壁掛けに釘付けにした。哀れな話だが、三日たつまでは、誰ひとり彼を下に降ろしてやろうとしなかった。大統領が昔の戦友たちを監視していても、それはもっぱら、彼らが陰謀をたくらむのを妨げるためであって、その私的な生活にまでは干渉しなかったからだ。大統領の信じるところでは、そのうち彼らは仲間同士で殺し合いを始めるはずだった。ところがある日、大統領のもとに報告がもたらされた。ヘスクリスト・サンチェス将軍が猫に嚙まれて狂犬病にかかり、発作に襲われて、護衛の連中を椅子を振るって皆殺しにしたというのだ。哀れなやつめ、とつぶやき、ドミノの勝負の手を一瞬やすめた大統領の耳に、さらにべつの報告がもたらされた。河を渡りかけていたとき馬が頓死したために、ロタリオ・セレーノ将軍が溺死したというのだ。哀れなやつめ、とつぶやいた直後に、さらにべつの報告がもたらされた。例のナルシソ・ロペス将軍がどうしても治らない男色を恥じて、尻の穴にダイナマイトを突っこみ、はらわたを吹っ飛ばしたというのだ。こうしたぶざまな死は自分には無関係だというように、哀れなやつめ、とだけつぶやいた大統領は、それでも死んだ彼らのために布告を出して、戦死者とおなじ扱いにすることを命じた。英雄のいない国なんて戸のない家とおんなじだ、と言い、盛大な葬儀を営んだあと、そろって国立墓地に埋葬させた。そして国じゅうを捜しても六人しか将軍が残っていないと知ると、彼らの誕生日を祝うために大統領府に招き、無礼講を開いた。みんな、いっぺんに呼んだらいかがです、閣下、もちろん、ハシント・アルガラビア将軍も、生まれが賤しい上に悪賢くて、母親に子供を産ませたことを自慢したり、火薬を混ぜたアルコールしか飲まないような、そんな男ですがね、とにかく閣下、若いころとおなじように、われわれだけで宴会の間に集まりましょう、乳兄弟のように、みんな武器は持たない、もっとも隣の部屋にはちゃんと護衛たちを配置しておきます、われわれを理解してくれるたった一人の人間のために、全員が素晴らしいプレゼントを山のようにかかえて行きますよ。われわれを理解してくれる、と彼らは言ったが、その裏の意味は、われわれを巧みに牛耳っている、ということだった。そのたった一人の人間でなければ、伝説的な存在であるサトゥルノ・サントス将軍を荒野のど真ん中の隠れ家から引きずりだすことはできなかったろう。やつは、どこの馬の骨か分からん生粋のインディオで、わしらのような野人は、閣下、地面を踏んでいないと息ができんのです、と言って、年がら年じゅうはだしで歩きまわっている、サントスのやつは、強烈な色の、奇妙な動物の模様が入った毛布をはおってやって来た、いつものように陰気な雰囲気をただよわせながら、護衛を連れずに一人でやって来た、サトウキビ刈りに使う山刀しか身につけていなかったが、いくら言われても腰から離そうとしなかった、これは武器ではない、仕事道具だ、と言った。サントスが贈り物として持参したのは、人間どもの戦いにも役立つように飼いならしたワシだった。それにやつは、おふくろよ、ハープを持参していた、この神聖な楽器を弾けば、あらしを避けることができるし、取り入れの時期を早めることもできるとかで、そいつをやつは、サトゥルノ・サントス将軍は、心をこめて弾いた、おかげでわしらは、戦争中のいやな夜を思いだささせられた、体に染みついていた、疥癬をわずらった犬のような戦争の臭いを掻き立てられた、心の奥にひそんでいたが、われらを導く黄金の船、という軍歌をひっ掻きまわされた、みんなは心をこめて、そいつをうたった、おふくろよ、わしも涙で顔をくしゃくしゃにしてブリッジから戻る始末さ、みんなは、そいつをうたいながら、プラムと子ブタ半匹の肉を詰めた七面鳥を食った、めいめいが専用のボトルの酒を飲んだ、いや、わしとサトゥルノ・サントス将軍はべつだ、二人は、一滴も酒を口にしたことがないんだ、タバコもやらないし、生きるのに最低必要な量しか食べないんだ、みんなはわしのために、ダビデ王がうたったという朝の歌を合唱してくれた、ヘインマン領事が、ハッピー・バースデイ・トゥ・ユー、とがなる珍しい道具を、ラッパ付きのシリンダー型蓄音機を持ちこむ前によくうたわれていたやつだが、誕生日のお祝いの歌を残らず、涙を流しながらうたった、ずぶずぶに酔って、居眠りしながらうたった、黙って聞いている老いぼれなどそっちのけで。この老いぼれは、十二時の時計の音を聞くとランプを下ろして手に持ち、兵舎にいたころの習慣にしたがって横になる前にもう一度、建物のなかの見回りに出かけた。そして戻る途中、最後に宴会の間を通りかかったとき、六人の将軍たちが丸くなって床に寝ているのを見た。たがいを監視している五人の護衛に見守られながら、抱きあって、だらしなくぐっすりと眠っているのを見た。各自が大統領を恐れているのとおなじように、そして大統領がそのうちの二人が陰謀をたくらむのを恐れているように、彼らは抱きあって眠っているときでさえ、たがいを恐れていたのだ。大統領はふたたびランプを鴨居に戻してから、寝室のドアの三個の掛け金と、三個の錠前と、三個の差し金をさし込み、右腕を枕がわりに床にうつ伏せになった。ところがその瞬間に、いっせいに発射された護衛たちのあらゆる火器の凄まじい音のせいで、建物が土台から激しく揺れた。一回。そしてそのあと物音ひとつ、呻きひとつ聞こえずに、二回。それですべてが終わり、片がついてしまった。しんと静まり返ったあたりに火薬の臭いだけが残った。大統領ひとりが権力につきもの不安から逃れることができた。*ゼニアオイ色の朝の光のなかで、従卒たちが宴会の間の血の海でパシャパシャやっているのを見たのだ。石灰と木灰（きばい）でいくらこすっても壁から血がにじむのを知って、失神せんばかりの恐怖におののいている母親のベンディシオン・アルバラドを見たのだ。いくらしぼってもカーペットからしたたり落ちた。あの戦争で最後まで生き残った連中の殺し合いの凄まじさを隠すために、力を入れて洗えば洗うほど、回廊や執務室の床から血が噴きだした。公式の発表によれば、彼らはめいめいの気の触れた護衛に殺害されたものであり、国旗に包まれたその遺体は、盛大な葬儀の営まれたあと、すでに満員の状態にある霊廟（れいびょう）に納められたのだった。ところで護衛は、ただの一人も血なまぐさい殺し合いの場から逃れることができなかった。生き残った者は、閣下、誰もいませんよ、ということだったが、サトゥルノ・サントス将軍だけは例外だった。防弾チョッキよろしくスカプラリオをぶら下げていた上に、思いどおりに変身するインディオ流の秘術を心得ていたのだ。いまいましい男ですよ、閣下、やつはアルマジロにだって、池にだって変身できるんです、雷にもなれるんですよ。それが事実であることを大統領は知っていた。昔、大統領のかかえるいちばん達者な道案内人が、クリスマスの日を最後に彼の足跡を見失ったことがあった。よく訓練されたジャガー狩り用の犬さえ反対の方角に走った。将軍は巫（み）

女たちの使うトランプの王様に姿を変え、それでもちゃんと生きていて、昼は眠り、夜は陸と海の難所を旅しつづけ、あとに残していく祈禱の文句によって追跡者たちの判断を狂わし、多くの仇敵を根負けさせたのだ。けれども大統領だけは一瞬も探索を怠らなかった。何年ものあいだ昼夜のべつなく探索を行なった。そして長い歳月がたったある日、大統領は、軍隊のあとを追うそうした連中を昔よく目にしたものだが、子供や家畜を引きつれ、炊事道具をかかえた男女の群れを見た。棒に吊したハンモックに病人たちを乗せて、雨のなかを黙々と進むのを見た。その先頭に、粗い麻の服を着た、ひどく顔色の悪い男が立っていて、閣下、わたしは神の使いです、と名のった。それを聞いて大統領は額をぽんとたたき、なんだ畜生、こんなところにいたのか、とつぶやいた。事実、サトゥルノ・サントス将軍はそこにいて、妖術めくが絃のないハープを弾いて、巡礼たちの喜捨を受けていたのだった。すり切れたフェルトの帽子におんぼろのポンチョという、陰気で貧相ななりをしていたが、しかしそういう惨めな状態のなかにあっても、彼の息の根を止めることは、大統領が思ったほど容易ではなかった。将軍は昔、大統領の腕のたつ部下の三人の首を山刀で刎ねたり、獰猛な連中を相手に勇敢に、りっぱに渡りあったりしたことがあったのだ。将軍の姿を見た大統領は、この神の使者が説教を垂れている、荒野のなかの陰気な墓地の手前で汽車を停めるように命令した。銃をかまえた大統領の護衛の兵士たちが国旗の色で塗りわけられた貨車から飛びおりるのを見て、みんなはクモの子を散らすように、わっと逃げだした。震える手で山刀の柄を握り、摩訶不思議なハープの横に立ったサトゥルノ・サントス将軍を除いて、人っ子ひとりいなくなった、階級章も何もついていない麻の服を着、武器も持たずに客車のデッキに現われた不倶戴天の仇敵の姿を、サトゥルノ・サントス将軍は茫然と眺めながら、閣下、百年ぶりのような気がします、と言った。大統領は、肝臓でも悪いのか黄色っぽい顔、今にも泣きだしそうな目、いかにも疲れきったわびしい表情をしていた。がそれでも、本来与えられた権力だけでなく、死人たちから奪った権力を握っている男にふさわしい、青白い光をその顔は放っていた。それを見てわしは、抵抗せずに、その場で死ぬ覚悟を決めた、なんでも思いどおりにしたいという、ただそれだけのくだらない理由で、はるばる遠いところからやって来た老いぼれに逆らっても、しようがないと思ったからだ。ところが大統領はイトマキエイのような手をひらひらさせながら言った、命だけは助けてやる、お国に尽くしたことのある貴様だ。それもこれも、退くことを知らない敵に向けるべき武器は友情よりほかにはないと、かねてから思っていたからだった。サトゥルノ・サントス将軍は大統領が踏んだ地面にくちづけし、嘆願した、もう一度、閣下のもとではたらかしてください、山刀を振るう力がこの腕にあるかぎり、精いっぱいやります。大統領は願いを入れた。よかろう、ただし、ひとつ条件がある、絶対にわしの後ろに回るなよ、と言って、元将軍を護衛の一人にした。ドミノの勝負で組んで、二人がかりで大勢の失脚した独裁者からごっそり巻きあげた。はだしの元将軍を大統領専用の馬車に乗せて、犬どもをおびえさせ、大使夫人たちを失神させる、あのジャガーのような息を吐くのをかまわず、外務省のレセプションの席に連れだした。眠ることへの不安から逃れるために、元将軍を寝室のドアの前に寝かせた。生きているだけで精いっぱい、一人で夢のなかに現われる人間たちの相手をすると考えただけで、身震いするほどだったのだ。長年のあいだ、大統領はその身辺から元将軍を離さなかった、ところがやがて、尿酸のせいで山刀を振るう力の衰える日がやって来た。元将軍は大統領に願いでた、その手で、閣下、わたしを殺してください、ほかの連中にむざむざやられたくはありません。ところが、大統領は年金と感謝状を与え、馬泥棒の巣である生まれ故郷に隠棲（いんせい）して、死ぬまで生きているように命令した。ごらんのとおり、閣下、いくら威勢のいい人間でも、年には勝てません、へっぽこになり下がってしまいます、残念ですが。サトゥルノ・サントス将軍が恥も外聞もなく泣きながら訴える話を聞いて、大統領も涙を抑えることができなかった。ともかくそういうわけで、惨めだった昔の埋め合わせをするような大統領の子供じみたばか騒ぎや、権力のおかげでえたものを湯水のように使って、幼いころ持てなかったものを年取ったいま手に入れようとする大統領の非常識な振る舞いなどを、ベンディシオン・アルバラド以上によく理解できる人間はいなかった。しかしそんな彼女も、息子が早くもぼけ始めたのをいいことに、彼女自身が四ペソ以上で売ることができずにいる、にせの小鳥ほど安くもなければ頭を使う必要もない、舶来のがらくたを息子に売りつけようとする者が現われたことに、大いに腹を立てた。お前が喜んでるんだから、まあいいけど、と彼女は言った、でもねえ、少しは先のことを考えなくちゃ、教会の前に立って物乞いしてるお前の姿を、わたしゃ見たくないんだよ、明日だかあさってだか分からないけど、でも間違いなくお前は、いま座っている大統領の椅子から引きずり降ろされるんだから、せめて、歌がうたえたらねえ、大司教か、それとも船乗りだったらねえ、ところがお前は、ただの将軍だろ、偉そうに命令するだけで、ほかにはなんの役にも立たないんだよ、政府のお金であまったものがあったら、安心のできる場所に、ほかの者に見つからないような場所に、埋めておくんだね、と彼女は忠告した。あの絶壁のそばの別荘で、昔のことを忘れかねて、未練がましく船に手を振ったりしてるらしいけど、国を追われた、あの気の毒な大統領たちとおんなじように、ここを出ていかなきゃならない日が来るかもしれないんだからね、あの連中が、お前、いい鏡だよ、と彼女は言った。ところが大統領は言うことを聞かないばかりか、魔法のような力を秘めた決まり文句で母親の取り越し苦労を打ち消した。心配することはない、この国の連中はわしを愛しているんだ。おかげでベンディシオン・アルバラドは長い年月、貧乏を嘆きながら生きるはめになった。市場の買い物の値段のことで小女たちとやり合い、倹約のために昼飯を抜いたりさえした。それもこれも、誰も事実を教えてくれる者がいなかったからだ。彼女が世界でも指折りの金持ちであること、政治の駆け引きでふところに入ったものをすべて、大統領が彼女名義にしていること、彼女が途方もなく広い土地や数えきれない家畜の持ち主であるばかりでなく、場末を走るチンチン電車や、郵便局や、電報局の持ち主であること、国じゅうの河と海の持ち主であり、したがってアマゾンの支流や領海を走る船はすべて、彼女に航行権料を払わねばならないことなどを、誰も教えてくれなかったからだ。彼女は、そうしたことをまったく知らなかった。おなじように、郊外の屋敷にやって来て、年寄り向きのおもちゃを夢中でいじくり回しているのを見ていたせいだが、彼女の思っているほど息子が能無しではないことを知らなかった。つまり大統領は、国内で殺される牛一頭ごとに個人として受け取る税金のほかに、また、支持者たちから送られてくる見返りの金品や下心のある贈り物などのほかに、ずいぶん昔のことだが、宝くじの賞金をふところに入れる確実な方法を思いつき、現に実行していたのだった。それは、例の頓死事件のあとの、騒々しい時期のことだった。殉教者の聖ヘラクレイオス*の夜、全国で感じられた地下の大音響こそ原因であると多くの者が信じたけれど、それにちなんだ名で呼ばれることのなかった時期のことだった。この大音響についても確かな納得のいく説明はついに与えられず、着工当初から世界最大とうわさされながら、結局は完成しなかった工事の絶えまない騒音のせいにされてしまった。ところが、世の中が平穏な時期には、大統領は閣僚を呼びつけておきながら、郊外の屋敷で昼寝を楽しんだものだった。タマリンドの静かな木蔭に吊ったハンモックに寝そべって、帽子でふところに風を送った。ウールのフロックコートとセルロイドのカラーで身を固め、暑さでげんなりしながらハンモックのまわりに座って議論している、艶のいい口ひげを立てた口達者な博士たちの話を、目をつぶって聞いた。非常に嫌っていたが、やむをえずふたたびその地位に就けた民間出身の大臣たちが国事を論じるのをじっと聞いていた。中庭でメンドリを追いまわしているオンドリのけたたましい叫びや、絶えまのないセミの声や、スサーナ、こちらへおいで、スサーナ、という歌を近所でうたっている、目の固いプレーヤーの音などがするなかで、大臣たちが突然話をやめて、静かに、閣下はお休みになったようだ、とささやく。ところが当の閣下は目を開けず、いびきを掻きつづけながらわめいた、ばかもの、わしは寝てはおらんぞ、話を続けろ。言われて大臣たちは議論を続けたが、やがて大統領は、クモの巣めいた眠りのなかからおどりでて、決めつけるように言った、ばかばかしい話ばかりだ、まともなのは、わしの友人の厚生大臣だけだな、もういい、これで終わりだ。この一言で議論は終わり、大統領は、いっしょにそこらを歩きまわりながら副官たちと話をした。片手に皿、もう片方の手にスプーンを持って歩きまわりながら食事をした。そして副官たちを階段のところまで送り、冷たく言い放った、貴様たちの好きなようにやれ、かまわん、最終的な責任はわしがとる。副官たちにやる気があるのかないのか、そんなことは訊こうともしなかった。大統領はみずから落成式のテープを切ってまわった。もっと泰平無事なころにもなかったことだが、権力者につきものの危険をものともせず、公衆の面前に姿を見せた。終生の友であるロドリゴ・デ＝アギラル将軍や親友の厚生大臣を相手に、あきもせずにドミノの勝負にふけった。大統領に信頼されていて、囚人の釈放や死刑囚の特赦を願いでることのできるのは、この二人だけだった。貧民たちのあいだからえらばれた美人コンテストの優勝者を、特別に引見するよう願いでる勇気を持ちあわせていたのも、この二人だけだった。まさに掃き溜めにツルですよ、われわれはあのへんのことを、闘犬横丁と呼んでいるくらいで、昔から、あそこでは町じゅうの犬がひっきりなしに、表でいがみ合っているんです、うっかりあそこへ入ると命が危ない、国家警察のパトロールでさえ尻込みするありさまです、身ぐるみ剝がれるんですよ、あそこの連中がちょっと手を触れただけで、パトカーがばらばらになる、あそこへ迷いこんだらロバなんか、それは哀れなもんです、通りの一方の端からとことこ入っていくのはいいが、もう一方の端から出てくるときは、骨と皮だけという始末ですから、あそこの連中は、閣下、金持ちの子供を焼いて食ったり、肉をソーセージにして市場で売ったりするんです、嘘じゃありません、ところがあそこで、あの掃き溜めのツルは、あのかわいいマヌエラ・サンチェスは生まれ、暮らしているんです、わが目を疑いたくなるような美貌には、国じゅうの者が驚いております。大統領は耳打ちされて大いに好奇心をそそられ、それが貴様たちの言うとおり、ほんとうならば、とくに謁見を許すだけではすまん、わしがまず、その女のワルツのお相手を務めることにしよう、そしてそのことを大々的に新聞に書き立てさせるんだ、こういうくだらんことが貧乏人たちは大好きだからな、と命じた。ところが謁見のあったその晩、ドミノの勝負を戦わしている最中に、大統領は何やら切なげな口調でロドリゴ・デ＝アギラル将軍に言った、貧乏人たちのあいだからえらばれたあの美女だが、べつにダンスの相手を務めることもなかった、あのマヌエラ・サンチェス程度の女なら、あの界隈(かいわい)にごろごろいるんじゃないのか、まるでニンフのようなモスリンの長いドレスや、まがいの宝石をちりばめた金メッキの王冠を身につけ、手にバラを一輪もち、大事な金でも扱うように世話を焼く母親が、いつも、そばで見張っているが。わしは、彼女が望むものを、と言ったって、あの闘犬の町に電気と水道を引いてくれというだけのことだが、すべて与えた、しかし、請願を受け付けるのはこれが最後だ、いいかね、貧乏人の相手はもうたくさんだ、と大統領は言った。そしてドミノの勝負がまだ終わっていないのに、乱暴にドアを開けて出ていった。八時を打つ時計の音が聞こえた。大統領は小屋のなかの牛に牧草を与え、糞(ふん)を外へ運びださせた。建物全体を調べてまわった。手に持った皿の上のものを歩きながら食った。豆入りの肉のシチュー、白い米、まだ青いバナナの薄切りなどを食った。正門から寝室まで配置された歩哨(ほしょう)の数をかぞえた。十四名。みんな、ちゃんと持ち場についていた。第一の中庭の哨舎でドミノをして遊んでいる護衛たちを見た。バラの植込みで寝ているレプラ患者や、階段に転がっている中風病みを見た。まだ食い終わっていない皿を窓のところに置いた。気がついてみると、それぞれ月足らずの赤ん坊を抱いて三人でひとつのベッドに寝ている、愛妾たちの小屋のヘドロめいた空気を手でこね回していた。残飯の臭いのする山の上におおいかぶさり、頭ふたつをこちらへ、足六本と腕三本をあちらへどかした。相手が誰なのか、気にも留めなかった。目も開けず、彼が相手だとはつゆ知らず、乳房をふくませてくれた女が誰なのか、気にも留めなかった。そんなにガツガツしないでくださいな、閣下、子供たちがびっくりしてるわ、と眠ったままべつのベッドからささやく声が、いったい誰のものなのか、気にも留めなかった。やがて建物の内部へ引き返して、二十三個の窓の鍵(かぎ)をよく調べ、入口のホールから個室まで五メートルおきに、火をつけた牛の糞を並べた。焦げくさい臭いが鼻をついた。自分自身のものであるはずだが、とてもそうは思えない少年時代を思いださせられた。しかしそれを思いだしたのは、煙が立ちのぼりはじめたほんの一瞬だけで、すぐに忘れてしまった。さっきとは逆に、寝室から入口のホールへ戻りながら電灯を消していった。小鳥たちが眠っている籠にカバーを掛けていった。麻のカバーを掛ける前に数をかぞえた。四十八羽いた。ランプを手にさげて、もう一度、建物の全体を見てまわった。火の入ったランプをさげた将軍の鏡に映った姿を、十四回も眺めた。時刻は十時、どこにも異常がなかった。護衛たちの寝室へ取って返し、さあ、もう寝ろ、と言いながら電灯を消した。一階の執務室や待合室、トイレはもちろん、カーテンの奥やテーブルの下まで調べた。誰も隠れてはいなかった。手の感触だけで区別のつく鍵の束を取りだし、執務室のドアを閉めた。それから二階に上がって部屋をひとつひとつあらため、ドアに鍵を掛けた。額縁の後ろの隠し場所から蜂蜜の瓶を取りだし、スプーン二杯分を舐めてから横になった。郊外の屋敷で眠っている母親が頭に浮かんだ。コウライウグイスに上手に色付けする、いかにも小鳥売りらしい血の気のない手をして、シュロとランの花に囲まれながら眠っているベンディシオン・アルバラド、横向きの死体のような母親の姿が頭に浮かんだ。お休み、と言った。お前もお休み、と郊外の屋敷のベンディシオン・アルバラドが眠ったまま答えた。大統領は寝室のドアの表側にある鉤にランプを吊した。急いで部屋を出るとき必要な明りだ、絶対に消してはならん、と厳命し、眠っているあいだも吊しておくランプだった。時計が十一時を打ち、大統領は最後にもう一度、暗闇のなかの建物を点検して回った。寝ているすきに何者かが忍びこんでいることを恐れたのだ。回転する灯台の光線の矢、緑がかった光線でつかのま生じる朝のような明るさのなかに、金の拍車からこぼれる星屑のように、泥の痕が残された。大統領は、光が一度明滅するあいだに、眠ったままうろつき回っている一人のレプラ患者を見た。前をさえぎり、闇のなかを誘導した。その体に触れはしなかったが、見回り用のランプで足許を照らしてやりながら、バラの植込みへ連れていった。暗がりに立っている歩哨の数をもう一度かぞえ、それから寝室に引き返した。窓の前を通りかかると、そのひとつひとつからおなじ海が、四月のカリブ海が見えた。大統領は足を止めずに二十三度、カリブ海を眺めた。四月はいつもそうだが、それは金色の沼のように見えた。やがて十二時を告げる鐘が聞こえた。大聖堂の鐘の舌が最後の音を打ち終わると同時に、大統領は、ヘルニアのかぼそい恐怖の声がくねりながら背筋を這いあがってくるのを感じた。それ以外には物音は聞こえなかった。大統領がすなわち国家だった。大統領は寝室のドアを三個の掛け金、三個の錠前、三個の差し金で締めきった。携帯用の便器で小便をした。二滴、四滴、七滴の小便を苦労してしぼりだした。床にうつ伏せになり、すぐに眠りのなかに落ちていった。夢はみなかった。三時十五分前、目が覚めた。汗をびっしょり掻いていた。体が震えていた。何者かが、掛け金をはずさずに内部に侵入する不思議な力を持った何者かが、眠っている顔をのぞき込んでいたような気がしたのだ。そこにいるのは誰だ、と訊いたが、返事はなかった、目を閉じると、またもや、何者かに見られているような気がした。ずっとしながら目を開けると、こんどははっきり見えた。それは、マヌエラ・サンチェスだった。思いどおりに壁を突き抜けて出たり入ったりできるので、錠前をはずさないで部屋へ忍びこんでいたのだ。いまいましいマヌエラ・サンチェスは、モスリンのドレスを着、火のように真っ赤なバラを手に持っていた。その息はカンゾウ*のような匂いがした。大統領は哀願した、言ってくれ、これは悪夢だ、まやかしだ、と言ってくれ、そこにいるのはお前じゃない、と言ってくれ、今にもくたばりそうなくらい頭がくらくらするが、これは、カンゾウ臭(くさ)いお前の息がよどんでいるせいだ、と。けれどもそこにいるのは、やはり彼女だった。そのバラだった。その温かい息だった。海鳴りよりももっと力強く、もっと由緒(ゆいしょ)のあるものだが、絶えまなく吹きつける潮風のように寝室のなかをただよっている、芳(かぐわ)しいその息だった。お前に会ったのが運のつきだ、マヌエラ・サンチェス、お前の名前はわしの手のひらにも、わしのコーヒーの出し殻にも、わしの臨終のときに使われる鉢のなかの水にも、書かれてはいない、わしの吸う空気を、わしのみる夢を横取りしないでくれ、この暗い部屋のなかだが、ここへ入った女はまだ一人もいないんだ、恐らく、これからだってそうだ、そのバラの火を消してくれ。大統領は呻き声を上げながら、電灯のスイッチを求めて這いまわったが、見つかったのはスイッチではなくて、頭にくるあの女、マヌエラ・サンチェスだった。くそいまいましい、なんでお前を見つけなきゃならんのだ、お前を失(な)くしたわけでもないのに、ほしかったらこの建物を、ドラゴンの国章ごとこの国を、そっくり持っていけ、ともかく、明りをつけさせてくれ、夜ごとわしを襲うサソリめ、ヘルニアもどきのマヌエラ・サンチェスめ、お前のおふくろは売女(ばいた)だ、と大統領はわめいた。電灯の明りが魔法から解き放ってくれるとひたすら信じながら、わめいた、誰か、こいつを引きずり出してくれ、わしの目の前から消してくれ、首に錨を縛りつけて、海岸の崖下にでも捨ててきてくれ、そうすれば、あのバラの強い光に苦しめられることはないだろう。恐怖の叫びを振りまきながら、大統領は廊下から廊下を駆けまわった。暗闇のなかの軟らかい牛の糞を踏んで歩いた。錯乱した頭で考えた。いったい、どうなっているんだ、もうすぐ八時だというのに、まだ、みんな寝てるじゃないか、まるっきり悪党の巣だ、いい加減に起きろ、このろくでなし、と大統領は大声を張りあげた。あちこちで明りがつき、三時だというのに起床ラッパが鳴った、港の要塞でも、サン・ヘロニモの守備隊でも、それをまねた。全国の兵営でまねた。不意打ちをくらった兵器の立てる凄まじい音がひびいた。露が降りるまでにはまだ二時間もあるというのに、バラの花が威勢のいい音とともに開いた。ねぼけまなこの愛妾たちは星空の下でカーペットをはたき、まだ眠っている小鳥の籠のカバーを取り、花瓶の宵越しの花をその晩開いた花と取り替えた。左官たちは大あわてで壁をつくった。海では四月、建物のなかでは二十五日の日曜日、空を見ればまだ夜だということを気づかせないためだが、窓に金紙の太陽をべたべた貼ってヒマワリを惑わした。中国人の洗濯屋たちは大騒ぎで、いっこうに起きようとしない連中をベッドから放りだし、シーツをさらって行った。先の見える盲人たちが、そんなものがあるはずもない場所で、愛を、愛を、とその必要性を説いた。悪徳役人たちは、昨日の卵がまだファイルボックスの引き出しに残っているというのに、メンドリが月曜日分の卵を産んでいるのを見た。混乱した群衆やいがみ合う犬のせいで、急ぎ召集された閣議の場は騒然として収拾がつかなかった。一方、大統領はいかにも唐突な朝の訪れにまごつきながら、闇を打ちはらう者、時を動かす者、光を預かる者、と彼を褒めそやす、臆面もない阿諛追従のやからを掻きわけて歩いた。歩いていると、最高司令部の将校の一人が入口のホールで呼び止め、不動の姿勢をとって報告した、閣下、二時五分になったばかりであります。さらにべつの声が告げた、閣下、三時五分であります、朝の。大統領は手の甲で激しく相手の顔を打った、内心ぎょっとしながらも、みんなに聞こえるような大きな声でわめいた、なにをばかな、八時だ、わしが八時と言ったら、八時だ。ベンディシオン・アルバラドは郊外の屋敷のドアをくぐる彼の姿に気づいて、尋ねた、どうしたんだね、そんな顔をして、まるで毒グモに刺されたみたいじゃないか。また言った、胸に手をあてたりして、なんのまねだね。しかし、大統領はそれには答えないで、崩れるように籐椅子に座りこんでから手の位置を変えた。その手のことなどすっかり忘れたころに、母親がコウライウグイスの色付けに使う絵筆の先を彼に向けて、呆れたような声で訊いた、ほんとにお前は、キリストの聖心を信じているのかい、とろんとした目で胸に手をあてたりして、どう見ても、ただごとじゃないね。大統領はどぎまぎしながらその手を引っこめた。冗談じゃない、と答え、ドアの大きな音をさせて出ていった。そして、あててはならぬ場所に持っていかないようにポケットに手を突っこんで、大統領府の建物のなかを歩きまわった。窓から外の雨を眺めた。午後の三時を夜の八時に見せかける目的で窓ガラスに貼りつけられていたが、クッキーの包み紙でこさえた星や、銀メッキの月の上を流れ落ちるしずくを眺めた。中庭で寒さに震えている護衛の兵士たちを眺めた。陰気な海や、マヌエラ・サンチェスのいない彼女の町にそぼ降る彼女の雨や、恐ろしいほどがらんとした広間や、逆さにしてテーブルの上に載せられた椅子を眺めた。あっという間に過ぎていくまたの土曜日の夕闇の、マヌエラ・サンチェスの影のないまたの夜の、癒すべのない孤独と向き合った。せめて、あのダンスの思い出を消してもらいたいもんだ、ここが切なくて、とつぶやきながら大統領は溜息をついた。自分の状態を恥じて、心臓いがいのところに所在のない手の置き場所を探し、結局、雨のせいでおとなしくしているヘルニアにそれをあてた。ヘルニアに変化はなく、形もおなじ、重さもおなじだった。痛みぐあいもおなじだったが、手のひらで剝きだしの心臓そのものを摑んでいるように、はるかに激しいものに思われた。大統領はこのとき初めて、むかし大勢の人間から、心の臓は、閣下、三つめの金玉ですよ、と教えられたことの意味を理解した。大統領は窓辺から離れて、魚の骨が心に突き刺さったような終身大統領の苦悩を持てあましながら、謁見の間のなかをぐるぐる歩きまわった。気がついてみると閣議の行なわれている部屋にいて、いつものことながらわけも分からず、ただ聞くふりを装っていた。財政状態に関する退屈な報告を辛抱強く聞くふりをしていた。ところが突然、空中で何事かが起こって大蔵大臣は沈黙し、他の閣僚は、悲哀のために生じた胸甲の裂け目を通して大統領のようすをうかがった。大統領自身は、胸に手をあてた終身大統領という惨めな姿を白日のもとにさらしたことが理由だったが、顔面をぴくぴくさせながら、無力な孤独感に苦しみながら、クルミ材のテーブルの端に座っていた。親友の厚生大臣の飾り屋めいた小さな目の、冷たい火で身を焼かれるような思いを味わっていた。厚生大臣は、まるで内診でもするような目付きで大統領を見ながら、チョッキの時計の細い金鎖をいじくり回していた。気をつけてください、と何者かが言った、恐らく胸痛ですよ。ところが、そのときすでに大統領は、激しい怒りでこわばった海の精のような手をクルミ材のテーブルの上に戻していた。顔色も良くなっていた。そしてことばといっしょに、威光をはらんだ命取りの突風を口から吐きだした、胸痛の発作であってくれと、そう思っとるんだろう、この悪党ども、さあ会議を続けろ。

言われたとおり閣僚たちは会議を続行したが、しかしたがいの話は耳に入らなかった。あの立腹ぶりから察するところ、何か重大なことがその身に起こっているにちがいない、と考えたからだ。そのことをたがいに耳打ちした。この解釈はみんなに伝わり、彼らは大統領を指さしながら言った、心臓のあたりを掴むくらいだ、よっぽど弱っているんだろう。彼らはささやいた、縫い目がほころびたんだ。大統領はあわてて厚生大臣を呼びつけた。厚生大臣が駆け寄ってみると、右腕を子ヒツジの脚のようにクルミ材のテーブルの上に載せて泣きくずれる大統領、という自分の惨めな姿を恥じながら、こいつをすっぱりやってくれ、と命令した。しかし、厚生大臣は首を横に振って、閣下、たとえ銃殺になっても、その命令だけは、したがうわけにはまいりません、これは公平の問題です、わたしの価値は、恐らく、その腕以下でしょうから、と言った。うわさはぱっと広まった。大統領の状態に関するこの種の、また別種のうわさは時のたつのにつれて殖えていった。ところがその当の大統領は、マヌエラ・サンチェスの灰の火曜日の日の出を眺めながら、兵営向けの牛乳を小屋でしぼっていた。マヌエラ・サンチェスのバラににたバラの花を汚されないように、レプラ患者をバラの植込みから追いだしていた。他人に聞かれずに、女王のお前の最初のワルツ、という歌をうたうことのできる、ひっそりとした場所を建物のなかに探していた。お前に忘れられないために、とうたった。お前に忘れられたら、わしは死ぬんだと、お前に知ってもらうために、とうたった。悩みを少しでも和らげられたらというので、泥沼めいた愛妾たちの部屋にもぐり込んだ。そして気まぐれな愛人としての長い年月のなかでこのとき初めて、本能の命じるままに振る舞った。念を入れて事を行ない、一度ならず二度までも、はしたない女たちによがり声を上げさせた。暗闇のなかで驚きと喜びの入りまじった声を上げさせた、いい年をして、恥ずかしくないんですか、閣下。しかし大統領は、何とか耐えていこうと懸命に努めているが、それも結局、自分をあざむいて無為のうちに日を送るトリックでしかないことを、充分に知っていた。孤独のなかで運ぶ一歩ごとに、喘ぐひと息ごとに、それらが容赦なく、焼けるように暑かったあの運命の日の二時に自分を引き戻すことを知っていた。あの日大統領は、犬がいがみ合う、ごみ捨て場のような恐ろしい町なかの彼女の家まで出かけていって、マヌエラ・サンチェスに求愛したのである。私服だったし、護衛もついていなかった。大統領を乗せたタクシーは、古くなったガソリンの排気を撒きちらしながら、いぎたなく眠っている町なかを走り抜けた。凄まじい喧騒が渦まいている狭い商店街の道を避けて走った。大統領は、水平線に一羽のペリカンを浮かべた、彼の地獄の責苦のもとであるマヌエラ・サンチェスの広い海を見た。彼女の家の前まで走るボロ電車。それを見て、窓がすりガラスで、彼女専用のビロード張りの特別席をしつらえた、黄色い電車と交換するように命令した。人影のまばらな日曜日の海水浴場。それを見て、脱衣場を設けるように、天気によって色の異なる小旗を立てるように、マヌエラ・サンチェス専用の浜辺を針金のフェンスで囲うように命令した。彼の庇護のおかげで財をなした十四家族の、大理石のテラスと思慮ゆたかな牧場をめぐらした別荘。ここにお前を囲っておきたい、と言いたくなるような、スプリンクラーとステンドグラスのバルコニーがあり、ひときわ目を引く別荘。それを見て、強引に買いあげさせた。このように世の中のなりゆきを勝手に決めておきながら、当の大統領は目を開けたまま、空缶づくりの車の後部座席で夢をみていた。やがて海から吹く風もにぎやかな家並みも尽きて、犬のいがみ合う町の凄まじい叫喚が銃眼めいた窓から飛びこんできた。そこにたどり着いた大統領は、自分でも信じられないが心のなかでつぶやいていた、おふくろよ、ベンディシオン・アルバラドよ、とうとう来てしまった、一人で、おふくろの助けがほしいな。ひとを摑まえては尋ねているが、白い麻の服にカンカン帽というでたちで、割れた窓ガラスのすき間から外をのぞいている老人の悲しげな目、生気のない唇、胸にあてられたけだるげな手、寝言を言っているような声。それらに見覚えや聞き覚えのある者は、群衆のなかに一人もいなかった。わしの屈辱の源であるマヌエラ・サンチェスは、貧乏人たちからえらばれた女王は、手にバラの花を持った女は、いったい、どこに住んでいるんだ、と大統領は不安な面持ちでつぶやいた。ぬかるみで猛烈に嚙みあい、相手を八つ裂きにしている犬どもの逆立った背中の毛、悪魔のような目付き、血に飢えた牙、しっぽを巻いて逃げながら上げる悲鳴。この騒々しい町のいったいどこに、お前は住んでいるのか。いまいましいスピーカーが絶えずがなり立てているが、どこにお前のカンゾウめいた口の匂いはただよっているのか。きたない安酒場から引きずりだされた酔っぱらいにそっくりな、このわしは生涯、お前のために苦しむにちがいない。伝説の楽園のネグロ・アダンとファンシト・トルクペイが夢中になって投げて遊んでいる、黒ずんだ銅貨や、惚れ薬や、シチューや、ニワタバコや、オオエイや、あばた面のひどいサラミ。この永遠に続く騒々しいにぎわいのなかの、いったいどこにお前は消えたのか。カボチャのように黄色くてあちこち剝げた壁や、司教服のように紫色の日よけや、インコのように緑色の窓や、濃い青ペンキの板仕切りや、手に持ったバラのような赤い柱。この雑然とした世界のなかのいったいどれが、お前の家なのか。この地獄ではそう思っているかもしれないが、時刻は昨日の夜八時ではない、今は三時なんだ。しかし、この自分のことばをここのやくざな連中が無視しているとしたら、お前の生活では、今はいったい何時なのか。がらんとした部屋の揺り椅子に股を広げて座り、うとうとしながらスカートでふところに風を入れ、股間の熱っぽい空気を吸ったり吐いたりしているこの女たちの、いったいどれがお前なのか。あの腹の立つマヌエラ・サンチェス。女王の地位に就いた最初の記念日に自分が贈ったものだが、ダイヤをちりばめた泡のようなドレスと純金の王冠の女。彼女は、いったいどこに住んでいるのか。大統領が窓越しに尋ねると、その女なら知ってますよ、だんな、と群衆のなかの一人が、自分でも母ゴリラみたいだと思っている、乳房も尻もばかでかい女が、答えた、あそこに、だんな、あそこに住んでます。どれもこれも似たりよったりだが、モザイクの玄関の階段で軟らかい犬のくそを踏んづけて転んだ男の、まだ新しい跡が残っている、けばけばしいペンキ塗りの家。副王の椅子に腰かけたマヌエラ・サンチェスにはおよそにつかわしくない、貧相な家。それが彼女の住んでいる家だとは、とても信じられなかった。しかし、愛するベンディシオン・アルバラドよ、ここがそうなんだ、なかに入るから、おふくろよ、力を貸してくれ、ここに間違いないんだ。その勇気が出るまで、十回も町内をぐるぐる回った。それから、三度の哀願の声にそっくりな音がしたが、ドアを三度軽くノックした。自分の吸っている空気の汚れは強い日射しのせいなのか、それとも欲望のせいなのか分からぬまま、やはり暑い入口の軒のかげのなかで待った。自分の置かれた状態のことなどを考えないようにしながら待っていると、マヌエラ・サンチェスの母親が出てきて、だだっ広くて殺風景な部屋の、食べ残しの魚の臭(にお)いがぷんぷんする涼しいかげのなかへ入れてくれた。眠っているような家は、外から見たときよりも広い感じがした。母親が昼寝をしているマヌエラ・サンチェスを起こしに行っているあいだ、大統領は革張りのスツールに腰かけたまま、自分の不幸の生まれた場所をじっくり眺めた。雨漏りの痕が筋になった壁や、壊れたソファーや、尻のあたるところがやはり革の、べつの二個のスツールや、隅に置かれた絃のないピアノなどが目に映った。なんだ、こんなものか、さんざん苦労させやがって、と溜息をついていると、マヌエラ・サンチェスの母親が裁縫箱をかかえて戻ってきて、腰を下ろしてレースを編みはじめた。思いがけぬ老人の客の前にきちんとした身なりで出るために、マヌエラ・サンチェスが服を着替え、髪をとかし、いちばん上等の靴を履くのを、そうして待つつもりだったのだ。当の客人は当惑しながらつぶやいた、わしを不幸のどん底に陥(おとしい)れたマヌエラ・サンチェスは、いったいどこにいるんだ。せっかく会いにきたのに、この乞食(こじき)小屋のどこにもお前の姿はない、昼の食べ残しの臭いがぷんぷんしているが、お前のカンゾウのような匂(にお)いは、どこへ行った、お前のバラは、どこへ行った、お前の情愛は、どこへ行った、こののら犬めいた迷いのなかから、檻(おり)のなかから、わしを救いだしてくれ、と溜息まじりにつぶやいた。するとそこへ、べつの夢の鏡に映った夢のなかのイメージのように、彼女がドアのところに現われた。一*ヤード一センターボの安物の麻の服、櫛でいい加減にまとめた髪、破れた靴。それでも、真っ赤なバラを手に持った彼女がこの世でもっとも美しい、気位の高い女であることに変わりはなかった。めくらむようなその姿を前にして大統領は狼狽し、腰をかがめたが、女のほうは頭を下げもしないで、ようこそいらっしゃいました、と挨拶してから、彼の腋臭のひどい臭いが届かない、正面のソファーに座った。あのときが初めてよ、まともにあの人を見たのは、怖がっていることを気づかれないように、火みたいに真っ赤なバラを指でつまんで、ぐるぐる回しながらだったけど、コウモリみたいな唇や、池の底からこちらをのぞいているような、もの言いたげな目や、肝油でこねた土みたいな色をした毛の薄い皮膚を、じろじろ見てやったわ、大統領の印章付きの指環をはめた右手をぐったり膝の上に載せていたけど、そこの皮膚だけね、張りがあったのは、薄汚れた麻の服は、下に人間の体なんか隠していないみたいだったし、大きなどた靴は、まるで死人のものみたいだったわよ、何を考えているのか、とても大物には見えなかったけど、でもやっぱり、この世でいちばん年取った男、この国でいちばん恐ろしい男、いちばん嫌われ憎まれている男なのよね、その男がカンカン帽でふところに風を入れながら、口もきけずに、遠くからわたしをじっと見ているのよ、驚いちゃった、なんて哀れな男なんだろう、そう思いながら、わざと冷たく、どういうご用でしょうか、って訊いてやったわ、そしたらもったいぶった調子で、ただひとつ、お願いがあって参上した、これからも、ちょくちょくここへ寄らせてもらいたい、って言ったの。大統領は何カ月ものあいだ、毎日、自分の母親のところへ行くのがそれまでの決まりだった暑い日盛りに、マヌエラ・サンチェスのもとに通いつめた。郊外の屋敷に行ったと情報部の連中に思わせるためである。みんなが知っていることを彼だけが知らなかった。ロドリゴ・デ＝アギラル将軍麾下の狙撃兵たちが屋根の上に這いつくばって、警護にあたっていたのだ。交通を大混乱に陥れる結果になったが、彼がどうしても通らなければならない街頭から、銃尾でこづいて通行人を追っぱらっていたのだ。二時から五時までのあいだ無人の状態に保つために立入り禁止の措置がとられ、バルコニーから顔を出すような不心得者がいたら、射殺してもよい、という命令まで出ていたのだ。しかし、およそ好奇心の乏しい連中までがありったけの知恵をしぼって、タクシーまがいにペンキを塗りたくり、真っ白な麻のスーツを着て私人を装った老いぼれを乗せ、こっそり走り抜けようとする大統領専用車を待ち伏せした。そして彼の寂しそうな青白い顔を見た。何日も朝まで眠れず、物蔭に隠れて秘かに泣いた痕さえある顔を見た。

胸に手をあてたポーズを人がどう思うか、そんなことなどもはや気にしていない顔を見た。もの言わぬ太古の動物めいた男は、さまざまな憶測の種をあとに残していった。あれを見ろ、あれじゃ、暑さでガラスが溶けたような、立入り禁止区域の通りの空気には耐えられんぞ。さまざまな奇病説が乱れ飛んだが、結局、大統領の行き先は生みの親の屋敷ではなく、一瞬も手を休めずに編物をする母親の厳しい監視のもとにあるが、人目につかぬ淵のようにほの暗いマヌエラ・サンチェスの家の客間だという真実に、人びとは突きあたった。ところで大統領は、ベンディシオン・アルバラドを大いに嘆かせたが、もっぱらマヌエラ・サンチェスのために精巧な道具をいろいろ買いこんだ。磁針や、一月のふぶきを閉じこめた文鎮用の水晶や、天文学者と薬剤師だけが扱う器具や、焼付け器や、圧力計や、メトロノームや、ジャイロスコープなどの不思議な力を借りて、彼女の気を引こうとした。そうしたものを売りたがる者がいると、母親の意見を無視して、彼自身の途方もなくけちな性格にまで逆らって、どんどん買いこんだ。ただ、マヌエラ・サンチェスといっしょに楽しみ、幸せを味わいたいというのが理由だった。大統領は彼女の耳に、波の音ではなくて、その政権を持ちあげる勇壮なマーチのひそんでいる貝殻をあててみせた。マッチの火を温度計に近づけて言った、水銀が上がったり下がったりするのを、よく見てもらいたい、わしの心のなかとおんなじだ。大統領はひたすらマヌエラ・サンチェスを見つめるだけで、何も要求しなかった。気持ちをはっきり口に出さなかった。妙な道具を黙々と彼女のもとに運び、口では言えないことをそれらに伝えさせようとした。心の奥に秘めた思いを、その途方もない権力を誇示する形あるものでしか表現できなかったのだ。たとえば、マヌエラ・サンチェスの誕生日がそうだった。大統領から窓を開けてみろと言われて、そのことばどおりに窓を開けたとたん、びっくりして、口もきけなかったわ、だって、犬がいがみ合っていた貧相な町のようすが、すっかり変わっていたんだもの、日よけや花台のついた白ペンキの家や、回転式のスプリンクラーのある緑の芝生や、クジャクや、殺虫剤まじりの冷たい風や、昔の占領軍の将校宿舎をまねた、ひどい建物などが見えたのよ、夜のうちに、こっそり建てたのね、犬は首をちょん切られたわ、古い住民たちは、女王の近くに住む権利はない、なんて言われて、わが家から引きずり出されて、べつの汚い町に追いやられたわ、そうしておいてから幾晩もかけて、こっそり、新しいマヌエラ・サンチェスの町とやらを造ったのね。誕生日に、お前に窓から見てもらおうと思ったのだ、あれがそうだ、これからも幸せな日々を送ってもらいたい、威光をひけらかすようでなんだが、それもこれも、あまりそばに寄らないで、という、お前の丁重だが頑固な態度を変えられたらと思えばこそだ。だって閣下、わたしの操(みさお)の鍵をにぎったママが、あそこで見張ってるのよ。大統領はその衝動を押し殺し、怒りを抑えなければならなかった。優しい彼女が水をほしがる者に与えるために*トゲバンレイシから作った冷たい飲み物を、いかにも老人らしくすするように飲んだ。年で体にがたの来ていることをけどられないために、氷で刺されるようなこめかみの痛みにじっと耐えた。心から愛してもらいたくていろいろ手を尽くしたんだ、そのあげく、同情から、なんて言われるのはご免だからな、痛みが消えるのはお前といるときだが、人間並みの体をした大天使が家のなかに飛びこんできて、わしの臨終の時を告げる鐘を鳴らす前に、せめて、せめて吐く息でお前に触れたいと思う、この心のやるせなさ、そばにいる気が消えてなくなるくらいだ。船食い虫にやられないようにもとの箱におもちゃをしまいながら、大統領は、もうちょっといいだろうという調子で、いっこうに尻を上げなかった。立ちあがってからも、明日また寄せてもらう、いや命のあるうちは、とつぶやくのだが、気の毒なことに、最後にちらと顔を拝むのがせいぜいで、彼のいう手の届かない若い娘のほうは、大天使のお通りを見ながら、膝の上に萎(な)えたバラの花を載せたまま身じろぎもしなかった。大統領は表へ出て、誰ひとり知らぬ者のない愚行をあくまで人目から隠すつもりか、夕闇のなかを走り去っていった。この愚行は世間のみんなのうわさの種になった。大統領自身を除いて国じゅうの者が知っている作者不詳の歌が、さらにそれを広めた。オウムまでが中庭でうたった、女どもよ、そこをどけ、将軍さまのお出ましだ、青い顔で胸に手をあて、泣きながらお出ましだ、あのざまを見ろ、権力をもてあましている、舟漕ぎながら政務を執っている、開いた傷は閉じようがない。籠のオウムが盛んにうたうのを聞いて、野生のオウムもこの歌を覚えた。インコもカケスもそれを覚え、群れをなして渡り、果てしなく広い陰鬱な領土のはるかかなたまで伝えた。おかげで夕方になると、全国の至るところの空で、大勢の難民たちが声をそろえてうたう声が聞かれた、懐かしい将軍さまのお出ましだ、口からくそを吐き、尻からおきてを洩らし。終わりというもののないこの歌にみんなが、オウムまでが、新しい歌詞をつけ足して情報部をこけにした。情報部は、この歌の逮捕にやっきになっていたのだ。戦時装備の軍のパトロールは裏門を蹴やぶって中庭に乱入、政府転覆をたくらむオウムを杭に縛りつけて銃殺したり、大量のインコを生きたまま犬に与えたりした。戒厳令を布いて怪しからぬ歌の根絶をはかり、世間周知の事実を隠蔽しようとした。日暮れになると、大統領はまるで逃亡犯人のように通用門から抜けだしたのだ。調理室を横ぎり、個室にたちこめた牛の糞の煙を掻いくぐって、翌朝の四時まで姿を消したのだ。毎日、おなじ時間に、奇妙なプレゼントを山のようにかかえてマヌエラ・サンチェスの家に現われたのだ。それを入れておくためには、隣家を何軒も買い取って壁を壊さなければならなかった。おかげでもとの広間は、だだっ広くて陰気な納屋めいたものに変わってしまった。そこには、あらゆる時代の無数の時計があった。初期の蠟管式のものから振動盤式のものに至るまで、あらゆる種類の蓄音機がそろっていた。手回し型、ペダル式、モーター付き、いろんなミシンがあった。電流計、同種療法*の薬品、オルゴール、幻灯機、チョウの標本入りのケース、アジア産の薬草、物理療法やトレーニング用の器具、天体観測や整形手術や博物学用の道具、そして人間そっくりの動きをする仕掛けを持ったあらゆる種類の人形などをそなえた寝台がいくつも、まるごとしまわれていた。部屋には厳重に錠が下ろされ、なかに入って掃除をする者さえいなかったから、品物は運びこまれたときとおなじ場所にいつまでもあった。誰もその品物のことを気にかけなかったが、マヌエラ・サンチェスがとくにそうだった。運が悪いわ、美人コンテストの女王にえらばれて、あの日、わたしの一生は終わったのよ、というわけで彼女は、あのいまわしい土曜日を境に、生きることになんの興味も持たなくなった。かつての求愛者たちは原因不明の衰弱や奇病でつぎつぎに急死し、女友だちは神隠しに遭ったように姿を消した。わが家からよそへ移されたわけではないが、彼女自身が見知らぬ顔ばかりの町へ連れこまれていた。どんな小さな心の動きでも見透かされているようで、孤独だった。捕らえられた運命の罠のなかでは、へどの出そうな求愛者にたいして首を縦に振るだけの勇気も、横に振るだけの勇気もなかった。求愛者は狂ったように彼女を追いまわした。汗をびっしょり掻き、白い帽子でふところに風を入れながら、言ってみれば敬虔な忘我の状態で彼女を眺めた。あまりにもうつけた表情をしているので、彼女は、彼が果たして自分を見ているのか、それとも幽霊を見ているのかと疑った。真っ昼間、彼が口をもごもごさせているのを見た。フルーツジュースを嚙むようにして飲んでいるのを見た。銅板をたたくようなセミの声のせいで広間のなかの影がいっそう濃く感じられる時刻に、グラスを持ったまま、籐椅子の上で舟を漕いでいるのを見た。大きないびきを掻いているところを見た。風邪を引きますよ、閣下、と声をかけるとびっくりして目を覚まし、いや、寝てなんかない、ただ目をつぶっていただけだ、と答えた。居眠りしているあいだに落とさないように、彼女がその手からグラスを取りあげておいたことなど、気がついていないようすだった。ともかく、彼女が手練手管を弄して巧みに彼を操っていると、ある日の午後、信じがたいことが起こった。彼が息せききって飛びこんできて、言ったのだ、今日は、この世でいちばん素晴らしいプレゼントを持ってきた、今夜の十一時六分に空で奇跡が起こる、ぜひ見てもらいたい、いや、お前だけに見せてやりたい。奇跡というのは、じつは彗星だった。

それは、われわれが大いなる幻滅を味わった日々のひとつとなった。というのもかなり以前から、ほかにもいろいろうわさがあったが、大統領の一生のタイムテーブルは人間の時ではなく彗星の周期に支配されており、彼が生まれたのはそれを一度見るためである、阿諛追従のやからの天を恐れぬ予言はどうあれ、二度見ることはない、というわさが広く流れていたのだ。そこでわれわれは、百年めの十一月の夜が訪れるのを今か今かと待ちわびたのだった。陽気な音楽や祝いの鐘、祭りの花火などが用意された。花火が彼の栄光をたたえるためではなく、彼の治世の終わりを告げる十一時の十一の鐘の音を待つために打ちあげられるのは、この百年間でこれが最初だった。大統領はマヌエラ・サンチェスの家の屋根の上で、彼女と母親のあいだに腰かけて奇跡の出現を待った。不吉な前兆のただよう凍(い)てた空の下で感じる心臓のはたらきの不調を気づかれないために、わざと大きく呼吸した。そしてそのとき初めて、マヌエラ・サンチェスが夜吐く息を吸い、屋外での、野天での彼女の冷たさを知った。異変を迎えて呪文(じゅもん)のように打ち鳴らされる、地平線の鐘の音を聞いた。彼らより早く生まれて、彼らより長く生き延びるにちがいないのだが、彼らの力の及ばぬ創造物を前にして、恐怖に打ちのめされた群衆のかすかな嘆きの声、沸きたつ溶岩の音ににたものを聞いた。時間の重みを感じ、一瞬、人間であることの不幸を思った。そしてそのとき、問題のものを見た。あそこだ、と教えた。事実、そこにあった。それは、よく知っているものだった。宇宙の向こう側にあったとき、すでに見た、おんなじものだ。あれは、この世界よりも古いんだ。天空いっぱいに広がった、痛ましい光のメドゥーサは、その軌道を二十センチほど進むたびに、誕生した空間に百万年戻っていくのだ。錫箔の房飾りの鳴るのが聞こえた。悲しげな顔や、涙を浮かべた目や、宇宙風のせいで乱れた髪からしたたる冷たい毒液などが見られた。宇宙風はこの世界にきらきらと輝く宇宙塵の尾を、また、地上の時間の始まる前から存在する海底火山の灰やタールの月によって引き延ばされた夜明けを、あとに残していくのだ。あれがそうだ、と大統領はささやいた、ようく見ておけ、百年後でなければ見られないんだ。マヌエラ・サンチェスはおびえて十字を切ったが、彗星の青白い燐光に照らされ、小さな隕石や宇宙塵の雨を頭に白く浴びたその姿は、かつてない美しさで輝いていた。ところがそのとき、おふくろよ、ベンディシオン・アルバラドよ、そのときマヌエラ・サンチェスは、永遠の時間の奈落を空の一角に見てしまったんだ。彼女は命にしがみつくように宙に手を伸ばしたが、摑むことのできたのは、大統領のしるしの指環をはめたぞっとしない手、権力のとろ火で煮つめたように温かい、つるっとした、貪欲な手だった。宇宙塵のきらめく尾で空からシカを追い払い、国じゅうをきれいに消毒した光のメドウーサの、聖書にも記すべき有難い通過を心から喜んだ者はごく少数だった。きわめて疑い深いわれわれのような者でさえ、キリスト教の原理を破壊し、第三の聖書の基礎を打ちたてることになる、あの大往生を心待ちしていたからだ。夜明かしの疲れもあるが、それ以上に待ちくたびれてわれわれは、女たちが彗星の残していった水色の塵を掃き集めている、お祭り騒ぎのあとの朝の通りを家路についた。そのときになってもまだ、何事も起こらなかったということが信じられなかった。それどころか、またもやいっぱい食わされたのだと信じた。公報のたぐいが彗星の通過を、もろもろの悪にたいする政府側の勝利として報道したからである。この機会を利用して奇病説を一掃するために、権力者の健在を誇示するさまざまな行事が催された。新しい標語が作られ、ものものしい声明が発表された。余の唯一至上の決意は、再度彗星が通過するときまで、この地位にとどまって祖国に奉仕することである、と大統領は宣言したのだが、しかし本人は、にぎやかな音楽や花火の音を聞いても、自分の政権とはなんの関わりもないというような顔をしていた。長寿をたもち、後世に真実を伝える責務を負った国家の元勲に、永遠の栄光あれ、といった仰々しいプラカードを担いでアルマス広場に押しかけた群衆の声を聞いても、べつに感動したそぶりは見せなかった。政務がとどこおっても気にしなかった。下っぱの役人に仕事を任せて、握りしめたマヌエラ・サンチェスの熱い手の思い出にふけった。自然の運行をねじ曲げ、宇宙を破壊することになってもいいから、もう一度、あの一瞬の至福を味わいたいと願った。そしてそのことを熱望するあまり、花火の彗星を、命はかない明けの星を、ろうそくのドラゴンを造ってくれ、と天文学者たちに懇願した。永遠の時を前にしためまいを美女に味わわせるのに足る、恐ろしさと精巧さをそなえた天体ならなんでもいいというわけだったが、天文学者たちが計算の結果割りだしえたのは、皆既日蝕（にっしょく）に過ぎなかった。来週の水曜日、午後四時に起こりますが、と言われて大統領は答えた、けっこうだ。真昼だというのにあたりは真の闇となり、星がきらめき、花が萎え、メンドリは小屋にこもり、予知の能力の優れた動物たちは恐れおののいた。一方、大統領は、闇のまやかしのせいで手のなかのバラが萎（しお）れるにつれて夜らしいものになっていく、たそがれのマヌエラ・サンチェスの吐く息を深ぶかと吸っていた。あれだ、と彼は言った、お前の日蝕だよ。しかし、マヌエラ・サンチェスはそれに答えなかった。息を殺していた。あまりにも非現実的な感じがして彼は不安に耐えられなくなり、闇のなかに腕を伸ばして彼女の手を握ろうとしたが、手ごたえがなかった。彼女の匂いの感じられた場所を指先で探ったが、やはり手ごたえがなかった。それでもまだ、大統領は夢遊病者のように目を開けたまま、だだっ広い家の真っ暗闇のなかで両手をひらひらさせて、彼女の姿を求めつづけた。わしを不幸のどん底に陥れたマヌエラ・サンチエスよ、いったい、どこにいるんだ、この不運な日蝕の闇のなかをいくら捜しても、お前はいない、お前の無慈悲な手は、どこにある、お前のバラは、どこに消えた、とつぶやきながら、水の濁ったプールの底でまごついているダイバーのように、家のなかを泳ぎまわった。先史時代のバッタのような電流計や、カニのようなオルゴールや、イセエビのような怪しげな機械などが、あちこちの部屋のなかをただよっているのに出くわしたけれども、あのカンゾウのような息遣いには、ついにめぐり合えなかった。つかのまの夜の闇が消えるにつれて、彼の心にも真実の光が射しこんだ。夕方の六時の人けのない家の明け方めいた淡い光のなかで、神よりもはるかに年老いたような気分に陥った。わしの女王よ、お前のいないこの世の永遠の孤独のなかで、かつてない悲しみを、わびしさを味わったのだった。お前は日蝕の謎のなかに、永遠に消えたのだ、二度と戻ってはこないのだ。それからも長い年月、権力の座についていた彼だが、あの迷宮めいた家で、破滅のもととなったマヌエラ・サンチェスにふたたび出会うことはなかった。日蝕の闇のなかに消えたんですよ、閣下。プエルトリコのあるパーティーでプレーナ*を踊っていた、といううわさを聞いたが、彼女ではなかった。やはりそこで、エレーナという女が首を刎ねられた、と聞かされたが、彼女ではなかった。

ルンバ好きのきわめつきの悪党、パパ・モンテロのにぎやかな夜のパーティーで見かけた、という者がいたが、それも彼女ではなかった。*バルロベント諸島の鉱山の淫売(いんばい)屋に、*アラカタカのダンスパーティーに、パナマのドラムの革のうっとりする匂いのなかにいた、という話を聞かされたが、どの女も彼女ではなかった。神隠しに遭ったんですよ、閣下。あのとき彼が自殺を図らなかったとしても、それは何も、自分で自分の命を絶つだけの勇気がなかったからというわけではない。失恋の痛手くらいでは死ねない運命だということを知っていたのだ。それを知ったのは、じつは、政権が始まったばかりのある日の午後のことだった。鉢の水で運命を占ってもらうために、ある巫女(みこ)の力を借りたのだ。その運命は手のひらにも、トランプのカードにも、コーヒーの滓(かす)にも、その他のいかなる占いの手段にも示されていなかった。あの占いの水の鏡のような面にだけ示されていた。そこをのぞいた彼は、謁見の間と隣り合わせの執務室で眠るように大往生を遂げる自分の姿を見たのだった。階級章も何もついていない軍服に長靴(ちょうか)、金の拍車という格好で、生まれたときから毎晩してきたとおり、折った右腕を枕(まくら)がわりに頭の下にあてがって、うつ伏せになっている自分の姿を見たのだった。そのときの年齢は、百七歳から二百三十二歳とあるだけで曖昧(あいまい)だったけれど。

秋が訪れる直前、死体が実際にはパトリシオ・アラゴネスのものだと分かったときの彼は、そうした状態にあった。それから長い歳月をへて、われわれが見た彼もおなじような状態で、いろいろと不明な点が多く、ハゲタカに食われ、海底の寄生虫にたかられたあの老人の死体が彼のものだと認める者は、一人もいなかったくらいだ。腐敗してキューピー人形のようにぶよぶよになった手には、あの世情騒然とした時期に、この世のものとも思えぬ、若い美女のつれない態度を苦にして胸にあてていた痕跡など、これっぽっちも残っていなかった。また、その経歴を示し、身許をはっきり特定できるようなものも発見できなかった。もちろん、現在こういう状況であることを、われわれはべつに不思議に思わなかった。彼が栄耀を誇っていた時代でさえ、その存在を疑う理由がいろいろとあったからだ。側近たちですら彼の確かな年齢を知らなかった。ひどくまぎらわしい時期もあって、慈善のための福引き会では八十歳、公式のレセプションでは六十歳、そして祭日の祝賀の席では四十以下にさえ見えたのだ。彼に信任状を捧呈(ほうてい)した最後の外交官の一人であるパーマストン大使は、公表を禁じられた回想録のなかで、彼ほどの高齢はとうてい考えられない、その政庁の乱雑さについても同様で、汚(きたな)らしい反故(ほご)や動物たちの糞(ふん)、廊下で寝ている犬の食べ残しなどをよけて歩かなければならなかった、と書いている。国税庁その他の役所の所在について教えてくれる者がいないので、入口に近い個室に入りこんでいるレプラ患者や中風病みに訊(き)かざるをえなかった、謁見(えっけん)の間への道順を教えてもらったのはいいが、そこへ行ってみると、メンドリは錯覚を起こすのも無理のない*ゴブラン織りの小麦の穂を突っついている、牝牛(めうし)は大司教の肖像画のキャンバスを裂いて口のなかに入れている、というありさまだった、わたしは即座に、大統領の耳がまったく聞こえないことに気づいた、こっちの質問にとんちんかんな返事をするだけではない、小鳥が鳴いていないと言ってこぼすのだが、実際には、まるで朝の森のなかを歩いているような、にぎやかな小鳥のさえずりで息苦しいほどだった、また大統領は突然、信任状捧呈の儀式を中断し、目を輝かせ、耳の後ろに手をあてて、窓の外の、かつては海だった砂漠を指さした、そして夢うつつの状態にある人間のような声で言った、ラバの群れが近づいてくるような、あの音を聞いてもらいたい、ステットソン大使、よく聞いてもらいたい、海が戻ってきたんだ。この耄碌した老人がかつての救世主と同一人物であるとは、とうてい信じられなかった。政権が発足したばかりのころは、サトウキビ刈り用の山刀を持った農民と、気まぐれな食べ物のこなれぐあいにしたがって名指しでえらんだ、ごく少数の上院や下院の議員たちとを引きつれて、思いがけぬときに、村や町に姿を現わしたものだった。収穫のよしあしや家畜の健康状態、住民たちのようすについて訊いた。広場のマンゴーの木蔭に置かれた籐の揺り椅子に座って、当時かぶっていたカンカン帽でふところに風を送った。暑さに参って居眠りしているように見えたが、まわりに集まった男女との話合いでは、どんな小さなことでも覚えていてそれを口にした。全国民の一人ひとりや、統計の数字や、解決すべき問題などをすべて頭のなかに入れているように、彼らをちゃんと苗字と名前で呼んだ。そのせいね、目も開けないでわたしの名前を呼んだのよ、こっちへ来い、ハシンタ・モラレス、って、そして言ったわ、さんざんてこずらされたが、この手でヒマシ油を飲ませてやった、あの子供の容態はその後、どうだ、って。彼はおれに言ったよ、おい、ファン・プリエト、耳についた虫が落ちるように、わしが厄除けの呪いをしてやった種牛のぐあいはどうだ、って。おい、マチルデ・ペラルタ、逃げた亭主を無事に戻してやると言ったら、わしに何をくれる、首に縄をかけられているが、これこのとおりだ、こんど女房を捨てようなんて気を起こしたら、うんざりするくらいさらし台につないでやると、この口からよく言い聞かせておいた。おなじ親政的な感覚で、公金を使いこんだ役人の手首を公衆の面前で刎ねるよう、人夫に命じた。民家の菜園のトマトをもぎとり、農業技師の見ている前だったが、いかにも通ぶった顔でむしゃむしゃやりながら、言った、この土には大量の牝のロバの糞が必要だな、政府の費用で入れてやれ。そんな変な命令を出すかと思ったら、市内の見回りを中途でやめて、げらげら笑いながら、窓の外からどなるのよ、ミシンのぐあいはどうだ、って、もらってからもう二十年になるわ、わたしが、とっくに使いものにならなくなりました、閣下、物も人間も、一生もつようにはできてませんよ、そうでしょう、って答えたら、そんなことがあるもんか、なんでも永久に使えるはずだ、なんて言って、ねじ回しと油差しを持ちだしてミシンの分解を始めたのよ、お付きの者たちを表に放りだしたままでさ、ときどき癇癪を起こして牛みたいに、フゥーなんてやってたわ、モーターの油で顔まで真っ黒になってたけど、三時間くらいたったかしら、ミシンがまるで新品みたいに、また動きだしたのよ。つまり当時の彼にとって、国民の日常生活上の不便は、たとえどんなに些細なことでも、重大な国事とおなじ意味を持っていたのだ。彼は、幸福をみんなに分かち与え、兵隊上がりらしい小細工を弄して死を買収することが可能だと、心から信じていたのだ。今のこの老いぼれが、かつて絶大な権力を握っていた男だとは、とうてい信じられなかった。いま何時だ、と彼が訊くと、閣下のお命じになる時間です、と答える。すると、ぴたりその時間だったことがあるのだ。執務に都合のいいように一日の時間を変更するだけではなかった。計画に応じて自由に祭日を振り替えた。はだしのインディオや陰気な上院議員を引きつれて市から市へ、全国を行脚した。みごとなシャモを籠に入れて運び、すべての町や村の広場でいちばん元気のいいシャモと闘わせた。自分が賭けの胴元になり、闘鶏場の床がガタガタ震動するほどのばかでかい声で笑った。太鼓のようにひびき、楽隊や爆竹の音さえ圧倒する奇妙なばか笑いがその口から洩れると、みんなも笑わないわけにはいかなかった。彼が黙ってしまうと、おれたちは当惑した。負けるように充分に訓練してあるから、へまをするものは一羽もいなかったが、おれたちのシャモが彼のシャモに殺られると、おれたちはほっとして歓声を上げた。ただし、運の悪いディオニシオ・イグアランのシャモの場合はべつだった。大統領の灰色のシャモを一撃のもとに倒したとたんに、彼のほうからリングを横切ってやって来て、勝ちをおさめた男の手を握りしめた。貴様は男だ、と上機嫌で言い、なんの実害もないことだが、彼を負かす人間がやっと現われたことを感謝した。いくらでも出すからそのアカを譲ってくれ、と言われて、ディオニシオ・イグアランは震えながら返事をした、喜んで献上いたします、閣下。負けを知らないアカと引き替えに、大統領から六羽の血統のよいシャモを与えられた。それを見せびらかしながらディオニシオは、にぎやかな群衆の喝采、騒々しい楽隊や爆竹の音のとどろくなかを、意気ようようとわが家へ引き揚げていった。ところがその晩、彼は寝室に引きこもって、一人でヒョウタン一本分のラム酒をあおり、哀れな話だが、ハンモックの綱で首をくくってあの世へ行ってしまった。つまり大統領は、歓声で迎えられる自分の出現が多くの家庭に不幸をもたらし、その気もないのに大勢の死人を出す結果になるとは思いもしなかったのだ。寵を失った側近の深刻な悩みについてもおなじで、彼らが間違った名前で呼ばれるのを聞いた仕事熱心な殺し屋たちは、この誤りを確実な失脚のしるしだと解釈した。アルマジロめいた奇妙な歩き方やびっしょり掻いた汗の跡、濃い無精ひげ、そんな格好で大統領は全国を回って歩いた。なんの前触れもなくそこらの台所に入りこんで、役に立たない老いぼれめいた風体でその家の者を震えあがらせた。ヒョウタンの柄杓で瓶の水を飲んだり、料理の鍋から物を直接つまんで食べたりした。あまりにも楽天的、あまりにも単純だったので、その家が永久に、彼の訪問という聖痕をとどめることになるとは疑いもしなかったのだ。しかも彼のそうした行動は、かつてのように政治的な打算や、愛情への飢えから生じたものではなかった。それが彼の自然の在りかただったのだ。当時は、権力もまだ秋の盛りの岸辺のない泥沼ではなくて、われわれの目の前で泉から湧きでる熱い流れだった。したがって、木々が実を生じ、動物が子を産み、人間が栄えるためには、彼が指でさせばそれで足りたのだ。収穫をそこなう恐れのある場所から旱魃に苦しむ土地へ、雨を移せと命令したこともあった。そうしたら、そのとおりになったんだよ、あんた、この目でちゃんと見届けたんだから、ほんとに、というようなことで、つまり大統領にまつわる伝説はすべて、全能の存在であることを彼自身が意識するはるか以前に生まれたのである。当時の彼はまだ縁起や夢占いを信じていて、頭の上である種の鳥が鳴いたというだけの理由で、出発したばかりの旅行を中止した。母親のベンディシオン・アルバラドが黄身の二つある卵を見つけたというので、公の行事の日時を変更させた。また、あらゆる場所に随行して、彼にその勇気がない演説を代理のかたちでぶち上げる、熱心な上院や下院の議員団を解散させた。彼らをお払い箱にした理由は、広くてがらんとした悪夢の家にいる自分を見たことだった。グレーのフロックコートを着た、顔に血の気のない男たちが彼を取り巻いていて、にたにたしながら肉屋のナイフの先で彼を突ついた。しつこく追いまわすので、どちらに視線を向けても、顔や目を狙っている刃物に出会った。供犠の式に加わって血をすする権利を争う暗殺者たちに、獣のように取り囲まれていたが、しかし怒りも不安も感じなかった。むしろ、命の糸が細くなっていくにつれて深い安堵感を味わった。身が軽くなり透明になっていくのを感じた。そしてその結果、今にも命を絶たれようとしているのに、当の本人が笑顔を浮かべた。生石灰を塗った壁が血しぶきで赤く染まっている悪夢の家のなかで、暗殺者たちのために、彼自身のために、笑った。やがて、悪夢のなかで息子を演じている男が、彼の股の付け根をひと突きした。最後まで残っていたわしの空気が、そこから洩れてしまったよ。生きているうちは誰にも見せたことがないのに、死んでから他人に見られるのもしゃくなので、自分の血をたっぷり含んだ毛布で顔を覆った。倒れた彼を末期の苦悶が襲った。それがあまりにも真に迫っていたので、親友の厚生大臣にこの話を聞かせたいという衝動を抑えることができなかった。厚生大臣は、彼を落胆させることになるとは知らずに、閣下、その種の死が人類の歴史のなかで、かつて一度起こっていますよ、と言い、ラウタロ・ムニョス将軍の真っ黒に焼け焦げた蔵書の一冊に載っている話を読んで聞かせた。ほんとにそっくりなんだ、おふくろよ。話を聞いているうちに大統領は、悪夢から目覚めたときには忘れていたことを思いだした。それは、虐殺されている最中に、大統領府の窓のすべてが、風もないのに突然開いたということだった。しかも、現実の窓の数は悪夢のなかの傷の数とおなじ、二十三だった。この戦慄すべき暗合は、その週の上院および最高裁への海賊の襲撃という事件を生んだ。気脈を通じた軍隊が手出しをしないのをいいことに、海賊たちは、わが国の元勲たちが集まる荘厳な建物を土台ごと破壊してしまった。舞いあがる火の手は大統領府のバルコニーからも夜遅くまで見えていた。海賊たちは基礎の石さえ残していかなかったということだが、彼はその報告を聞いても眉ひとすじ動かさなかった。事件の犯人たちを厳罰に処すると約束したが、彼らはついに現われなかった。元老たちの議場を昔どおりに再建すると約束したが、その焼けただれた瓦礫は今も残っている。彼が悪夢祓いとしてやったことは、ただ、その機会を利用して、伝統を誇る、わが国の立法および司法の府を廃止したことだった。政権発足のころの状態に戻るためには必要のない上院議員や下院議員、裁判官たちなどに勲章や金をどっさり与えてから、のんびり暮らせる遠い海外の公館に追放した。あとに残ったお供は、わびしい影のような山刀のインディオだけだった。この男、一秒もそばを離れなかったわ、食べ物はもちろん、水の毒見もやったわね、ちゃんと分を心得ていて、大統領がこの家に来ているときは、戸口に立って見張りを務めてたわ、おかげで、彼がわたしの愛人だってうわさが立っちゃったけど、ほんとは月に二回、訪ねてきただけよ、トランプ占いをさせるためにね、ずいぶん長いこと続いたけど、彼もまだあのころは、いずれは死ぬ運命だと思っていて、物事を疑うことを知ってたし、いろいろ間違いも犯したわ、田舎者のやま勘よりはトランプのほうを信じてたようね、いつもおびえたような、くたびれた顔で訪ねてきたわ、最初のときがそうだった、わたしの前に腰かけて、ひと言も口をきかずに両手を差しだすのよ、これまで長いこと、ひとの運命を占ってきたけど、ヒキガエルのお腹(なか)みたいに、あんなに平べったくて、すべすべした手を見たのは、後にも先にも、あれが初めてだったわ、まるで悩みごとのある人間が黙って哀願するように、両手をそろえてテーブルの上に載せるのよ、いかにも心配そうな、気落ちしたようすなので、すべすべした手のひらよりも、不安に攻め立てられるみたいな年寄りの、どうにも救いようのない憂鬱(ゆううつ)な表情、弱々しい唇、哀れな心臓のほうが気になったくらいだわ、彼の運命は手をのぞいても分からないだけじゃない、そのころ知っていたどんな占いの方法を使っても、やっぱり謎(なぞ)だったわ、彼がトランプを切ったとたんに、それは、水の濁った井戸になってしまうのよ、彼が口をつけたカップの底のコーヒー滓(かす)は、ごっちゃになってしまうの、彼個人の将来や幸福、行動のよしあしに関係したことは全部、それを知る鍵(かぎ)が消えてしまうわけ、ところが、彼と関わりのある人間の運命だと、はっきり分かるの、だからわたしたちは、いやな臭いがぷんぷんしているなかで、色を見分けることも難しいほど年取った彼の母親のベンディシオン・アルバラドが、気の毒に、外国の名前のついた鳥の色付けをしているのを見たわ、女の名前なんてちっとも似合わないもの凄い暴風に、この市が襲われるのも見たわ、緑色のマスクをして手に剣を持った男を見たときだった、彼が心配そうな顔で、どこにいる男か、とおうかがいを立てるとカードは、火曜日に、ほかの日よりも彼の近くにいる男だ、と答えたわ、彼がうなずいて、目の色はどうだ、とおうかがいを立てるとカードは、片方の目はサトウキビのしぼり汁を日に透かしたような色だし、もう片方の目は暗闇みたいな色だ、と答えたわ、彼はうなずいて、その男の狙いはなんだ、と訊いたわ、トランプの答えを包み隠さず教えたのは、あれが最後じゃなかったかしら、緑色のマスクは不実、裏切りのしるしだ、って答えたのよ、彼は大きくうなずいて、得意満面、そいつが誰だか分かった、と叫んだわ、身近にいる副官の一人、ナルシソ・ミラバル大佐がその男だったのね、気の毒に、大佐は二日後に、ひと言の釈明もしないで、耳にピストルをあてて引き金を引いたそうよ。こんなふうに二人して国の運命を操っていた、と言うか、トランプ占いによってその歴史を先取りしていたわけだが、あるとき大統領は、鉢の水をのぞくだけでどんぴしゃり、人の死にざまをあてることができるという、たった一人の目明きの女の話を聞いた。山刀を下げた天使だけがお供というお忍びのかたちで、大統領はふだんはラバしか通わぬ険しい道をたどって、荒野にぽつんと立った小屋まで会いに出かけた。女は、すでに三人の小さな子供がいて、しかも先月死んだ亭主の子が今にも生まれそうだという曾孫と暮らしていた。体が不自由で目もよく見えない女がいた寝室の奥は、ほとんど闇に近い暗さだったが、彼女が大統領に、鉢の上に手をかざすように言ったとたんに、底から発する澄んだ穏やかな光で、鉢の水面が明るく輝いた。大統領は、階級章も何もついていない軍服に長靴、金の拍車という格好で床にうつ伏せになっている自分をそこに見て、場所はどこだ、と訊いた。すると女は、眠っているように動かない水面に目を凝らしながら、ここより大きな部屋ではない、書き物をする机、扇風機、海側に開いた窓、馬の絵のかかった白い壁、ドラゴンの国章の旗などが見える、と答えた。謁見の間と隣り合わせの執務室だという見当がついたのだろう、大統領はやはりうなずいて、非業の死か、それとも病死か、と訊いた。彼女は首を横に振って、なんの苦痛もなく、眠っているあいだに往生するはずだ、と答えた。大統領はうなずいて、それはいつのことだ、と震える声で訊いた。すると女は、安心して眠るがいい、自分は百七歳だが、彼がこの年にならないうちは決して死は訪れない、しかし百二十五歳を超えることもないだろう、と答えた。大統領はうなずいた。そして、自分が死ぬときの状況を誰にも知られないように、ハンモックに横たわった病身の老婆(ろうば)の命を絶った。腕のいい死刑執行人ではないけれど、なんの苦痛も感じさせず、呻(うめ)きひとつ上げさせずに、金の拍車についた革紐(かわひも)で絞め殺した。哀れだが冥加(みょうが)なことでもある。人間にせよ動物にせよ、彼がみずから手を下したのは、彼女が最初で最後だったのだから。秋の夜の闇のなかで、こうした過去のいまわしい行状を思いだしても、彼は良心の呵責(かしゃく)に苦しめられることはなかった。むしろ逆に、そうすべきであったにもかかわらず、実際にはそうしなかったことへの貴重な教訓として受け止めた。とくに、例のマヌエラ・サンチエスが日蝕(にっしょく)の闇のなかに消えたときに、それがあてはまる。はらわたの煮えくり返るような怒りを鎮(しず)めるために、彼は、蛮行をほしいままにした時期に戻りたいと願ったものだ。タマリンドの茂みを吹き抜ける風の鈴を鳴らすような音を聞きながら、ハンモックに寝そべって、ひたすらマヌエラ・サンチェスのことを考えた。腹が立って眠れなかった。陸海空の三軍が捜索にあたり、硝石がごろごろしている、人跡未踏の砂漠の果てまで赴いたが、消息はつかめなかった。いったいどこに隠れているんだ、と彼はつぶやいた、いや、どこに隠れるつもりなんだ、わしの手の届かぬところにと思っているんだろうが、いずれ、わしの力を見せてやる。胸に載せている帽子が心臓の鼓動で震えていた。怒りにわれを忘れ、しつこくわけを尋ねる母親の声も耳に入らなかった。日蝕のあった日から口をきかないけど、どうかしたのかい、考えこんでばかりいるけど、なぜだね。しかし、彼はそれに答えなかった。なんでもないよ、とだけ言って部屋から出ていった。誇りを傷つけられたことが無念でたまらず、胆汁のような汗を流しながら、頼りなく足を曳きずって歩いた。こんな目に遭うのも、わしがぶざまな腑抜けになったからだ、以前のように、強引に自分の意志を通そうとしなくなったからだ、小娘の家に入るのに母親の許可を求めたりしたからだ、以前、サントス・イゲロネスに行く途中にあった、フランシスカ・リネーロの涼しくて静かな農場に入っていったときは、あんなばかなことはしなかった。当時はまだ、パトリシオ・アラゴネスでなく大統領自身が、権力者としての顔をあちこちにのぞかせていたのだ。掛け時計が十一時を打つのを待っていたように、彼はノッカーも鳴らさずに、ずかずかとなかへ入っていった。中庭のテラスのあたりから、金の拍車の音に気づいたのよ、まるで、杭を打ちこんでいるみたいだったけど、煉瓦の床を偉そうに踏みつけて歩く足音を聞いたとたんに、彼だな、と思ったわ、奥のテラスの入口に現われる前に、肌でそう感じたのよ、テラスの金色のゼラニウムの植込みで、イシチドリが鳴いてたし、軒に吊したバナナの房の甘酸っぱい匂いに酔ったように、ムクドリモドキがさえずってたわ、八月の不吉な火曜日の光が、庭のバナナの木の新しい葉っぱと若いシカの胴体のあいだに射しこんでたわ、このシカは、その日の朝、主人のポンシオ・ダサが殺してきて、血を抜くために後脚を縛って、蜜がにじんで縞になったバナナの房のわきに吊していたものなの、大統領は、想像していたよりも大柄で、陰気な感じだったわね、靴は泥だらけ、カーキ色の上着は汗でびっしょり、ベルトにピストルは見えなかったけど、その代わり、はだしのインディオが護衛としてついていたわ、山刀の柄に手をかけて、まるで影のように、後ろに張りついているのよ、わたしは、しつこく追ってくる目をじっと見返してやったわ、彼は眠っている小娘のような手で、近くのバナナの房から一本もぎ取って、がつがつと食べ、食べ終わるとまた一本、それからまた一本、まるで飢えているように、ピチャピチャ音を立てて食べたわ。その間も彼は、欲望をそそるフランシスカ・リネーロから目をそらさなかった。結婚してまだ間もない彼女も、仕方なく、恥ずかしげに彼のほうを見ていた。彼がよこしまな欲望をみたすために現われたことは明らかだったが、彼が相手ではそれを止める手だてはなかった。不安そうな息を頬に感じたと思ったら、主人がわたしの横に腰を下ろしたわ、手を握りあって、わたしたちは身動きもしなかった、絵葉書で見るような二つの心臓が、何を考えているのか分からない年寄りのしつこい視線におびえて、おなじ調子で脈を打っていたわ、彼は、相変わらず入口から二歩ほど離れたところに立って、バナナをつぎつぎに頬張っては、その皮を肩越しに中庭へ放っていたわ、だけど、最初にわたしを見たときから一度も、まばたきをしないのよ、ひと房を平らげて、剝いた皮がシカの死体のわきに山のようにたまったとき初めて、彼ははだしのインディオに合図をして、主人のポンシオ・ダサにこう言ったの、この山刀を持った男といっしょに、しばらく席をはずしてくれ、奥さんと話があるから、って、わたしはおびえていたけど、でも助かりたいと思ったら、ディナーテーブルの上で好きなようにさせるしかない、と考えるだけの余裕はあったわ、いいえ、それだけじゃないわ、相手がペチコートのレースの下に手を入れる手伝いまでしたのよ、アンモニアくさい臭いで息ができなかったけど、彼は乱暴にパンティーを引き裂いて、見当違いな場所を指で探ったわ、わたしは当惑しながら、頭のなかで考えてたわ、ああ、どうしよう、恥ずかしい、どうしてこんなに運が悪いのかしら、って、だってその朝は、シカの始末で忙しくて、あそこを洗っているひまもなかったんですもの、あれやこれやで、彼は何カ月もつきまとったあげく、やっと思いを遂げたってわけ、でも下手で、すぐ終わってしまったのよ、見かけよりも年寄りか、ずっと若い男を相手にしているみたいだった、あんまり早くて、いつ終わったか分からなかったけど、それが精いっぱいだったのね、とたんに彼は、柄ばかり大きくて、さびしがりやの、独りぼっちの子供じゃないけど、なまあったかいオシッコみたいな涙を流しながら泣きだしたわ、いかにも悲しそうに泣くものだから、彼だけじゃなく、世界じゅうの男が可哀そうになったくらい、でわたしは、彼の頭を軽く撫でながら慰めてやったわ、何も泣くことないわ、まだ先があるんですもの、って、ところが、わたしたち二人がそうしているあいだに、あの山刀の男は、主人のポンシオ・ダサをバナナの林の奥に連れこんで、めった切りにしていたのね、小さく切り刻まれた上に、ブタの足で蹴ちらかされていたので、もとの姿に戻すこともできなかったわ、可哀そうに、それなのに大統領は、ほかにやりようがなかった、生かしておいたら、一生、わしの命をつけ狙うだろう、って言ったのよ。こんなところが、大統領が古くから自分の権力について抱いていたイメージだった。それは、言ってみれば塩水を薄めるように彼の権力を衰えさせたものへの恨みを、いっそう募らせることになった。権力は、日蝕の呪いをはらう役にも立たなかったのだ。ドミノの机をへだてて氷のように冷静なロドリゴ・デ＝アギラル将軍と向かいあっていると、身震いとともにどす黒い胆汁が糸を引いて脇腹を走った。山刀の守護天使の関節が尿酸で固まり動かなくなってから、彼が進んでその命を預けた軍人はロドリゴ・デ＝アギラル将軍ただ一人だったが、にもかかわらず、彼は、胸に訊くことがよくあった。

たった一人の人間をあまりにも信頼し、あまりにも大きな権力を与えたことが、自分の不運のもとではないのか。終生の友と思っている者こそ、地方のボスという、いわば天から授かった毛皮を無理やりひん剝いて、自分を牡牛に仕立てあげた張本人ではないのか。あらかじめ実行されないことが分かっている命令さえ思いつかない、宮廷の宦官めいた存在に変えた張本人ではないのか。自分のものではない顔を公衆の前にさらすという、よからぬ策を思いついたのも将軍ではなかったか。当時は、昔は、あのはだしのインディオもまだ若くて、一人で、たった一人で山刀を振るって、群衆を分けて進む道を開いてくれた。ばか野郎、そこをどけ、将軍さまのお通りだ、と大きな声でわめきながら。ただ、藪のように頭にかぶさってくるあの歓声のなかでは、いったい誰がほんとうの愛国者で、誰がにせの愛国者なのか、見分けることは不可能だった。万歳、将軍万歳、とやけに大きな声で叫ぶ連中こそ、いちばん油断のならない連中だということに、まだ気づいていなかったせいだ。あの昔に比べて今はどうだ。軍隊の威力をもってしても、あの不吉な死を呼ぶ女王を捜しだすことができない。この老いぼれの淫らな欲望という堅固な囲みを破って、いったい、どこへ消えたのだ。くそいまいましい。大統領はカードを床に投げ捨てた。とくに理由もないのに、勝負を途中でやめてしまった。みんながこの世で落ち着くべき場所をえているのに、自分だけはそうではない、という考えが一瞬ひらめいて、やる気を失くしたのだ。まだ時間が早いのに、シャツが汗でぐっしょり濡れていることに初めて気づいた。潮風が運んでくる腐った肉の悪臭や、暑さと湿気でよじれたヘルニアの吹く小さな笛の音に気づいた。暑さのせいだ、と自信なげにつぶやき、窓から外をのぞいて、懸命に、身じろぎもしない市の不思議な明りの色の謎を解こうとした。市のなかで生きているのは、ただ、慈善病院の軒蛇腹から驚いて飛び立ったハゲタカの群れと、アルマス広場の盲人だけのように思われた。盲人は、大統領府の窓ぎわで震えている年寄りがいることを勘で知って、合図を送るように激しく杖を振り、大きな声で叫んだ。何を言ったのか聞き取れなかったが、気分のすっかり落ちこんでいた大統領は、それを何かが起こるしるしだと解釈した。そう解釈しながら、しかし口のなかでは、長くいやな月曜日がやっと終わったのだ、まさか一日のうちに二度はあるまい、何もかも暑さのせいだ、とつぶやいた。そしてすぐに眠ってしまった。浅い眠りににたもやがまとわりつく、窓ガラスをたたく小雨の音が子守り歌だった。ところが大統領は急に目を覚まし、おびえた声で叫んだ、そこにいるのは誰だ。それは、明け方のオンドリの奇妙な沈黙に威圧された、彼自身の心臓だった。大統領は、眠っているあいだに、この宇宙という船がある港にもぐり込んだような、そんな印象を抱かされた。彼は霧のコンソメのなかに浮かんでいた。人間の当てにならない第六感や、それよりは少しましな科学以上に、死を予見する能力をそなえた陸と空の動物たちは、恐怖のあまり息をひそめていた。大気は尽き果て、時は向きを変えつつあった。起きあがった大統領は、ひと足ごとに心臓がおどるのを、鼓膜が破れそうになるのを、そして何やら熱いものが鼻のなかを流れるのを、感じた。死神だ。鼻血で汚れた軍服を気にしながら、そう思った。が、われに返るいとまを与えず、閣下、それは違います、という声が耳を打った。それはハリケーンだった。小ぢんまりした昔のカリブ王国を小さな島にばらしてしまったハリケーンのなかでも、もっとも強力なやつだった。破滅がこっそり忍び寄ろうとしているのを、第六感をそなえた彼だけが、犬やメンドリの騒ぎはじめる前に嗅ぎつけたのだ。あまりにも突然のことだったので、ハリケーンにつける女性の名前を考える余裕もなかった。将校たちは、慌てふためくだけだったな、わしのところへすっ飛んできて、報告するんだ、閣下、おことばのとおりでした、この国も、もうおしまいであります、と言うんだ。しかし大統領は、船の肋材で戸や窓を補強しろと命令した。歩哨は廊下の柱に縛りつけられ、メンドリや牛は二階の執務室に追いこまれた。アルマス広場から暗鬱な恐怖に打ちひしがれた国境まで、あらゆるものがその場に釘付けにされた。国全体がその位置に錨を下ろしたかたちになった。パニック状態が起こる気配が見えたら空砲を二発撃ち、三発めで容赦なく射殺しろ、という厳命が発せられた。しかし、渦巻く風の鋭い刃先に抵抗できるものはなかった。それは正面の入口の鉄のドアを一撃のもとに断ち割った。わしの牛たちが宙を飛んでいきおった、と大統領は嘆いたが、しかし衝撃のあまりの大きさに度肝を抜かれ、バルコニーの破片や海底の森に棲む生き物たちを火山弾のように周囲に降らせる、凄まじい横なぐりの雨がどこで生まれたのか、その点にまで考えが及ばなかった。また、頭が混乱して、災害の恐るべき規模について考える余裕がなかった。ただ篠つく雨のなかをうろうろしながらつぶやいた、むなくその悪いマヌエラ・サンチェスめ、お前は、いったいどこにいるんだ、どこに隠れているんだ、わしに代わって復讐しようという、このあらしも、お前の体には手が届かんらしいが。ハリケーンが去ってあたりが静かになったとき、大統領は親しい副官たちといっしょにボートに乗って、謁見の間のがらくたのスープのなかをただよっていた。一同はオールを漕いで車庫のドアから外に出た。ヤシの切り株やアルマス広場の倒れた街灯のあいだを無事に通り抜けて、大聖堂の内部にできた湖のなかに入った。またもや大統領の脳裡に、過去もそうだったが未来においても、自分が完全に権力を掌握するときは来ないのではないか、という考えが閃光のようにひらめいた。彼がこの苦い確信に悩まされ続けているあいだに、ボートは密度の異なるいくつもの空間に出くわしていた。この密度の変化は、純金で縁取りされたステンドグラスや、主祭壇のエメラルドの塊や、生きながら埋められた副王と失意のうちに死んだ大司教の墓石や、三隻の帆船が横向きに描かれているが、なかは空っぽの海の提督の墓のうずたかい大理石などが放つ、光の色の変化に応じるものだった。この提督の墓は、われわれに囲まれて眠ることを望んでいるのではないかと、そう思って、わしが造らせたんだが、それはともかく、わしらは内陣の運河を抜けて、変わり果てた、明るいライトのついた水槽みたいな中庭へと進んだ、タイル張りの水槽の底では、*カンショウやヒマワリの茎のあいだを縫ってモハラダイの群れが泳いでいたな、わしらは、ビスカヤ生まれの尼僧たちの修道院の内部の暗い河を渡った、見捨てられた独居室が目に入った、音楽室のひっそりした池をただよっているクラビコードが目に入った、食事室では、料理の載った長いテーブルの席に着いたまま溺れ死んだ、大勢の生娘たちが目に入った、バルコニーから外へ出ようとすると、それまでは市街地だったはずだが、明るい空の下に広がる湖が目に入った。そのとき初めて大統領は、閣下、この災害がわれわれを襲ったのは、悩みの種のマヌエラ・サンチェスからわれわれを解放する、ただそれだけのためですよ、という解釈はあたっていたと思った。いや驚いた、わしらと比べても神様のやり口はひど過ぎる、と内心喜びながら大統領はつぶやいた。それまで市だったところにできた、目の前の濁った湖の果てしなく広がる水面には、溺れたメンドリの死体が無数にただよっていた。水面から突きでているのは、大聖堂の尖塔、灯台のライト、かつての副王たちの町の石造りの館のテラス、昔の奴隷貿易港を取り巻いた丘くらいのものだった。点在する島のような丘の上には、ハリケーンの難を逃れてきた者たちがキャンプを張っていた。生き残ったことが信じられなかったが、われわれ生存者は、ぐったりしたメンドリの死体のいわば*サルガッソー海を、国旗の色で塗りわけられたボートが静かに進んでいくのを見た。もの悲しげな目や生気のない唇を見た。雨がやんで日が照るように、祝福の十字を切る重おもしげな手を見た。大統領は水に溺れたメンドリたちを蘇生させた。水よ引け、と彼が命令すると、ほんとに水が引いた。復興の最初の石が据えられたことを祝う、楽しげな鐘の音、にぎやかな爆竹の音、そして華やかな音楽。ハリケーンという竜をみごとに退治した、最大の功労者をたたえるためにアルマス広場に集まった群衆の歓呼の声。大統領がそれらに気を取られていると、腕を引っぱってバルコニーに連れだそうとする者がいた。今ほど、民衆が閣下の励ましのことばを必要としている時はありません。その場から逃げだそうとしたとたんに、バンザイ、といっせいに叫ぶ群衆の声が、荒れ狂う海面から吹きあげる突風のように、大統領のはらわたに食いこんだ。政権の発足した当初から、いちどきに全市民の視線を受け止める、あの心細さはよく知っていた。舌が石のようになり口がきけなかった。ほんの一瞬だったが、群衆のうごめく深い淵に身を乗りだす勇気を持ちあわせていないこと、今後もそれはおなじだろうということが、頭にひらめいた。そういうわけで、アルマス広場に集まったわれわれは、いつものように、彼の姿をちらっと拝んだだけだった。麻の服を着ていたけれど、幽霊のように摑みどころのない老人が、大統領府のバルコニーから小さな声で祝福を与えただけで、すぐに消えた。しかし、その姿をちらと見ただけでわれわれは、確かに彼が存在し、郊外の屋敷の年をへたタマリンドの木蔭から、われわれの昼の営みに、われわれの夜の眠りに、気を配っていてくれるのだと信じて、安心することができた。籐の揺り椅子に腰かけ、手つかずのレモネードのコップを持った大統領は、母親のベンディシオン・アルバラドがヒョウタンの器を使い、風を利用して吹きわけている、トウモロコシの実が立てる音をぼんやり聞いた。暑い盛りの三時のぎらつく光を通して彼女を眺めた。彼女は突然、一羽の灰色のメンドリを捕えて、腋の下にはさみ、やんわりとその首をひねった。ひねりながら、おふくろはわしの目をのぞきこんで、いかにも母親らしい声で話しかけたな、ろくに食べないで考えごとばかりしてると、体が参っちまうよ、今夜はここで食べてお行き。苦悶の呻きが首から洩れないように両手で絞めていたが、相手の気を誘うようにメンドリをひらひらさせながら、母親はそう言った。それにたいして大統領は答えた、いいとも、ここで食って行こう。夕方までそこに残り、目をつぶって籐の揺り椅子に座っていた。鍋で煮えているメンドリのいい匂いが眠けを誘ったが、寝てはいなかった。われわれの今後のことが、将来が気にかかっていたのだ。この世に生きているわれわれに安心感を与えてくれるのは、ただ、悪疫（あくえき）やハリケーンにもたじろがず、マヌエラ・サンチェスの瞞着（まんちゃく）にも傷つかず、時にも脅（おびや）かされない不死身の彼がそこにいて、われわれのためにいろいろ考えるという、救世主にふさわしい幸せな務めに没頭していることだった。彼がわれわれに代わって考えるかぎり、不利な決断を下すことがないとわれわれが信じていることを、彼もまた知っていた。すべてを巧みにしのいで彼が生き延びてきたのは、決して、想像を絶する豪胆さのせいでもなければ、底知れない慎重さのせいでもなかった。それは、彼こそがわれわれの宿命を知る唯一（ゆいいつ）の人間だったからだ。おふくろよ、ついに行ってきたぞ。大統領は、長く困難な旅を続けたのち、祖国のために命をなげうった最後の兵士の名前と日付けが刻まれている、遠い東部国境線上の記念すべき石に腰を下ろしてきたのだった。隣国の陰気で冷たい大都市をその目で見て、戻ってきたのだ。絶えまなく降る雨、すすの臭いがする朝もや、きちんとした服装で電車に乗っている男たち、頭に羽毛の飾りのついた*ペルシュロン系の白馬に引かせた、ゴチックふうの霊柩車による盛大な葬儀、大聖堂の正面で新聞にくるまって寝ている子供たち。そんなものを見てきたのだ。まったく風変わりな連中だ、と彼は叫んだ、まるで詩人だな。ところがみんなは言った、とんでもない、閣下、連中は権力を握った*ゴート人に過ぎませんよ。腐った*グアバの実の臭いのするこの風や、市場のこの騒々しさや、貧しい国のこの夕暮れにつきまとう、このわびしさほどひどいものはない、そう確信して、彼は意気ようようと旅から戻ってきたのだった。ふたたび国境を越えて向こうへ行くことは、恐らくないだろう。しかしその理由は、彼の仇敵たちがあざけるように、現に座っている椅子から離れるのが不安だからでは決してない。人間も森の木のようなもんだ、おふくろよ、餌をあさるとき以外は巣から出ない、森の動物とおんなじだよ、というのが理由だった。彼は午睡の浅い眠りのなかで、遠い昔の八月の瞼の重くなるような木曜日のことを、まざまざと思い出した。彼はその日、野心の限度は充分に心得ている、と思いきって告白したのだ。本音を吐いた相手は、薄暗くて暑い執務室で二人きりで会った、よその土地の、べつの時代に生きる戦士だった。生まれたときから孤独の聖痕があり、自尊心を持てあましている内気な青年だった。なかへ入ったものかどうか迷いながら、青年はしばらくドアのところに立っていた。やがて、火桶のなかのような暑さであぶられた藤の花の香りがただよう薄暗さに目が馴れた。裸のテーブルにこぶしを載せて回転椅子に座っている大統領の姿を、はっきりと見ることができた。その姿は、世間の者が抱いているイメージとは大違いで、平凡な、ぱっとしないものだった。まわりに護衛もいなかったし、武器を帯びてもいなかった。シャツはただの人間の汗でぐっしょり濡れており、頭痛を鎮めるために額にサルビアの葉っぱを貼っていた。ぼくは、そのときになってやっと、このくたびれた老人が、ぼくらが小さいころから偶像視してきた男、名をあげたいというぼくらの夢の、まさに化身だということを認める気になった、とても信じられないことだったけど。青年は初めて執務室のなかに入った。そして、これまでのはたらきで当然、何者であるか分かってもらえると思っているらしい、はきはきした声で名のった。彼は、柔らかい小さな手で、司教そっくりな手で、ぼくに握手を求めたよ。驚くべきことだが大統領は、あるる理想のために武器弾薬と協力を必要としているというよそ者の語る、途方もない夢にじっと耳を傾けた。この理想は、あなたもお持ちだと思います、閣下。つまり青年は、アラスカからパタゴニア*までの地域に存在する反動的な政権を一掃するための闘いに必要な、軍事的な援助と政治的な支持を望んでいるのだった。その熱心さに打たれながら大統領は質問した、なぜ、そんな面倒なことに手を出す、死にたい理由でもあるのかね。よそ者は照れるようすもなく答えた、祖国のために命をささげることぐらい名誉なことはない、と思っています、閣下。相手を哀れむような笑いを浮かべて、大統領はそれに答えた、ばかなことを言うもんじゃない、いいかね、祖国とはつまり、われわれが生きていることだ。そうだとも、と自分でうなずきながら、大統領はテーブルに載せていたこぶしを開き、手のひらのものを相手に見せた。こいつは、そこらに転がっているただのビー玉だが、しかし持つと持たぬとでは大違いだ、いいかね、祖国とはそういうものなんだ、と言いながら大統領は、何も与えずに、ほんの気休めの口約束さえしないで、肩を軽くたたいて青年を送りだした。そしてドアを閉めた副官に、いま出ていった男につきまとうのはやめろ、と命令した。見張ったって時間のむだだ、と言った、羽根に熱がこもっている、ものの役には立たん。われわれがこの妙なことばをふたたび聞いたのは、例のハリケーンのあとのことである。それが初めてだったが、大統領はあらゆる政治犯に恩赦を与え、すべての亡命者に帰国を認めた、文学者たちを除いて。この連中だけは、絶対にいかん、と彼は言った、羽根に熱がこもっている、羽根が生えはじめたばかりの血統のいいシャモとおんなじで、ものの役には立たん。もっとも、役に立つことがあるとしての話だが、と彼は続けた、やつらは政治家よりも始末が悪い、いや、坊主(ぼうず)よりも始末が悪い、しかし、ほかの連中は帰国してもよい、いっさい差別はせん、祖国の再建はみんなでやるべき仕事だ。だが彼のほんとうの狙いは、軍隊の恐るべき力を借りて、自分がふたたび全権を掌握したことをすべての者に認識させることだった。軍隊は昔どおりの姿に戻っていた。外国から船で送られてきた食糧、医薬品その他の援助物資を、彼は最高司令部のメンバーに分配した。閣僚の家族は赤十字の救護班や野外病院で奉仕活動を行ない、船で着いた血漿（けっしょう）や何トンもの粉ミルクを厚生大臣に横流しし、厚生大臣はそれをまた慈善病院に売りつけた。参謀本部の将校たちは野心を捨てて、土木工事の請負や、臨時借款（しゃっかん）によって始まった復興計画などに色目を遣った。借款を与えたのはウォーレン大使だったが、大使は交換条件として、わが国の領海における自国船舶の無制限の漁労権を要求した。いまいましい、力のあるやつにはかなわん、と大統領はつぶやいた。その後消息を聞かないが、あの哀れな夢想家に見せた色付きのビー玉が頭に浮かんだ。復興の大事業にすっかり熱中した彼は、政権の発足当時とおなじように、些細なことにまで首を突っこみ、口出しをした。カモ撃ちの猟師のような帽子に長靴といういでたちで、沼になった通りの泥水をはねあげながら歩きまわった。孤独な水死人の眠りのなかで、己れの名誉を高めるために考えた計画とは違ったものが造られるのを防ぐこと、それが目的だった。彼は技師たちにまで指図をした。このへんの家は撤去して、じゃまにならない場所に移せ、と彼が言えば、そのとおりに撤去された。沖を通る船がよく見えるように、この塔を二メートル高くしろ、と彼が言えば、そのとおりに高くされた。この河の流れを逆にしてもらいたい、と彼が言えば、間違いなくそのとおりに逆にされた。誰ひとりいやな顔をする者はいなかった。ところが、異常な復興熱に取りつかれ、その実現に没頭するあまり、ほかの小さな公務を完全になおざりにしていた彼は、やがて、ある現実に足をすくわれることになった。一人のうかつな副官が何を血迷ったか、子供たちの問題を持ちだしたのだ。雲の上の大統領は、子供ってなんのことだ、と聞き返した。例の子供たちですよ、閣下。だから、どこの子供だ。なぜ、大統領の持っている券がいつも当選するのか、その理由が洩れるのを恐れて、軍が宝くじの番号を引いた子供たちを秘かに保護しているという事実を、彼は知らされていなかったのだ。苦情を申し立てる親たちに軍は、もっとましな返答を思いつくまではというので、それは事実ではない、非国民たちの流したデマである、反対派の連中による無根の中傷である、と答えていたのだ。また、兵営に押しかけた暴徒たちを、曲射砲*によって退散させていたのだ。公然と虐殺が行なわれたが、この事実もまた、よけいな心配をおかけしては、という理由で大統領には伝えられていなかった。じつは、子供たちは港の要塞の地下室に閉じこめられていたのである。子供たちの状態は申し分ありません、閣下、心身ともに元気であります、ただ、子供たちをどう始末すればいいのか、その点がどうも。子供の数はほぼ二千人だった。確実に宝くじをあてる方法を大統領が思いついたのは、たまたま、金の象嵌をしたビリヤードの玉を眺めていたときである。きわめて単純で、しかもあっと驚くような名案だったので、熱心な群衆が正午からアルマス広場を埋めているのを見たときは、わが目を疑った。焼けつくような太陽の下で、彼らは奇跡をもたらす番号を買っていた。感謝の声が聞こえた。幸福をわれらに分かつ寛仁なる人に永遠のみ栄えを、といった文句の描かれたプラカードが目についた。楽士や軽業師、酒場やフライの店、時代遅れのルーレットや色あせた動物くじなど、べつの世界とべつの時代のがらくたが押し寄せて、幸運の女神のまわりをうろつき、夢のおこぼれにあずかろうとしていた。バルコニーが開いたのは三時だった。抽選の公正さを疑う者が出ないように群衆自身が手当りしだいにえらんだ、七歳以下の三人の子供がバルコニーに引っぱり上げられた。なかに一から十までの番号を打ったビリヤードの玉が入っていることを、信用のできる立会い人の前で確認してから、色の異なる袋が子供の一人ひとりに渡された。紳士淑女の皆さん、ご静粛に。群衆は息を呑んだ。目隠しをした少年が、それぞれの袋のなかから玉を取りだします、青い袋の少年、ついで赤い袋の少年、そして最後に黄色い袋の少年、という順序です。

三人の子供はつぎつぎに自分の袋に手を突っこんだ。底の九個のおなじような玉にまじって、ひとつだけ氷のように冷たい玉があることに気づいた。秘かに与えられた命令にしたがって、子供たちは氷のように冷たい玉を摑んで取りだし、群衆に示しながらその番号を読みあげた。こういう手順で子供たちは、大統領が自分のものと決めた三つの番号を記し、何日も氷漬けにしておいた三個の玉を引きあてたのだった。しかし、子供たちが秘密を洩らす可能性は、閣下、考えもしませんでした、気がついたときはもう手遅れで、三人ずつ、のちには五人ずつ、子供たちを隠さなければなりませんでした、しまいには、二十人ずつですよ、閣下。このからくりの糸をたぐってみた結果、大統領は、陸海空の最高司令部の将校たちが全部、国営宝くじの莫大な利益にあずかっていることを知った。最初の子供たちは両親の同意のもとに、また、象牙にはめ込まれた番号を指先で読み取るという、嘘のような技術まで両親から仕込まれて、バルコニーに上がった。ところが、あとの子供たちは無理やりバルコニーに上がらされたことも知った。つまり、バルコニーに上がった子供たちは二度と帰ってこない、といううわさが世間に広がったのだ。両親たちは子供を隠すようになった。わが子を生き埋めにした。一方では、深夜の子供狩りに駆りだされた突撃隊のパトロールが街を走りまわった。緊急出動を命じられた兵士たちは、大統領に伝えられたとおり、アルマス広場に非常線を張って民衆の興奮を鎮めようとはしなかった。群衆を取り囲んで、抵抗すれば射殺すると威嚇しながら、家畜のように追い立てた。事件の解決に手を貸すために謁見を申し入れた外交官は役人たちの口から、いろいろうわさの飛んでいる大統領の奇病は事実だ、と聞かされた。じつにばかげた話だった。せっかくだが大統領はお会いできない、腹のなかにヒキガエルがわいて困っておられる、脊椎のイグアナが成長し、たてがみで傷を受けるのを恐れて、立ったままお休みになる始末である、というのだ。世界各地から送られてくる抗議文や嘆願書は、彼の目に触れないところに隠された。無実な者たちの運命を憂慮する旨のローマ教皇からの電報も隠された。もはや刑務所にも、反抗的な親たちを収容する余地はありません、閣下、月曜日の抽選に使う子供たちがいないのですが、いかがいたしましょう。そうか、そいつは困ったな、と言いながら大統領は、囲いの中の牛のように港の要塞の中庭にあふれている子供たちを見るまでは、事態の深刻さを充分に意識しなかった。闇の恐怖の数カ月を過ごしたあとだけに、まぶしい太陽の光に目のくらんだヤギが暴走するように、子供たちは地下室から走りでた。光の下でとまどった。あまりにも大勢の者が一時に出てきたので、大統領の目には彼らが、それぞれ違った二千人の子供ではなく、形のはっきりしない一匹の巨獣のように見えた。日にあたった皮膚からなんとも言えない異臭を発散させ、深い水を掻きまわすような音を立てる動物。その巨大さが殺戮から動物を救った。これほどの数の生命を絶って、戦慄すべきうわさが全地球を駆けめぐらないとは、とうてい思えなかったからだ。残念だが、手の打ちようがないな。そう信じた大統領は最高司令部を召集した。十四人の司令官は戦々兢々としていたが、ひどくおびえているだけに何をするか分からなかった。大統領は時間をたっぷりかけて一人ひとりの目をのぞき、自分ひとりでみんなに立ち向かわなければならないことを悟った。そこで頭をそびやかし、強い調子で一致協力を説いた、軍の名をあげ名誉を守るためには、今こそ団結が必要だと思う。不安のあまり体が震えているのを気づかれないようにテーブルにこぶしを載せて、一同に責任はないと言い、さらに続けて、これまでどおりの熱意と忠実さで義務を果たすように命じた。とやかく言うな、わしの最終決定は、何事も起こらなかったということだ、これで会議を終わる、責任はいっさい、わしが負う。ただ万一の場合を考えて、子供たちを港の要塞から連れだし、夜間の貨物列車に乗せて、国内でもっとも人口の稀薄な地域に送った。さらに、風評は事実とは異なる、少年たちは当局の保護下にない、それだけではなく、刑務所にいかなる種類の囚人も閉じこめられていない、集団誘拐のうわさは人心を攪乱せんがための、反逆者によるデマである、真実を明らかにしたければ門戸は開かれている、調査の目的でこの国を訪れる者は、むしろ歓迎するという、もっともらしい公式の声明を出した。しかしこの声明のおかげで、大統領は厄介な事態に直面するはめになった。実際に、調査の目的で訪れる者が現われたのだ。国際連盟の委員会のメンバーが訪れたのだ。彼らは全国をくまなく歩きまわって、あらゆる人間を捕まえて勝手な質問をした。あまり細かい質問をするので、ベンディシオン・アルバラドなどは不審に思ったくらいだ。神降ろしみたいななりをして、あのでしゃばりたちは、いったい何者だい、家のなかまでずかずか入りこんで、二千人の子供の行方を捜しているとか言ってさ、ベッドの下や、裁縫籠のなかや、絵筆入れの底までひっ掻きまわすんだから。しかし、彼らも結局、刑務所は閉鎖されており、国全体が平穏かつ正常である、と公式に認めざるをえなかった。故意もしくは作為によって、あるいは不作為によって人権を犯した、あるいは犯したやも知れぬという、一般の嫌疑を確証するものはなんら見出しえなかったのだ。安心して、ゆっくりお休みください、閣下、と言い残して、彼らは去っていった。これで万事うまくいったと安心した大統領は、窓辺に立ち、刺繍で縁取りされたハンカチを振って彼らを見送った。ばか野郎ども、とっとと失せろ、航海の無事安全を、ここで祈ってやるぞ。すべてが片づいた、と彼は安堵の吐息をついたが、ロドリゴ・デ＝アギラル将軍の意見は反対だった。問題はまだ片づいておりません、閣下、子供たちのことがまだ残っています、と言われて、大統領は額をはたと打って答えた、そうだ、すっかり忘れておった、子供たちを、いったいどう始末したものかな。根本的な対策を思いつくまでのあいだ、ともかくいやなことは忘れていたいというので、子供たちを森の隠し場所から連れだし、反対の方角にある多雨地帯に送りこんだ。そこでは、子供たちの声を遠くへ運ぶような、信用のおけない風は吹かなかった。陸の動物たちは歩いているうちに肉が腐り、人語にはアヤメが芽を吹いた。タコが木々のあいだを泳いでいた。大統領は、どこに子供たちがいるか誰にも知られないように、霧の晴れまのないアンデス山中の洞窟に移すように命令した。また、いつ子供たちがいたか誰にも知られないように、ものが腐る陰気な十一月から昼の長い二月までのあいだに移すように命令した。赤十字の飛行機に発見されることを恐れ、何日も首まで泥につかって水田に隠れていたおかげで、子供たちが熱でガタガタ震えていると知ると、*キニーネのカプセルと毛布を送った。子供たちの猩紅熱を治すために、太陽と星の光を赤く染めさせた。子供たちがバナナ農場のアリマキに食われないように、空中から殺虫剤を撒布させた。妙案が浮かぶまでのあいだ子供たちを喜ばせておくために、クリスマスの贈り物を積んだ飛行機や落下傘から、キャラメルの雨やアイスクリームの雪を降らせた。そうすることで、いまわしい記憶の呪縛から徐々に逃れていったのだ。彼は子供たちのことを忘れて、相も変わらず続いている、馴染み深い荒涼とした湿地によくにた不眠の闇のなかに身を沈めた。九時の鐘の音を聞くと、大統領府の建物の軒下で眠っているメンドリたちを小屋へ運んだ。止まり木で寝ている数をかぞえ終わらぬうちに、混血の女が卵を取りになかへ入ってきた。その年齢にふさわしい日なたくさい臭いを、彼は敏感に嗅ぎつけた。キャミソールの衣ずれの音を聞いて、女におどりかかった。気をつけてくださいな、閣下、と女は震えながらささやいた、卵が割れてしまうわ。そんなもの、割れたってかまわん、と彼は答えた。足払いをかけて女を横にした。寝ているニワトリたちの緑色の糞が雪のように積もった、火曜日の捉えどころのない光から逃れたい一心で、女はもちろん自分も服を脱がなかった。足がすべって、逃げようともがく元気のいい女の抵抗、汗、呻き、うわべだけの脅迫などの青白い亀裂が走る、目もくらむような崖下に転落した。切迫した音を立てる金の拍車の流星が描く弧、にわか亭主の荒い息からこぼれる硝石、子犬が鳴くような声、死の稲妻の一瞬のきらめき、光と音のない雷鳴のあともなお生きていることへの恐怖などを、転落の途中で振りまいた。そして崖底で、またもや糞まじりの泥、メンドリの浅い眠り、混血の女の嘆きなどに出くわした。起きあがって服が卵の黄身で汚れているのを見た女は、情けない声を出した、わたしの言ったとおりよ、閣下、卵が割れてしまったわ。さらに重ねた愛なき愛への内心の怒りを懸命に抑えながら、大統領はやり返した、いくつ割ったか、ちゃんと控えておけ、給料から差っぴいておく。そう言い残してその場を去ったのが十時、彼は、小屋の牝牛の歯茎を念入りに調べた。苦痛のあまり部屋の床を転げまわっている女たちの一人を見た。助産師が、首に臍の緒のからんだ、湯気の立っている赤子を女の腹から取りあげていた。男のお子さんですよ、なんて名前をつけます、閣下。勝手に、好きな名前をつけてくれ、と彼が答えたのが十一時、政権を取ったときからの夜毎の習慣で、歩哨の数をかぞえ、錠前を調べ、小鳥の籠にカバーをかぶせ、明りを消しているうちに十二時になった。祖国は泰平無事、世間は静かに眠っていた。回転する灯台のもたらすつかのまの夜明けの光の矢をまたぎながら、闇の建物のなかを歩いて寝室に向かった。非常にそなえてランプを吊りさげ、三個の掛け金に三個の錠前、さらに三個の差し金をさし込んでから、携帯用の便器に腰を下ろした。ちょろちょろとしか出ない尿をしぼりだしながら、冷酷な子供のような、腫れあがった睾丸を愛撫した。ねじれていたのが直り、手のなかで眠ってしまった。痛みがおさまった。しかし、恐ろしい稲妻が走るように、痛みはすぐにぶり返した。硝石の砂漠地帯のかなたから吹く風が、窓からどっとなだれ込んで、大勢の幼い者たちの歌声をおが屑のように寝室にぶちまけたのだ。幼い者たちは戦場に赴いた騎士の身を気遣い、嘆きと悲しみの声を上げていた。塔に上がって、騎士が帰ってくるのを待っていた。帰ってくるのを見て喜んだが、ビロード張りのお棺のなかだと知り、嘆き悲しんでいた。大勢の声だが非常にかすかなものだったので、星がうたっていると思えば眠れたはずなのに、彼は頭にきて、ぱっと起きあがり、叫んだ、もうたくさんだ。あの子供たちをどうかするか、このわしをどうかしてくれ、と叫んだ。どうかされたのは、結局、子供たちのほうだった。夜の明けきらぬうちに、セメントを満載した荷船に子供たちを乗せるように命令したのである。歌をうたう子供たちは領海の端まで連れていかれた。そしてなおもうたい続けるなかで、苦痛を感じるいとまもなくダイナマイトで吹っ飛ばされた。この野蛮な犯罪を実際に行なった三人の士官が直立不動の姿勢をとり、閣下、ご命令どおりにいたしました、と報告すると、大統領は、二階級特進の処置をとると同時に勲功章を与えた。しかしその直後に、階級章を剝奪した上で、一般の犯罪人として銃殺させた。出すのはいいが、実行してはならん命令もある、ま、気の毒なことをした。こうした苛酷な経験は、もっとも恐るべき敵はむしろ全幅の信頼をおいている人間である、政権を支える柱にと思って軍隊に入れ、大いに引き立ててやった男たちが、遅かれ早かれ、犬が飼い主の手を嚙むようなまねをするという、彼の昔からの確信をいっそう深めさせることになった。彼はそういう連中を容赦なく抹殺し、べつの男たちを取り立てた。いちいち指さしながら、そのときどきの気まぐれで昇進させた、貴様は大尉、貴様は大佐、貴様は将軍、ほかの者は十把ひとからげ、みんな中尉でいいだろう。この連中は、やがて、縫い目がほころびるほど軍服の下で大きくふくれ上がり、視野の外に出ていった。しかし、たとえば誘拐された二千人の少年の存在の発覚といった偶然の出来事のおかげで、彼を裏切っているのは一人の男ではなく、軍の最高司令部の全員だということが明らかになるのだった。連中は、ミルクの消費量を殖やす役にしか立たん、肝心なときには、自分が飯を食ったばかりの皿にくそを垂れるようなまねをする、連中はみんな、わしが産み、この肋骨から取りだしたようなもんだが。大統領は彼らのために威信を掻きあつめ、糧食を調達してきた。それなのに、連中の野心から身を守るために、よけいな努力を払わなければならない。おかげで心の休まるときがない。監視の目がよく届くように、彼はもっとも危険な男たちを身近に置き、あまり野心のない男たちは国境警備隊に送った。やつらのために、おふくろよ、海兵隊の駐留も受け入れたんだ。トンプソン大使が公式の声明文に書いたのとは違って、駐留は黄熱病を撲滅するためでもなければ、また亡命政治家たちの言うように、民衆の不満から彼を守るためでもなかった。それはもっぱら、この国の兵隊たちをたたき直すためだった。ほんとうなんだ、おふくろよ、一人ひとりたたき直すためだった、海兵隊は、靴を履いて歩くこと、紙でけつを拭くこと、コンドームを使うことを教えた、同時にいくつもの特務機関をおいて、軍人たちをたがいに牽制させる方法をわしに教えたのも、彼らだった、国家安全保障庁、中央捜査局、全国公安部その他、わし自身も覚えられんほどのたくさんの機構も、彼らの発案だった。形こそちがえにたような機構を設けることによって、大統領は、比較的楽にあらしを乗りきったのだ。彼は、たがいに監視されていると部下たちに信じこませると同時に、兵営の火薬に海岸の砂を混ぜたり、まったく逆のことを伝えて真意をごまかしたりした。それでも反乱が起こると、激怒のあまり口から泡を吹きながら兵営に駆けつけた。そこをどけ、このばか野郎、じきじきのお出ましだぞ、とどなられて、彼の肖像を的がわりに、射撃の訓練をしていた将校たちは腰を抜かした。こいつらを武装解除しろ。立ち止まりはしなかったが、その声があまりにも威厳にあふれていたので、将校たちは進んで武装を解除した。軍服は男の着るもんだ、貴様たち、そいつを脱げ、と命令されて、軍服も脱いだ。閣下、サン・ヘロニモ基地が反乱を起こしました、と聞いた彼は、持病に苦しむ老人の大足を引きずりながら、堂々と正門からなかに入った。やはり反乱軍の一員だが、二列に並んで最高司令官を捧げ銃で迎える衛兵のあいだを掻いくぐり、反乱の本部にあてられた部屋に姿を現わした。護衛もいなければ武器も持っていないのに、相手を威圧するような声でどなった、床に伏せろ、じきじきのお出ましだぞ、やろうと思えば、わしにできんことはない、床に伏せろ、このろくでなしめ。本部の十九名の将校は床につっ伏した。這いつくばったままのその格好で、海岸部の町々を引きまわされた。これで分かったろう、軍服を脱いだ軍人が、どれだけの値打ちのもんか、このばか野郎。混乱した兵営のほかの声を圧倒するかのように、自分の口から出た厳しい命令が彼の耳に飛びこんだ。反乱を指揮した連中は、かまわん、背中から射殺しろ。死体は足を吊して屋外にさらされた。これでみんな分かったはずだ、天に唾した者の末路がどういうものか、このろくでなしめ。しかし、こうした血なまぐさい粛清によっても問題は片づかなかった。少しでも気を抜くと、あの触手の長い寄生虫にまたぞろ出くわしたからだ。根絶やしにしたと思っていたそいつは、彼の権力の冷たい朔風にもめげず、よぎなく与えた特典やささやかな権力、利害のからんだ信頼などに守られながら、ふたたびとめどなく増殖するのだった。大統領がそうした特権のたぐいをもっとも危険な将校に与えたのも、じつは、意志に反したやむをえぬ措置だった。彼らがいようといまいと、地位を維持することの困難に変わりはなく、つねにおなじ息苦しさに耐えねばならなかったからだ。こんなばかなことがあるか、親友のロドリゴ・デ＝アギラル将軍のようにうぶで、いつもびくびくしているのもやり切れんが、その将軍がいつか、死人のような顔をしてわしの執務室に飛びこんできた、わしの一等賞を引いた二千人のガキがその後どうなったか、それが知りたかったのだ。世間では、われわれが海の底に沈めたとうわさしています、と言われて大統領は、眉ひとつ動かさずに答えた、非愛国者たちのデマなど信じてはいかん、子供たちは無事に育っておる、毎晩のように、あちらで歌をうたっている声が聞こえるぞ。そう答えながら、どこかはっきりしないが地球上のある場所を指すように、手で大きな円を描いた。エバンス大使でさえも煙に巻かれたことがある。大統領が平然とつぎのように答えたからだ、少年、少年と言われるが、いったいなんの話かね、お国の国際連盟代表までが、学校の児童たちは申し分なく健康である、と証明したはずだよ、万事、解決済みだと思うが。そのはずなのに、大統領はよく真夜中に眠りを破られた。全国でもっとも規模の大きな二カ所の守備隊が、さらに、大統領府から二ブロックしか離れていないコンデ兵営が、反乱を起こしたという報告が入ったりするのだ。もっとも激しい反乱のひとつであるコンデ兵営の指揮を執っていたのは、ボニベント・バルボサ将軍だった。将軍は千五百人の部隊とともに兵営に立てこもったが、部隊は、反対派の政治家と通じた領事らの手引きによって密輸された、武器弾薬で充分に装備されていた。ですから、閣下、われわれも、のうのうとしているわけにはいきません、こんどばかりは参りました。これが昔だったら、この凄まじい反乱も、危険を好む大統領にとって格好の刺激となったかもしれない。しかし、誰よりも彼自身が、年だけはどうにもならないことを心得ていた。私的な世界の些細な故障に耐える意志にも、もはやこと欠いていたのである。冬の夜などは、お休み、坊や、と子守り歌を優しくうたいながら、幼児のように苦痛の悲鳴を上げる、腫れあがった睾丸を手のひらであやしたあとでなければ、眠ることもできなかった。便器に腰かけて、度重なる夜のわびしい放尿のせいで生じたものだが、緑青で詰まったフィルターでも通すように、一滴ずつ小便をしぼりだしながら、死ぬ思いを味わっていた。記憶のずだ袋がほころびて、誰が誰だか、誰の代理だか、それさえはっきりしなくなっていた。惨めな建物のなかで、容赦のない運命にもてあそばれていた。この建物にしても、以前から、べつの建物と取り替えたいと思っていたものだった。そこから遠い、たとえばインディオの集落でもよかった。そこなら、彼自身が勘定できないくらい長い長い年月、大統領の席を占めつづけた男だということを知る者は、一人もいないはずだった。ところが、しかるべき妥協をはかるために反乱軍との交渉にあたりたいと申しでたとき、ロドリゴ・デ＝アギラル将軍がその目で見たのは、謁見の間でも舟を漕いでいるような耄碌した老人ではなく、野牛のように荒々しい昔の彼だった。彼は少しも思案しないで答えた、その必要はない。彼は腰を上げようとしなかった。今や、腰を上げる上げないの問題ではなかったが。閣下、すべてが、教会までがわれわれに反対しています、と教えられても、彼は首を横に振って、教会はいつも権力の味方だ、と答えるだけだった。四十八時間前から集まっている最高司令部の将軍たちのあいだでも意見が一致しなかった。どうでもいい、放っておけ、と大統領は言った、見ていろ、誰がいちばん高い俸給がもらえるか、それが分かったら、ちゃんと解決策を考えるはずだ。民間の反対派の連中がついに仮面をかなぐり捨てて、街頭で公然と、反逆を指嗾するようになった。かえって好都合だ、と大統領は言い放った、アルマス広場の街灯に一人ずつ吊してやれ、実際に力を握っているのは誰か、それではっきりするだろう。そいつは無理です、閣下、大衆が彼らの味方ですから。嘘をつけ、と大統領はわめいた、大衆はこのわしの味方だ、死なないかぎり、わしをここから引きずりだすことはできんぞ。最終的な決断を下すときの決まりみたいなもので、生娘のような手でテーブルを激しくたたいてそう言い、そのまま眠ってしまった。乳をしぼる時間が来て目を覚ますと、謁見の間はまるでごみ捨て場のようになっていた。コンデ兵営の反乱兵たちが投げた石で東の回廊の窓ガラスが一枚残らずやられ、ろうそくのかけらが破れた穴から飛びこんでいた。おかげで、大統領府に住んでいる者たちは一晩じゅうパニック状態にあったのだ。閣下にお見せしたかったですよ、思ってもいない場所で火の手が上がるもんですから、そいつを消すために、毛布や水の入ったバケツをかかえて、あっちへ行ったり、こっちへ行ったり、ほんとに一睡もできませんでした。しかし、大統領は少しも気にするようすがなかった。前にも言ったとおりだ、かまわず放っておけ。灰や裂けたカーペット、焦げたゴブラン織りなどが山になった回廊を、墓場から出てきたように脚を引きずって歩きながら、大統領はそう答えた。しかし、これですむはずがない、と人びとはささやいた。火の玉は単なる警告で、いずれ、爆弾にまでエスカレートするだろう、とひとを介して忠告する者もいた。しかし、彼はみんなの言うことを無視して庭園を渡り、夕べの淡い光のなかでたったいま開いたバラの花の香りを嗅ぎ、海から吹く風のなかで騒ぎまわっているオンドリたちを眺めた。どういたしましょう、閣下。前にも言ったとおりだ、かまわず放っておけ、と大統領は返事をし、毎日その時間にそうしているように、乳しぼりのようすを見に出かけた。おかげでコンデ兵営の反乱軍の兵士たちは、毎日その時間にそうしているように、大統領府の牛小屋のミルク六樽を積んだラバの荷車が現われるのを見た。御者台にはいつもの馬方が乗っていて、口頭で大統領からのことばを伝えた、このミルクは、閣下から皆さんへの贈り物だそうです、飼い犬に手を嚙まれた、とおっしゃってますが。馬方があまり無邪気にしゃべるので、ボニベント・バルボサ将軍はミルクを受領するのに条件をつけた。受け取る前に、毒が入っていないことを確かめるために、馬方に毒見を命じたのだ。鉄扉が開けられ、奥のバルコニーから顔を出している千五百名の反乱軍の兵士たちは、荷車が石畳の中庭まで入ってくるのを見た。馬方にミルクの毒見をさせるために、従卒が壺と柄杓を持って御者台に上がるのを見た。従卒が最初の樽の栓を抜くのを見た。目もくらむような閃光の一瞬の名残りのなかにただよう従卒を見た。花などあったためしのない、黄色いモルタルの陰気な建物の火山めいた暑さのなかで、永遠に忘れられない、ただそれだけを見た。建物のがらくたは、六樽のダイナマイトの恐ろしい大爆発のあおりで、一瞬、空中に浮いていた。兵営のまわりの四軒の家をめちゃめちゃにし、市内から市外にかけて、家々の食器棚に並んだ結婚用のガラス食器を粉々に砕いた、凄まじい爆風に全身をゆさぶられながら、大統領は、これでやっとけりがついた、とつぶやいた。弾薬を倹約するために二人ずつ重ねて銃殺した十八名の将校の死体が、清掃車によって港の要塞の中庭から運びだされたと聞いて、これでやっとけりがついた、とつぶやいた。彼の前に直立不動の姿勢をとったロドリゴ・デ＝アギラル将軍から、閣下、前回とおなじように、刑務所にはもはや、政治犯を収容する余裕はありません、と報告を受けたときも、これでやっとけりがついた、とつぶやいた。楽しげな鐘の音やにぎやかな爆竹の音、華やかな音楽が鳴り響いて、さらなる百年の平和を告げたときも、これでやっとけりがついた、とつぶやいた。これで終わった、すべて片がついた、と口に出して言った。そう信じこんでしまった。すっかり安心し、身の安全にも心を遣わなくなったおかげである。ある朝、乳しぼりから戻る途中、中庭を横切ろうとしていたときの出来事だが、にせのレプラ患者の出現を本能的に予感することができなかったのだ。バラの植込みからぬっと立ちあがったレプラ患者は、十月のそぼ降る雨のなかで彼の行く手をさえぎった。青黒く一瞬きらめくピストル、引き金をまさに引こうとする人差し指に気づいたときは、もはや遅かった。そこで彼は腕を大きく広げ、胸を相手にさらすようにしながら叫んだ、さあ撃て、この臆病者、撃てるものなら撃ってみろ。鉢の水占いによる、あの明確この上ない予言に反するかたちで、最期のときが訪れたことに驚きながら、彼は叫んだ、金玉があるなら、さあ撃ってみろ。ほんの一瞬のためらいを見せた暗殺者の目に、青い空の星のようなものがきらめいた。唇から血の気が失せ、意気込みが萎えていった。それを見た大統領は、ハンマーのようなこぶしを相手の耳に二発お見舞いし、その場に昏倒させた。地面に横たわった相手のあごを碾臼の柄のような足でこじった。彼の声を聞いて駆けつける衛兵たちの騒ぎが遠くから耳に入った。青い稲妻がきらめくように続けざまに五発の銃声がしたと思うと、にせのレプラ患者は血の海のなかでもがいていた。生きて逮捕され、大統領の護衛の恐ろしい取調べを受けるのがいやで、五発のピストルの弾丸を自分の腹にぶち込んだのだ。上を下への大騒ぎをしている大統領府の者たちの声を圧して、懲(こら)しめのために死体を八つ裂きにしろ、という自分自身の冷酷な命令を大統領は聞いた。そのとおりに死体は切り刻まれた。岩塩をまぶした首はアルマス広場に、右の脚はサンタ・マリア・デル・アルタルの東部に、左の脚は硝石だらけの砂漠の西の果てに、一本の腕は荒野に、もう一本の腕は森にさらされた。ラードで揚げた胴体の切れっぱしは雨風に打たれて、この黒人の淫売(いんばい)屋めいた国のあらゆる危険なものや厄介なものとおなじように、骨だけになってしまった。父に向かって手をあげる者がどういう末路をたどることになるか、これでよく分かったろう。まだ収まらぬ怒りに青ざめた顔で、大統領は、護衛兵たちが銃剣を突きつけてレプラ患者を追いだしにかかっているバラの植込みを通り抜けた。まだやる気があるならやってみろ、ろくでなしめ。中風病みを足で蹴とばしながら二階へ上がっていった。貴様たちの母親をはらませたのが、いったい誰か、やっと分かったろう、この売女(ばいた)のせがれども。うろうろする役人や、彼を永遠の存在だとたたえる、厚かましい取り巻きなどを掻きわけて廊下を歩きながら、叫んだ、そこをどけ、大統領閣下のお通りだ。小石を落とすように、炉の吐く火のような荒い息を建物じゅうに残していった。一瞬の稲妻のように謁見の間から消え、私室の並んでいるほうに向かった。寝室に入り、三個の掛け金、三個の差し金、三個の錠前を下ろしてから、くそまみれのズボンを指でつまむようにして脱いだ。にせのレプラ患者を仕立てた隠れた敵を見つけるために、かたときも気をゆるめずに周囲の者のようすをうかがった。手の届くところにいる者にちがいないと直感したからだ。彼の日常生活を間近に見ているその男は、蜂蜜の香りにみちた彼の隠れ家をよく知っているはずだった。彼の肖像ではないが、至るところで四六時中、壁に耳をあて、鍵穴をのぞいているはずだった。一月の風のなかで口笛を吹きながら、暑苦しい闇のなかで白く咲いているジャスミンの茂みにひそんで、そこから彼のようすをうかがっている、身の軽い男であるはずだった。眠れぬままに、暗闇の建物のなかでもいちばん奥まった部屋のなかを、恐ろしい幽霊のように足を引きずってさまよう彼を、何カ月も見張っていた男であるはずだった。そしてある晩、ドミノの勝負を争っていたとき、五のダブルでゲームにけりをつけた慎重な手を見て、彼ははっと思いあたるところがあった。これこそ裏切り者の手だと内部でささやく声を聞いたのだ。なるほど、こいつだったのか、と複雑な気持ちで彼はつぶやいた。視線を上げ、テーブルの中央に吊り下げられた電灯の明りを透かしてよく見ると、親友のロドリゴ・デ＝アギラル将軍の、ハンサムな砲兵将校の目がそこにあった。まさか、右腕ともたのむこの男が、この腹心の男が、とても信じられん、と彼は心のなかでつぶやいた。残念に思うと同時に彼は、長い年月、真実を隠すために使われてきた、じつにさまざまな、にせの真実の謎を解こうと懸命になった。終生の友と考えていた男が、じつは金回りのいい政治家たちの走狗だったのだ、だいたいこいつらが、連邦戦争のさなかに、こちらの都合で取り立てて金や特権を与えた、いかがわしい連中なんだ、これまで自分は、黙って連中のいいなりになって来た、連中が自分を利用して、自由を求めて荒れ狂った風で吹き飛ばされてしまったが、かつての上流階級の者さえ望みもしなかったような高いところまで、のし上がっていくのをじっと見ていた、ところが連中は、それ以上のことを望んでいるのだ、何とまあ、自分が手に入れた、神にえらばれた者の地位を望みはじめたのだ、この自分に替わりたいと思いだしたのだ、ろくでなしめ、寵愛をいいことに自分の政権下で絶大な信用と権威をわがものにした男の、氷のように明晰な頭脳と底知れない慎重さをあてにして、そう思いだしたのだ、この男ひとりだった、自分が署名する書類を受け取ってきたのは、自分だけが出すことを許された行政命令や省令なども、この男に読ませてから拇印を押してきた、そしてその下に、自分いがいの誰も番号を知らない金庫にしまっている、指環（ゆびわ）の印章を押してきた、元気でやっとるかね、と署名済みの書類を渡しながら、いつも言ったものだ、こいつをきれいに片づけてもらおうか、と笑いながら言ったものだ、おかげでロドリゴ・デ＝アギラル将軍は、この自分の莫大な利益のあがる絶大な権力のなかに、べつの権力のからくりを作りあげることができた、ところがそれではあき足らずに、かげでこっそり、コンデ兵営の蜂起（ほうき）を計画したのだ、そして将軍と手を結んで全面的な援助を与えたのが、あのノートン大使だった、オランダの娼婦（しょうふ）をともに楽しんだ悪友で、フェンシングの師匠である、あの大使だった。外交官としての免税特権を悪用して、ノルウェーのタラの樽に詰めて武器弾薬を密輸入した、あの大使だった、いい匂（にお）いのするろうそくを立てたドミノのテーブルで、お国のように友好的で、公正で、しっかりした政府はない、などとお世辞を言っておきながらだ、連中は、あのにせのレプラ患者にピストルを渡しただけではない、やつの自宅の庭に埋められていたのを発見したが、真ん中で二つに切断した、この五万ペソの紙幣を渡している、あとの半分は、暗殺が成功したあと、自分が終生の友と思っている男の手で渡されるはずだった、おふくろよ、こんな情けない話があるかね、だが、ただ一度の失敗であきらめるような連中じゃない、この男は、自分の血はもちろん、一滴の血も流さずにすむ完璧（かんぺき）なクーデターを思いついた、つまりロドリゴ・デ＝アギラル将軍は、もっともらしい証言を山のように掻き集めたのだ、たとえば、わしは毎晩起きていて、真っ暗闇の建物のなかの花瓶と、高官や大司教たちの肖像とぶつぶつ話をしている、とか、牝牛に体温計をくわえさせ、熱を下げるためにフェナセチン*を飲ませている、とか、わし自身がこの慈悲深い目で、窓の正面に停泊している三隻の帆船をちゃんと見ているのに、おかしくなった頭のなかにしか存在しない海の大提督のために墓を造らせた、とか、いろんなからくりを買いこむ悪い癖があって、それに公金を流用している、とか、悪夢の幻としてしか存在しないはずの美の女王の歓心を買うために、天文学者の手を借りて太陽系の動きを変えさせようとした、とか、年のせいで頭がぼけて、二千人の子供をセメントを満載した荷船に積みこむように命令し、ダイナマイトを使って沖で爆殺させた、とかいった話だ、おふくろよ、まったくとんでもない連中だよ、こういうもっともらしい証言をもとにして、ロドリゴ・デ＝アギラル将軍と親衛隊の司令部の連中は共謀して、来（きた）る三月一日というから三日後の真夜中に行なわれるわけだが、隊の兵士たちの守り神、聖守護天使を祝う年に一度の夕食会を利用して、名のある老人ばかりが集まった、例の絶壁の上のホームにわしを押しこめる決定をしたのだ。ところが大統領は、重大な陰謀の実行される日が目の前に迫っても、それが発覚したことを疑わせるような行動は何ひとつ取らなかった。むしろ、いつもの年とおなじように予定の時間に兵士たちを客として招待し、宴会の席に座らせて、乾杯の音頭をとるはずのロドリゴ・デ＝アギラル将軍を待つあいだ、アペリチフをすすめたのだった。大統領は兵士たちと話をし、いっしょに笑った。将校たちはつぎつぎに、こっそりと腕の時計に目を走らせたり、耳にあてたり、ねじを巻いたりした。十二時五分前になっても、ロドリゴ・デ＝アギラル将軍は現われなかった。部屋のなかは船のボイラー室のように暑くて、花の香りがむんむんしていた。グラジオラスやチューリップの匂いがただよっていた。締めきられた部屋のなかにバラの花の匂いがこもっていた。誰かが窓を開け、おかげでわれわれは息をすることができた。われわれは時計を眺めた。結婚式の食事にふさわしい旨(うま)そうなシチューの匂いといっしょに、かすかな潮風の香りを感じた。大統領を除いてみんなが汗を掻いていた。べつの地質時代に属する自分だけの空間で、目を開けたままばたきしている老獣の鋭い眼光に射すくめられて、みんなは瞬間的なめまいに苦しめられた。乾杯、と大統領が言った。萎(しお)れたアヤメのように愛想のない手が、飲めもしないのに一晩じゅう乾杯をくり返してきたカップを、ふたたび高だかと上げた。奈落の底のような静寂のなかで時計の臓腑(ぞうふ)の鳴る音が聞こえた。十二時になったが、ロドリゴ・デ＝アギラル将軍は現われなかった。誰かが立ちあがろうとすると、大統領は立つなとどなり、恐ろしい目付きでその場に釘付けにした。誰も動いてはならん、息もするな、わしがよしと言うまで、生きるのをやめろ。やがて十二時が鳴り終わった。そのときを待っていたようにカーテンが開かれて、カリフラワーや月桂樹の葉で飾った銀のトレイに長ながと横たえられ、香辛料をたっぷりかけてオーブンでこんがり焼きあげられた、かの有名なロドリゴ・デ＝アギラル陸軍中将が現われた。礼装に五個のアーモンドの金星、袖口に値の付けようのない高価なモール、胸に十四ポンド*の勲章、口に一本のパセリをあしらったこの料理は、それを切りわけるボーイによって同僚たちの宴会の馳走に供されるものだった。恐怖のあまり石のようになったわれわれ招待客は、料理を切りわけながら配っていく、もったいぶった鮮やかな手つきを、息を殺して見詰めていた。松の実や匂いのいい野菜を詰めこんだ国防大臣がめいめいの皿におなじ分量だけ盛られたとき、大統領は食事を始めるように命令した、諸君、腹いっぱい食ってくれ。

彼があまりにも多くの地上の異変や不吉な天体の蝕、空で燃える獣脂の塊などを巧みにかわして来たので、われわれ同時代の人間のなかに、彼の運勢についての予言をいまだに信じている者がいるとはとても思えなかった。にもかかわらず、遺体の外見をととのえたり防腐処理を施したりという手続きが進んでいるあいだ、それほど単純ではないわれわれでさえも、口にこそ出さなかったが、昔の予言どおりにことが運ぶのを期待していた。たとえば、彼の亡くなった日には、沼地の泥が川をさかのぼって源流にまで達する、とか、血の雨が降りそそぐ、とか、メンドリが五角形の卵を産む、とか、創造の終わりの時であるから、ふたたび沈黙と闇がこの世に君臨するだろう、とかいったたぐいのことである。それを信じないわけにはいかなかった。まだ発行されていた少数の新聞が相も変わらず、彼は不滅の存在であると書き立て、彼自身のファイルからえられた資料によって、その輝かしい生涯をでっち上げていたからだ。時間が静止したような一面に、栄光の時代の名残りの五つの星のついた持ちのよい軍服を着用し、かつてない威厳と精励と健康さに満ちあふれた彼の写真を、毎日のように掲載したからだ。彼の年齢が分からなくなってから久しいはずなのに、である。変わりばえのしない写真のなかで彼はふたたび、みんなも見覚えのある記念碑の除幕式や、現実の生活では誰も知らない公共施設の落成式に出席しはじめた。昨日のことだというが、実際には前の世紀に行なわれた儀式の主賓を務めだした。もっとも、われわれはそれが事実ではないことを知っていた。レティシア・ナサレノが非業(ひごう)の死を遂げ、あの無人に等しい建物のなかにひとり取り残されたとき以来、公(おおやけ)の場で彼を見た者はいなかったからだ。日常的な行政は、もっぱら多年にわたって保持してきた絶大な権力のいわば惰性で、ひとりでに機能していた。彼が死を迎えるまで閉じこもっていたがたぴしの建物の高い窓から、われわれは胸を締めつけられるような思いで、彼が幻に包まれた玉座から何度も見たにちがいない、陰鬱(いんうつ)な夕べの空を眺めた。廃墟(はいきょ)めいた大広間をけだるげな緑色の海水でひたす、灯台の断続的な光を見た。港を取り巻いている丘の上の色とりどりの小屋が名物の暴風雨でなぎ倒されてしまったとき、貧しい難民たちが押し入ったこともあるが、各省庁の建物のきららかなガラスの珊瑚礁の名残りの奥でまたたく、見すぼらしい明りを見た。下のほうに広がっていて煙があちこちから立ちのぼる市。売却された海の跡であるが、灰色の噴火口の青白い火で瞬間的に浮かびあがる地平線。彼のいない最初の夜。マラリアに冒されたアネモネの茂る沼のような、広大な領国。遺伝的に大統領の焼き印付きで生まれてくるというが、新品種のみごとな牝牛がとめどなく殖えていく、私有地の貪欲な有刺鉄線のフェンス。そうしたものをわれわれは見た。要するにわれわれは、彼は三度めの彗星のあとまで生き延びる運勢の持ち主だと心から信じただけではない。この確信そのものが、老いをあらゆる種類のジョークでごまかせると思う心の安らぎとゆとりを、われわれに与えてくれたのだった。われわれはカメの長命や象の生きかたに彼のそれをなぞらえた。われわれは居酒屋でよく笑い話をした。ある男が大統領閣下が亡くなったと内閣に報告すると、大臣たちはおびえた顔を見合わせ、そのことを誰が閣下に報告すべきか、おびえた目で探りあっていた、というのがそれだ、ハ、ハ、ハ。実際には、それが耳に入っても、彼はなんとも思わなかっただろう。この街のジョークが真実なのか嘘っぱちなのか、彼自身はっきりしなかったと思う。というのも当時、過去の出来事のわずかな断片しか記憶のポケットに残っていないことを知っていたのは、彼ひとりだったからだ。彼は孤独であり、鏡のように音から遮断されていた。力の衰えた重い足を引きずって陰気な執務室を歩きまわっているだけだった。ところが、あるときそこで、フロックコートに固いカラーをつけた一人の男が、謎めいた合図でも送るように、彼に向かって白いハンカチを振った。ご機嫌よう、と彼はそれに応じた。この勘違いからひとつの決まりが生まれた。大統領府の役人たちは、彼が通りかかると、白いハンカチを手にして立ちあがらなければならなかった。廊下の歩哨やバラの植込みのレプラ患者たちは、遠ざかっていく彼を白いハンカチを振って見送った。ご機嫌よう、閣下。しかし、その声は彼の耳には入らなかった。レティシア・ナサレノの夕べの野辺の送りから、何も聞こえなくなっていたのだ。その当時のことである。籠のなかの小鳥たちの声がしゃがれ気味なのは鳴きすぎのせいだと考えた彼は、もっと高い声が出せるだろうというので愛用の蜂蜜を与えた。スポイトで声の良くなる薬を数滴飲ませた。古い歌をうたって聞かせた。一月の明るい月よ、とうたった。つまり、小鳥たちの声が力を失っているのではなくて、自分の耳の聞こえがだんだん悪くなっていることに気づかなかったのだ。ある晩、耳鳴りの激しかった鼓膜がずたずたに裂けてしまった。万事休すというしかないが、モルタルの空気孔に変わってしまったそこを通り抜けていくのは、権力の闇のなかに浮かぶ幻の船の哀切な別れの声だけになった。空想のなかの風や、現実の小鳥の深い沈黙に代わる慰めとなった、内部に巣食う小鳥たちのにぎやかな声だけになった。そのころ大統領府に出入りしていた少数の人間は、パンジーに囲まれた小屋のかげの籐の揺り椅子に腰かけて、午後二時の暑さにじっと耐えている彼をよく見かけた。軍服の上着の前をはだけ、国旗の色のベルトごとサーベルをはずしていた。靴も脱いでいたけれど、ローマ教皇がお抱えの職人に命じて送らせた十二ダースの紫色の靴下をはいていた。警戒のあまり厳重でない裏手の塀によじ登った隣の女学校の生徒たちは、なかば眠っているような彼をしばしば見かけた。土気色をして、額に薬草のたぐいをべたべた貼った彼は、小屋の屋根から洩れる日射しで縞に染めあげられながら、水槽の底のエイよろしくぼんやりと座っていた。モウロクさーん、と女学生たちが叫ぶ。かげろうのせいで歪んだその姿が目に入った彼は、にっこりし、サテンの手袋を取った手を振る。しかし、何も聞こえてはいないのだ。潮風が運んでくるエビたちの泥くさい臭いは感じている。足の指を突っつくメンドリのくちばしは感じている。しかし、明るいセミの声は耳に入っていない。女学生たちの声は聞こえていない。何も聞こえてはいないのだ。当時の彼を周囲の現実と結ぶものがあったとすれば、それはただ、彼にとって貴重な記憶のそこばくの断片でしかなかった。こまごました政務から手を引き、権力の辺土の無害な存在となり果ててからは、ただ、そうした記憶の断片にすがって生きてきたのだ。もっぱらそれを頼りに、限度を超えた老齢の惨めさに耐えていたのだ。日暮れになると、彼は人けのない建物のなかをうろついた。電気の消えた執務室に身を隠した。そこらの帳簿のはじっこを引きちぎって、自分を死から守ってくれている最後の記憶のそのまた残り滓を、華やかな飾り文字で書きつけた。ある晩は、自分の名前はサカリアスである、と書き、灯台のはかない光でそれを読み返した。何度も何度も読み返した。くり返し読んでいるうちに、その名前が縁もゆかりもない他人のもののような気がして、なんだ、くだらない、とつぶやきながら、紙切れを細かくちぎって捨てた。わしはあくまでわしだ、と自分に言い聞かせ、べつの切れっぱしを取って、二度めの彗星が通過した時代を経験し、すでに百歳の年齢に達した、と書いた。もっともこのときには、果たして何度その通過を見たのか、自分でもはっきりしなくなっていたのだが。さらに彼は、もっと大きなべつの切れっぱしを取って、敵と戦って負傷した兵士に栄光あれ、と書いた。つまり、思いついたことをすべて書き、知っていることをなんでも書いていた時期があったのだ。便所テ変ナコトシナイアル、とボール紙に書いて、トイレのドアにピンで留めたこともあった。いつか間違えてそのドアを開け、高級将校の一人が便器にまたがってマスタベーションをやっている現場を見てしまったのだ。数少ない思い出を紙切れに書きつけたのは、まだ忘れてはいないことを確かめるためだった。レティシア・ナサレノよ、と彼は書いた、わしのただ一人の妻だった女よ。いい年になっていた彼に文字を教えたのも彼女である。彼は懸命に、公の場での彼女の姿を思いだそうとした。国旗の色に染めわけられた琥珀織りのパラソルを持ち、ファーストレディーにふさわしい銀ギツネの尾を首に巻いた姿をもう一度見たかったのだ。ところが目の前に浮かぶのは、蚊帳を透かした午後二時の粉っぽい光を浴びた、裸の彼女に過ぎなかった。扇風機の音に包まれてけだるげに横たわった、白く柔らかい肉体だった。彼は、生きもののような乳房や牝犬のような体臭をまざまざと思いだした。ミルクを固まらせ、金をくもらせ、花を萎れさせる、修練女の恐ろしい手の腐食性の湿り気をまざまざと思いだした。しかし、あれは色事にはもってこいの手だった。想像もできない勝利を彼相手に収めることができたのは、彼女ひとりなのだ。靴を脱いでちょうだい、麻のシーツが汚れてしまうわ、と彼女が言えば、彼は靴を脱いだ。胸甲を取ってちょうだい、バックルが心臓に突き刺さりそうだわ、と彼女が言えば、彼は胸甲を取った。サーベルも、脱腸帯も、ゲートルも、みんな取ってちょうだい、あなたが感じられないわ、と彼女が言えば、彼はみんな取った。お前だからだぞ、と言ったとおり、それまでに彼がそんなことをしたことは一度もなかった。またレティシア・ナサレノの亡くなったあとは、どんな女が相手でも決してしなかった。生涯にただ一度の純粋な愛、と彼は溜息まじりにつぶやき、黄ばんだ帳簿の切れっぱしにそのつぶやきを書きつけてから、タバコを巻くように丸めて、誰も思いつかないようなすき間に隠した。何も思いだせなくなったときも、自分が何者であるか思いだせるように、彼だけが見つけることのできる場所に隠したのだ。レティシア・ナサレノの姿までが記憶の排水口から洩れてしまい、郊外の屋敷のかわたれどきの母親、ベンディシオン・アルバラドの執拗な思い出だけしか残らなくなったときでさえ、実際、誰も見つけることはできなかった。死病に取りつかれたその母親は、最期が近づいていることを彼に気づかれないように、ヒョウタンに入れたトウモロコシをがさがさやってメンドリを呼んだ。激痛で息もできないことを息子に悟られないように、タマリンドの林に吊ったハンモックの上の彼のところまで、フルーツジュースを運んでいった。彼をひとりで身ごもり、ひとりで産んだ母親は、今もひとりで身を腐らせつつあった。しかし、自分ひとりで耐えている苦痛がその激しさを増し、自尊心をしのぐときがついにやって来た。母親は仕方なく息子に頼んだ、ちょっと背中を見ておくれ、どういうわけか、火で焼かれるようにひりひりして、生きているのがつらいくらいなんだよ。そう言いながら彼女はブラウスを脱いで、くるりと後ろを向いた。じくじくした潰瘍で一面にただれた背中を見て、彼は息を呑んだ。悪臭を放つグアバの果肉めいたものが、小さな泡のような蛆で沸き返っていた。それはたいへんな時期でもあった。国家機密で外に洩れないものはなかった。よだれの垂れるロドリゴ・デ＝アギラル将軍のなきがらが豪勢な食卓に供されて以来のことだが、確実に実行に移される命令はなくなっていた。しかし、大統領は気にしなかった。少なくとも、母親が隣の寝室でじわじわと身を腐らせつつあった、あのつらい数カ月のあいだは、政治上のつまずきも気にならなかった。アジアの風土病に詳しい医師たちの診断によれば、母親の病気はペスト、疥癬、イチゴ腫その他、東洋のいかなる疫病でもなく、インディオのあいだで盛んな呪いのせいで、治癒させることのできるのは、それをかけた者だけである、ということだった。間違いなく死ぬと知った彼は外に出るのをやめ、まるで母親のような辛抱強さで、母親の世話にかかりきった。蛆入りのスープが煮立っているような母親の姿を誰の目にも触れさせないために、彼女といっしょに自分の身も腐らせることにした。彼女のメンドリを大統領府の自分のところへ運ぶように命令した。いっしょに運ばれてきたクジャクや色付けした小鳥は、母親に郊外の屋敷の田園的な暮らしを恋しがらせないために、広間や執務室を自由に飛びまわらせた。死の床にある母親の体から発する異臭を誰にも気づかせないために、他人の手を借りずに、部屋でベニノキを焚いた。赤チンで真っ赤になり、ピクリン酸で黄色に染まり、メチレンで青ずんだ母親の体に、自分の手で殺菌剤をすり込んでやった。呪いを恐れて近づかない厚生大臣の意見に逆らって、じくじくした潰瘍にトルコ産の香油を自分でつけてやった。なにも怖がることはない、いっしょに死ねばいいんだろう、と彼は母親に話しかけた。しかしベンディシオン・アルバラドは、死ぬのは自分だけだということをちゃんと心得ていて、墓場まで持っていく気のない、一族の秘密を息子に教えようとした。胎盤はブタの餌（えさ）にしたことを語った。あそこに出入りしてた男は、それはたいへんな数だもの、お前の父親が誰なのか、とうとう分からずじまいさ。話の種にと言って、居酒屋の奥の部屋で、発酵した糖蜜の革袋にたかった銀バエを気にして帽子も取らず、立ったままの姿勢で、彼を身ごもったことを語った。八月のある朝、修道院の入口で苦しみながら彼を産んだことを語った。うら悲しいハープの音とゼラニウムの花の色に染まった光のなかで赤子の体をあらためると、右の睾丸（こうがん）がイチジクほどの大きさをしていた。ふいごのようなおならをし、息をするたびにバグパイプそっくりの音が聞こえた。修練女たちから与えられたぼろで赤子をくるみ、あちこちの市場でひとに見せた。この種の奇形によく効くとすすめられた蜂蜜よりももっといい、そしてとくに、安い薬を知っている者がいるかもしれない、と思ったからだ。いろんな気休めを言う者がいた、先のことを、心配したってしようがないよ、笛を吹くのは無理でも、あとはなんだってできるんだから、ほんと。ただサーカスの占い女だけが赤子の手に線がないことに気づいた。この子がたいへんな出世をするってことだよ、これは、って占い女が言ったけど、ほんとに、そのとおりだったね、と母親は語った。しかし、彼はろくすっぽ聞いていなかった。昔のことをほじくるのはやめて、ゆっくり休んでくれ、そうした、祖国の歴史の汚点になりそうなことはみんな、熱に浮かされた頭のなかの妄想だ、と言った。頼むから寝てくれよ、と哀願し、傷口を悪化させないように特別に織らせた麻のシーツで、頭の先から足まですっぽり包んでやった。心臓に手をあてた格好で横向きに寝かせた。つらいことは思いださないほうがいい、どのみち、わしはわしなんだから、ゆっくり休むことさ、と慰めた。国母が生きながら身を腐らせつつある、という民衆のあいだのうわさを打ち消そうとする当局の必死の努力も効果がなかった。でたらめな診断の内容が発表されたが、その告示を出した者たちまでが、否定しようとしているうわさは事実であることを保証する始末だった。重病人の寝室の腐臭があまりにもひどいので、レプラ患者たちでさえ逃げだした。ヒツジの首を刎ねてその生血に重病人を浸けた。傷口から流れる七色の膿汁でぐっしょり濡れたシーツを剝いで、いくら洗っても、もとの艶は戻らなかった。どんなに不穏な時期でさえ、夜明けにいつも姿を見せていた乳しぼりの小屋でも、愛妾（あいしょう）たちの部屋でも、彼を見かけることはなくなった。大司教自身が病人に最後の秘跡を行なうことを申しでたが、彼はドアの奥には入れないで、死ぬような病人はここにはいない、大司教、うわさなんか信じてもらっちゃ困る、と言った。部屋じゅうに診療所めいた悪臭がこもっているにもかかわらず、おなじ皿で、おなじスプーンで、母親といっしょに食事をした。横にならせる前に、忠実な犬のようにまめまめしく、母親の体をシャボンで洗ってやった。その間も、自分が死んだあとの動物の世話について、糸のようにかぼそい声でいろいろと指示を与える母親に、胸を締めつけられるような憐憫（れんびん）を覚えた。クジャクの羽根をむしって帽子をこさえたりするんじゃないよ、と言われて、分かったよ、と彼は答え、全身にク*レオリンを塗ってやった。お祭りで無理に小鳥を鳴かせるんじゃないよ、と言われて、分かったよ、と彼は答え、ベッドのシーツでくるんでやった。あの不吉な竜、バシリスクの卵を産むといけないから、雷が鳴ったらメンドリたちを小屋から出しておやり、と言われて、分かったよ、と彼は答え、心臓に手をあてた格好で横にならせた。よく分かってるから、ゆっくり休んでくれよ、と言って額にキスをした。残ったわずかな時間を、彼はベッドの横にうつ伏せになって眠った。母親の眠りを、死期が迫るにつれてますますはっきりしていく錯乱状態を、気にしながら眠った。夜ごとにつのる怒りによって、悲しい月曜日のはるかに大きな怒りを抑えるすべを学んだ。その日の夜明け、あたりがあんまり静かなので彼は目を覚ました。愛する母親のベンディシオン・アルバラドがついに息を引き取ったのだ。胸が悪くなるような異臭を放つ遺体のシーツを剝いだ彼は、一番鶏の鳴きはじめる淡い光のなかで、心臓に手をあてる格好で横向きになった、べつの体がシーツの上にあるのを見た。シーツに残った体には、病気でやつれた痕（あと）も年で崩れた痕もなかった。経帷子（きょうかたびら）の裏表から油絵具で描いたように堅くて滑らかだった。病院めいた寝室の空気も清められる、若い花のような馥郁（ふくいく）たる香りを放っていた。いくら硝石でこすったり灰汁（あく）で煮たりしても、その痕跡（こんせき）を消すことはできなかった。表も裏も素材の麻とひとつになっていたからだ。麻そのものになっていたからだ。しかし、この奇跡の意味を吟味するだけの平静さを彼は欠いていた。銃声のように建物じゅうに響き渡ったが、凄（すさ）まじい勢いでドアを閉めて寝室を出たのだ。大聖堂で、そのあとすべての教会で、さらにそのあと全国で弔鐘が打ち鳴らされ、それは百日間にわたって休むことなく続いた。鐘の音で目を覚ました者たちは、彼がふたたびあらゆる権力を掌握したことを悟った。死にたいする怒りを抑えた不可解な彼の心は、かつてない激しさで、理性とか、人間的尊厳とか、寛容とかいった酔狂なものに立ち向かっていくだろうと思った。彼の愛する母親ベンディシオン・アルバラドが二月二十三日月曜日の明け方に亡くなり、新たな混乱と愚行の時代が始まったからである。この死を体験として語れるほどの年の者は、われわれのなかには一人もいなかった。しかし、豪勢な葬儀の話はわれわれの時代にも伝わっていたし、その後の彼がふたたび以前の彼に戻ることはなかったという、偽りのない事実も聞き知っていた。公の服喪が宣せられた百日間をはるかに過ぎても、孤児となった彼の不眠を妨害する権利は誰にも与えられなかった。弔鐘の凄まじい反響があふれていた悲しい建物のなかで、ふたたび彼を見かけることはなかった。彼の悲嘆のための時刻しか鐘は告げなかった。ささやくような声でしか人はしゃべらなかった。身辺の護衛にあたる者たちは、彼が政権を握った当初のころとおなじように、はだしで歩いた。禁制だらけの建物のなかで、ただメンドリたちだけが好きほうだいのことをやっていた。その建物のぬしは目に見えない存在となり、籐の揺り椅子に座って、腹立たしさのあまり血を吐いていた。一方、彼の愛する母親ベンディシオン・アルバラドは、存命中の状態以上に腐敗が進まないように、おが屑と砕いた氷をいっぱいに詰めた柩のなかに納められて、暑さの厳しい荒野をあちこち旅していた。冥福を祈るという特権にあずからなかった者が出ないように、彼女の遺骸はおごそかな行列に担がれて、およそ辺鄙な国土のすみずみまで運ばれていったのである。柩は喪章をつけた風の賛美歌によって荒野の駅まで運ばれた。そしてそこで、かつて栄華を誇った時代に、大統領専用の客車の薄暗い影にひそんだ権力をかいま見たことのある、あの寡黙(かもく)な群衆によって、また、あの陰気な音楽によって迎えられた。遺骸が一般に公開された場所は、かつての小鳥の行商女が、のちに元首の位に昇ることになる父無し子(ててなしご)を難産のすえにひり出した尼僧院(にそういん)だった。その大門が開かれたのはこの百年来初めてのことで、騎馬の兵士たちは村々でインディオ狩りを行ない、ひっ捕えた彼らを牛馬のように追い立てたあげく、銃の台尻(だいじり)でこづきながら、ステンドグラスの冷たい光の悲嘆にひたされた本堂に押しこんだ。その本堂では、礼装した九人の司教が暗闇(テネブレ)の朝課をとなえていた、天国にて安らかに眠れ。助祭らはそれをくり返し、侍者らは、灰となりて憩(いこ)え、ととなえていた。外ではゼラニウムの茂みに雨が落ちていた。修練女らはサトウキビのジュースと死者のパンを配っていた。豚の肉付きのあばら骨や数珠(じゅず)、聖水入りの瓶などが中庭の石のアーケードの下で売られていた。通りの居酒屋では音楽が鳴っていた。花火が上がっていた。戸口ではダンスをしている姿が見られた。まるで日曜日のような騒ぎだった。逃亡犯人しか知らない抜け道や霧に包まれた峠道でも、何年にもわたってお祭り騒ぎが続いた。そうした難路は、亡くなった母親のベンディシオン・アルバラドが命からがら、連邦戦争のあらしに巻きこまれた息子のあとを追った場所だった。

彼女は戦乱のあいだも彼の世話を焼いていたのだ。三日熱のせいで毛布にくるまって地面に横たわり、意識のない状態でうわごとを口走っていたとき、軍隊のラバに踏まれないように彼をかばったのも彼女だった。陰気な海岸沿いの都会で奥地の人間を待ち伏せている、さまざまな危険にたいする父祖伝来の恐怖心を、彼の心に植えつけようとしたのも彼女だった。副王や、銅像や、赤子の涙を吸うというカニなどを、彼女はひどく怖がった。襲撃の行なわれた夜、雨のすだれを透かして見た権力者の家のあまりのいかめしさに、彼女は体の震えが止まらなかった。しかしそのときは、そこが自分の死に場所になるとは、息子が孤独を嚙みしめる場所になるとは、思いもしなかった。猛烈な暑さに閉口して床にうつ伏せになりながら、その息子はつぶやいていた、いったい、どこに行ってしまったんだ、おふくろよ、どこのマングローブ*の林の根っこにからまっているんだ、おふくろの死体は、顔にたかるチョウを追い払ってくれる者が、そばにいるのか。悲しみに押しひしがれながら彼は溜息をついたが、その間も母親のベンディシオン・アルバラドは、バナナの葉っぱを天蓋がわりに、湿地帯の吐気がするような悪臭のなかをさまよい、通り道の公立学校や、硝石だらけの砂漠の兵営や、インディオの集落などで展示されていた。とくにお歴々の家でのご開帳には、すらりとして美しい、若いころの写真が添えられていた。頭に王冠をいただいていた。

気に染まないレースの首飾りをつけていた。そのときが最初で最後だったが顔に白粉（おしろい）をはたき、唇に紅をさしていた。手にシルクのチューリップを持たされていた。そうそう、いや、それではだめです、膝（ひざ）の上にさりげなく、そうそう。ヨーロッパの君主たちの御用をうけたまわるヴェネツィア生まれの写真師が撮った、ファーストレディーの公認の肖像が遺骸と並べて展示されたのは、作りものではないかという疑いにたいする決定的な反証としてである。事実、それらは瓜（うり）ふたつだった。ただし、なりゆきにまかせて何も手を加えなかったわけではない。遺骸の化粧が崩れたり、しわに埋めたパラフィンが暑さで溶けたりすれば、こっそりとではあるが、まめに手入れをしていたのである。雨季には瞼（まぶた）に生えた苔（こけ）をむしった。軍隊お抱えのお針子たちは、死人の衣裳（いしょう）をまるで昨日着せたように見せかけ、生きているうちは一度も身につけたことのないレモンの花の冠や、純潔な花嫁のベールであざやかさを保つことに心を遣った。それもこれもみんな、偶像を有難がるこの国のろくでもない連中に、写真とは大違いだ、なんて言わせないためだ、おふくろよ、密林の湿地の貧乏たらしい集落に住んでいる連中に、長年この国を治めてきたのは誰か、それを忘れさせないためさ。実際に忘れるほどの長い歳月がたった、ある日の真夜中のことだった。集落の住民たちは、明りをすべてつけた、古びた木造の外輪船をふたたび見た。繁栄の時代が戻ってきたと信じて、彼らはにぎやかにドラムを打ち鳴らして船を迎えた。大統領閣下バンザイ、と彼らは叫んだ。真実をもたらすお方に祝福を、と彼らは叫んだ。よく肥えたアルマジロを抱いて、牡牛ほどの大きさのカボチャをかかえて、河に飛びこんだ。その気まぐれで国の運命を左右する、姿の見えない権力者に服従のしるしの貢物をささげるために、透かし彫りの木の手すりによじ登った。いかにも古風な遊覧船らしい天井の扇風機の下に置かれていたが、大統領専用の食堂のほうけた鏡に映っている、砕いた氷と岩塩詰めの柩を見て、彼らは息を呑んだ。その後も長い年月、船は赤道直下の河の浮洲を縫いながら航行し、ついに、ガーデニアの花が理性をそなえ、イグアナが空の闇を飛びかう悪夢の時代に迷いこんだ。そこで世界は終わりだった。木製の外輪は砂金の浅瀬に食いこみ、壊れてしまった。氷は溶け、岩塩は腐りはじめた。ふくれ上がった遺体は、おが屑のスープのなかをただよっていた。しかし、腐敗はしなかった。それどころではありません、閣下、というのはつまり、われわれは、彼女がぱっちりと目を開けるのを見たのだった。その瞳が澄んでいることや、一月のトリカブトの花の色と月の石とおなじ美しさをそなえていることに気づいたのだ。容易に物事を信じないわれわれが、柩のガラスの蓋が彼女の息でくもっているのを、また、その毛穴からほんものの匂いのいい汗が出ているのを見たのだ。彼女は微笑さえ浮かべていた。閣下には想像もつかないでしょう、度肝を抜かれましたよ、ラバが子を産むのを見、硝石に草花が生えるのを見たんですから、奇跡だ、奇跡だ、奇跡だ、とわめく自分の声にあっけに取られている、口も耳も不自由な連中を見ました、柩のガラスは粉々に割られるし、遺体はすんでのことに切り刻まれて、形見として分けられるところでした、おかげでわれわれは、熱狂した群衆を鎮(しず)めるために、一個大隊の擲弾兵(てきだんへい)を準備しなければなりませんでした、ご母堂ベンディシオン・アルバラドさまの霊が自然のおきてに逆らえる力を神から授かった、といううわさにつられて、種を播(ま)いたようなカリブの島々から、わっと押しかけて来るのですから、連中は経帷子の糸屑や、護符や、ご母堂の脇腹(わきばら)からえられたお水や、女王のようなご母堂の写真入りのカードを売ったり買ったりしていました、たいへんな数の人間がどっと集まってきたわけで、通りすがりのものをすべて蹄(ひづめ)で蹴(け)ちらかしてしまう、猛牛の暴走といった感じでした、大地を揺るがすもの凄(すご)い音でしたから、ここにおられる閣下の耳にも届いているんじゃありませんか、耳を澄ましてよく聞いてみてください、聞こえるはずですよ。そう言われて彼は、耳鳴りが比較的ひどくないほうの耳の後ろに手をやって、じっと耳を澄ました。するとどうだろう、わしの生みの親のベンディシオン・アルバラドよ、確かに聞こえた。彼は果てしなく続く雷鳴のようなとどろきを聞いた。沸き返っている沼のように、水平線のはるかかなたまで広がっているおびただしい群衆を見た。真昼の明るい光のなかでさらに明るいもう一日を引きずっている、ろうそくの火の流れを見た。愛する生みの母ベンディシオン・アルバラドが、あの戦乱にまぎれて初めてやって来たときとおなじように、恐ろしいものだらけの市へ帰ろうとしているのだ。その体は戦火のさなかのような生ぐさい肉の臭いを放っていたが、しかしこの世の危険に脅(おびや)かされることは永久にないはずだった。それというのも彼が、歴史にその名が残らないように、副王らについて記述した教科書のページをすべて破り捨てさせたからだ。夢に出てくるような恐ろしい銅像は、おふくろよ、みんな片づけさせた、というわけで、生まれてこのかた恐れていたものにおびえることもなく、穏やかな民衆の肩に担がれて帰ろうとしているのだった。柩から出て、蛾(が)を寄せつけない野外の空気を吸いながら帰ろうとしているのだった。密林地帯から始まって悲しみに沈んだ広大な領地を通過する長旅の途中で、その体にぶら下げられたささげものの金の重みはたいへんなものだった。手足の自由を取り戻した者たちが吊り下げた、無数の小さな金の松葉杖(まつばづえ)。海難に遭った者たちがささげた金の星。まるで戦争中のように、やむなく草むらで子を産まなければならなかった、疑わしい不妊の女たちが贈った金の童子。こうしたもので、彼女の体は隠れてしまうほどだった。彼女を巻きこんでとうと流れる河。聖書にみる民族の大移動。彼らはちゃちな鍋釜のたぐいや、家畜や、救われる見込みのない生の残したがらくたの置き場に困っていた。彼らを救えるのはただひとつ、ベンディシオン・アルバラドの不思議なお祈りではなかったか。彼女は、わが子に向けられた弾丸の向きを変えるために、戦闘が続いているあいだ休むことなく、それをとなえていたのだ。頭に赤い布切れなど巻いて物騒な戦場に飛びだしてゆき、熱に浮かされたような興奮状態のあいまあいまに、自由派バンザイ、連邦派バンザイ、くたばれスペイン野郎、とわめいていたけれど、実際に彼を動かしていたのは、海が見たいという隔世遺伝的な好奇心に過ぎなかったから。ただ、彼の母親の遺体を担いで市に入りこんで来た貧しい群衆は、連邦戦争のどさくさにまぎれて全土を荒らしまわった連中よりもはるかに騒々しく、はるかに熱狂的だった。騒々しいというよりは貪欲な、不安なというよりは恐ろしい、群衆だった。彼が権力を誇った長い年月、毎日のようにその目で見た群衆のなかでももっとも凄まじいものだった。全国の人間が集まってますよ、閣下、ごらんください、いや驚きました。証拠を見せられて納得した彼は、悲嘆のもやの奥からやっと姿を現わした。血の気のない、冷酷な顔をのぞかせた。腕に黒い喪章をつけた彼は、母親のベンディシオン・アルバラドの聖女としての資格を保証する圧倒的な証拠をたよりに、彼女の列聖を成功させるため、あらゆる手を尽くす決意を固めていた。まず、ローマに特使を派遣した。ふたたびローマ教皇大使を招待し、パンジーに囲まれたあずま屋に射しこむ日光の下でココアを飲み、クッキーを食べた。気楽なもてなし方だった。彼はシャツも着ないでハンモックに横たわり、白い帽子でふところに風を入れていた。一方、熱いココアのカップを手に持ってその前に腰かけた大使は、平服のラベンダーの匂いに包まれて、暑さや埃にも平然としていた。熱帯特有のけだるさも寄せつけなかった。あずま屋に水たまりのようにあふれる光のなかを自在に飛びまわっていたが、死者の残した小鳥たちの糞を浴びても平然としていた。バニラ入りのココアをちびちびすすっていた。花嫁のような慎ましさでクッキーを食べていた。腰かけた籐椅子の上で身を固くして、最後のひと口に間違いなく含まれている毒をあおるときを懸命に引き延ばしていた。ほかの誰にもこの椅子をすすめたことはない、あなただけだよ、大使。かつて彼が権勢を誇ったころのことだが、あたりが淡い紫にかすむ午後、もっと年輩で人の好いべつの大使が、トマス・デ・アクィナスのスコラ的な説教で彼を回心させようと努力したことがあった。こんどはわしが大使を呼んで、回心させようというわけだ、世の中は変わるというが、そのとおりだと思う、と彼は言った。そして間をおかずにもう一度くり返した、ほんとにそう思う。もっとも実際には、彼はこの世もあの世も信じていなかった。ただ、愛する母親が、模範的な自己犠牲の精神と謙虚さという美徳によって、祭壇に祭られる権利があることは固く信じていた。それを確信するあまり、彼は請願の根拠として民衆の熱狂をあげることはしなかった。北極星が葬列とおなじ方角に動き、遺骸が通りかかるのを感じてか、戸棚の奥の絃楽器がひとりでに鳴りだす、といううわさも立っていたが。彼は根拠として例のシーツの奇跡を持ちだした。大使に見せるために、八月の明るい光の下にいっぱいに広げた。大使は麻の布に写っているものを実際にその目で見た。老いさらばえた痕も病気でやつれたようすもないベンディシオン・アルバラドが、大統領のご母堂が、心臓に手をあてて横向きに寝ている姿をその目で見た。搔きつづけている汗の湿り気をその指で感じた。奇跡の風に吹かれて騒ぐ小鳥たちのうるさい声を聞きながら、萎れてはいない花の匂いを嗅いだ。これでお分かりだろう、たいへんな奇跡だってことが、と大統領はシーツの両面を見せながら言った、小鳥たちでさえそれを知っているくらいだ。しかし大使は、キリスト教世界の名工の手になる品に付着した、火山灰の染みを見つけることもできそうな熱心さで、穴のあくほどシーツを見つめていた。亀裂のようなものに気づき、色の濃さに疑念めいたものを抱いた。時間が流れずに浮遊している、非現実的な都市のさびれた教会のドームにあお向けに横たわり、この地球の球形を肌で感じているような恍惚感を味わった。しばらくじっと眺めていた大使は、やがて、思いきったようにシーツから目を離し、穏やかだがきっぱりとした口調で言った、麻に写っている人体は、あらためて無限の慈悲をわれわれに示されるための神意によるものではありません、それどころかこれは、閣下、善い悪いはともかく、非常に腕の達者な絵師の描いたものです、閣下の寛大さを悪用したわけです、というのも、これは油絵具ではなく、いちばん安い家庭用のペンキ、窓を塗ったりするのに使われるあれです、閣下、絵具を溶いたほんもののオイルの臭いの下に、安っぽいテレビン油がうっすらとまだ残っています、石膏(せっこう)の上皮も残っていますよ、閣下はそう信じこまされたようですが、臨終のさいの悪寒(おかん)にともなう汗とは思えない、じっとりとした湿り気が感じられます、これは、亜麻仁(あまに)油をたっぷり含んだ麻の、人為的なそれでしょう、黒っぽい個所にひそんでいるのです、たいへん残念ですが。大使は心から遺憾の意を表明した。まばたきもしないでハンモックの上から自分を見つめている、岩のような老人を前にしては、それ以上のことは言えなかった。泥のように重苦しくて陰気な東洋人ふうの沈黙を守りながら、大統領は耳を傾けていた。口を開いて反論はしなかったけれど、摩訶(まか)不思議なシーツの奇跡が真実であることを誰よりもよく知っている彼だった。このわしだよ、わしがこの手で、シーツにおふくろを包んだのだ、おふくろが死んで静かになったとき、わしはおびえた、世界が海の底で朝を迎えることになった、そんな気がした、ところが、わしは奇跡を見た。そのことに絶対的な確信を持ちながら、彼は大使の意見に口を差しはさまなかった。イグアナのように瞼を閉じないで、二度ほど微笑しただけだった。かすかな笑みを浮かべながら、彼はやっと口を開いた、なるほど、大使の言うとおりかもしれない、しかしこのさい申しあげるが、大使は今後、そのことばの重みを背負っていかねばならない、まだ先が長いと思うが、生きているうち忘れてもらっては困るから、もう一度くり返して申しあげる、大使は今後、そのことばの重みを背負っていかねばならない、よろしいか、わしには責任はいっさいない。不吉な予兆にみちたその後の一週間、世界は眠ったような状態にあった。大統領は、食事の時間がきても、ハンモックから起きあがらなかった。飼っている小鳥たちが体に止まると扇子で追い払った。飼っている小鳥たちと間違えて、パンジーの花の照り返しを払おうとした。誰にも会わず、命令ひとつ下さなかった。金で雇われた狂信的な暴徒が、ローマ教皇大使館を襲撃した。だが、警察当局は知らん顔をしていた。暴徒は遺物展示室を略奪した。静かな内庭で午睡を楽しんでいた大使を襲い、裸にして通りへ引きずりだした。くそをひっ掛けられたそうです、閣下、たいへんなことになりました。それでも彼はハンモックから動かなかった。ロバの背に乗せられて中心部の通りを引きまわされている、という報告を聞いても、まばたきひとつしなかった。勝手の汚れた水がバルコニーからシャワーのように浴びせられた。人びとは叫んだ、お稚児さーん、ミス・ヴァチカン、子供たちは、わたしにまかせておくれ。大使が半死半生のていたらくで公設市場のごみ捨て場に放置されたと聞いて初めて、大統領は小鳥たちを手で払いのけながらハンモックから起きあがった。腕に喪章をつけ、まだ眠りたりないのか腫れぼったい目をして、陰気なクモの巣を手で払いながら謁見の間に姿を現わした。そして、三日分の食料を積んだいかだに大使を乗せて、ヨーロッパ行きの船の通る海上に放りだせ、と命令した。この国を侮辱する外国人がどういう目に遭うか、これでみんな分かるはずだ、このさい教皇にもはっきり覚えていてもらおう、指環をはめて、金無垢の玉座に座って、ローマで教皇づらしていばっているようだが、ここでは、わしがいちばん偉いんだ、腰抜けどもめ。効果はてきめんだった。その年が終わらぬうちに、生みの母ベンディシオン・アルバラドの列聖の手続きが始まったのだ。腐敗しない遺体は大聖堂の中央の会衆席に展示された。祭壇ではグロリア*がとなえられた。教皇庁にたいする宣戦布告は撤回された。平和バンザイ、とアルマス広場に集まった群衆は叫んだ。神様バンザイ、と叫んだ。一方、大統領は聖省の審問官で信仰を広めることに熱心なデメトリオス・アルドゥス猊下を丁重に迎えた。ベンディシオン・アルバラドの聖性について一点の疑義も残らぬように、その生涯を詳細に調べるという任務は、*エリトリア出身ということでとくに知られた、このアルドゥス猊下に託されたのである。好きなようにやってもらいたい、と猊下の手を握りしめたまま、大統領は言った。会ったとたんに相手に好意を抱いたのだ。顔の黄色っぽいアビシニア人は何よりも生きることを愛していた。イグアナの卵も平気で食べましたよ、閣下。闘鶏や混血女たちのユーモア、*クンビアなどがお気に召したようだった。われわれとまったく変わりません、閣下、全然おんなじです、というわけで、列聖審問官の調査にいっさい支障があってはならぬという大統領の命令で、堅く閉じられていた家々の戸もいっぱいに開かれた。愛する生みの母ベンディシオン・アルバラドは祭壇に祭られる運命にあり、その反論の余地のない証拠たりえないものは、この悲嘆に暮れる広大な国のどこにも隠されていないし、ひそんでもいないからだった。ご自分の国だと思って、どうぞご自由に。そのとおり、猊下は自由に振る舞うことができた。軍隊が出動して大使館周辺の秩序の保持にあたった。早朝から大使館の前には長蛇の列が続いたのだ。治癒したレプラ患者が押しかけて、傷口の上に生じた新しい皮膚を示した。長く舞踏病をわずらっていた者が押しかけて、信用しない連中の目の前で、針に糸を通してみせた。夢のなかでベンディシオン・アルバラドから当たり番号をおそわり、ルーレットで大勝ちした者たちが押しかけて、稼いだ大金をみんなに見せた。失踪人の消息が分かった者や、水死人を発見することができた者や、無一文からお大尽にのし上がった者などが押しかけた。食人種を殺すのに使われたラッパ銃やウォルター・ローリー卿*の時代の古いカメの甲羅などで飾られた、暑苦しい事務室には絶えずひとが出入りした。疲れを知らないエリトリア人はみんなの話を聞くだけで、質問もしなければ口を差しはさむこともしなかった。安物のタバコの煙で息苦しい事務室にだんだんたまっていく、すえた体臭にも素知らぬ顔、汗みずくになりながら、証人たちの話を細大もらさずメモに取り、サインを求めた。ここだ、フルネームを、いや十字のしるしでもいい。閣下ではありませんが、拇印でも、なんでもいいんだそうです。サインがすむと、つぎの順番の者が入れられ、前の者の場合とおなじことがくり返された。わたしは結核をわずらってました、と言えばエリトリア人は、わたしは結核をわずらってました、と書いた。わたしの歌を聞いてください、以前はうたえなかったのです、とか、見てください、毎日こうして歩いています、以前は歩けなかったのです、と言えばエリトリア人は、綿密なメモが人類の終焉のその時まで修正を加えられることのないように、消えないインクでそのとおりに書いた。腹のなかに生き物らしいものがいます、と言えばエリトリア人は、生き物らしいものがいます、と冷静に書きとめた。苦いコーヒーをがぶ飲みし、吸ったやつの先で火をつけたかび臭いタバコの煙にむせ、船頭のように胸をはだけながらである。たいした男だ、と大統領は言った。いや、ほんとうにたいした男だ、誰にだって取り得があるということかな、食事のひまさえ惜しんで、夜遅くまで、休まずはたらいているじゃないか。休まずはたらいただけではない。エリトリア人はシャワーを浴びると、四角い継ぎがあちこちにあたった麻の僧衣に着替えて、波止場の居酒屋に現われた。腹を猛烈にすかせていて、長い木のカウンターに腰かけて、コイワシのシチューを仲仕たちと分けあって食べた。魚を指で裂いて、暗闇でも光る悪魔のような歯で骨までしゃぶった。荷役業者たちとおなじように、皿の端に口をつけてスープをすすった。閣下、ほんとにお見せしたかったですよ、薄汚い帆船の人間の屑のような連中と、平気で付き合っているんですから。帆船は、クモザルや青いバナナを満載して、あるいはうら若い娼婦（しょうふ）たちを乗せて港を出ていった。キュラソーの総ガラス張りのホテルや、*グアンタナモに送られるんだよ、神父さん、*サンティアゴ・デ・ロス・カバイェロスなんぞは横付けする港もないんだがね。女たちは、東の空が明けそめるころまでわれわれが夢みる、この世でもっとも美しく、もっともわびしい島々へ送り届けられるのだった。神父さん、覚えていてくださいよ、帆船が出ていったあと、おれたちがどう変わるか、マチルデ・アレナレスの家で飼っている、運勢が占えるオウムのことや、スープ皿から這いでてうろちょろするカニのことや、恐ろしいサメの息や、遠い太鼓の音のことなぞ覚えておいてください、これが人生だよ、神父さん、くだらない人生だけどね、そうだろ、みんな。とにかく閣下、われわれとおなじような、犬がしょっちゅうけんかしている、あの町で生まれた人間みたいな、口のきき方をするんですから。エリトリア人は海岸でボールを蹴って遊んだ。土地の人間よりも巧みにアコーデオンを弾くことを覚え、はるかに上手に歌をうたった。女王蜂の華やかなことばを習い、オンドリにラテン語の手ほどきをした。市場にたむろするホモの薄汚い小屋でいっしょに酔っぱらった。神をあしざまに言ったというので彼らの一人とけんかをした大統領は、なにも、二人を分けることはない、と答えた。どういたしましょう、と言われて大統領は、素手で殴り合いをやっているんですよ、閣下、えた。人垣ができ、そのなかでエリトリア人が勝った。神父のほうが勝ったようです、閣下。だろうと思っていた、とうれしそうに大統領は言った、たいした男だ。エリトリア人は世間が考えるほど軽薄ではなかった。騒ぎまわっているその夜のうちに、大使館内の疲労の甚だしい昼間とおなじ程度に、あるいは郊外の暗い屋敷に出向いたとき以上に、多くの事実を調べあげたのだ。エリトリア人が許可もえずに屋敷に足を踏み入れたのは、これなら、大統領の護衛の厳重な警戒の目もかすめられそうだと思った、ある大雨の日のことだった。天井の穴から降りこむ雨にずぶ濡れになり、目もあやな寝室の、毒々しいニシキイモやカメリアが茂る湿地に足を取られながら、エリトリア人は屋敷のすみずみまで調べた。寝室は、ベンディシオン・アルバラドが小女(こおんな)たちに自由に使わせていたものだった。それはもういいお方でした、神父さま、少しもいばらないし。小女たちは*カナキンのシーツに寝かせてやりながら、彼女自身は軍隊用の簡易ベッドにござだけを敷いて眠った。小女たちにはファーストレディーにふさわしい盛装をさせておきながら、彼女自身は浴用の香水を使った。小女たちがライオンの脚のついた白鑞(しろめ)の浴槽の七色の泡のなかで、従卒といちゃついたりして、女王も同然の暮らしを楽しんでいるというのに、彼女のほうは日がな一日、小鳥の色付けをしたり、薪(まき)のかまどで野菜をとろとろ煮たり、近所の者たちの急場の用にそなえて薬草を育てたりして暮らしていた。彼らはよく真夜中に彼女を起こした。胃がしくしく痛んで、と訴えられれば、彼女は、これを嚙めと言ってコショウの粒を与えた。名付け子がすが目で、と訴えられれば、虫下しのメキシコ茶を与えた。苦しくて死にそうです、と訴える者たちもいたけれど、死なずにすんだ。あの方がどんな病気でも治してくださったんです、ほんとに、聖女のようなお方でした、神父さま。彼女が己れひとりの無垢な空間のなかで生きていた、この悦楽の館には、彼女が無理やり大統領府の建物に移されたその日から、激しい雨が降りそそいだ。ピアノの上のハスの花に、豪勢な食堂の雪花石膏のテーブルの上に、降りそそいだ。じつは、ベンディシオン・アルバラドはこの食堂を一度も使ったことがなかった。祭壇に座って物を食べてるようで、わたしはいやだね。ほんとに聖女の鑑みたいなお方でしたわ、神父さま。熱心な近所の者たちの証言にもかかわらず、列聖審問官が屋敷のがらくたのなかに見出したのは、慎ましさよりもむしろ小心さの名残りだった。以前は舞踏室だった部屋のマングローブ林をただよっている黒檀のネプチューン像、土俗的な悪魔や勇壮な天使の細工物などのなかに、自己放棄よりもむしろ心の貧しさの証拠を見出した。ところが、あのべつの神の残された跡は何ひとつ見出せなかった。この三位一体の気難しい神のご下命によって彼は、暑さの厳しいアビシニアの平原から、在りもしないところまで真実を求めてやって来たのだが。何も見つからなかったそうです、閣下、何ひとつ、困ったことになりました。けれどもデメトリオス・アルドゥス猊下は市中だけの調査では満足しなかった。ラバの背にまたがって凍てつくように寒い荒野の果てまで出かけてゆき、ベンディシオン・アルバラドのイメージがぎらぎらしい権力によって汚されていない場所に、彼女の聖性の種子を発見しようと努めた。山賊ではないがポンチョをまとい、悪魔の化身のように深い長靴をはいて、霧のなかから姿を現わした。最初は、そんな肌の色の人間を一度も見たことのない高地の住民たちの恐怖を、ついで驚愕(きょうがく)を、そして最後に好奇心を掻き立てた。しかし機敏なエリトリア人は、体から夕ール分を発散させているわけではないことを納得させるために、自分にさわってみろと誘った。真っ暗闇のなかで歯を剝(む)いてみせた。手づかみでチーズを食べ、おなじヒヨウタンで酒を飲んでともに酔っぱらうことで、街道筋の陰気くさい店の者たちの信頼を勝ちえた。ずいぶんと昔のことだが彼らは、ナイチンゲールの彩色したひなや、金色のオオバシや、クジャクに見せかけたヨタカなどの籠という妙な荷物を山のように背負った、いかれた小鳥売りの女を見かけていた。陰気な高地の日曜日に開かれる市でいなか者をひっかけようという、女の魂胆だった。そこに、かまどの火で暖かいそこに、いつも座ってましたよ、神父さん。店の奥の、蜂蜜(はちみつ)の革袋が積んであるところで、寝てくれる奇特な男が現われるのを、じっと待ってました、食うためでしょう、神父さん、ほんとに食うためでしたよ、いくらいなか者でも、あんなおかしなものを買うばかはいませんでしたからね、雨で濡れたとたんに色が消えるし、歩けばよろけるというしろものですよ、ただ、神父さん、非常に気持ちの純な女でした、小鳥の聖女、というか、荒地の聖女、というか、ま、どちらでもお好きなように。そのころの彼女の名前がなんだったか、また、いつからベンディシオン・アルバラドと名のるようになったのか、誰ひとり知る者はいなかった。ベンディシオン・アルバラドは、たぶん本名ではなかった。ああいうのは、この土地の者じゃなくて、海岸の人間の名前ですよ。こまめなサタンの審問官はそんなことまで調べあげていたのだ。大統領直属の暗殺者たちの存在を無視して何もかも調べあげ、明らかにしていたのだ。この連中は審問官に分からぬように真実の糸をもつれさせ、蔭でじゃまをしていた。いかがでしょう、閣下、やつを崖から突き落とすか、ラバに足をすべらせるかするというのは。しかし、大統領はそれを許さなかった。見張るのはいいが、絶対に体には手を触れるな、とじきじきに命令した。もう一度くり返すが、絶対に体には手を触れるな、自由にやらせろ、あらゆる便宜をはかって、使命を果たすのを助けてやれ、このわしの命令だ、背くことは許さん、命令どおりにやれ、忠実に実行しろ、それ、わしの署名だ。わしの署名、というのをくり返して言ったが、それは彼が、そうした決定を下すことによって、これまで探ることを許さなかった生みの母ベンディシオン・アルバラドの昔の姿を知るという、恐るべき危険を冒す結果になることを意識していたからだった。当時の彼女は若くて、すらりとしていた。ぼろをまとい、はだしだった。しもの口で食いぶちを稼がねばならなかった。でも神父さん、ほんとにべっぴんでしたよ、おまけに、たいへん正直で、安物のオウムをコンゴウインコに見せかけるために、上等なオンドリの尾羽根で仕上げをするほどでした、脚の悪いメンドリを七面鳥のやはり尾羽根で格好をつけて、極楽鳥だと言って売ってましたしね、もちろん、騙される者なんていやしません、いくらばかだって、日曜日の市場のもやのなかにぽつんと立って、どう、一羽、ただでもいいわよ、なんて耳元でささやく、小鳥売りの女のわなに落ちるやつはいませんでした。彼女の無邪気さや貧しさを高地の人間のみんなが記憶していたが、それでも彼女の身許を証明することは不可能だと思われた。洗礼を受けた修道院でも彼女自身の出生の記録は一葉も見つからなかった。その代わり息子の分が三葉も発見された。三葉とも内容が異なっていた。懐妊の日付けが三葉とも異なり、難産だったという誕生の日付けが三葉とも異なっていた。出生の秘密を解くことを誰にも許さないために、真実の糸を複雑にからませ、もつれさせた、国史改竄の手続きの結果だった。その隠された謎をエリトリア人が探りあてることができたのも、重なりあった無数の虚偽をえりわけていったあげくのことである。どうやら気づいたようですよ、閣下。これで謎に迫ることができたとエリトリア人が思ったそのとき、一発の銃声がとどろき、灰色の峰々や深い渓谷にこだました。万年雪の山頂から目のくらむような奈落へと転落していくラバの、長く尾をひく恐怖の叫びが聞こえた。絶壁の細密な石版画。航行可能な大河の源である細流。植物調査隊の博学な研究者たちが謎の植物の標本をインディオに担がせてよじ登っていく、険しい崖。たっぷりとした食べ物や、着るものや、見習うべきものをわれわれに授けてくれる、毛の温かいヒツジたちが草を食べているが、タイサンボクの生い茂った高地。わびしいバルコニーに造花の花輪が飾られ、病人の絶えまがないコーヒー農場の住居。ぽつぽつ暑さが厳しくなる土地だが、分水嶺（ぶんすいれい）の奔流のとぎれることのない凄まじいとどろき。夕闇が迫るころには老衰で死んだ人間や闇討ちで死んだ人間たち、ひとり寂しく死んだ人間たちの腐臭を風が運んでくるカカオ農場。大ぶりな常緑の葉と赤い花、そして種子がチョコレートの主要成分となる液果。じっと動かない太陽。焼けるように熱い土。種の多いヒヨウタンと甘いメロン。大西洋岸の州の周囲二百リーグ*の土地にただ一校の慈善学校で飼われている、やせこけた貧相な牝牛（めうし）たち。このすべてを貫いて転落しながらまだ息があって呻（うめ）きつづけていたラバも、崖底のバナナの茂みで、おびえたテントウ虫の群れのなかで、熟れたトゲバンレイシの実がはじけるように腹が裂けて死んだ。闇討ちを食ったそうです、閣下、アニマ・ソラの峠に差しかかったところで、ジャガー狩り用のライフルで殺（や）られたとか。わしの面目にかけても手を出すなと言ったのに、ばか野郎ども、電報でも厳しく命令したはずだ、わしがどういう人間か、ちょうどいい機会だ、このさい、連中に思い知らせてやろう、と大統領はどなった。命令に背いたことへの腹立ちもあったが、それ以上に、稲妻にもまがう威光に逆らうからには、もっと大事なことも隠しているにちがいないと思ったので、それで激怒したのだ。真実に通じている人間だけが嘘をつくことを知っていたのだ。彼は、報告に現われる者たちのようすを注意深くうかがった。最高司令部の連中の隠された意図を探り、いったい誰が裏切り者であるのか、その点を突き止めようとした。下っ端から引き立ててやった貴様か、地面にごろ寝していたのを、金のベッドで眠れるようにしてやった貴様か、命を助けてやった貴様か、ほかの誰よりも大金を払って買収した貴様か、いや貴様たちみんなだろう、このろくでなしどもめ。ちゃんと署名をし、権力を象徴する指環の封印まで添えた電報をないがしろにすることができる者は、連中の一人でしかありえなかった。そこで彼は救出作戦を直接指揮することにし、つぎのような厳命を下した。四十八時間以内に生きているエリトリア人を発見して、ここへ連れてこい、仮に見つけたとき死んでいたら、生かして連れてこい、仮に見つからなくても、ここへ連れてこい。この明白でしかも恐ろしい命令の効果はてきめん、予定の期限が切れないうちに、崖下の茂みで発見されたという報告が届いた。ボウズヒマワリの金色の花で傷口が焼灼されたせいでしょうか、われわれよりもはるかに元気だそうです、閣下。エリトリア人が無事だったのは、大統領の生みの母ベンディシオン・アルバラドのおかげだった。彼女はまたもや、自分の記憶を傷つけようとした張本人を相手に、その慈悲と力を証明してみせたのだ。エリトリア人は棒に吊したハンモックに乗せられて、インディオのかよう道を担ぎおろされた。擲弾兵が護衛にあたった。先頭に立った騎馬の警官は、大統領にゆかりのある者の通行だということをみんなに告げるために、*荘厳ミサの鈴を鳴らして進んだ。エリトリア人は、厚生大臣みずからが責任を負うというかたちで、大統領府の正賓用の寝室のベッドに寝かされた。そしてそこで、全七冊の各冊の、三百五十葉の各葉の右すみに頭文字を書きこんだ、恐るべき自筆の報告書をついに完成させた。われらが主の恵みのこの年、四月十四日、聖省の審問官にして信仰の熱烈なる宣教者たる余、デメトリオス・アルドゥスは教皇庁の命により、地上の人間の正義をあらわすべく、また天なる神の栄光をたたえるべく、ここに署名し封印するものである。断言してはばかりませんが、閣下、これが唯一の真実、まさしく真実、嘘いつわりのない真実です、さあ、お受け取りください。事実、その封印された七冊のなかに真実は閉じこめられていた。それは避けることを許さない残酷な真実であった。名誉心の誘惑に屈せず、権力がらみの利害に超然たり得る人間だけが、無表情な老人を前において、あからさまに述べることのできる真実であった。籐の揺り椅子に腰かけた老人は、ふところに風を入れながら、まばたきひとつせずに聞いていた。重大な事実が告げられると、かすかな溜息を洩らした。真実の光が輝きだすたびに、なるほど、とくり返した。昼食のあまりものを狙う騒々しい四月のハエを帽子で追い払いながら、苦い真実を、心の闇のなかでいつまでも燃えつづける火のような真実を、まるごと呑みこんだ。すべては道化芝居だったのです、閣下。しかし、このぺてんを仕組んだのは、本人にその意図がなかったにせよ、やはり彼だった。彼の決定によって初めて、母親の遺骸は氷漬けの柩に納められ、一般の人びとの礼拝の対象となったのだ。あれは、聖性の功徳のことなど考える者が現われるずっと前のことだし、理由はただ、死ぬ前からおふくろの体が腐っているという、ろくでもないうわさを否定することだった。彼がそれとは知らずにサーカスなみのぺてんを犯したのは、生みの母のベンディシオン・アルバラドがさまざまな奇跡を行なっているという報告が入ったときである。銅像ひとつない広大な領土の人跡未踏の地まで、美々しい行列を組んで遺骸を運ぶように命令したときである。徳を積んだ結果がどういうものか、みんなにとくと、知ってもらいたかったからだよ、長いあいだ苦労して、少しも報われなかったんだ、さんざん小鳥の色付けをして、なんの儲けもなかったんだ、他人を愛しただけで、慈悲を受けたこともないんだ、おふくろよ、当然じゃないか、しかし、あの命令からとんでもないぺてんが生まれるとは、正直、わしは考えもしなかったよ、にせの水腫の患者たちに金をやって、みんなの見ている前で水を吐かせたそうだ、にせの死びとに二百ペソを払って、墓穴から抜けださせ、ボロボロの経帷子に口いっぱいの泥という格好で、大勢の見物人のあいだを、ひざまずいて歩かせたらしい、あるジプシー女には八十ペソを与えて、奇跡騒ぎはお上のたくらんだいかさまだと言ったその罰で、頭の二つある赤子を通りのど真ん中で産むことになったという、猿芝居を打たせたそうだ、そういう連中ばかりで、金をもらっていない証人は一人もいなかったそうな。しかし、この恥ずべき陰謀をたくらんだ卑屈な連中の狙いは、デメトリオス・アルドゥス猊下が調査に手をつけたばかりのころに推測したのとは違って、大統領に喜んでもらおうという、純粋なものではなかった。とんでもない、閣下、これは閣下の側近たちがしくんだ汚いビジネスですよ、閣下の権力のかげでいろいろと悪事が行なわれていますが、そのなかでもとくに怪しからん、冒瀆的なものと言っていいでしょう、奇跡をでっち上げ、お金で釣って虚偽の証言をさせた連中は、閣下の取り巻きなのです、連中は、ご母堂ベンディシオン・アルバラドのありもしない花嫁衣裳を作って売ったのです。なるほど。ブロマイドを印刷し、女王姿の肖像入りメダルを造ったのも、おなじ連中なのです。なるほど。ご母堂のカールした髪の毛でしこたま儲けました。なるほど。脇腹からしみでたお水入りの小瓶もあります。なるほど。心臓に手をあてて横になった若い娘の柔らかい肉体をドア用のペンキで描いた、綾織りの経帷子もあります、これは市場のインド人たちの店の奥で、ヤードで切り売りされたそうです、このとてつもないぺてんを支えていたのは、大聖堂の会衆席に長蛇の列をつくっている民衆のむさぼるような目で見詰められながら、遺骸は依然として腐敗しないという仮定なのですが、真相はまったく違います、閣下、ご母堂の遺体はその徳によって保存されていたのではありません、閣下がただ子としての見栄からお命じになったパラフィンによる修理や、化粧品によるごまかしのおかげでもありません、科学博物館の動物の死体とおなじように、下手な職人によって剝製(はくせい)にされていたのです。大統領が調べたところ、事実、そのとおりだった。わしはこの手で、おふくろよ、息がかかっただけで喪章が崩れてしまったが、ガラスの骨壺の蓋を取った、子馬のたてがみのように硬い髪の毛が、聖遺物と称して売るために一本残らず根本から抜かれている、かびの吹いた頭蓋骨から、レモンの花の冠を取った、ボロボロになり、じっとりと湿気を帯びた花嫁衣裳や、乾(ひ)からびたごみや、暮れかけた午後の死の硝石のあいだから、おふくろを取りだした、日に干したヒョウタンほどの軽さだった、トランクの底の懐(なつ)かしい臭(にお)いがした、心のそよめきのように激しく動くものを、おふくろの体の奥に感じたけれど、それは、内側からおふくろを食い荒らしていた紙魚(しみ)の立てる音だった、この両腕で支えようとしたけれど、おふくろの手足はばらばらに崩れてしまった、心臓に手をあてて眠った、生きていたころの幸せなおふくろの体を支えていたものはみんな掻きだして、代わりにぼろ切れを詰めていたんだ、だからおふくろのもので残っていたのは、埃だらけのウエハースみたいな皮膚だけで、それも、ただつまんだだけなのに、おふくろの骨から舞いあがったホタルの光で青白く染まった空気のなかで、ポロポロ崩れてしまった、日暮れの教会の石畳みの上をノミのように跳んでいく、ガラスの目玉の音しか聞こえなかった。彼女は無に帰ったのだった。取り壊された建物のがらくたほどのものが残っているだけだった。番人たちはスコップで掻き集めた床の上のものを、何を考えているのか分からない、石のように無表情な彼の前で、適当にもとのお棺に投げ入れた。彼のイグアナめいた目からは、なんの感情もうかがわれなかった。標旗のたぐいを取り去った箱馬車のなかで、彼を真実の鏡の前に立たせた、この世でたった一人の大胆不敵な男と二人きりになったときも、それは変わらなかった。彼らは、もやのかかったようなカーテンの布を通して、暑さの厳しい午後の戸口で息を入れている貧しい人間たちを眺めた。そこは昔、恐ろしい犯罪や、悲しい恋や、肉をくらう花や、心を眠らせる奇妙な木の実などの読物が売られていた場所だった。それが今では、生みの母ベンディシオン・アルバラドの衣裳や遺体の一部といった怪しげな聖遺物を売る、耳の痛くなるような騒音が渦巻くだけの場所になってしまった。デメトリオス・アルドゥス猊下に間違いなく心のなかを読まれているような気がして、彼は病人たちの群れから目を離し、猊下の厳しい調査から最後にただひとつ良い結果が残った、それは、この貧しい連中は自分たちの命を愛しているように、閣下を愛しています、という猊下のことばに支えられた確信だ、とつぶやいた。デメトリオス・アルドゥス猊下は、大統領府の内部そのものに背信の影を見たのだ。権力の庇護のもとで私腹を肥やしている者たちの狡猾な奴隷根性や、阿諛追従のやからの貪欲さを見抜いたのだ。そしてその代わりに、大統領から何も期待していない貧しい大衆のなかにある、新しい愛のかたちを知ったのだ。この者たちは、何かを期待することなく、手ですくえるほどの地上の愛を、およそ迷いのない忠誠心を大統領にささげています、神のためにもそうあってくれたら、と思うほどですよ、閣下。しかし大統領は、昔ならば腹をよじって笑ったにちがいないこの唐突な話を聞いても、まばたきひとつしなかった。嘆息さえ洩らさないで、内心の不安を隠すようにしばらく考えこんでいた。そこが困ったところだ、いっそ、連中がわしを愛してくれていないほうがいい、あんたはここを出てゆき、あのまやかしの世界の黄金の丸屋根の下で、わしの不幸せを種に出世できるから、まだいい。ところが彼はここに残って、耐えていく力を貸してくれるかいがいしい母親もなく、左手のように孤独な状態のなかで、真実という不当な重荷を背負っていかねばならない。この国だって、わしが自分の意志でえらんだものじゃない、見たとおりの状態でわしに与えられたわけだ、昔からずっと、この非現実的な雰囲気や、くその臭いや、歴史を持たない人間などであふれている、ここの連中は日々の暮らしいがいのものは何も信じていない、これが、否も応もなくわしに与えられた国なんだ、神父、大統領専用の革張りの馬車のなかでさえ温度は四十度、湿度は九十八という調子だ、埃は吸いほうだい、謁見の最中でもコーヒー沸かしのようなかすかな音を洩らす、不実なヘルニアには悩まされどおし、ドミノで負けようにも相手がいない、ほんとのことを言ってくれる者もいない、神父、いっそ、あんたに替わってもらいたいくらいだ。しかし、彼は思ったとおりのことを口にしなかった。かすかな溜息をつき、一瞬まばたきをしてからデメトリオス・アルドゥス猊下に頼んだ、この今日のあけすけな会話は、われわれ二人だけのことにしてもらいたい、神父、あんたは何も言わなかったし、わしは真相を知らされなかった、ということだ、どうか約束してもらいたい。デメトリオス・アルドゥス猊下は約束した、閣下は真相をご存知ない、これでいいのでしょう、閣下。ベンディシオン・アルバラドの列聖の件は証拠不充分ということで保留となり、この趣旨のローマの布告は、あらゆる抗議や不穏な動きはこれを許さないという政府の決定とあわせて、公の認可のもとに、説教壇の上から一般の人びとに知らされた。しかし警察当局は、激昂した巡礼たちが大聖堂の扉をたたき壊してアルマス広場で燃やし、天使やローマの剣闘士の描かれた大使館のステンドグラスに石を投げて割ったというニュースが入っても、動く気配すら見せなかった。完全にやられましたよ、閣下、と言われても、彼はハンモックから離れなかった。ビスカヤ出身の尼僧たちの修道院を襲撃して、食べ物や水を持ちだしたそうです、教会や伝道所で略奪をはたらき、坊主に関わりのあるものは洗いざらい破壊したという話です、閣下、と言われても、彼はパンジーの匂う涼しい蔭に吊ったハンモックから動こうとしなかった。ついに、参謀本部の司令官全員が、かねて打ち合わせたとおり、流血もいとわぬ強い態度に出なければ、民衆をなだめ秩序を回復することは困難だ、と言いだした。それでやっと彼は重い腰を上げて、何カ月もご無沙汰していた執務室に姿を現わし、民意を代表するという重大な責任を一身に担うと称して、一片の法令を公布した。それは彼自身で考えたもので、あらかじめ軍に通告したり閣僚に相談したりという手間をかけずに、すべての責任は彼が負うというかたちで公布された。彼はその第一条で、もっぱら主権を有する自由な国民の総意にもとづき、教会の関知しないベンディシオン・アルバラドの聖性を承認し、彼女を国家の守護聖者、病める者の薬師、小鳥の尊師、と名付けて、その誕生日を国の祝日とする旨を宣言した。第二条では、本法令の公布以後、この国とローマ教皇庁は、かかる場合に国際法および現行の国際条約が定めるところにしたがい、戦闘状態に入ったことが宣言された。第三条では、大司教の即刻退去に続けて、司教、監督、司祭、修道尼その他、身分と肩書とを問わず、国境および領海五十リーグ内において神と関わりを持つ自国民もしくは外国人すべての退去が命じられた。そして最後の第四条では、聖堂、修道院、学校、農具と家畜をあわせた耕作地、サトウキビ農園、工場、作業所その他、第三者の名義で登記されているが事実上教会に所属するすべての財産の没収を命じると同時に、それらの教会財産は、小鳥の聖女ベンディシオン・アルバラドの記憶を新たにし、信仰をますます広めるために、本日付けをもって彼女の遺産の一部とすることを規定した上で、至高の権力を有し、奪うべからざる最大の権限を与えられた者が口述し、指環の封印をおした本法令はこれを遵守しなければならない、と締めくくっていた。教会によらない列聖をことほぐにぎやかな爆竹の音や、楽しげな鐘の音や、華やかな音楽の聞こえるなかで、彼はまたもやぺてんにかけられるのを恐れて、法令が歪められることなく実施されるように監視する役目をみずから買ってでた。サテンの手袋をはめた手でふたたび現実政治の手綱をしっかりと握った。まるで、栄光を誇った時代に帰ったようだった。当時は、人びとが階段の途中で引き止めて、路上での競馬を復活させてくれと頼めば、よっしゃ、と答えて復活を命じたものだった。麻袋レースを再開させてくれと頼めば、よっしゃ、と答えて再開を命じたものだった。およそ貧しい集落に足を運んで、どうやってメンドリを小屋に追いこむか、とか、どんなやり方で子牛を去勢するか、とかいったことを伝授したものだった。そういうわけで彼は、教会財産の詳細な目録に目を通すだけでは満足しなかった。自分の意志とその執行とのあいだに少しの食い違いも生じないように、形式ばった財産没収の儀式をみずから執り行なった。書類上の真実と実生活のうさん臭い真実とを照合した。また、修道士や修道尼たちの追放を監督した。長い戦時中、連邦派の首領たちが血まなこで捜したにもかかわらず、貧相な墓地に埋蔵されたままになっている最後の副王の秘宝を、二重底の袋やにせのブラジャーに隠して持ちだす魂胆が、修道士や修道尼たちにあると信じたのだ。そこで、教会に所属する者は当座の着替え以外のものは携行してはならぬ、と命令したばかりか、母親の胎内を出たときとおなじように、裸で乗船するようにという厳しい決定を下した。さいわい任地が変わるので着衣のまだろうと裸だろうと気にしない、がさつな村の司祭たち、マラリアでやつれた宣教地区の監督たち、ひげを落としても威厳のある司教たち。彼らのあとに女たちが続いた。おずおずとした慈善関係の尼僧たち、自然を手なずけて砂漠で野菜を育てるすべを心得た、元気のいい伝道尼たち、クラビコードを弾く細っそりしたビスカヤ出身の修道女たち。そして繊細な手と純潔な体を誇っている*サレジオ会の修道女たち。この世に送りだされたときとおなじ裸の状態でも、彼女たちの出自、身分の差、仕事の違いを見分けることは可能だった。彼女たちは、広い税関倉庫のカカオの袋や塩漬けのナマズの袋のあいだを縫って進んだ。右往左往するおびえたヒツジの群れではないが、組んだ腕を胸にあてて、たがいの体の後ろに隠れるようにして歩いた。そして彼女たちの前に立ち、扇風機を背にした老人は、石と化したように身じろぎもしなかった。息を殺して眺めていた。裸の女たちの群れが否応なしに通らねばならない一定の空間から、その目をそらそうとはしなかった。まばたきもせず、平然とした表情で眺めていた。やがて、全土に修道女は一人もいなくなった。この連中で最後です、閣下。しかしただ一瞥(いちべつ)しただけだったが、大勢のおびえた修練女のうちの一人が彼の記憶に焼きついていた。仲間ととくに変わっていたというわけでもないのに、目にとまったのだ。小柄で骨太、がっしりしていた。大きな尻(しり)、盛りあがった豊かな胸、無骨そうな手、こんもりした陰部、剪定(せんてい)ばさみで刈った短い髪、すき間があるが斧(おの)のようにしっかりした歯、低い鼻、平べったい足。そこらにいる、平凡な修練女だけれど、裸の女の群れのなかで彼女だけが女だと、彼は直感したのだった。そのたった一人の女は、彼には目もくれないで前を通り過ぎたが、そのさい、森の動物のものにたかすかな痕跡を残していった。あの女め、わしの吸う空気を掻っさらって行きおった。もう一度、彼女の後ろ姿をちらと見る余裕しか彼にはなかったが、このとき、氏名確認の係の役人がアルファベット順の名簿のなかに女の名前を見つけて、ナサレノ、レティシア、と大きな声で読みあげた。彼女はまるで男のような声で、ハイ、と返事をした。こうして彼は、彼女をそばに置くことになったのである、死ぬまで。やがて、最後の懐かしい思い出も記憶の割れ目からすっかり洩れてしまい、彼女のイメージだけがあとに残されたときも、彼は紙切れに書いた、愛するレティシア・ナサレノ、見てくれ、お前に去られたわしのこのざまを。いつも蜂蜜をしまっておく壁のすき間にその紙切れを隠した。人目がないと分かると取りだして読み、つかの間、あの忘れられない雨上がりの午後を思いだしてから、ふたたび丸めて隠した。彼はあの日、思いがけない報告を受けた。お前を本国へ送還する、ということで彼女が帰国したのだ。しかし、そんな命令を出した覚えはなかった。水平線のかなたに消えていく最後の灰色の貨物船を眺めながら、レティシア・ナサレノ、とつぶやいただけだった。レティシア・ナサレノ。この名前を忘れないために、大きな声でくり返しただけだった。ただそれだけのことなのに、大統領直属の特務機関はジャマイカの修道院から彼女を誘拐した。猿ぐつわを嚙ませ、拘束着を着せた上で、帯鉄に厳重に封印し、割れもの天地無用、とタールで描いた松材の箱に入れて運びだした。大統領ご用達のシャンパン、真正クリスタルグラス二千八百杯分にたいするしかるべき免税措置を受けた、正規の輸出許可証まで添えてである。彼女は一隻の石炭専用船の船艙に積まれて帰国した。そして後年の彼が、午後三時になると、蚊帳のなかの粉っぽい光の下で思いだしたとおり、賓客用の寝室の柱付きのベッドに、麻酔のきいた裸の姿で横たえられた。それまでにも、彼から頼みもしないのに大勢の女がお伽に供された。彼はこのおなじ部屋で、ルミナールを飲んでぐったりと眠っている彼女たちを起こしもしないで、激しい孤独感と挫折感に悩まされながら犯した。その女たちとおなじように、レティシア・ナサレノも気持ちよさそうに眠っていた。ただ、彼はその体には触れなかった。港の倉庫で見かけたときの裸と今のそれとの変わりように小児のような驚きを感じながら、眠っている彼女をじっと眺めた。髪にパーマがかかっていた。隠しどころのひだの奥の毛まで完全に剃られていた。手や足の爪が赤く染められていた。唇や頬にはルージュが、目にはマスカラが使われていた。全身が甘い匂いを放っていた。森の動物のようなお前の面影が、どこかへ行ってしまった、なんてことを。見映えを良くしようとして、かえって彼女をだめにしたのだ。変わり方があまりにも激しいので、下手な化粧を施された裸の彼女を、それ以上見ているのがいやになった。それでもルミナールの眠りのなかに沈んだ彼女を眺めていると、やがて、彼女自身が浮かびあがってくるのが見えた。彼女が目を覚ますのを見た。自分のほうを見る彼女を見た。おふくろよ、これが彼女だ、わしの心を掻きみだすレティシア・ナサレノだ。淡いもやにもにた蚊帳を通して冷たい目で自分を眺めている、石のような老人にたいする恐怖で、彼女自身も石のように身を堅くした。黙っているので何を考えているのか分からず、不安だった。数を忘れるほどの年齢で、途方もない権力の所有者でありながら、彼女よりもはるかにおびえ、はるかに孤独で、何をどうすればいいのかとまどっているとは、とうてい想像できなかったからだ。茫然と手をこまねいているその状態は、兵隊相手の女の手ほどきで男になった、あの初手とまったくおなじだった。彼が女を見かけたとき、真夜中だというのに女は裸になって、河で水浴びをしていた。女のたくましさやサイズは、水から首を出すごとに吐く牝馬のような息で、おおよその見当がついた。暗闇のなかのくぐもった孤独な笑い声が聞こえた。暗闇のなかの女の体の悦びが彼にも伝わった。三度めの内戦で砲兵中尉に昇進していたにもかかわらず、まだ童貞だったので、不安で体がいうことを聞かなかった。しかし、絶好の機会をのがしたくないという気持ちが、女を襲うことへの不安についに勝った。ゲートル、背嚢、弾薬帯、山刀、カービン銃などを身につけたまま水のなかに飛びこんだ。じゃまっけな戦争道具と内心の不安を持てあましながら。女は最初、何者かが馬ごと水におどり込んだのかと思ったが、すぐに、おびえっぱなしの哀れな男に過ぎないことに気づいて、慈悲心の深いよどみに彼を引き入れた。手を取って困惑の闇のなかにいる彼を導いた。深いよどみの闇のなかで彼は道を捜しあぐねていたのである。闇のなかの女は母親のような声で指図した、水に流されないように、あたしの肩にしっかり摑まるのよ、水のなかで中腰になっちゃだめ、底にしっかり膝を突いて、息切れしないように、ゆっくり吸ったり吐いたりするの。まるで幼児のように素直に、彼は女の指図にしたがった。おふくろよ、ベンディシオン・アルバラドよ、女って、どうしてこう、手綱を取りたがるんだろう、なぜ、男みたいに振る舞いたがるんだろう。彼がそんなことを考えているうちに、女は、首まで水につかった孤独な戦争ほど怖くもわびしくもないべつの戦争の、差しあたり用のない道具をつぎつぎに剝ぎ取っていった。松脂のようなシャボンの匂いのする女の体に守られながら恐怖におののいていたとき、女は二本のベルトの尾錠をはずし終わって、ボタンのついたズボンの前を開いた。びっくりしたわよ、だって、いくら探ってもないんだもん、大きな金玉だけが、真っ暗闇のヒキガエルみたいにふわふわ泳いでいるのよ。女は摑んでいた金玉を放し、相手を突きのけた。おっ母さんのところに戻って、産み直してもらいなさいよ、と女は言った、これじゃ役に立たないわ。惨めな思いをしたあのときとおなじ恐怖のせいで、彼は、裸のレティシア・ナサレノを前にしながら手も足も出なかったのだ。彼女が慈悲心という助けを貸してくれなければ、何もかも背負ったままで、その目に見えない流れにおどり込むわけにはいかなかった。彼はその手で彼女にシーツをかけてやった。実の父のよこしまな愛に悩む哀れなデルガディナ、すなわち〈やせ女〉の歌を、シリンダーが摩滅してしまうほど、くり返し蓄音機でかけてやった。自分の手の毒気にあてられて自然の花のように萎れるといけないので、花瓶には造花を生けてやった。彼女を喜ばせるために、思いついたことはなんでもやった。しかし、厳重な幽閉と見せしめとしての裸という条件には手をつけなかった。充分な庇護と愛は与えられるだろうが、その運命からのがれるすべはないことを彼女に理解させるためである。十二分にそのことを理解した彼女は、少しばかり恐怖の薄れたところで、ものを頼むというよりは命令するような口調で言った、閣下、お願い、そこの窓を開けて、涼しい空気をちょっぴり入れてちょうだい。窓を開けてやると、やっぱり閉めて、お月さまの光が顔にあたるわ、というわけで、彼はまた閉めなければならなかった。まるで恋人の命令でも聞くように、彼女の言いなりになった。従順であればあるほど、また自信を持てば持つほど、あの雨のきらめく午後が近づいてくるような気がしたのだ。彼は蚊帳のなかにすべり込んで、彼女を起こさずに、服を着たままその横に寝そべった。夜っぴて彼女の肉体からあふれるものをひとりで楽しんだ。月がたつにつれてますます熱くなっていく、牝の山犬のような息を嗅いだ。下腹の苔をまさぐった。彼女はびっくりしてはね起き、大声を上げた、あっちへ行ってよ、閣下。彼はのろのろと起きあがったが、しかし彼女が眠ったと知ると、またぞろその横に寝そべった。こんなぐあいで、幽閉の最初の一年は体に触れずに楽しんでいたが、やがて彼女も、謎めいた老人が腹の底で何を考えているのか分からぬままに、彼のそばで寝起きすることに慣れていった。彼は権力の悦びも俗世間の楽しみもすべて捨てて、彼女を眺め、彼女に奉仕することに専心した。彼女がどぎまぎすればするほど、雨のきらめく午後が近づいてくるような気がしたのだ。彼は眠っている彼女の上に体を重ねた。水中に身をおどらせたあの時とおなじように、階級章も何もついていない軍服、剣帯、鍵束、ゲートル、金の拍車の長靴といったものをすべて身に帯びたままだった。悪夢に襲われたようにおびえて目を覚ました彼女は、戦闘用の装備をしたこの兵馬を夢中ではねのけようとした。しかし、彼が断固として譲らないので、時間稼ぎに最後の手を使うことにした。馬具を取ってちょうだい、閣下、留め金が胸にあたって痛いわ、と言われて彼は馬具を取った。拍車もはずして、くるぶしが金の拍車でちくちくするわ、バンドの鍵束を抜いてちょうだい、腰の骨にあたるわ。彼女に命令されたことはなんでもやったが、しかし彼が、息が苦しいわ、と言われた剣帯をはずすまでには三カ月が、また、尾錠でこの心を引き裂かれそう、と言われたゲートルをはずすまでにはさらに一カ月が必要だった。この長期にわたる困難な戦いのなかで、彼女は相手を怒らせないで事をできるだけ先に延ばそうとし、彼は相手に取り入るために結局は譲歩した。そういうわけで、幽閉から二年少したったころのことだが、あの大事に至った理由が二人ともよく呑みこめなかった。やり場のない彼の温かくて優しい手が偶然、眠っている修練女の隠れた宝石に触れたのだ。彼女はショックで目を覚ました。冷たい汗を掻き、死ぬかと思うほど体が震えていた。しかし、上におおいかぶさった山の獣を必死ではねのけようとはせず、しばらく間をおいて、彼をぞくっとさせるようなことを言った、ねえ、その長靴を脱いでちょうだい、麻のシーツが汚れるわ。彼がやっとの思いで長靴を脱ぐと、ゲートルも取って、それからズボンもパンツも、みんな脱いで、これじゃあなたを感じることができないわよ、というわけで気がついてみると、彼は、ゼラニウムのもの悲しいハープの音を透かして落ちてくる光のなかで、初めて母親が見たとおりの姿になっていた。不安から解放されて自由になり、荒々しい闘牛と化した彼は、前方に立ちふさがっていたものを一撃でほふり、ナサレノ、レティシア、ハイ、ここにいます、の食いしばった奥歯が発する木造船のきしりににた音しか聞こえない、静かな奈落の底に頭から落ちていった。レティシアは、わしの首に両手でしがみつきおった。底なしの淵に落ちていくめまいのなかで、ひとりで死ぬのが怖かったのだ。わしもそのなかで死ぬ思いだった。同時に、そしておなじ激しさで、肉体のあらゆる要求に責め立てられていたのだ。それにもかかわらず、いつしか彼はレティシアのことを忘れた。闇のなかにひとり取り残されて、しきりに自分を捜していた。涙がしょっぱいわよ、閣下。まるでおとなしい牛のよだれだわ、閣下。生みの母ベンディシオン・アルバラドの驚きとそっくりおなじ驚きを、彼も感じていた。今まで長生きして、よくまあ、この苦しみを知らずにこられたものだ。爆竹の束のような内臓、腎臓の渇望に悩まされながら、彼は泣いた。すべてを引き裂いて死に追いやる柔らかな触手は、彼のはらわたをごっそり掻きだし、首を刎ねられた獣に一変させた。のたうち回る獣は、すえた臭いのする熱いものを、雪のように白いシーツの上に撒きちらした。それは、彼の脳裡にある、雨のきらきら光る午後の蚊帳のなかの溶けたガラスのような空気を汚した。あらまあ、ウンチよ、閣下、あなたのウンチよ。

日の暮れる直前だった。われわれは腐敗した牛の死体を引きずりだすという大仕事を終え、信じられないほど乱雑にちらかった状態を多少ととのえることができた。しかしどう手を尽くしても、問題の遺体を語り伝えられたとおりの姿ににせることはできなかった。海底でついたコバンザメを引きはがすために、魚のうろこを取る刃物を使った。腐敗の痕を消すためにクレオリンと岩塩で洗ってみた。ごみ捨て場の鳥に突つかれた顔をととのえるためにやむなく貼りつけた麻屑や、穴埋めに用いたパラフィンを隠す目的で、顔に澱粉をはたいた。頬紅をつけたり唇に口紅を塗ったりして、生きている人間の顔色に戻してやった。うつろな眼窩にガラスの義眼をはめてみた。しかしそれでも、民衆の目の前にさらすのに絶対に必要な、威厳にみちた表情を与えることはできなかった。この間、閣議室では、彼の権力が残したものを等分に分けあうことが真の狙いだが、永年にわたった独裁を弾劾し、全員の一致協力を要請する声が上がっていた。彼の死という、秘密にしていても洩れないわけにはいかない情報を聞きつけて、全員が帰国していたのである。長いあいだ抑えられてきた野心にふたたび火がつき、和解を果たした自由派と保守派の連中や、権威の根源を失った最高司令部の将官たちや、最後の三人の民間出身の大臣や、大司教などが帰国していた。いずれも、長いクルミ材のテーブルの周囲に座らせたくないと彼が思うような連中だったが、それはともかく彼らは、知ったとたんに群衆が街頭にあふれるといった状態を避けるためには、この巨星の墜ちるにもにた死を、どういうかたちで公表すべきかについて、意見の調整をはかった。まず、第一夜を迎えるまぎわに、軽度の不快、したがって公式行事や軍民を問わず謁見を中止する旨を伝える、告示第一号を出す。ついで、老齢による不調のため私室にこもらざるをえないという、医師の診断を添えた、告示第二号を出す。そして最後に、暑さの厳しい八月の火曜日のしらじら明けに、予告なしに大聖堂の鐘を鳴らして、一般に彼の死を報じる。果たして死んだのが彼なのかどうか、はっきりしている者は一人もいないだろうが。われわれはその死を目の前にして腕をこまねいていた。取って替わるわけにもいかない、悪臭を放つ死体をかかえて困惑していた。老齢でその必要に迫られていながら、彼以後の祖国の運命について、なんらかの決断を下すことを彼が拒否してきたからである。さまざまな進言が行なわれたけれども、彼は老人の頑固一徹さですべてをしりぞけた。統治の機能がガラス窓のきらめく省庁の建物に移され、絶対的な権力を欠いた大統領府にぽつんと取り残されてからも、それは変わらなかった。病気ではなく老齢のためにバラの植込みで倒れていく盲人やレプラ患者、中風病みいがいには命令を聞く者はいなかったが、牛がさんざん荒らした部屋のなかを、泳ぐようにして、居眠りしながら歩いている彼をわれわれはよく見かけた。それでも正気と頑固さは相変わらずで、あとに残す財産の整理を進言しても、逃げ口上しか、後日あらためてという返事しかえられなかった。彼の言うところによれば、自分のいなくなったあとのことを考えるのは、死そのものとおなじように不吉なことだった。くだらん、どのみち、わしが死んだら政治屋たちが戻ってきて、スペイン人の時代とおんなじように分捕り合戦を始めるだろう、いや、きっと、おっぱじめる、と彼は言った。坊主（ぼうず）や、アメリカ人や、金持ちたちが戻ってきて、洗いざらい自分たちで分けるだろう、貧しい連中には何も残らん、嘘（うそ）じゃない、あいつらは欲の皮が突っぱってるから、くそにも値がつくと分かったら、貧乏人の赤ん坊は、けつなしで生まれて来ることになるだろう、いや、きっとそうなる、と彼は言った。

栄華を誇っていた時代の他人を例にあげたり、彼自身をわらいものにさえしながら言った。たとえば、自分が死んでも三日のあいだは、イェルサレムに運んで聖墓に葬ってはならんぞ、と笑いころげながら言った。そしていっさいの反駁にけりをつけるように、その時代のことが真実と思われなくても、いっこうにかまわない、と主張した、なあに、いずれ時間が証明してくれるさ。彼の言うとおりだった。われわれの時代になっても、彼の歴史の正当性を疑うものは一人もいなかったからだ。死体の身許さえはっきり確認することができない以上は、それを証明もしくは反証できる者は一人もいなかったからだ。彼の姿ににせて造られ、彼の絶対的な意志によって変化させられた空間と修正された時間を与えられ、あやふやな古い記憶にもとづいて彼の手で建てなおされたものいがいに、国家は存在しなかった。彼は、幸福な人間など一度も夢を結んだことのない悪名高い建物のなかを、あてどなくさまよった。ハンモックのそばで餌をあさるメンドリにトウモロコシの粒を投げてやったり、その場で思いついたことを言いつけて、召使たちを怒らせたりした。氷を小さく砕いてレモネードを持ってこい、と命じながら、手もつけずにそこらに放りっぱなしにした。その椅子をどけて、あっちへ持っていけ、と命じておきながら、ふたたびもとの場所へ戻させた。やたらと命令したがるという悪い癖がいつまでも残っていて、そういうみみっちいやり方で、それを満足させていたのだ。彼はまた、中庭のパンヤ*の木蔭（こかげ）で舟を漕（こ）ぎながら、遠い少年時代のはかない思い出を辛抱強くたどることによって、権力者としての無聊（ぶりょう）を慰めていた。彼が登場する以前の祖国の、際限のないジグソーパズルの一片にもにた思い出を摑（つか）むたびに、ぱっと目を覚ました。彼が登場する前の祖国は、だだっ広くて、途方もなく大きくて、境界というものがなかった。のんびりと進むカヌーを浮かべたマングローブ林と、切り立った絶壁の国だった。当時の男たちはじつに乱暴で、口のなかに棒を突っこみ、手摑みでワニを捕えたもんだ、こんなぐあいにな、と人差し指で上あごを突くまねをしながら、彼は説明した。また、ある金曜日、風がにわかに騒ぎ立ち、ふけのような臭（にお）いがするのに気づいて見上げると、イナゴの大群が真昼の空を黒雲のように覆（おお）っていたこと、そして目の前にあるものをすべて食い荒らしていったために、創造以前の世界のように大地は裸にされ、光はボロボロになったことを語った。彼はこの大災害を身をもって体験したのだ。一人の女が死んだという、散らかった広い通りに面した一軒の家の軒先に、首のないニワトリがずらりとさかさ吊（づ）りされていて、血がしたたっていたのをその目で見たのだった。イナゴのあらしのなかを担（かつ）ぎ台に乗せたまま、お棺なしで埋葬されたけれども、ぼろをまとった死体のあとをはだしで、母に手を引かれて追ったのだ。当時のこの国はそんなもんだった、死びとを入れる棺桶にもこと欠いていた、まるっきり、なんにもなかったんだなあ。彼は、村の広場の木で首をくくって死んだ、べつの男のお下がりのロープで自殺をはかった男も見ていた。腐っていたロープは肝心なところで切れてしまった。哀れな男は広場の真ん中でのたうち回り、ミサから出てきた女たちを恐れおののかせた。しかし、男は死ななかった。みんなは棒でこづいて男を蘇生させたけれど、その身許など調べもしなかった。つまり当時は、教会でも分からなければ、いったい誰が誰なのか、誰も知らなかったのである。男はくるぶしに足枷の二枚の板をかまされ、罪人たちといっしょに外でさらし者にされた。神が政府よりも力を持っていた、あのスペイン人たちの時代は、祖国の受難の時代は、そんなぐあいだったのだ。そこで彼は、日曜日の首吊り男という恐ろしい見世物をなくすために、町々の広場の木を切り倒すように命令した。足枷の刑や棺桶のない埋葬、つまり彼が権力を掌握する前に存在した恥ずべきおきてを脳裡に思い浮かばせるものは、いっさい禁止した。ラバたちがコーヒー農園の仮装パーティーのグランドピアノを背負って、おびえながら切り立った絶壁の道をたどるという恥ずべき状態を終わらせるために、高地に鉄道を敷設した。つまり、彼は奈落の底でめちゃめちゃに壊れている三十台のグランドピアノの惨状を、やはりその目で見ていたのだ。このグランドピアノのことは外国でも話題になり、大いに書き立てられたけれど、その真相を知っている者は彼ひとりだった。たまたま窓から外を見たまさにその瞬間に、最後尾のラバが足をすべらせ、ほかの仲間を巻き添えにして谷底へ落ちていったのだ。したがって、転落していくラバの群れの恐怖の悲鳴と、その道連れになり、虚空(こくう)にわびしい音をいつまでもひびかせながら谷底へと落下していくピアノの音楽を聞いた者は、彼いがいにはいなかったのだ。当時のこの国は、彼が登場する前のあらゆるものとおなじで、だだっ広くて、何もかも曖昧(あいまい)だった。オーストリアから輸入されたグランドピアノが粉々になった、深い渓谷に立ちこめていた熱い蒸気のような霧。その未来永劫(えいごう)まで続く薄明のなかでは、果たして夜なのか昼なのか、それを見定めることは不可能だった。彼はこうしたことばかりでなく、あの遠い世界で起きた、他の多くの出来事をその目で見てきたのだ。もっとも彼自身が、それらの出来事がほんとうに自分の記憶なのか、戦争中の熱に浮かされていた晩に、他人の口から聞いたことなのか、それとも天下泰平のころ、ほかに何もすることがなくて何時間もうっとりと眺めていた、あの旅行記の版画で見たものなのか、はっきりと断定することができなかった。しかし、これはどうでもよいことだった。なあに、時がたてば、真実だということが分かるさ。彼自身の現実の幼年時代が曖昧な記憶の沼ではないことを意識しながら、彼はそう言った。彼は、牛の糞(ふん)の煙が立ちはじめるときだけ幼年時代を思いだし、すぐに忘れてしまうというのではなかった。ただ一人の正妻レティシア・ナサレノとの静かな暮らしのなかで、実際に幼年時代を再体験していた。つまり彼女は、毎日午後の二時から四時まで、パンジーの吊り鉢の棚の下に置いた学校用の腰掛けに彼を座らせて、読み書きを教えたのである。修練女にふさわしい粘り強さでこの大事に立ち向かったのである。彼もまた、年寄りの恐るべき辛抱強さや、際限のない恐るべき権力欲でそれにこたえた。わしも精いっぱい頑張った、というわけで、彼は一生懸命に暗誦（あんしょう）した、シャボテンノナカノシナノキ、カメノナカノモノグルイ、キレイナボンネット。死んだ母親の残していった小鳥たちが騒がしくさえずるなかで、自分の声を自分で聞いたり他人に聞かれたりする心配もなく、暗誦した、インディオガカンノナカニコウヤクヲツメル、パパガパイプニタバコヲツメル、セシリアハロ*ウトビールトオオムギトタマネギトサクランボトホシニクトベーコンヲウル、セシリアハナンデモウル。彼は笑いながら、レティシア・ナサレノが修練女のころのメトロノームに拍子を合わせてとなえる読みかたの練習問題を、小うるさいセミの声のなかでくり返した。やがて、その声から生まれたものがあたりいっぱいにあふれ、彼のだだっ広くて貧しい国には、もって範とすべき読本の真実よりほかには真実は存在しなくなった。クモマノツキ、ボールトバナナ、ドン・エロイノオウシ、オティリアノキレイナガウン、といったものしか存在しなくなった。彼はこの読みかたの練習を、まるで自分の肖像のように、しょっちゅう、あらゆる場所でくり返した。オランダの大蔵大臣の前でもくり返し、おかげで大蔵大臣は公式会見の目的を達することができなかった。陰気な老人がその測りしれない権力の闇の底から、サテンの手袋をはめた手をあげ、謁見を中止して誘ったのだ、わしといっしょに暗誦したまえ、ボクノママハボクヲアイシテイル、イスマエルハムイカカンシマニイタ、キフジンハトマトヲタベル。人差し指でメトロノームの動きをまね、火曜日に教わったという個所を申し分のない調子で暗誦してみせたが、しかしいかにも場違いだったので、彼が心のなかで望んでいたとおり、謁見は、適当な時期まで外債の支払いは延期という結論で終わった。つまり、その時期があったらということだな、と彼が締めくくったのだ。レプラ患者や盲人や中風病みが明け方、雪の積もった荒地のようなバラの植込みから首をもたげると、暗闇のなかに老人の姿が見えた。あっけに取られている連中の前で、彼は静かに祝福の十字を切り、荘厳ミサの調子で三度となえた、ヨハコクオウニシテコクホウヲアイスルモノナリ。ウラナイシハサケニオボレル、ととなえた。トウダイハヤカンコウカイスルモノヲユウドウスルアカルイライトヲソナエタヒジョウニタカイトウデアル、ととなえた。エビのスープをともにすすり、昼寝の折りに汗みずくでじゃれ合う、愛(いと)しいレティシア・ナサレノといる時間いがいには時間は存在しないと、彼は、老いて初めてえた幸せにひたりながら考えていたのだ。捕えられたコウモリのような扇風機の下の汗でびっしょり濡(ぬ)れたござの上に、裸でいっしょに寝たいということいがいに望みはなかった。お前の尻(しり)が放つものいがいには光はない、レティシアよ、お前のトーテムポールのような乳房、お前の平べったい足、薬に使うお前のヘンルーダの小枝、遠いアンティグア*の島のむし暑い一月いがいにはない、アンティグアと言えば、お前はそこで、水の腐った沼地の焼けるように熱い風が吹く、わびしい夜明けに生まれたのだった。二人で賓客用の部屋にこもる前に、彼は自分の口から命令した、このドアから五メートル以内に近づくなよ、いいな、読み書きの勉強で忙しいんだ。それで、誰もじゃまする者はいなかった。黄熱病が地方で暴威を振るっているという報告さえしなかった。わしの心臓の動悸(どうき)が、お前の森の動物のような匂(にお)いの目に見えない力のせいで、メトロノームの拍子よりも速くなるのを感じながら、彼はとなえた、コビトガカタアシデオドル、ラバガコナヒキバニイク、オティリアガカメヲアラウ、メウシハメスロバノメノジデハジマル。彼がとなえているあいだ、レティシア・ナサレノは腫(は)れあがった睾丸(こうがん)を引っぱりだして、ついさっき終わった色事の汚れを洗っていた。ライオンの脚のついた白鑞(しろめ)の浴槽のきらきら光る湯のなかに漬け、ロイター石鹸をなすりつけ、へちまでこすった。そして薬草を煎じた汁ですすぎながら、二人で声をそろえてとなえた、ショウガトショッキトショクジハショデハジマル。彼女は股の付け根のところにカカオ・バターを塗って、パンツですれた痛がゆさを和らげてやった。もの言わぬ星そっくりな肛門に硼酸をはたいてやり、優しい母親のようにお尻をたたいた、オランダの大使さんに失礼なことしたわね、パン、パン。そしてその償いに、ふたたび修道院に戻して、孤児院、病院その他の慈善施設ではたらかしてくれと頼んだ。ところが彼は、いかにも怨めしそうな陰気な顔を彼女に向けて、となんでもないとつぶやいた。自分がいったん決めたことを絶対に撤回しようとはしなかった。彼女は、午後二時の色事の最中に、喘ぎながらねだった、ねえ、ひとつお願いがあるの、ほんとにひとつだけ。それは、移り気な権力とは無縁なところで仕事をしている、伝道地域の尼僧たちの帰国を許せということだった。ところが彼は、にわか亭主のように荒い息をつきながら答えた、とんでもない、ラバの代わりにインディオに鞍をつけて、ただの色付きのビーズのネックレスと金の鼻環や耳飾りを交換して回るような、あんな、長いスカートをはいた連中にこけにされるくらいなら、いっそ死んだほうがましだ。わしの頭痛の種のレティシア・ナサレノの哀願を無視して、頑として聞き入れなかった。彼女も脚を組んで相手をこばみながら、政府によって接収された神学校の返還や、製糖工場、兵営などに使われている教会といった永代財産の解除を頼んだ。ところが彼は、お前のたっぷり時間をかけた、奥深い、あくことを知らない色責めもあきらめる肚を決めて、くるりと壁のほうを向いてしまった。神様とやらの手下のあの山賊どもに、うまくしてやられてたまるもんか、やつらは何百年ものあいだ、この国を食い物にして来たんだ、そいつだけはご免こうむる、と彼はきっぱり答えた。ところが閣下、連中が舞い戻ってきました、というわけは、人目につかない入江にこっそり上陸せよという、彼自身の内密の命令にしたがって、尼僧たちが狭いすき間をくぐるようにして舞い戻ったのである。途方もない額の賠償金が彼女らに支払われた。没収された財産はつぎつぎに返還された。届出結婚、離婚、公教育などの新しい法律は廃止された。生みの母ベンディシオン・アルバラドの列聖のばか騒ぎの最中に、腹立ちまぎれにみずから取り決めたことのすべてが廃止された。天国にいるおふくろよ、このざまを見てくれ、というような始末だったが、しかしレティシア・ナサレノはこれだけでは満足せず、それ以上のことを要求した。彼に言ったのだ、お腹のここに耳をあててみてちょうだい、赤ん坊の声が聞こえるでしょ、どんどん育ってるのよ。紫色にけぶる薄暮とタール色の風でいろどられたお前のお腹の羊水天国をなぞる、あの野太い声にびっくりして、彼女は真夜中に目を覚ましたのだった。体内から発するその声は、お前の腎臓のポリープや、お前の腸の軟らかい鋼鉄や、泉で眠っているお前の尿の温かい琥珀などについて語った。彼が耳鳴りのひどくないほうの耳を彼女のお腹にあてると、彼自身の大いなる罪から芽生えた赤子の動くかすかな音が聞こえた。わしら二人の助べえな下腹から生まれる息子だ、エマヌエルと名づけることにしよう、こいつは、ほかの神々がただ一人の神を知るようすがとしている名前だ、その額には高貴の生まれを示す白い星があるにちがいない、母親の自己犠牲の精神と、父親の権勢と、目に見えない指導者という、その子自身の運命を受け継ぐことになるはずだ。しかし、彼が多年にわたる瀆神的な同棲中にベッドで汚したものを、祭壇で浄める決心をしなければ、その子が天国の恥辱、祖国の汚名となることは間違いなかった。怒りを抑えた腹の底から湧いてくる、船のボイラーさながらの、例の荒々しい息遣いとともに、彼は泡のように白い馴染みの蚊帳から抜けだしながら叫んだ、とんでもない、結婚するくらいなら、いっそ死んだほうがましだ。逃げまわる花婿のように、彼は大きな足を引きずって広間をあちこちした。公式の喪の長くて暗い時は終わり、他人の家めいた建物は過去の華やかさを取り戻していた。聖週間の朽ちた*クレープは軒蛇腹から取り払われて、すべての部屋にはこうこうと灯がともされ、バルコニーには花があふれていた。威勢のいい音楽がいつも鳴っていた。それもこれもみんな、彼が出した覚えのない命令によるものだった。しかし、間違いなく閣下のご命令ですよ、ふだんのお声のように断固とした、有無を言わさぬ、権威に満ちたものでしたから。しかたなく彼は、ま、いいだろう、とうなずいた。閉鎖されていた教会の門がふたたび開かれた。修道院や墓地は、やはり出した覚えがないが、やむをえず認めた他の命令にもとづいて、かつてのぬしである修道会に返還された。昔どおりに祭日や四旬節*の行事が復活された。露台の開け放たれた窓から群衆の喜びの声が飛びこんできた。以前は彼の栄光をたたえていた群衆が、今では、焼けつくような太陽の下にひざまずいて、神が一隻の船によって運ばれてきたというニュースを聞き、それを祝うためにうたっているのだった。閣下、それは事実であります。あれが運ばれてきたのは、レティシア、お前の命令だろう、いわゆる閨のおきてというやつだな。ほかの多くの命令もおなじことで、じつは、彼女が誰にも相談せずに、こっそり出していたのだ。そして神託を発する権威を喪失してしまったことを誰にも知られたくないために、彼も公に認めていたのだ。牛の小便みたいに行列が絶えないが、あの後ろで糸を引いているのはお前だろう、と言いながら彼は、唖然とした表情で寝室の窓から外を眺めた。行列は、生みの母ベンディシオン・アルバラドの熱狂的な信者たちの場合よりもはるかに長く、遠くまで続いていた。この母親の記憶もとっくに民衆の時間のなかから排除されていた。彼女の花嫁衣裳の切れっぱしや骨粉は風のなかに捨てられていた。彼女の小鳥飼いとしての、またコウライウグイスの色付け師としての名声が後の世まで残らぬように、地下納骨堂の墓石は逆さに引っくり返されていた。あれもこれもみんな、お前の差し金にちがいない、あんな命令を出したのは、自分の名前がほかの女の名前のかげになるのを嫌ってのことだろう、レティシア・ナサレノ、お前はとんだ食わせ者だ。死ぬいがいは変わりようのない年になっている彼を、彼女はすっかり変えてしまった。閨の房事の力を借りて、とんでもない、結婚するくらいなら、いっそ死んだほうがましだ、と言い張る、子供っぽい抵抗の根を絶ってしまった。あなたの新しいパンツを無理やりはかせた、ぐあいはどう、暗闇で迷ったヒツジの鈴みたいな音がするはずよ。美の女王と最初のワルツを踊ったときのエナメルの長靴を履かせ、至高の権威のシンボルとして死ぬまでつけていたら、と言って、海の提督から贈られた金の拍車を左のかかとにつけさせた。それらはすべて、大統領専用の馬車のカーテン越しに、陰気な目や、考え深げなあごや、サテンの手袋をはめた寡黙な手などがまだ見られた時期から、彼が身につけるのをやめていたものである。彼女はまた、あなたの軍刀や、あなたの男物の香水や、あなたの聖墓騎士団の飾り緒付きの勲章などを押しつけた。この勲章は、没収した財産を教会に戻したそのお返しに、教皇さまがお送りくださった品物なのよ。お前は、まるで祭壇のようにわしをめかし立てた、そして朝早く、死人のためのろうそくの臭いがこもった謁見の間へ引きずっていった、窓にはレモンの小枝が飾られ、壁には国章が吊り下げられていたが、立会い人の姿はなかった、人目をしのぶ淫乱な七カ月の日々の恥ずべき結果を押し隠すためだろう、華やかなモスリンの衣裳の下に、ギプスのように麻のペチコートを重ねた修練女にくびきを押えられ、わしはまるで牛だった。暗い感じのする舞踏室のまわりを絶えずうろついている、目には見えない、眠気を誘う潮風のなかで二人は汗みずくになっていた。彼の厳命で舞踏室に近づくことは禁じられていた。窓はふさがれていた。奇妙な秘密の結婚式のうわさが少しでも世間に洩れないように、生き物はすべて建物から締めだされていた。下腹という浅瀬に茂る藻のなかを泳ぎまわっている、せっかちな男の子にせっつかれているせいもあるが、暑さでお前は息苦しそうだった。彼は早ばやと、赤ん坊は男だと決めていた。事実、それは男の子で、お前という存在の地下でうたっていたのだ。その見えない泉から聞こえるものとおなじ声で、礼装した大司教は、眠りこけている歩哨の耳にも入らぬように、いと高きところにいます神への頌栄をとなえた。船を見失った潜水夫とおなじ不安を感じながら、大司教は彼の魂を主にゆだねると同時に、それまではもちろん、時というものが尽き果てるまで、誰も訊く勇気を持ち合わせないようなことを、肚で何を考えているのか分からない老人に問うた、汝はレティシア・メルセデス・マリア・ナサレノを妻とするか。彼はまばたきしただけで、ハイ、と答えた。目に見えない心臓の圧力の高まりで、胸に飾られた勲章がかすかに鳴った。しかし、その声があまりにも重々しいものだったためか、お前の下腹にいる恐るべき子供が、暗い海の分点で完全に反転し、コンパスを修正しつつ光の来る方角を探りあてた。レティシア・ナサレノはしゃくり上げながら腰をよじった、ああ主なる神よ、好んで神の聖なるおきてにそむき、この恐るべき罰を黙して受ける、神の卑しきしもべを憐れみたまえ。しかし同時に彼女は、たがえた腰骨の音が、麻のペチコートで隠された恥ずべき状態をあからさまにするのを恐れて、レースの手套に歯を立てた。その場にしゃがみ、流れでた湯気の立つ羊水の池のなかで身ふたつになり、じゃまっけなモスリンの衣裳の下から七カ月の赤子を引きずりだした。赤子は、ゆだっていない牛の胎児そっくりの大きさと頼りなさを示していた。彼女は両手で赤子をささげて、にわかごしらえの祭壇の暗いろうそくの光であらためた。男の子に間違いなかった。閣下のお決めになったように、男の子ですよ、頼りない、弱々しそうな子だけど、考えていたとおり、エマヌエルという名前にしましょう。彼が供犠の石に置き、サーベルで臍の緒を切り、神父、これに洗礼を施してくれ、わしのたった一人の、嫡出子だ、と認めたその瞬間に、赤子は、実際に師団と指揮権を持つ陸軍中将に任命された。前例のないこの決定は新しい時代の序曲、不吉な時代の到来を告げるさきがけとなった。軍隊が夜明け前に出動して非常線を張り、バルコニーの窓を閉めさせ、銃尾でこづいて市場から市民を追いだした。鋼鉄で装甲し、大統領の紋章入りの金の把っ手のついた、新車が走り抜けるのを人目からさえぎるためである。大胆にも禁を犯して屋根の上からのぞいた者もいるにはいたが、昔とちがって、国旗の色で縫い取りされたカーテン越しに見えたのは、サテンの手袋をはめた、もの思わしげな手にあごを埋めた老兵ではなかった、布の造花を挿したむぎわら帽子をかぶり、くそ暑いのに青ギツネの襟巻を首にぶらさげている、丸々と肥った、かつての修練女だった。われわれは水曜日の明け方、戦時装備のパトロールに守られた彼女が、公設市場の前で車から降りるのを見かけた。まだ三歳にもなっていない小さな陸軍中将の手を引いていたが、その愛くるしさとひ弱そうな姿を見ていると、金モールが体の上でどんどん伸びていくような礼装を見ていると、軍人に化けた女の子ではないと信じることは、ほとんど不可能だった。乳歯が生えだす前から、レティシア・ナサレノはその子に軍服を着せていたのだ。乳母車に乗せて、父親の代理として公式の行事に出席させた。腕に抱いて閲兵をやらせた。目よりも高く差しあげて、球場の大群衆の歓呼の声を受け止めさせた。祝日のパレードの最中に、オープンカーの上で乳を飲ませた。五つ星の将軍が、親のない子牛のようにうっとりした顔で、母親の乳房にしがみついているという情景を見て、民衆が秘かに笑っているとはつゆ思わなかったのだ。物心がつきだすと、子供は外務省のレセプションに出席した。そういうときには、軍服の上に勲章をつけていた。それは、父親からおもちゃとして与えられたケースの勲章のなかから、自分の好みでえらんだものだった。子供はきまじめな、一風変わった性格の持ち主で、六歳のころから公式の場に出て、シャンパンの代わりに果物のジュースの入ったグラスを手に持ちながら、誰から受け継いだものでもない、生得の礼儀正しさと上品な態度で、大人たちの話に口を差しはさんだ。もっとも、黒雲のようなものが舞踏室を横切り、時間が停止し、最高の権力を身に帯びた色白なプリンスが睡魔に屈することがちょくちょくあった。静かに、とまわりの者はささやいた、チビ将軍がお休みのようだ。幹部級の殺し屋や慎ましやかな夫人たちが会話を中断し、石のように動きを止めたそのなかを、子供は副官たちの腕に抱かれて退場した。夫人たちは当惑したような笑いを羽毛の扇子で隠しながら、小さな声でささやいた、いやだわ、もし閣下がこのことをお知りになったら。その権威のレベルに達しない世界の出来事にはいっさい関わりを持たないという、じつは自分ででっち上げた伝説が根づくのを彼は容認していたのである。女に産ませた子供が大勢いるなかで、わが子として認めたたった一人の息子の公の場での愚行の場合がまさにそれだった。あるいは水曜日の朝、おもちゃの将軍の手を引いて市場に姿を現わす、わしのただ一人の正妻レティシア・ナサレノの奇行の場合もそれだった。彼女のお供を仰せつかった兵舎のメイドや従卒のにぎやかな一行は、間もなく訪れるカリブ海の日の出のせいだろう、奇妙な話だが人が変わったように浮き立ち、入江の鼻をつく海水のなかに腰まで入っていった。そしてマルティニーク島の花やパラマリボ特産の根ショウガなどを満載して、かつての奴隷貿易港に停泊している、継ぎはぎだらけの帆を降ろした船によじ登って略奪をはたらいた。戦場で獲物を奪いあうように、ぴちぴちしている魚を搔っさらっていった。いまだに使われている奴隷用の古い台ばかりの周囲で、ブタたちを相手に魚の分捕り合戦を演じた。彼が大統領として登場する前の時代のある水曜日のことだが、そこでセネガルの奴隷女が競売されたことがある。悪魔のような美貌のせいで、体重を超える重さの金で競り落とされたという。何もかもめちゃくちゃです、閣下、イナゴより始末が悪い、いえ、ハリケーンよりたちが悪いと言っていいでしょう。しかし、騒ぎがだんだんひどくなっても、彼はいっこうに動じなかった。彼さえ差し控えていたことだが、レティシア・ナサレノは、青ギツネの驚いたようなガラスの目玉におびえ、キャンキャン吠え立てる野犬に追われながら、小鳥や野菜売場の狭くてごたごたした通路に入っていった。電灯がきらめく巨大なドームの、黄色いガラスの大ぶりな葉や、桃色のガラスのリンゴや、*豊饒の角に盛りあげられたような青いガラスの花。それらで飾られた鉄の小枝を支える、細っそりした鉄の柱のあいだを、彼女はいかにもいばりくさった態度で動きまわって、いちばん味の良さそうな果物や、いちばん柔らかそうな野菜をえらんだ。ところが彼女が手に取ったとたんに、それらは萎れてしまった。まだ温かいパンにかびを生じさせるその前に、結婚指環の金にまで錆を吹かせてしまった、彼女の手の邪悪な力のせいなのだが、それに気づいていない彼女は、いちばんいい品物を隠して、大統領一家にはブタの餌みたいなものしか出さない、と言って、口汚なく野菜売りの女たちをののしった、こそ泥、このカボチャなんて、まるでマラカスみたいな音がするじゃないの、ばかにしないで、それから、このあばら肉はどう、血の臭いで、腐ってることが遠くからでも分かるわ、牛のじゃなさそうね、病気で死んだロバのものよ、きっと、たちが悪いわねえ。彼女がわめき立てているあいだに、籠を抱えたメイドや、馬に水をやるバケツを手にした従卒たちは、目についた食べ物を片っぱしから掻っさらった。海賊めいた彼らの叫び声は、彼女が*プリンス・エドワード・アイランドから生きたまま運ばせた、青ギツネの尾の隠れ家の雪の冷たさに驚いて、狂ったように吠え立てる犬の声よりもけたたましかった。また、犬につられてキーキーわめく、口さがないコンゴウインコの声よりも耳ざわりだった。コンゴウインコの飼い主たちは、大きな声で言いたくても言えないことをこっそり教えていたのだ、ヌストレティシア、インバイアマッコ。コンゴウインコたちは、市場のドームの埃のこびりついた色ガラスの茂みの鉄骨の枝に這いあがって、金切り声でこの文句をわめき立てた。あの海賊たちの恐ろしい鼻息もそこまでは届かないことを心得ていたのだ。いかさまなチビッコ将軍の波瀾に富んだ幼年時代を通じて、毎水曜日の明け方、おなじ騒動がくり返された。いまだに引きずって歩いていたが、トランプの王様めいたサーベルを身につけて男子らしく見せかけようとすればするほど、チビッコ将軍の声はますます優しく、物腰はますますかわいいものになった。略奪騒ぎのなかでも泰然自若としていた。高貴の血筋にふさわしい人間になるようにと母親が厳しくしつけた作法を崩さず、冷静で尊大な態度を保ちつづけた。ところが当の母親のほうは行儀もへったくれも無視して、怒り狂った牝犬のように荒々しく振る舞い、トルコ人のように汚い言葉を吐きちらした。明るい色の布を頭に巻いた黒人の老婆たちの目の前でわめいた。物に動じない老婆たちは悪口雑言を聞き流して、うちわで風を入れながら略奪のようすをじっと眺めていた。座像のようにまばたきをせず、息を殺していた。屈辱に耐えて生きていく力を与えてくれる噛みタバコやコカの葉、乏しい薬草のたぐいを口のなかでもぐもぐやりながら、恐ろしい竜巻の通り過ぎるのを待った。ところがそれをいいことに、レティシア・ナサレノはものの役に立たない兵隊さんを引っぱって、背中の毛を逆立てた狂犬の群れを蹴ちらして進み、市場の入口で叫んだ、いつものように、付けはお役所のほうに回しておいて。老婆たちはかすかな溜息をついた、ああ情けない、閣下にこのざまを見てもらいたいよ、誰か、閣下に会って、話のできる人はいないのかねえ。しかし、世間のみんなが知っていることを彼が死ぬまで知らなかったかというと、それはやはり、老婆たちの思い違いだった。のちのちまで彼の名を汚そうとするかのように、わしのただ一人の正妻レティシア・ナサレノは、出来の悪いガラス製の白鳥や貝殻細工の枠のついた鏡などをインド人の店からかすめていた。葬儀用の琥珀織りをシリア人の店から奪っていた。糸につながれた金細工の小さな魚や護符のたぐいを、商店街を流して歩いている飾り屋たちから手摑みでさらっていた。この連中は恐れげもなく彼女に向かってわめいた、その、首に巻いた青ギツネより、てめえのほうが、よっぽどたちが悪いわ。とにかく彼女は目の前にあるものをすべて自分のものにした。そうすることによって、修練女時代の唯一の名残りである子供っぽい悪趣味と、必要もないのに物をほしがるという悪癖を満足させていたのだ。ただ、今では、かつて副王たちが住んでいた町のジャスミンが匂う玄関先に立って、神の名を口にしながら物乞いをする必要はなかった。ほしいものはなんでも軍用トラックで運ばせることができた。彼女としては居丈高に言いさえすればよかった、付けはお役所のほうに回しておいて。それはつまり、勘定は神様から頂け、というようなものだった。その前後から、果たして大統領が存在しているのかどうか、誰にも分からなくなったからだ。ふたたび目に見えぬ存在に彼がなってしまったからだ。われわれは、アルマス広場の丘に築かれた城壁を眺めた。歴史的な演説の行なわれてきた大統領府のバルコニーや、レースのカーテンで飾られた窓や、軒蛇腹の花の鉢などを眺めた。夜の大統領府は天空を走る汽船のように見えた。市内のあらゆる場所からだけではなく、七リーグ離れた海上からも、そんなふうに見えた。有名な詩人ルベン・ダリーオの来訪を祝うため、それを機に白ペンキで化粧直しをし、ガラスの電球で照明されるようになったからでもある。ただ、そうしたものも、彼が大統領府の内部にいることをはっきり示す証拠にはならなかった。いや、むしろその逆だった。われわれは当然のごとく、この活気にみちた状態は単なる見せかけで、広く流布しているうわさを打ち消すための軍部の謀略だと考えた。そのうわさというのは、彼も年を取って信仰の道に目覚め、権力者としてのむなしい栄耀をいっさい捨て、病み衰えていながら心にはつましい毛ごろもをまとい、体にはあらゆる種類の鉄の拷問具をつけて残された日々を送るという苦行をわが身に課し、大麦のパンのみを食べ、井戸の水だけを飲み、ビスカヤ出身の尼僧たちの修道院の独居室の剝きだしの床石の上でのみ眠ることによって、神が偉大なるがゆえにいまだに叙品*に至っていない、犯してはならぬ女を犯し、男子を産ませた恐るべき罪の償いをするつもりなのだ、ということだった。しかし、彼の広大かつ陰惨な領国の状態は少しも改まらなかった。レティシア・ナサレノが彼に代わって権力を握ったからだ。彼女が閣下のご命令だと称して、付けはお役所のほうに回しておいて、と言えばこと足りたからである。最初は軽くいなせると思われた、この古いやり口がしだいに手ごわいものになり、かなり長い月日がたってからのことだが、ついに意を決した債権者の一群が、未払いの勘定書の詰まったスーツケースをさげて、大統領府の裏口に現われる結果となった。わたしたちは驚いたね、誰もうんともすんとも言わない、わたしたちは従卒の案内で質素な控え室に通された、出てきたのは、しゃべり方が落ち着いていて、笑顔を絶やさない、非常に親切な、若い海軍将校だったよ、大統領府で採れたという、香りのいい薄いコーヒーをすすめてくれた、そしてそのあと、白ペンキ塗りで、照明がよく効いていて、窓には金網が張られていて、天井に扇風機が取り付けられた、執務室を見せてくれた、何もかもが明るくて人間的なので、当惑しながらつぶやいたものさ、薬草の匂いがこもった、あの空気に包まれている権力は、いったい、どこに在るんだろう、って、じっくり落ち着いて黙々と事務を執っている、この絹のワイシャツを着た書記たちの頭のどこに、権力のいやらしさと無慈悲さがひそんでいるのか、って、海軍将校は奥まった小さな中庭を見せてくれた、その植込みのバラの枝は、レティシア・ナサレノの手できれいに刈りこまれていた、レプラ患者や盲人、中風病みの不吉な記憶を朝露から取り除いてやるためだそうだ、連中はひっそりと死を迎えられるように、慈善ホームに送りこまれていたよ、海軍将校は、愛妾（あいしょう）たちの住んでいた小屋や、錆びついたミシンや、後宮の女奴隷たちが恥ずべき部屋で三人ずつ寝ていたという、軍隊用のベッドを見せてくれた、この部屋はそのうち取り壊されて、大統領一家のための礼拝堂が、おなじ場所に建てられるのだそうだ、海軍将校は、内側の窓から、大統領府のいちばん奥にある回廊や、格子（こうし）が緑色に塗られた内扉にあたる午後四時の太陽の光のせいで、パンジーが金色に映えているあずま屋などを見せてくれた、おなじテーブルに座ることの許された、たった二人の人間だそうだが、レティシア・ナサレノやご子息といっしょに、閣下がたった今、ここで食事を終えられたと聞かされた、海軍将校は伝説的なパンヤの木を見せてくれた、閣下は、国旗の色に染めわけられた麻のハンモックをその木に吊らせて、暑さの厳しい日は、そこで昼寝をなさるそうだ、海軍将校は、乳をしぼる小屋や、チーズを造る桶や、蜜蜂の巣箱なども見せてくれた、そして閣下が夜明けに乳しぼりに行くときに通る道を引き返しはじめたときだった、何かぱっと頭にひらめくものがあったんだろう、海軍将校は地面に残っていた長靴の跡を指さしながら、ごらんください、と言った、閣下の足跡です、わたしたちは石のように身を固くして、ばかでかくて凸凹のある靴底の残したその跡を眺めた、それには、孤独な生き方が身についたジャガーの鷹揚さと静かな自信、そして足の皮膚病の臭気が感じられたよ、わたしたちはその靴跡にまざまざと権力を見、言ってみれば、はるかに啓示的な力と彼の神秘性とのつながりを感じた、そしてそのときだった、わたしたちの一人が直接会うためにえらばれた、軍の幹部たちが、最高司令部以上の、政府以上の、そして彼以上の力を持つようになったなり上がりの女にたいして、ようやく反抗を試みはじめたんだ、レティシア・ナサレノが女王気取りで振る舞うようにまでなったので、大統領閣下の参謀本部が独断で、わたしたちを内部に入れたわけだ、ただし、あなた方の一人、一人だけですよ、と言ってね。閣下の目の届かないところでこの国がどうなっているか、その点を少しでもご理解いただけたらと思いまして、というようなことで結局、わたしがお目通りすることになったんだよ、白ペンキ塗りの壁にイギリスの馬の版画が飾ってある、暑い部屋のなかに一人でおいでだった、金ボタンはついているが階級章などは何もない、しわくちゃの白い木綿の軍服を着て、扇風機の下の椅子に深ぶかと腰を下ろしておられたよ、サテンの手袋をはめた右の手を木のデスクに載せておられたが、そのデスクの上には、非常に小さな金縁の眼鏡、それもそっくりおなじものが三つ置かれているだけでね、背中に書棚があって、埃をかぶった本は、人間の皮で装幀した金銭出納簿っていう感じが強かった、やっぱり金網を張った、開けっぱなしの大きな窓が右手にあって、それを通して市全体と、海の向こうまで広がっている、雲ひとつない、鳥の影もない青空が見えていたな、わたしは内心、非常にほっとしていた、閣下が側近たちと違って、ちっとも偉ぶったようすがない、写真で見るよりははるかに気さくで、むしろ気の毒な感じさえしたからだよ、老いぼれていて、何をするのも大儀そうで、何やら業病に取りつかれているように見えたもの、わたしに座れと言うのさえ億劫なのか、サテンの手袋でそうしろと合図なさった、哀れなものさ、わたしの話を聞くときも顔は見ない、笛を吹くような息遣いの弱々しいこと、いかにも苦しそうだった、かすかな笛の音がするたびに、部屋のなかにクレオソートの臭いがただよって、勘定書を調べているうちに、その臭いがだんだん強烈になっていくんだなあ、わたしは小学校の子供に教えるように、具体的にご説明したよ、閣下は抽象的なことは苦手なんだ、でまず手初めに、レティシア・ナサレノさまの手前どもへの借りは、サンタ・マリア・デル・アルタルまでの海上の距離の二倍、つまり百九十リーグ分の琥珀織りだと申しあげたが、閣下は、なるほどとつぶやかれただけだった、わたしは締めくくりに、閣下への特別の値引きを見込んでも借金の総額は、この十年間の宝くじの一等賞金分の六倍にのぼると申しあげた、閣下はもう一度、なるほどとつぶやかれ、そして初めて、眼鏡をはずしてわたしの顔をまともにごらんになった、内気で優しそうな目だったなあ、閣下はまたこのとき初めて、オルガンのような奇妙な声で、わたしたちの言い分はもっともである、各自にその取り分を与えよう、付けは役所のほうに回せ、とおっしゃった。事実、当時の彼はそんなふうだった。生みの母ベンディシオン・アルバラドという、小うるさいじゃま者がいないのをこれ幸い、レティシア・ナサレノは彼をまったくの別人に変えてしまったのだ。片方の手に皿、もう一方の手にスプーンを持って歩きながら物を食べる習慣をやめさせ、パンジーのあずま屋のかげのビーチ・テーブルで三人そろって食事をするようにした。彼が子供と向かいあって座り、この二人のあいだに座ったレティシア・ナサレノが作法や健康的な食事のしかたを教えた。背骨を椅子の背にぴたりとつけることや、左手にフォーク、右手にナイフを持つことや、口を閉じた顔を真っすぐ上げて、ひと口ごとにあごの片方で十五回、もう片方のあごでおなじく十五回噛むことなどを二人に教えた。こううるさくては、兵舎で食事をしているのと変わらん、という彼の抗議には耳を貸さなかった。昼食が終わると、彼自身が名誉会長を務めている御用新聞を教材にして読みかたを教えた。奥の庭のパンヤの木蔭のハンモックに横になったところを見すまして、一国の元首ともあろうお方が、国内の情勢を知らないなんてことは考えられないわ、と言った。金縁の眼鏡をかけてやり、自分をめぐるニュースを四苦八苦しながら読みはじめた彼を置きざりにして、彼女自身は修練女時代にならい覚えたスポーツを、ゴムまりのキャッチボールを子供に教えた。その間、彼は写真に写った自分を眺めていたが、あんまり古すぎて、その大半が自分のものではなく、彼のために死んだが名前も思いだせない、昔の影武者のもののように思えた。彗星（すいせい）騒ぎのころから出席したことのない、火曜日の定例閣議の議長を務めている自分を見た。文官の閣僚たちが代わって作った歴史的な名文句を知った。入道雲の盛りあがった八月の昼下がりの暑さのなかで、ちょくちょく舟を漕ぎながら新聞を読んだ。汗みずくの午睡の眠りのなかに徐々に落ちていきながらつぶやいた、くそいまいましい新聞め、みんな、よくまあ辛抱してこんなものを読むな、わしには分からん。ぶつぶつ言ってはいたが、しかしこの苦行からも何か得るところがあるらしかった。短くて浅い眠りから目覚めたときには、ニュースにヒントをえた新しいアイデアをひとつは思いついていて、レティシア・ナサレノをそばに置いて閣僚たちに命令を与えた。閣僚たちもまたレティシア・ナサレノのいる前で、彼女の意中を通して彼の意中を読み取ろうと努めながら、彼に応対した。つまりだな、わしはお前に、わしのいちばん大事な考えの通訳を務めてもらいたいと思っていた、お前はわしの声だ、わしの頭、わしの腕なんだ。彼女は、彼を取り巻く近寄りがたい世界から絶えず噴出する溶岩の音を捉える、もっとも忠実で注意深い耳だった。しかし実際には、その運命を最終的に支配する託宣は、誰が書いたのか分からない、使用人たちのトイレの壁の落書きだった。彼はそれを解読することによって、あえて教えようとする者のいない隠された真実を知った。レティシア、お前も教えてくれなかったことだぞ、これは、というようなことで、彼は夜明けの乳しぼりの終わったあと、掃除当番が消してしまわぬうちに落書きを読んだ。恨みつらみを思いきりぶちまけたい気持ちを抑える者がいてはというので、毎日トイレの壁を白く塗りなおすように、あらかじめ命令を出していたのだ。最高司令部の連中の不満や、彼の恩を受けていながらかげでぶつぶつ言っている者たちの本音などを、そこで知った。下じもの代わりを務める破魔鏡をのぞいて、人の心の謎をそこに読み取るたびに、己れの力を強く意識した。岸に打ちあげられたクジラのような、ただ一人の正妻レティシア・ナサレノの朝方の眠りを、もやめいた蚊帳を透かして眺めながら、久しくなかったことだが歌をくちずさんだ。目を覚ませ、とくちずさんだ、わしの心はもう六時、海はそこにあり、人びとの営みは続く、レティシア。女はたくさんいるが、何をしでかすか見当のつかないただ一人の女であるレティシアも、ほかのことはともかく、朝まで添い寝をしてもらいたいという、小さな特権を手に入れることはできなかった。愛の営みが終わると彼はベッドを出て、年老いた独身者の寝室の入口に非常用のランプをぶら下げ、三個の掛け金、三個の錠前、三個の差し金をさし込んで、服を着たまま床にうつ伏せになってひとりで寝た。お前が現われる前は、ずっとこうしていたんだ、というわけで、やがてそのお前がいなくなり、わびしい水死人のような眠りが続いた最後の夜まで、彼はこの習慣を変えなかった。乳しぼりがすんでからやっと、暗闇にひそむ獣の臭いのするお前の部屋に戻った。この乳しぼりだって、お前がほしがるものを、おふくろのベンディシオン・アルバラドの莫大な遺産以上のものを、地球上の人間が願ったこともないような財宝を、これから先もずっとお前に与えるためだぞ。しかし彼女には、文字どおり裸一貫、苗字がナサレノというだけでどこの馬の骨とも分からない大勢の親戚がいた。彼らがアンティリャ諸島の名も知れぬ小さな島から続々と押しかけてきた。無鉄砲な男たちと欲の熱病に浮かされた女たちからなる野蛮な一族は、塩、タバコ、飲料水などの独占的な取り扱いの権利を強奪のかたちで手に入れた。この古くからある権利は、他の野心から遠ざける目的で、彼が各兵科の司令官たちに与えていたものだった。そしてレティシア・ナサレノ自身がすでに、実際には出していないが結果的には黙認ということになる、彼の命令をかたって少しずつ取りあげていたものだった。彼女はまた、馬による八つ裂きという野蛮な処刑を廃止させていた。われわれもより文化的な処刑方法を持つべきだというわけで、海兵隊司令官から贈られた電気椅子を、適切な場所に設置するように取りはからった。港の要塞の恐怖の実験室を訪れて、体の衰弱しきった政治犯がえらばれ、死の椅子の操作の訓練用に使われるのを見学した。その放電には市の電力の全需要量が必要で、おかげでわれわれは、死の実験の正確な時間を知ることができた。一瞬だが、恐怖のあまり息を詰めて、闇のなかに取り残されることになったからである。港の娼家にいる者たちはしばらく沈黙し、処刑された者のためにグラスの酒で乾杯した。それも一度ではなく何度も乾杯した。というのは、犠牲者の大半がソーセージのようにロープで縛られた椅子からずっこけ、焼けた肉をくすぶらせながら、それでも苦痛の呻きを洩らす結果になったからだ。何度もやり損なったあげくピストルで息の根を止めてくれる、慈悲深い人間が現われるまでは。これもみんな、レティシア、お前を喜ばせるためさ、お前のおかげで牢屋（ろうや）が空っぽになった、というわけで、彼はあらためて政敵たちの帰国を許可した。復活祭を迎えて布告を出し、何者もその信条の相違によって罰せられることはなく、また、その良心に関わる問題で迫害を受けてはならない、と宣言した。その秋も深まった今、彼は心から思うようになったのだ、もっとも恐るべき政敵でさえも、楽しい冬の夜、彼が一人の女からえている喜びにあずかる権利を持っているはずだと。そのたった一人の女は大統領府のベランダで、シャツを脱いで長いズボン下一枚になり、月の光で金色に染まった大きなヘルニアをさらしている、彼の姿を拝するという光栄にあずかっていた。二人は肩を並べて、雨のよく降る庭園に植えるようにと言って、バビロニアの王たちが*降誕祭に贈ってきた、奇妙なシダレヤナギを眺めた。ひっきりなしに落ちる雨滴のすだれを通して太陽を眺めた。小枝に引っかかった北極星を眺めた。流れ星の飛ばす野次で妨害されがちな小型ラジオのチャンネルを回して、世界の情勢を探った。肩を並べて、*サンティアゴ・デ・クバのラジオドラマを毎日のように聞き、そのおかげで、明日もまだ生きていて、この悲劇がどう決着するか知ることができるだろうか、という不安に捉えられた。彼は、寝かせつける前に子供と遊びながら、誰よりもよく心得た人間の知恵の一部である、戦争の道具の扱いかたについて、子供が理解できることをすべて教えた。しかし、忠告はひとつしか与えなかった。実行されるとはっきり分からなければ、命令を出すんじゃないぞ、権威と指揮権を与えられた者が生涯に一度も犯すことを許されない、たったひとつの過ち（あやま）は、実行に移されることに確信のない命令を下すことだ。このことを絶対に忘れないように、必要だと思う回数だけ、子供にくり返させた。それはまるで、賢明な父親よりむしろ、失敗に懲（こ）りた祖父が忠告を与えているといった感じだった。子供のほうも、彼とおなじくらい長生きしても、忠告を忘れはしなかっただろう。彼は忠告を与えると同時に、六歳になったばかりの子供に反動砲の撃ちかたの教育を始めたのだ。その凄（すさ）まじい轟音（ごうおん）を聞いたわれわれは、てっきり、雨こそないが噴火の雷鳴や稲妻をともなった恐ろしいあらしと、*コモドロ・リバダビアの凄まじい南極風のものだと思った。おかげで海のはらわたは引っくり返り、かつての奴隷貿易港の広場にテントを張っていた動物サーカスは吹っ飛んだ。われわれは、投網（とあみ）にかかった象や溺死（できし）した道化を引き揚げ、あらしの猛烈な勢いで空中ブランコに放りあげられた、キリンを引き降ろさねばならなかった。奇跡的に、後年ルベン・ダリーオという筆名で知られることになる若い詩人、フェリクス・ルベン・ガルシア＝サルミエントが乗船して数時間後に到着する予定だった、バナナ運搬船は沈まなかった。運よく四時には海もないで、洗われたようにきれいになった空はハネアリであふれた。大統領が寝室の窓から外をのぞくと、港を取り巻いた丘のかげに、やや右舷(うげん)に傾きマストの折れた小さな白い船が、あらしのもたらした硫黄で浄(きよ)められた、穏やかな午後の光のなかを無事に動いているのが見えた。黒い燕尾服(えんびふく)に縞(しま)のチョッキといういでたちの偉い乗客のために、後甲板で困難な作業の指揮を執っている船長の姿が見えた。大統領がこの乗客の名前を初めて聞いたのは、つぎの日曜日の夜のことだった。予想もしなかったことだがレティシア・ナサレノが、国立劇場の詩の夕べに連れていけ、と言いだしたのだ。よっしゃ、と彼は即座に願いを聞き入れた。土壇場になって急に着用を命じられた礼服に息の詰まる思いをしながら、われわれは一般席の暑苦しい空気のなかで、三時間も立ちん坊をさせられた。それからやっと国歌の吹奏が始まり、われわれは国章の目立つボックスのほうに向きなおって拍手を送った。先がカールした羽毛の帽子に琥珀織りのドレス、青いキツネの襟巻といういでたちの、丸々と肥った修練女あがりが現われ、拍手にこたえようともしないで、夜会向きの制服を着せられた幼いプリンスのそばに腰を下ろした。幼いプリンスのほうは、昔の王子たちがしたと母親から教わったとおりに、サテンの手袋をはめていない白ユリのような手を握り、高くあげて、ちゃんと拍手にこたえていた。大統領一家のボックスにほかの姿はなかった。しかし朗読が続いた二時間のあいだ、われわれは、彼がそこにいるという確かな事実に耐えなければならなかった。詩のもたらす混乱によってねじ曲げられることのないようにわれわれの運命を見守っている、目に見えぬ存在を感じつづけていた。彼は薄暗いボックスの片すみで、愛を取りしきり、死の切迫と到来の時期を取り決めていたのだ。彼は誰にも姿を見られずに、陰気な*ミノタウロスを眺めた。海にひらめく稲妻のようなミノタウロスの声は、彼の許可もえないで、その場所とその瞬間から高だかと彼を宙に持ちあげて、残念ながら彼のものではない栄光を誇る*マルス神と*ミネルバ神の凱旋（がいせん）門（もん）で吹き鳴らされる、音の澄んだ、トランペットの黄金の雷鳴のなかをただようにまかせた。彼は旗をささげ持った雄々しい闘技者を、黒ぐろとした猟犬を、鉄の蹄（ひづめ）のたくましい軍馬を、兜（かぶと）の前立ても荒々しい勇者たちの矛や槍（やり）を見た。残念ながら彼のものではない武器のおかげで捕獲した敵方の奇怪な旗を、勇士たちは携えていた。彼は、灼熱（しゃくねつ）の夏の太陽に、凍（い）てつく冬の雪に、風に、夜に、霜に、憎悪（ぞうお）に、死に挑んだ、猛（たけ）だけしい若年の戦士たちを見た。はだしの兵士のころ、熱に浮かされた彼が果てしなく続く悪夢のなかで夢みたものよりはるかに偉大で、はるかに輝かしい、不滅の祖国の永遠の繁栄を願って、彼らはそれらに挑んだのだった。彼は万雷のような拍手を聞きながら、惨（みじ）めでちっぽけな自分を意識し、暗がりのなかでうなずきながら思った、おふくろよ、ベンディシオン・アルバラドよ、これこそパレードだ、この国の連中がわしのためにやって見せる、あんなちゃちなものじゃない。貴賓席の暑苦しさ、うるさい蚊、金ピカの柱、色あせたビロードにうんざりしながら、卑小で孤独な自分を意識してつぶやいた、畜生、このインディオに、尻を拭くのに使う手でこんな美しいものが書けるとは、とても考えられん。文字で綴られた美の啓示に興奮した彼は、*ケトルドラムの勇壮な拍手に合わせながら、捕われの象めいた大きな足を引きずって歩いた。レティシア・ナサレノが中庭の凱旋門めいたパンヤの木蔭で彼のために熱っぽくうたう合唱曲の、ひびきの良い、華やかな声のリズムに乗って舟を漕いだ。トイレの壁に詩らしきものを書きなぐった。乳しぼりの小屋の温かい牛の糞のオリンポス山で、一篇の詩を最後まで朗誦しようと懸命になった。ところがその最中に、車庫に入っていた大統領専用車のトランクで、セットされた時間よりも早くダイナマイトが爆発し、大地を揺るがした。それはもう、ものすごいものでした、閣下。爆発の凄まじさを物語るように、それから何カ月たってもまだ、レティシア・ナサレノとその子供が水曜日の市場通いのために一時間後に使う予定だった、鋼鉄張りの車のねじれた破片が、市中の至るところで見つかった。どうやら閣下、暗殺はレティシアさまを狙ったもののようです、いえ、間違いありません、と言われて、彼は額をぽんとたたいて、つぶやいた、そうか、なんでそれが予測できなかったんだろう。彼の伝説的な予知能力はどうなってしまったのか。そう言えばもう何カ月も前から、トイレの落書きが例のごとく彼に、あるいは文官の閣僚たちに向けられたものではなく、今や最高司令部の者の俸給にまで手をつけだした、ナサレノ一族の横暴ぶりとか、途方もない永続的な恩恵を現世的な権力からえている、教会関係者の野心とかを内容とするものに変わっていた。彼の観察したところによれば、生みの母ベンディシオン・アルバラドにたいする無邪気な揶揄がコンゴウインコの悪口雑言、秘かな怨恨をこめた落書きとなり、これらがまた、トイレの微温的な罪のないものに変化したあげく、彼に責任のある小さなスキャンダルが多くの場合そうであったように、巷へと流れていくのだった。ただし、大総領府の構内に百キロ近いダイナマイトを仕掛けるほど恐ろしいものになろうとは、彼も思わなかった。思えといっても、恐らく無理であったにちがいない。いまいましいやつらめ。それにしても、猛だけしいジャガーの鋭い嗅覚を持ちながら、馴染み深い、甘い危険の臭いを事前に嗅ぎあてることができぬほど、りょうりょうたるトランペットの音に魂を奪われていたとは、まことに情けない。取りあえず彼は最高司令部の面々を召集した。通常の職務と与えられた命令を申し送るだけのことを多年続けてきた、われわれ十四名は、恐れおののきながら、現実に存在するか否かなどは彼をめぐる謎のもっとも単純なものでしかない、気まぐれな老人を、三、四メートルほどの間をおいて久しぶりに見た。スカンクの糞の臭いのする軍服を着、ごく新しい写真でも見た覚えがなかったが、純金のフレームの非常に高価な眼鏡をかけた彼は、謁見の間の玉座めいた椅子に座ってわれわれを迎えた。恐らく誰にも想像がつかないほど老け、影の薄い感じがした。軍人の手というよりは、はるかに若くて多感な人間のものという印象を与えたが、サテンの手袋をはめていないけだるげな手を除いて、全身が重苦しい陰気な雰囲気を発散させていた。よく見れば見るほど、生きていく力などほとんど残っていないことが、はっきりと読み取れた。しかし、荒馬めいた水銀ではないけれど、抑えていることが彼自身にとっても容易でない、反抗を許さぬ、圧倒的な威厳は感じられた。われわれが最高司令官にふさわしい礼を尽くしているのに、彼はうなずきもしなかった。われわれは彼の正面に円形に並べられた椅子に腰を下ろした。それを見て初めて彼は眼鏡をはずし、われわれの下心というイタチの隠れ家のことはよく心得ている、あの恐ろしい目でわれわれのようすをうかがった。その場の思いつきで指さしながら特進させたはずだが、すでに霧のなかにかすんでいるあの日から今日まで、われわれの一人ひとりがどれほど変わったか、その点を見定めるのに必要な時間をたっぷりかけて、順番に、冷たい目で眺めた。一人ひとり眺めているあいだに彼は、この十四名の隠れた敵のなかにテロの犯人たちがいるという確信が、しだいに強まるのを感じた。しかし同時に、彼らを眺めながら、激しい孤独感と心細さに捉えられた。彼はまばたきもしなかった。わずかに顔を上げて、国家の安全と軍の名誉のために、今こそ力を尽くすべきであると一同を激励した。精力的かつ慎重な行動を求めた。躊躇(ちゅうちょ)することなくテロの犯人の発見に努め、冷静かつ厳格な軍法会議にかけるという名誉ある使命を授けた。以上だ、諸君、と彼は締めくくったが、その犯人が彼らのうちの一人、場合によっては彼ら全員であることはもはや明らかだった。今や、レティシア・ナサレノの命を支配しているのは、神の意志ではない、いまいましいが、どのみち現実のものとなるにちがいない脅威から彼女を守ってやろうとする、この自分の知恵なのだと、当然のことながら彼は覚悟した。そして非常に惨めな気持ちに陥った。有無を言わせず、彼女にあらゆる公的な予定をキャンセルさせた。彼女の身内でどうしようもなく欲の深い連中に、軍とかち合うような特権を放棄させた。物分かりのいい連中は名目だけの領事に任命した。そしてどうにも手のつけられない連中は、市場のわきの、マングローブの茂った水路にぷかぷか浮いているところを発見されるはめになった。大統領は聖職者たちの国事への介入に一線を画する肚(はら)を決めて、なんの予告もなしに姿を現わし、長年のあいだ空席が続いていた閣議の椅子に座った。それもこれも、お前を敵から守るためだ、レティシア。最初の重大な決定を下したあと、ふたたび最高司令部の内部の情況を徹底的に探って、もっとも古い友人である総司令官をべつにしても、七人の司令官が忠実であることを確かめることができた。しかし、彼の力をもってしても、残りの六つの謎を解くことはできなかった。おかげで、レティシア・ナサレノはすでに死神に取りつかれているという、払っても払っても襲う予感に苦しめられながら、長い夜を過ごすことになった。パンに魚の骨が入っているのを見つけたときから、厳しく食事の毒見をさせているにもかかわらず、掌中の珠の彼女の命が今にも奪われるのではないかという、不安に苦しめられた。彼は、スプレーのなかに毒が仕込まれていることを恐れて、彼女の呼吸する空気の清浄度を確認させた。蒼白の顔でテーブルに着いている彼女を見、愛の営みの最中に声を失う彼女に気づいた。飲み水に黄熱病の菌が、目薬に硫酸が入っていないかと心配した。死をもたらす巧妙な手口をあれこれ想像して、一瞬も心が休まらなかった。インディオの呪いのせいで睡眠中のレティシア・ナサレノの体内の血がすべて失われるという、恐ろしい悪夢をみてうなされ、真夜中にはね起きることもあった。想像上の危険や現実の脅威にすっかり動転した彼は、怪しいとにらんだ者は容赦なく殺せと命令してあるが、あの恐ろしい大統領直属の護衛を連れていくならともかく、そうでなければ外出はまかりならん、と彼女に言った。ところが現実は、閣下、これからお出かけのようです、というようなことで、彼女は子供まで連れて表へ出ていくのだった。彼は悪い予感に悩まされながら、鋼鉄で装甲した新しい車に乗りこむ二人を眺めた。奥のバルコニーに立って見送り、十字を切りながら祈った、生みの母のベンディシオン・アルバラドよ、二人を守ってやってくれ、弾丸がブラジャーに当たっても、はね返るようにしてくれ、阿片（アヘン）チンキの効き目を弱くしてやってくれ、おふくろよ、善からぬ考えを抱く者たちを、頼む、正道に引き戻してくれ。アルマス広場に戻ってきた一行の車のクラクションの音が聞こえ、灯台の光に照らされはじめた中庭を横切ってくるレティシア・ナサレノとその子供の姿を見るまでは、一瞬も心が休まらなかった。生きている七面鳥や、*エンビガド産のランや、色とりどりの小さな電球のつながったコードなどをかかえた兵士たちをしたがえて、彼女は興奮した楽しそうな顔で戻ってきた。クリスマスが間近に迫っていて、内心の不安を隠すために彼自身が命じたのだが、きらめく星をちりばめた看板が街々にあふれているのだった。彼は階段まで出て彼女を迎えた。青ギツネの尾を濡（ぬ）らしている夜露のナフタリンの臭いや、病人めいた前髪の酸（す）い汗の臭いなどを嗅いで、彼女がまだ生きていることを確かめた。いっそ知らなければよかったという気もするのだが、呪われた愉楽の最後の数滴を味わいつつあるのだという奇妙な確信を抱きながら、プレゼントの品物を寝室まで運ぶ手伝いをした。悲嘆が深まれば深まるほど、耐えがたい不安から逃れるために考える手段のすべてが、それをしりぞけるために打つ手のすべてが、あの恐ろしい不幸な水曜日へと容赦なく彼を押しやるのだという確信が強まった。やがて訪れたその日、彼はとんでもないことを考えた。畜生、もうたくさんだ、どうせそうなるのなら、早くそうなってくれ、と考えた。例の有無を言わさぬ突発的な命令ではないけれど、彼がそんなことをちらと思った瞬間だった。二人の副官が執務室に駆けこんできて、恐るべき事実を報告した。レティシア・ナサレノとその子供が市場をうろついていた犬に八つ裂きにされ、食われてしまったというのだ。生きながら食われてしまったのです、閣下、しかし、いつも見かける野犬ではありません。それは、おびえたような黄色い目とサメのようにすべすべした肌をした、狩猟犬の群れだった。何者かが、青ギツネを見たら襲うように訓練したものだった。見分けのつかないほどよくにた六十匹の犬が、誰も気づかぬうちに八百屋のカウンターをおどり越えて、レティシア・ナサレノとその子供に襲いかかったのだ。二人に当たるのが心配で発砲することもできなかった。まるで水に溺（おぼ）れるように、二人は犬たちといっしょに凄まじい渦のなかに巻きこまれていった。われわれに向かって差し伸べられる手が、一瞬ちらと見えただけで、八つ裂きにされた体のほかの部分は、あっという間に消えてしまった。恐怖のものとも、憐（れん）

憫(びん)のものとも、あるいは愉悦のものとも見分けのつかない表情をちらと見せただけで、二人は肉の奪い合いの渦の底に沈んでしまった。ビロードの造花のスミレで飾られたレティシア・ナサレノの帽子だけが、渦の表面にただよっていた。野菜売りの女たちは熱い血しぶきを浴びて、恐怖のあまりトーテムポールのように茫然(ぼうぜん)と立ちすくみながら、つぶやいた、ああ神様、大統領閣下がお望みでなかったら、あるいはせめて、ご承知でなかったら、こんなことは起こりっこないわ。大統領直属の護衛たちの面目は丸潰(つぶ)れだった。一発も弾丸を撃たなかった彼らは、血で汚れた野菜のなかから骨しか助けだすことができなかったのだ。これだけであります、閣下、見つかったのは、ご子息のこの勲章と、飾り緒のなくなったサーベル、それにレティシア・ナサレノさまのコードバン*の靴だけでした、どういうわけか、市場から一リーグほど離れた湾に浮いておったのです、ほかに色付きのガラスのネックレスと、ネット*の財布があります、この三個の鍵(かぎ)や、黒ずんだ金の結婚指環や、十センターボの銅貨五枚といっしょに、確かにお渡しいたします、閣下。彼にきちんと数えてもらうために、銅貨はデスクの上に並べられた。これですべてであります、閣下、お二人があとに残されたのは。あとに残されたものがそれ以上であろうと、それ以下であろうと、彼にとってはどうでもよいことだった。もちろん、この運命的な水曜日の記憶を跡形もなくぬぐい去るためには、長くて困難な歳月が必要だということを、そのときの彼が知っていたとしての話だ。彼は号泣した。閣下、あいつらをどういたしましょう、というわけで、彼の決定が下るまで、鎖につながれて中庭で夜を過ごすことになった犬たちの吠え声が気になり、大声を上げながら目を覚ました。犬たちを殺すことは、その腹のなかのレティシア・ナサレノとその子供をあらためて殺すことになるのではないか、と考えて当惑した。青果市場の鉄のドームを撤去して、その代わりに、灯台よりもはるかに高くて強烈な光線を放つ大理石の十字架が立ち、タイサンボクが茂り、ウズラが飛びかう庭園を築くように命令した。歴史的に重要な意義のある女性の記憶を、後の世の人びとの心にいつまでも残しておきたいという願いから始まったことだ。しかし、彼自身が彼女のことを忘れてからかなり時間がたったころ、この記念物は深夜の爆発によって破壊され、そのまま修復されずに終わった。タイサンボクはブタどもに食い荒らされ、記念すべき庭園は悪臭のただよう、ぬかるみのごみ捨て場となってしまった。もっとも、彼はこの事実を知らなかった。世界を一周することになってもかまわん、というわけで、専用車の運転手に、かつての青果市場を通ることは避けるように命令していたからだ。いや、それだけではない。ガラスに陽光の照り映える省庁の建物に執務室を移させてからは、ふたたび街へ出ることはなかったからだ。ごく少数の職員だけをそばに残して、彼は殺風景な建物のなかで暮らした。女王レティシアによる気まぐれな造作は、彼の命令によって跡形もなく取り払われていたのである。彼は、このがらんどうの建物のなかをひとりでうろつき回った。仕事はこれまでどおり、ときたま最高司令部の相談を受けたり、難航する閣議に最終的な決定を下したり、気を許せないウィルソン大使の訪問を受けたりすることに限られていた。このウィルソンという男は毎度、いい加減あたりが暗くなるまで、パンヤの木蔭の彼のそばを離れなかった。ボルティモア産のキャンディーやヌードのグラビア入りの雑誌を持参して、外債の莫大な利息と引き替えに領海を譲渡するように、しきりに勧告した。大統領は相手に好きなようにしゃべらせた。耳に入っている振りを装っていたけれど、実際には、自分の都合しだいでじっくり聞いたり、いい加減に聞き流したりしていた。大使の饒舌から身を守るために、近くの女学校の緑ゆたかなレモンの木に止まっている、白黒まだらの小鳥のさえずりに耳を傾けていた。あたりが暗くなると、階段のところまで大使を見送りながら説得に努めた。持っていきたければ、なんでも持っていけばいい、ただ、この窓から見える海だけは困る、分かってほしいんだな、いつもそうだが、あたりが炎を吹きあげる沼のようになるこの時刻に、海を眺めることができないとなったら、このだだっ広い建物のなかで、わしは、いったい何をすればいいのかね、割れた窓ガラスのすき間から、ヒューヒューと吹きこむ十二月の風がなくなったら、わしは、どうすればいいのかね、灯台の緑色の光線が見られなくなったら、わしは、どうやって生きていけばいいのかね、わしが霧の深い高地暮らしを捨てて軍隊に入り、連邦戦争のどさくさのなかで、熱病にかかって死ぬ思いをしたのは、いいかねきみ、勘違いしてもらっては困るよ、事典なんぞに書かれているように、愛国心から出た行為ではないんだ、冒険がしてみたかったからでもなければ、今は亡き連邦主義の理想に引かれたからでもない、あんなものはくそくらえだ、いいかねウィルソン君、それもこれもみんな、海が見たくてしたことなんだ、だからあの話はもうやめてくれ、と大統領は言い、階段のところまで来ると、相手の肩を軽くたたいて送りだした。そして部屋へ戻るついでに、以前は執務室として使われていた、がらんどうの広間の明りをつけて回った。ところがある日、そこへ迷いこんだ一頭の牛に出くわし、階段のほうへ追い立てたところ、そいつがつくろったカーペットの縫い目に蹴つまずき、前のめりに階段を転げ落ちて首を折った。喜んだのはレプラ患者たちで、あっという間に牛をさばき、腹のなかに納めてしまった。レティシア・ナサレノの死後、レプラ患者たちはふたたび舞い戻って、盲人や中風病みといっしょに、大統領の慈悲に期待をかけながら、中庭の野生化したバラの茂みにひそんでいたのである。この連中が星空の下でうたうのを彼は聞き、その声に合わせて、栄華を誇っていたころにはやった、スサーナ、こちらへおいで、スサーナ、という歌をくちずさんだ。午後の五時には、穀物倉庫の明りとりから、下校する少女たちのようすをうかがった。ブルーのエプロンや短いソックス、お下げの髪などをうっとりと眺めた。そうなのよ、ママ、あたしたちは走って逃げることにしてるの、だって半病人みたいな、幽霊みたいな目よ、怖くって、鉄の格子のあいだから、指の破れた手袋を突きだして、あたしたちを呼ぶの、可愛いね、こっちへ来て、わしにさわらせてくれないか、なんて言うのよ。彼は、おびえて逃げる少女たちを見ながら考えていた、おふくろよ、ベンディシオン・アルバラドよ、いまの若い者たちは、ほんとに若々しいねえ。しかし、さすがに自分の年を考えて苦笑し、あきらめざるをえなかった。招かれていっしょに昼食をとるたびに、主治医の厚生大臣が虫眼鏡で彼の網膜の検査をし、脈搏をはかり、溶かしたワックスを無理やりスプーンで飲まそうとしたからだ。わしの頭のなかに刻まれた溝を、そいつで埋めようというつもりだろう、とんでもない、戦争中にかかった三日熱はともかく、これと言って病気をしたことのないわしに、薬を飲ませようたって、そうはいかんぞ。あげく彼は、世間にまったく背を向けて、たった一人で食事をするようになった。モロッコの国王たちもそうだと博学なメリーランド大使に教えられたとおりに、また、ひっそりと暮らす女教師のような厳しい作法どおりに、背をしゃんと伸ばし、フォークとナイフをちゃんと使って食事をした。建物じゅうを駆けずり回って、蜂蜜入りの瓶を捜していることがよくあったが、理由はほかでもない、二、三時間もするとその隠し場所を忘れてしまうからだった。ところで、タバコの巻き紙を捜していたとき、偶然、ずいぶん昔のことだが、何も思いだせなくなる日にそなえて書き止めておいた、メモの切れっぱしが見つかった。その一枚に目を通すと、明日は火曜日、と書かれていた。お前の白いハンカチの、このイニシャル、赤で縫取りされたイニシャルが気になるな、気の毒だけど、閣下のものじゃないわ、と書かれていた。好奇心をそそられて読むと、お前を失って今はこのざまだ、レティシア・ナサレノ、と書かれていた。やたらとレティシア・ナサレノという名前が目についた。心の嘆きをこんなふうに、牛の小便のように書き残すほど不幸な人間がいったい何者であったのか、まったく見当がつかなかったが、しかし彼自身の文字であることは間違いなかった。そのころ、左手を使った奇妙な字体にお目にかかれるのはトイレの壁だけで、そこに彼は、元気を出すんだ、元気を、と書きなぐっていたのだ。おかげで、たかが修道院を抜けだした女ひとりのために、海陸空を通じてもっともめめしい軍人になり下がっていた自分にたいする怒りは、きれいさっぱり消えた。彼女を思いださせるものは、紙の切れっぱしに鉛筆で書きなぐった名前だけという状態になっていた。すっかり気持ちの整理がついていたので、副官たちがデスクの上に広げた遺品にも手を触れようとはしなかった。いや、ろくに見もしないで命令した、その靴も、その鍵も、どこかへ片づけてくれ。彼女らの死にざまを思いださせるもの、彼女らに関わりのあるものはすべて、午睡にかこつけて奔放な愛を営んだ寝室に放りこみ、ドアや窓をふさいでしまえという命令を、わしの許可なしに、誰もその部屋に入ってはならん、ということばで締めくくった。何カ月も続いたけれど、中庭に鎖でつながれ、夜になると吠え立てる犬たちの背筋の寒くなるような、恐ろしい声にも必死で耐えた。犬たちに鞭を加えることは、すなわち死者を鞭打つことになると考えたからだ。彼はハンモックに寝そべって、身を震わせていた。己れの血族の命を奪った者を知りながら、わが家でその顔を見るという屈辱に耐えねばならぬこと、それがくやしかった。当時の彼には、もはや連中を相手にして戦うだけの力がなかったのだ。彼は、彼女らの死をいたむ行事のすべてに反対した。弔問さえ禁じた。神木めいたパンヤの木蔭のハンモックを猛烈に揺すりながら、そのときの来るのをひたすら待った。おなじ場所で、残された最後の友人が、悲劇的な事件のショックによく耐えた、民衆の秩序を忘れぬ冷静な対応にたいする最高司令部の誇りを口にすると、大統領はにこりともしないで言った、何をばかな、冷静さも、秩序も、このさい関係ない、この不幸な出来事を、連中がなんとも思っていないだけのことだ。彼は新聞をすみからすみまで読んで、自分の息のかかった新聞社がでっち上げたニュース以上のものを読み取ろうとした。小型のラジオを手の届くところに置かせて、ベラクルスから*リオバンバまで流されているおなじニュースに耳を傾けた。治安維持を目的とする部隊がテロ犯人たちを追跡中、というアナウンスを聞いて、彼はつぶやいた、当たり前だ、クモの子め。彼らが犯人であることは間違いない、というアナウンスを聞いてつぶやいた、当たり前だ。郊外の娼家にひそんでいるところを包囲し砲火を浴びせている、というアナウンスを聞いてつぶやいた、よくやった、やつらめ、気の毒に。しかし、彼はハンモックから降りようとはしなかった。内心の意地の悪い喜びを毛ほども表に出さずに、ただ、ひたすら祈った、おふくろよ、ベンディシオン・アルバラドよ、この復讐（ふくしゅう）が成就（じょうじゅ）するまで、わしを生かしておいてくれ、この手を放さないでくれ、おふくろよ、いい知恵を貸してくれ。この祈りの効き目を信じたおかげで悲嘆から立ちなおったと、われわれの目にも映ったそのときである。国内の治安と国家の安全を担当する参謀本部の司令官たちが現われて、テロ犯人のうち三名は軍隊に抵抗して死亡し、残りの二名はサン・ヘロニモの営倉で閣下の処置を待っている、と報告した。フルーツジュースの入った壺をかかえてハンモックに横座りになっていた彼は、そうかと言っただけで、司令官の一人ひとりにグラスを与えてから、心に一物ある、いかにも慎重な手つきでジュースを注いでやった。いつになく物分かりがいいし、よく気がつくんだな、タバコを吸いたがっているおれの気持ちをちゃんと見抜いて、現役の軍人ではいまだかつてなかったと思うが、タバコに火をつけることを許してくれたよ。この木の下では、われわれはみんな平等だ、と大統領は言い、市場で行なわれたテロ事件の詳細な報告を冷静に聞いた。生まれたばかりの八十二頭の猟犬が特別便でスコットランドから運ばれたが、そのうちの二十二頭は飼育中に死亡。残りの六十頭は、一人のスコットランド人調教師によって、人間を殺すための訓練を受けた。青ギツネだけでなく、レティシア・ナサレノと子供そのものにたいする激しい憎悪を植えつけられた。そのためには、大統領府の洗濯場から少しずつ盗みだされた衣類が利用された。レティシア・ナサレノのブラジャー、ハンカチ、ストッキング、さらに子供の軍服が利用された。それらは確認のために彼の前に広げられたが、彼はうなずいただけで目もくれなかった。六十頭の犬は、不必要なときに吠(ほ)えないようにも訓練されていた。人肉の味に慣らされていた。数年がかりの困難な調教中はいっさい外界との接触を絶って、首府から七リーグほど離れた、昔の中国人の農園に閉じこめられていた。その農園には、レティシア・ナサレノと子供の衣裳(いしょう)を着せた、等身大の人形が用意されていた。それだけではない、犬たちは人形のもとになった写真や新聞の切り抜きによって、二人をよく知っていたのだ。一冊のアルバムを見せながら、われわれは彼にそんな説明をした、これもすべて、閣下、いずれ劣らぬあの卑劣な連中が、いかに完璧に事を運んだか、分かっていただくためです。しかし、彼はただうなずくだけで、目もくれなかった。容疑者が自分たちで考えてやったことではない。その点ははっきりしている。彼らは、国外に本拠を置いて政府の転覆を図るグループの手先であり、このグループのマークはナイフと交差したガチョウの羽根である。彼らはすべて、国家の安全を脅かした罪によって軍事裁判にかけられた前歴を持つ、逃亡犯である。この三枚は死んだ者たちの写真で、と説明しながらわれわれは、それぞれ首に番号入りのプレートをぶら下げた、彼らの写真が貼られているアルバムを彼に見せた。こちらの二枚は、生きて捕えられ、閣下の最終的な決定があるまで監禁中の者たちの写真であります。兄弟の姓名はマウリシオとグマーロ・ポンセ＝デ＝レオン、年齢はそれぞれ二十八歳と二十三歳、前者は無職で住所不定の脱走兵、後者は工芸学校の陶芸の教師だった。犬たちを連中に引き合わせたところ、非常に馴れなれしいそぶりを見せ、大いにはしゃいでおりました、これだけで有罪の証拠としては充分であります、閣下、とわれわれが言っても、彼はただうなずくだけだったが、しかし最後まで犯罪の捜査に当たった三名の将校をとくに呼んで、祖国にたいする格別の功績をめでて戦功章を授けた。そしてこの盛大な式典と並行して略式軍事法廷が開かれ、マウリシオとグマーロ・ポンセ＝デ＝レオン兄弟は、審理の結果、四十八時間以内に銃殺刑に処されることになった。ハイ、閣下、特赦の沙汰がないかぎり、ご命令どおりにいたします。彼はハンモックにぼんやりと寝そべって、世界各地から寄せられる助命の嘆願にも耳を貸さなかった。国際連盟の不毛な論議をラジオで聞いた。隣国の口汚い非難と遠い友邦の支持のことばを聞いた。特赦を主張する大臣たちのおずおずした声と、あくまで処刑を要求する大臣たちのけたたましい声に、等分に耳を傾けた。二匹の迷えるヒツジの運命にたいする牧者めいた憂慮を表明した、教皇の親書をたずさえた使節に会うことを拒否した。彼の沈黙で動揺した全国の治安情況に関する報告を聞き流した。遠くでひびく銃声を聞いた。湾内に停泊中の軍艦の原因不明の爆発による大地の激しい揺れを体で感じた。死者十一名、負傷者八十二名、艦は航行不能となりました、閣下、という報告を聞いても、彼は分かったと言うだけで、夜になっても燃えさかる港内の火の手を寝室の窓からじっと眺めていた。一方、二人の死刑囚はサン・ヘロニモ基地の焼けるように暑い礼拝堂で、最後の夜を過ごそうとしていたが、彼はその時刻になって初めて、おなじ腹から生まれた、眉毛の濃い彼らを写真で見たことを思いだした。死の牢獄の消えることのない電灯の下で、続き番号のプレートを首から下げて心細げに震えている彼らを思い浮かべた。彼らが自分のことを考えているのを直感した。彼らが自分を必要としていること、自分の声を待っていることに気づいた。しかし、その意志をうかがわせるような表情は少しも見せなかった。それまでと変わらぬ、決まりどおりの日程を終えると、一番鶏が鳴く前には下さねばならぬ、彼の最終的な決断をいつ何時でも伝えられるように、夜を徹して寝室の前に立つことになっている当直将校に声をかけた。お休み、大尉、と言っただけで、顔も見ずに前を通りすぎた。鴨居(かもい)にランプをぶら下げ、三個の差し金、三個の掛け金、三個の錠前を下ろした。うつ伏せになって浅い眠りのなかに身を沈めた。その眠りの薄い仕切りを通して、中庭の犬たちの激しい吠え声や、救急車のサイレンや、爆竹の音や、判決の厳しさにおびえる首府の濃い闇(やみ)のなかで行なわれている怪しげなパーティーの、風に運ばれてくる音楽などが聞こえつづけていた。大聖堂の十二時を告げる鐘の音で彼は目を覚ました。二時にふたたび目を覚ました。窓の金網をたたく小雨の音で三時前にまたもや目を覚まし、大きな図体を持てあます牡牛(おうし)のように、まず尻(しり)、ついで前脚、そして最後に、口からよだれの糸を引いている、まだはっきりしない頭という順序で、床から起きあがった。そしてまず第一に、吠える声の聞こえないところへ犬たちを連れていき、いずれ寿命が来て死ぬまで政府の保護のもとに置くように、当直将校に命令した。第二に、レティシア・ナサレノとその子供の護衛に当たった兵士たちを、無条件で釈放するように命令した。そして最後に、マウリシオとグマーロ・ポンセ＝デ＝レオン兄弟を、この最終的な決定が届きしだい処刑するように命令した。予定されていたのと違って、その処刑は壁の前の銃殺というかたちを取らなかった。彼らは今ではすたれた馬による八つ裂きの刑に処され、その四肢は、悲しみに沈む広大な領国内のもっとも目につきやすい場所でさらしものにされて、民衆の恐怖と怒りの声を浴びた、気の毒に。一方、彼は傷ついた象のような大足を引きずって歩きながら、熱心に祈った、おふくろよ、ベンディシオン・アルバラドよ、わしを助けてくれ、その手を放さないでくれ、この罪のない血を流させた連中への復讐の手助けができる男を、ぜひ、見つけさせてくれ。激怒のあまり陥った錯乱状態のなかで脳裡（のうり）に浮かび、人に出会うたびにその目の奥をのぞき、必死で探し求めてきた奇跡の男。大統領は、きわめて微妙な声域のなかに、心臓の鼓動のなかに、およそ使われたことのない脳の溝のなかにひそんでいる、その男を見つけようとしてやっきになった。奇跡の男にめぐり合う希望を捨てたころになって、おふくろよ、こんなやつを見るのは初めてだ、と思わず口走ったほど尊大で、まぶしいくらいハンサムな男の虜（とりこ）になっている自分に気づいた。男は昔のゴート族のようにブランド物で*ヘンリー・プールのジャケットを着て、ボタン穴にガーデニアを一輪挿していた。同じくペコーヴァーのズボンをはき、銀色に光る紋織りのベストを着こんでいた。この身なりと生まれついての端麗な容姿をひけらかし、人間のような目をした、子牛ほどの大きさの、もの言わぬドーベルマンを鞭で自由に操りながら、ヨーロッパ各地の気難しいサロンに出没していたのだ。閣下、初めまして、ホセ・イグナシオ・サエンス＝デ＝ラ＝バラであります、と自己紹介をしたが、じつはこの男は、連邦戦争を牛耳った領袖たちの疾風にもにた圧力によって打倒された、つまり栄華のむなしい夢や、宏壮な邸宅や、フランス語ふうの訛りもろとも地上から消滅させられた、わが国の上流階級の末裔の一人だった。三十二歳の若さ、七カ国語を操る才能、*ドーヴィルのクレイ射撃大会で出した四度のレコードいがいにはこれと言って財産のない、いわば名門のなれの果てだった。細身だが頑健で、鉄のような肌の色をし、混血まがいの髪を真ん中で分け、白いところは染めていた。いかにも意志が強そうに真一文字に結んだ唇と、奇跡の男にふさわしい大胆な目付きをしていた。このホセ・イグナシオ・サエンス＝デ＝ラ＝バラが、舞踏室の壁掛けの春の田園的風景をバックにカラーの写真を撮らせるために、桜のステッキでクリケットのまねごとをしている姿を見て、大統領はほっと安堵の吐息をつき、つぶやいた、この男だ。事実、それは彼が求めていた男だった。彼の下ではたらくにあたって、男はただひとつ条件をつけた、前渡しで八億五千万ペソ頂きたいと思います、ただし、その収支はどなたにも報告する義務がなく、わたしに命令できるのは閣下お一人ということにお願いいたします、そうすれば二年の期間内に、レティシア・ナサレノさまとご子息を殺害した真犯人たちを、間違いなくお引き渡しいたします。承知した、と大統領は答えた。精神の難所を探り、意志の限界や性格の亀裂を知るために、じつに多くの困難なテストを課した結果、男の忠実さと有能さに確信を抱いたからである。たとえば、権力の鍵を男の手にゆだねるその前に、ドミノの非情な手合わせという最終的なテストを課した。ところがホセ・イグナシオ・サエンス＝デ＝ラ＝バラは、許可をえずに大統領に勝とうという大胆不敵な決心をし、事実、勝った。おふくろよ、わしが会った者のなかでは、あいつがいちばん肝がすわっているな。男は底知れぬ忍耐力の持ち主だった。なんでも心得ていた。七十二通りのコーヒーの煎れかたを知っていた。貝の雌雄を見分けることができた。楽譜や点字が読めた。あいつは、わしの目をじっと見詰めるだけで口をきかなかった、動かない表情、桜のステッキの握りをけだるそうに摑んだ手、夜明けの湖のような薬指の宝石、あいつの足許に横たわっていたが、用心深くて獰猛そうな犬、眠っている犬を包んでいる色鮮やかなベルベットのような皮膚、愛情や死なぞは寄せつけない肉体から発する、化粧品の匂い、要するに、この目で見たいちばんハンサムな、いちばん自信にみちた男を前にして、わしはしばらく茫然としておった、やがて、男は大胆なことを言った、閣下はたまたま軍人になられただけであります、軍人というものは、本来、閣下とは正反対の存在です、目先の安易な野心に動かされる人間です、権力よりも命令することのほうに関心があり、人間いがいの何かのために殉ずることはない、したがって彼らは利用しやすいのです、おたがい同士のあいだでは、とくにそうです、とあいつは言った、わしは、ただ、笑って聞いているしかなかった。つまり大統領は、まぶしいほどの才気にあふれた男にすっかり心の内を読まれたと思ったのだ。彼は、すでに神に召された親友のロドリゴ・デ＝アギラル将軍以後、誰にも与えたことのない権限をサエンス＝デ＝ラ＝バラに与えた。彼自身の私的な領分のなかにひそむ、内密な領分の絶対的な主人に仕立てた。その弾圧と殺戮の見えざる組織は、公的な資格を欠いているだけではなく、現実の存在を信じることさえ困難なものだった。この組織については究極的な責任を負う人間がいなかったのだ。また組織は名前を持たず、この世界の特定の場所に本拠を置いているわけでもなかった。にもかかわらず、それは恐ろしい現実的な存在であり、与える恐怖によって、政府の他の弾圧的な組織を圧倒するに至った。しかし、それからだいぶ時間がたっても、そのそもそもの起源と本性は容易に摑みがたかった。最高司令部でさえも、それらをはっきりと突き止めることができなかった。あの恐怖の組織がやがて持つ意味を、ご自身も予想しておられなかったのではないですか、閣下。わしにしても、この取り決めをしたさいに、王侯のような身なりをした、あの野蛮人のどうにも抵抗できない魔力や、触手のようにきりもなく広がる野心の言いなりになるとは、これっぽちも思わなかった、あるとき、やつは大統領府にずだ袋をひとつ送りつけてきおった、ココナッツでも入っていそうな感じがしたな。というわけで彼は、そのへんの、じゃまにならんところに置いておけ、壁にはめ込みになったカードボックスのなかがいいだろう、と命令し、それっきりずだ袋のことは忘れてしまった。ところが三日たつと、死人の発するような悪臭がただよい始め、とても我慢ができなくなった。それは壁を貫いて、鏡の表面を鼻持ちのならない臭気で蔽(おお)った。われわれは調理室に悪臭の発生個所を求めたが、牛小屋でもそれに出くわした。執務室を燻蒸(くんじょう)してそいつを追い払ったと思うと、謁見の間で鉢合わせをした。悪臭は腐ったバラの匂いと混じって、目につかない小さなすき間にも入りこんでいった。疥癬(かいせん)の発するかすかな臭気が、夜のいやな臭気が他の芳香にまぎれて忍びこむことのないところまで、そいつはもぐり込んでいった。悪臭の発生源は、われわれがまさかと思って当たりもしなかった場所、ホセ・イグナシオ・サエンス＝デ＝ラ＝バラが例の取り決めによる初仕事として送ってきたずだ袋にあった。ココナッツが入っていると思われたそのなかから、それぞれ死亡証明書の添付された六個の首が現われたのだ。添付の証明書に記されているとおり、老衰により五月十四日に死亡した、石器時代からの名門出身の盲人、大戦争の最後の生き残り、急進党の創設者で年齢九十四歳のドン・ネポムセノ・エストラダの首。添付の証明書に記されているとおり、狭心症のため父親と同日に死亡した、同種療法医で年齢五十七歳のネポムセノ・エストラダ＝デ＝ラ＝フエンテ博士の首。添付の証明書に記されているとおり、バーのけんか騒ぎで数カ所に受けた鋭利な刃物による刺し傷の結果死亡した、文学部の学生で年齢二十一歳のエリエセル・カストルの首。添付の証明書に記されているとおり、妊娠中絶により死亡した、地下活動家で年齢三十二歳のリディセ・サンティアゴの首。アルコール中毒により前者と同日に死亡した、風船作りで年齢三十八歳のロケ・ピンソン、別名〈見えずのハシント〉の首。添付の証明書に記されているとおり、失恋のあげく上顎部(じょうがくぶ)にピストルを発射して死亡した、地下組織〈十月十七日運動〉の書記で年齢三十歳のナタリシオ・ルイスの首。合わせて六つのこれらの首の受領書の一枚一枚に署名し終わった彼は、悪臭と恐怖にぞっとしながら心のうちで思った、おふくろよ、ベンディシオン・アルバラドよ、あの男はけだものだ、取り澄ました身振り、ボタン穴に挿した花、まさかやつがこんな人間だとは、誰も思わなかったろう。これ以上、乾し肉を送りつけるのはやめろ、と彼は命令した、ナチョ*、お前の約束だけでわしは充分だ。ところがサエンス＝デ＝ラ＝バラはそれに答えて言った、男の約束です、閣下、真実とまともに向きあう勇気をお持ちあわせでないというのなら、お金はお返しいたします、それで二人の友情にひびが入るわけではありません、そのくらいでしたら、いっそ自分の母親に銃を向けさせます。大統領は唇を噛んで、いや、それほどのことじゃない、ナチョ、よし、今までどおりに任務を果たしてくれ、と言った。おかげでその後も、ココナッツのものとしか思えない、あの奇怪なずだ袋に入った首は送りつけられた。彼はむかつく胸を押えて、どこか遠くへ持っていけ、と命令しながら、受領書に署名するために死亡証明書の明細を読みあげた。よっしゃ、というわけで証明書に署名した仇敵の首の数が九百十八に達した夜、彼は、一本指の動物に変身した自分を夢にみたのだった。この動物は生乾きのセメントの平原にひと筋の指の痕を残していった。彼は胆汁の夜露を浴びたような気分で目を覚ました。乳しぼり小屋の糞のようにすえた、思い出のうずたかい山の上で、首の数を勘定して、明け方の気分の悪さをまぎらした。いかにも老人らしくもの思いにふけりすぎて、腐った牧草にひそんだ虫の声と耳鳴りとを混同しながら、彼はつぶやいた、おふくろよ、ベンディシオン・アルバラドよ、よくまあこんなに届けられたもんだ。それでもまだ真犯人たちの首は届いていなかったのだが、サエンス＝デ＝ラ＝バラは彼に教えさとすように、こう言った、六つの首ごとに六十人の敵が生まれ、六十の首ごとに六百人の敵が生まれるのです、やがてそれが六千、さらに六百万と殖えていくのです。それでは国民すべてが敵ということになってしまう、冗談じゃない、根絶やしにするのはとうてい無理だ。ところがサエンス＝デ＝ラ＝バラは平然と答えた、枕を高くしてお休みください、閣下、いずれやつらを根絶やしにしてごらんにいれますから。まったく、ひどい話だ。サエンス＝デ＝ラ＝バラは一瞬もためらわず、即座に対策を打ちだした。いつもそばに控えているドーベルマンの隠された力に頼った。ホセ・イグナシオ・サエンス＝デ＝ラ＝バラが水銀のような神経をした犬の鎖を引っぱって現われるのを初めて見たときから、大統領が懸命にやめさせようとしたにもかかわらず、ドーベルマンだけは謁見の一部始終に立ち会っていた。大統領がその目で見た男のなかでもっとも凜々しい、しかし同時に、もっとも薄気味の悪い男の微妙な合図にしか反応しなかった。その犬を外に出してくれ、と大統領は命令したが、しかしサエンス＝デ＝ラ＝バラはそれに答えて、そうはいきません、閣下、わたしが入れてケッヘル卿が入れない場所なんて、この世にはないのです。そういうわけでドーベルマンは謁見の間に入って、決まりの首の勘定が行なわれているあいだ、主人の足許にうずくまって居眠りをしていた。しかし、勘定の場の雰囲気が険悪になると、いち早くそれを察してはね起きた。こいつの女みたいな目が気になって、考えがまとまらん、人間のようなやつの息遣いを聞いていると、体が震える。ごとごと煮えている鍋のように湯気の立った鼻面を突きだし、ぱっとはね起きる犬を横目でにらみながら、大統領は激しくデスクをたたいた。ずだ袋のなかに、かつての副官たちの一人の首があったのだ。副官は、長年のあいだ、ドミノの遊び仲間でもあった。よし、こんなばかげたことはもうやめだ。ところがサエンス＝デ＝ラ＝バラは、ことばよりもむしろ犬の調教師めいた優しさと非情さで、いつも最後には、大統領を説得してしまうのだった。大統領は、大胆不敵にも彼を臣下のように扱う、たった一人の人間の言いなりになっている自分を責めた。その支配にたいして秘かに反抗を試みた。しだいに彼の権威の場を侵してくるあの臣下から、わが身を解き放つ決意を固めた。こんどでこのばか騒ぎはおしまいだ、と彼はつぶやいた、よく考えてみるがいい、ベンディシオン・アルバラドがわしを産んだのは、他人から命令されるためではない、他人に命令するためだ。しかし、夜のうちに固めたこの決意も、サエンス＝デ＝ラ＝バラが執務室に入ってきた瞬間に、もろくも崩れてしまった。優雅な身のこなし、造花ではないガーデニア、澄んだ声、匂いのいい香水、エメラルドのカフスボタン、堂々としたステッキのワックスで磨かれた握り。要するに、その目で見たもっとも好ましい、そしてもっとも嫌悪すべき人間の由々しい美貌に、大統領は幻惑されてしまうのだった。まあいいだろう、と大統領はくり返した、このまま任務を遂行してくれ、ナチョ。それまでどおり首の入った袋を受け取り、ろくに見もしないで受領証に署名をした。すがるものも、摑むものもないままに権力の流砂の底に沈んでいきながら、一歩あるくごとに、朝を迎えるたびに、海を眺めるごとにつぶやいた、いったい世間はどうなっているんだ、間もなく十一時だというのに、この墓場そっくりな建物のなかには、人っ子ひとりいない。誰がここに住んでいるのだろう、と彼はつぶやいた。自分ひとりだが、しかし自分が今いるところが、自分でも見当がつかない、とつぶやいた、ロバの背から野菜を下ろしたり、廊下にニワトリの籠を並べたりしていたはだしの従卒たちは、いったいどこへ消えたんだ、おしゃべりな女たちが捨てる汚れた水は、いったいどこへ行ったのだ、女たちは、前の晩の花瓶の花を新しいものと取り替えたり、鳥籠を洗ったり、バルコニーでカーペットをはたいたりしながら、枯れた小枝のほうきで拍子を取ってうたったものだ、スサーナ、こちらへおいで、スサーナ、お前の愛がほしいと、それから、わしのやせこけた七カ月の月足らずたちは、いったいどこへ消えたのだ、あの子供たちはドアのかげでうんこをしたり、謁見の間の壁におしっこを引っかけたりしたものだ、デスクの引き出しにメンドリが卵を産んでいるのを見つけて大騒ぎしていた、あの役人たちや、トイレで用事をすませていた、あの売春婦と兵隊たちや、吠えながら外交官のあとを追っていた、あの恐ろしいのら犬たちは、いったいどこへ行ったのだ、中風病みを階段から、レプラ患者をバラの植込みから、臆面(おくめん)もない阿諛追従(あゆついしょう)のやからを、そこからふたたび追っぱらったのは、いったい誰なのだ。今では、まわりをびっしり取り巻いた新しい護衛の頭越しに、残り少ない最高司令部の旧友たちの姿をちらと見るだけだった。彼ではない何者かによって任命された、新しい大臣たちの閣議に加わることもまれだった。陰気なフロックコートに高いカラーという六人の文学博士が彼の考えの先を読んで、相談もせずにまつりごとを決定してしまう。要するに、このわしが政府だと思うが、という愚痴にたいしてサエンス＝デ＝ラ＝バラは平然と応じた、いいえ、閣下は、政府ではありません、権力そのものなのです。大統領はとびきり腕のいい連中を相手にしている夜でさえ、ドミノの勝負に退屈した。自分にたいしていかに巧妙なわなをしかけても、ただの一度も負けることができなかったのだ。彼が口にする一時間ほど前に食事を突っつきまわす、毒見係たちの悪意にも耐えねばならなかった。隠し場所に蜂蜜を見つけることもできなかった。冗談じゃない、わしが望んでいた権力は、こんなものじゃなかったはずだ、と抗議すると、サエンス゠デ゠ラ゠バラはそれに応じて言った、ほかに権力は存在しませんよ、閣下。ただそれは、楽園にもにた日曜日の市場がかつてそうだったが、死んだように無気力な状態のなかでのみ考えられる権力だった。仕事と言えば、毎日四時になるのを待ってラジオのスイッチをひねり、ローカル放送局が流す悲恋もののドラマを聞くことだった。大統領は手つかずのフルーツジュースのグラスを手に持って、ハンモックに寝そべりながら聞いた。うっすらと目に涙を浮かべて宙をただよった。まだ若いヒロインが果たして死ぬのかどうか、それが知りたかったのだが、早速、サエンス゠デ゠ラ゠バラが調べてきて言った、確かに、閣下、あの娘は死ぬことになっています。そいつはいかん、死なないようにさせろ、と大統領は命令した、最後まで生かしておくんだ、世間の女なみに結婚させ、子供を産ませ、長生きさせるんだ。サエンス゠デ゠ラ゠バラは、思いどおりになっているという幻想を与えて彼をよろこばせるために、わざわざ脚本を書き換えさせた。おかげで、彼の命令のおかげで、死ぬ者はいなくなった。愛してもいない者同士が結婚するはめになった。それまでの物語のなかで墓に埋められた人物たちが生き返った。彼の歓心を買うために、悪役たちは早ばやと片づけられた。彼の命令のおかげで誰もかれもが幸せになれた。彼自身にも、生きていることがそれほど無意味なものとは思われなくなった。八時の時計の音を聞いて建物のなかを調べてまわると、彼よりも早く、何者かが牛の飼い葉を取り替えてしまっていた。衛兵たちの兵舎の電灯が消されてしまっていた。使用人たちは眠っていた。調理場が整然と片づけられていた。床はきれいに掃除されていた。血の痕が残らないように消毒液を含ませた布で磨かれた肉切り台は、まるで病院のような臭いを放っていた。何者かによって窓の掛け金が下ろされていた。執務室のそれが下ろされていた。鍵の束を持っているのは彼、彼ひとりだというのに、そのありさまだった。正面のホールから寝室まで、彼がスイッチに手も触れないのに、明りがつぎつぎと消えていった。彼は、金粉を何者かにつけられることを恐れて、片方だけの拍車にビロードをかぶせていたが、幽閉中の国王のような重い足を引きずり、暗い鏡の並んだ闇のなかを歩きまわった。窓の前を横切るさいに、海が、一月のカリブ海が見えた。立ち止まらずに通り過ぎながら、彼は二十三回、海を眺めた。一月はいつもそんなぐあいだったが、花の群がり咲く沼のような海を眺めたあと、かつてのベンディシオン・アルバラドの部屋をのぞいた。あとに残された香油や、小鳥の死骸(しがい)の入った籠や、国母ともあろう者が体の腐れていく痛ましい日々に耐えたベッドなどが、そのままそっくり元の場所にあることを確かめた。ゆっくりお休み、と彼はつぶやいた。いつもの決まりだったが、しかしもうずいぶん前から、お休み、ぐっすり寝るんだよ、と答えてくれる者はいなくなっていた。彼は非常用のランプをさげて寝室に向かおうとしたが、とたんに、驚いたケッヘル卿の火のような目が暗闇にひそんでいることに気づいて、ぞっとした。人体から発する芳香とともに、深い自信や軽侮をたたえた目を感じた。何者かということが分かっていながら、そこにいるのは誰だ、と訊くと、正装したホセ・イグナシオ・サエンス＝デ＝ラ＝バラが現われて、教えた、今夜は記念すべき八月十二日の夜ですよ、閣下、われわれは盛大に祝っているところです、閣下が就任されてから百年目のこの日を。そういうわけで、いかに長寿を誇る人間の場合でも二度、三度と立ち会うことのできない慶事の知らせに引き寄せられて、世界各地から賓客が集まっていたのだ。国じゅうがお祭り騒ぎで沸き返っていたのだ、彼を除いて。この記念すべき夜を熱狂し歓呼する民衆とともに祝うべきだという、ホセ・イグナシオ・サエンス＝デ＝ラ＝バラの執拗な勧めをしりぞけて、彼はふだんより早く、牢獄めいた寝室の三個の掛け金を下ろしてしまった。三個の差し金、三個の錠前をかけてしまった。階級章も何もついていない粗末な麻の軍服や長靴、金の拍車をつけ、右腕を枕がわりに頭の下にあてがうという格好で、剝きだしの煉瓦の上にうつ伏せに寝てしまった。ハゲタカに食い荒らされ、海の底の動物や花でびっしり覆われるという姿で、やがてわれわれが発見するときとおなじように。浅い眠りの濾し紙を通して、彼は自分のいない祝賀のかすかな花火の音を聞いていた。華やかな音楽や、楽しげな鐘の音や、泥の流れのような群衆の声を聞いていた。群衆は自分たちのものでもない慶事を祝うためにわざわざ集まったのだが、当の彼は、悲しいというよりは気抜けしたような表情でつぶやいていた、おふくろよ、わしの宿命のベンディシオン・アルバラドよ、もう百年になるんだ、いや驚いた、もう百年たったんだ、光陰矢のごとしというが。

彼はそこにいた。彼ではないかもしれないのに、まるで彼であるかのように、舞踏室の宴会用のテーブルの上に横たわっていた。最初の死のおひろめのさいには、自分で自分だということが分からなかったほどだが、花に囲まれた教皇のなきがらめいた、女っぽいあでやかさで横たわっていた。臆面もない阿諛追従のやからがでっち上げたチョコレート戦争の架空の勝利を記念する、にせの勲章をちりばめた胸に、綿の詰まったサテンの手袋をあてて横たわっていた。けたたましい礼装、エナメルの長靴、建物じゅう捜してひとつだけ見つかった金の拍車、死よりも高い階級を授けるために、最後の段になって無理やり押しつけたものだが、世界を統率する元帥のしるしである十個の見すぼらしい星。死後に与えられた新しい身分によってきわめて身近な、目にも明らかなものとなったために、われわれはこのとき初めて、彼の実在を心から信じたものだった。しかし現実には、ガラスのケースのなかのこの死体ほど、彼ににていないものはなかった。彼とは正反対のものはなかった。真夜中になっても、燃えるように暑くて狭苦しい部屋のなかで、彼の死体はとろ火にかけられて煮え立っていた。一方、隣りあった閣議の間に集まったわれわれは、とうてい誰も信じる気になれないニュースを伝える公報を、一語一語吟味していたが、このとき、戦時装備の兵士を満載したトラックの音がわれわれの注意を引いた。夜の明けるのを待たずに、パトロールは隠密裡(おんみつり)に公共の建物を占拠したのだ。商店街のアーケードの下に小銃をかまえて伏せたのだ。玄関に身を隠したのだ。昔、副王たちが住んでいた町の、あちこちの屋根に重機関銃を据えている、兵隊の姿が見えたのよ、あれは確か、夜明けにわたしがこのバルコニーを開けて、中庭で摘んできたばかりの、露で濡(ぬ)れた、カーネーションの束を乾かす場所を捜していたときだったわ、バルコニーの下に、中尉に指揮されたパトロールの兵隊たちが見えたの、中尉は戸口から戸口へ回って歩いて、数はまだわずかだったけど、店を開けようとしている商店街の者に閉鎖を命令していたわ、今日は祝日だ、上からの命令だ、って叫んでいたわ、わたしはバルコニーからカーネーションを投げて、それから訊(き)いたのよ、いったい何事があったの、中尉さん、やたらと兵隊さんの姿が目につくけど、あっちこっちで鉄砲や銃剣の音が聞こえるけど、って、そしたら、カーネーションを宙で受け止めた中尉が言ったわ、いいかね、娘さん、おれたちもよく分からないんだ、きっと、死人が生き返ったんだろ、だって、ゲラゲラ笑いながら、そう言ったのよ。つまり、それほどたいへんなことが起こったとは、誰も思わなかったのだ。いや反対に、多年にわたった懈怠にけりをつけて、彼がふたたび権力の手綱を握ったと、われわれは思ったのだ。これまで以上に元気になった彼が、ふたたび電灯のついた権力の家のなかを、幻の元首にふさわしい大足を引きずって歩きまわっていると思ったのだ。牛たちを表へ出したのも彼だと思ったのだ。牛たちはアルマス広場の石畳の割れ目をよけて歩きまわったが、枯れかけたヤシの木蔭に座っていた盲人の一人は、蹄の音と軍靴のそれとを取り違えて、幸せな騎士よ、死を征するべく、はるばる訪れた者よ、という歌をうたった。精いっぱい声を張りあげ、牛たちのほうへ手を差しのべながらうたった。ところが牛たちは素知らぬ顔で、餌を食べるさいには階段を昇り降りしていた習慣にしたがって野外音楽堂に上がりこみ、ホウセンカの花輪をむさぼり食ったあげく、ツバキの冠をいただいたミューズ神や、竪琴からぶら下がったオナガザルの見られる、国立劇場の廃墟に住みついた。咽喉の渇きに耐えられなくなると、凄まじい音をさせてカンショウの鉢を蹴たおしながら、かつて副王たちが住んでいた町の家々の、玄関の涼しい蔭のなかに押し入った。そして乾いた鼻を中庭の池に突っこんだが、あえてそのじゃまをする者はいなかった。牝の場合には尻に、牡の場合には首に押された、大統領所有のしるしである焼き印に見覚えがあり、手を触れてはならぬ牛だということをみんな心得ていたからだ。凄まじいモロッコの市場のような昔のにぎわいは見られなくなった、商店街の狭苦しい小路では、兵隊たちでさえ牛に道をゆずった。この国にもまだ海があって、帆船が野菜売りの屋台のあいだにまで割りこんでいたころのことだが、かつての公設市場の跡の熱い瘴気の立ちのぼる水たまりには、壊れた肋材や折れたマストのたぐいが残っているだけだった。昔はにぎやかなインド人の店が立ち並んでいたところは、がらんとした空地になっていた。インド人たちはこの国から出ていったのだ。感謝のことばひとつ口にしませんでしたよ、閣下、という報告を受けて彼は、いかにも気短な年寄りらしくかっとなり、畜生、どこへでも行って、イギリス野郎のくその始末をするがいい、とわめいた。インド人たちはみんな姿を消し、彼らに代わって、インディオの魔除けやヘビの解毒剤をあきなう大道商人たちが現われた。けたたましく小汚いレコードの店も出現した。その奥の部屋には時間貸しのベッドが置かれていて、そいつを兵隊たちが銃尾でたたき壊していると、喪を告げる大聖堂の鐘の音が聞こえた。彼が死ぬ以前にすべては終わっていたのだ。何度も流れたが決まってデマだったうわさが、いつかはほんものになるだろうという、あてのない希望がすっかり失われてしまった今になって、王侯にふさわしい数ある病いのひとつにかかり、ついに彼が亡くなったというのである。けれどもわれわれは、その死が事実となった今、それを信じようとはしなかった。実際に信じられなかったというのではなくて、事実であることを望まなかったのだ。われわれは結局、彼がいなくなったあとのわれわれがどうなるか、われわれの生活がどうなるか、見当がつかなくなっていたのだ。だってわたしには、十二のときにわたしを幸せにしてくれた、あの男のいない世界なんて、考えられなかったのよ、あのあと、ほかの男は誰ひとり、あんなにわたしを喜ばしてくれなかったわ、もうずいぶん昔のことだけど、五時になってわたしたちが学校から出てくると、彼は牛小屋の天窓から顔を出して、青いセーラー服にお下げの髪の女の子たちを待ってたわ。おふくろよ、ベンディシオン・アルバラドよ、この年ごろの女は、じつに美しいもんだなあ。こんなこと考えながらよ、きっと、わたしたちを大きな声で呼ぶので見ると、目をきらきら光らせて、指の裂けた手袋をはめた手で、フォーブス大使からもらったキャンディーを鈴のように振りながら、一生懸命、わたしたちの気を引こうとしているじゃない、みんなはおびえて逃げだしたわ、いいえ、わたしだけは逃げなかったわよ、学校の通りに一人だけ残って、誰も見ていないのを確かめてから、キャンディーを取ろうとしたの、そしたら彼、ジャガーみたいな手で、優しくわたしの手首を摑んで、痛くないようにそっと宙に吊りあげて、天窓のなかに引き入れたのよ、とっても慎重で、スカートのプリーツひとつ崩れなかったくらいよ、彼は、腐った小便の臭いのする乾し草の上にわたしを寝かせて、何か言おうとするんだけど、口のなかがからからで口がきけないのよね、だって、わたしよりおどおどしてたのよ、震えてたわ、胸がどきどきしているのが、上着の上からも分かったくらいよ、顔には血の気がなくて、目にいっぱい涙をたたえていたわ、国を出てから今まで、ほかの男は一人だって、わたしのために涙を流したことはないのにね、彼は黙って、ゆっくり息をしながらわたしにさわったわ、あれから二度と経験したことのない、男らしい優しさで、あちこちに手を触れたわ、胸の小さな蕾を開かせたり、パンティーの端から指を入れたりしたわ、自分で指先の臭いを嗅いでから、わたしにもそれを嗅がせたわ、嗅いでみろ、これがお前の臭いだ、って言いながらよ、それからはもう、ボルドリッチ大使からもらったキャンディーはいらなくなったわ、わたしのほうから牛小屋の天窓の奥へ忍んでいったのて、まじめで寂しがりやのあの人と、少女時代の楽しい日々を過ごすようになったのよ、彼は食べるものの入った袋を持って、乾し草の上に座って待っていたわ、わたしが娘になった最初のしるしをパンで拭き取ったり、食べる前に、いろんなものをあそこに入れたりしたわ、もちろん、わたしにも食べさせたわよ、アスパラガスの先っぽをわたしのなかに入れて、あそこのしょっぱいお汁につけてから、食べたりもしたわ、おいしいぞ、お前は港の味がする、って言いながらよ、自分のアンモニアのスープで煮た、わたしの腎臓をとっても食べたがったわ、お前の腋の下に吹いた塩を、お前の温かいおしっこを舐めたい、なんてことも言ってたわね、彼はわたしを頭から足の先まで小さく割いて、岩塩や、コショウや、月桂樹の葉で味付けして、明日のない恋にぴったしの、移り気な日暮れの薄紫の火にかけてゆっくり煮てたわ、そしてそれから、年寄りらしい熱心さと鷹揚さで、わたしを頭から足の先まで味わったわ、彼を失ったあとのことだけど、わたしを愛して失敗した、がつがつした、けちな男たちとは大違いよ、愛の消化をゆっくりと楽しみながら、彼は自分のことを話してくれたわ、わたしたちを舌で舐めようとする、牛の鼻面を下から払いのけながらだったけど、彼は、自分がいったい何者なのか自分でも分からない、って言うのよ、金玉まで閣下のものなんだそうだ、って、悲しそうな顔もしないで言うのよ、べつにその必要もないのに、まるでひとりでしゃべってるみたいにね、絶えずする耳鳴りのなかに、それとも、大声で叫ぶしか破る方法がない体の奥のほうの沈黙のなかに、浮いているみたいにね、彼くらい親切で、賢い人間はいないんじゃない、ところが、彼がわたしにとってたったひとつの生きがいになっていた、十四のときだったわ、ずいぶん階級が上の軍人が二人、金貨のいっぱい詰まったスーツケースをさげて、わたしの親の家に現われたのよ、真夜中だったけど、家族といっしょにわたしを外国船に乗せて、二度とこの国に戻ってくるな、と言ったの、それから長い年月がたって、ある日突然、彼が死んだといううわさが世間に流れたんだわ、ああなってからもずっと、わたしが彼を愛していたことを、恐らく、彼は知らなかったでしょうね、彼よりましな男が見つかるかと思って、あれからわたしは、街で出会った大勢の知らない男と寝たわ、そして年を取って、こんな、哀れな姿になって戻ってきたのよ、彼の子だと勝手に決めて産んだ、父親のちがう大勢の子供たちを連れてね。ところが彼のほうは、乳しぼり小屋の天窓から忍んでくる姿を一日でも見ないと、彼女の顔を忘れてしまっていたのだ。じつは彼は、毎日、つぎつぎに女の子を取り替えていた。なにしろ当時の彼は、おなじ制服を着た大勢の女学生の、誰が誰なのか、よく見分けがつかなかったのだ。彼がランペルメイヤー大使にもらったキャンディーで気を引こうとすると、女学生たちは舌を出して、耄碌（もうろく）じじいとわめいたが、彼は少しもえり好みしないで彼女たちをそばに呼んだ。今日の女の子が昨日の女の子とおなじかどうか、一度も疑ったりしなかった。みんな平等に迎えた。みんなをたった一人の女の子のように考えていたのだ。そんなふうでいながら、一方で彼は、ハンモックに寝そべった半睡半覚の状態で、ストラインバーグ大使の百万遍に耳を傾けていた。外債の利子と相殺のかたちで領海を譲り受けたいという、執拗な主張をもう一度聞いてもらいたくて、大使は、主人の声に耳を澄ます犬のマークのあれにそっくりな、アンプ付きの補聴器を彼に贈ったのだが、彼はいつものようにくり返すだけだった、そいつはお断りだ、スティーヴンソン君、海だけはいかん。そう言ってから、それ以上は聞く気のないことを示すために、補聴器の電源を切ってしまった。この金属の生き物のうるさい声は、まるでレコードを回すようにおなじ説明をくり返すのだった。辞書の手を借りなくても、お抱えのエキスパートがくどいほど聞かせてくれたことを、さらにくり返すのだった、われわれはもう裸も同然です、閣下、すべてを使い果たしてしまいました、独立戦争以来の外債の利子の支払いにあてるために、やむをえず借款を重ねてきた報いで、国庫は底をついてしまいました、延滞利子のそのまた利子を支払うために、さらに別口の借款を受け入れなければなりませんでしたし、当然、代償が必要です、閣下、まず最初に、イギリスにたいしてキニーネとタバコの独占権を、ついでオランダにたいしてゴムとカカオの独占権を、ついでドイツにたいして高地の鉄道と河川航行の利権を、そして密約にもとづいてアメリカにすべてを与えてきました。だが、彼がこの密約のことを知ったのは、ホセ・イグナシオ・サエンス＝デ＝ラ＝バラの派手な失脚と評判の死のあとのことだった。あいつめ、さぞかし今ごろは、地獄の底の大鍋でぐつぐつ煮られているにちがいない。彼は、ハンブルクの銀行家たちにたいする負債のモラトリアムを宣言した困難な時期から、すべての大蔵大臣の口を通しておなじ文句を聞かされてきたのだ。われわれには何も残っておりません、閣下。あのとき、ドイツ艦隊は港を封鎖した。イギリスの戦艦はわずか一発だが警告のために艦砲を発射し、大聖堂の塔に穴を開けた。しかし、彼は叫んだのだった、ロンドンの王様なんぞくそくらえだ。降伏するくらいなら、いっそ死んだほうがましだ、と叫んだのだ、ドイツ皇帝なんぞ、くたばっちまえ。あわやというところまで行きながら彼が救われたのは、ドミノ仲間のチャールズ・W・トラックスラー大使の涙ぐましいはたらきのおかげだった。トラックスラー大使の本国政府が、わが国の地下資源開発の半永久的な権利と引き替えに、ヨーロッパの外債を保証してくれたのですよ、あのとき以来、われわれはこのざまなのです、はいているパンツでさえ借り物ではありませんか、閣下。しかし五時になると、彼はいつものように階段のところまで大使を見送り、挨拶がわりに肩をぽんとたたいて言うのだった、こいつだけはだめだよ、バックスター君、海を失うくらいなら死んだほうがましだ。ところで彼は、あのホセ・イグナシオ・サエンス＝デ＝ラ＝バラの生きていた不幸な時代から、水面下のように自由に歩きまわることのできる、墓場そっくりな建物のなかの荒れかたを非常に気にしていた。彼のとんだ眼鏡違いであの男は、人類の首という首を刎ねながら、レティシア・ナサレノとその子供のテロ犯人の首を刎ねそこなった。おかげで籠のなかの小鳥たちは、いくら声を良くする薬をくちばしから注いでも、頑としてうたおうとはしない。あれっきり、隣の学校の女学生たちは休み時間に、緑のレモンの木に止まった、小さな白黒の鳥の歌をうたおうとはしなくなった。牛小屋でお前に会う時間が待ちどおしくて、しょっちゅういらいらしてるんだ、アブラヤシの実のような、お前の小さいおっぱいや、ハマグリみたいな、お前のあそこが拝みたくてな、とつぶやきながら、パンジーの匂うあずま屋の下で、彼はひとりで食事をした。暑い午後二時の照り返しのなかをただよいながら、時折りうとうとしたが、テレビ映画の筋を追うことは忘れなかった。彼の命令で、その映画のなかでは万事が実人生とは裏返しのかたちで進行した。しかし、すべてを心得ているはずの元首も知らないことがひとつあって、あのホセ・イグナシオ・サエンス＝デ＝ラ＝バラのまだ生きていたころからだが、われわれはまず最初に、彼専用のラジオドラマの送信器を据えつけ、さらに続いて、テレビの特別チャンネルを用意したのだ。おかげで彼は、気に入るように筋が変えられた映画だけを観(み)ることができた。そのなかでは悪漢しか死ななかった。愛はつねに死より強かった。人生は一瞬の夢でしかなかった。われわれは、言ってみれば、欺瞞(ぎまん)というかたちで彼に至福のときを与えたのだ。彼が制服の女の子たちの相手をしていた老いの日々も、まさにそれだった。魔がさしたとしか言いようがないが、あの質問さえ口にしなかったら、彼は死ぬまで愉快な気分でいられたにちがいないのだ。学校では何を教わってるんだ、って訊くから、だからあたし、ほんとのことを言ったのよ、なんにも教わってないわ、って、あたしは港を稼ぎ場にしている売春婦なのよ、って。彼女の唇の動きがよく読めないとでもいうように、彼はもう一度くり返させた。だからあたしは、ひとつひとつ区切りながら、くり返して言ったの、あたしは、女学生、じゃないわ、港を、稼ぎ場に、してる、売春婦、なのよ、って。衛生局の連中は消毒液とヘチマで彼女の体を洗ってから、このセーラー服とこのお上品なストッキングを身につけて、毎日五時にこの通りを歩くように、と言ったのだ。あたしだけじゃないわ、あたしとおんなじ年ごろの売春婦はみんな狩り集められて、衛生局で消毒を受けたのよ、みんながおんなじ制服を着せられ、おんなじ男物の靴を履かされ、馬のたてがみみたいな、こんなお下げ髪にさせられたのよ、見てて、櫛(くし)でとめてあるだけだから、ほら、取ったり、また付けたりできるわけ、あたしたちは言われたわ、怖がることは少しもない、気の毒な耄碌じいさんだから、のしかかって来たりすることは、まずない、ただ、指を使ってお医者さんごっこをするだけだ、おっぱいを吸ったり、食べ物をあそこに突っこんだりするだけだ、って、そう言われたのよ、つまり、あたしがここへ来たときに、閣下が全部したことだわ、あたしたちはうっとりと目をつぶって、大好きよ、大好きよ、って、それだけ言えばよかったの、閣下は、それがお好きなんだ、って連中は言ったわよ、お金を払う前に、初めから最後まで、何度もリハーサルをやらされたわよ、でも、あれねえ、さんざん黄色いバナナを前にはめられたり、ニシキイモを後ろに突っこまれたりして、はした金しか手許に残らないんじゃ、割りに合わないわねえ、衛生費や巡査部長の手数料まで差し引かれるんだもの、ひどいわよ、第一あれよ、こんなにたくさんの食べ物を、下の口に使うってことないわ、上の口に入れるものだって、足りないのにさ。何を考えているのか分からない老人の身辺にただよう陰鬱な雰囲気に取りこまれながら、彼女はそう言った。老人はまばたきもせずに打ち明け話を聞きながら、心のうちでつぶやいていた、おふくろよ、ベンディシオン・アルバラドよ、なんでわしが、こんなひどい罰を受けなきゃならないんだ。しかし彼は、内心の嘆きをけどられるような表情は何ひとつ見せないで、あらゆる手を尽くして、隠密裡に調査を行なった。そしてその結果分かったことだが、大統領府と隣り合わせの女学校は、実際には何年も前に閉鎖になっていたのだ。大司教や父母会との話し合いの結果、文部大臣が資金を提供して、海にのぞむ三階建ての新校舎を建設したのだ。おかげで、いわゆる良家の子女たちは、たそがれの誘惑者の待ち伏せから救われたのである。その誘惑者のニシンめいた遺体が今、宴会用のテーブルの上にあお向けに打ちあげられたまま、彼が消えたあとの初めての朝を迎える、月の噴火口の地平線の淡い紫をバックに、徐々に輪郭を明らかにしつつある。雪のようなユリの花に囲まれて、あらゆるものから守られている。彼もついに絶対的な権力から解放されたのだ。あまりに長い年月、たがいがたがいの虜になっていたために、歴代の大統領が生き埋めにされて来たこの墓地のなかでは、いったい誰が誰の犠牲者なのか、見分けがつかなくなっているが。大統領府の建物は、あるとき、墓にふさわしい白で内も外も塗り替えられていた。ただ、そのことに関して、彼は意見を求められた覚えがなかった。それどころか、彼が何者であるかを知らない連中から、頭ごなしにどなられた。ここを通っちゃだめだ、石灰が汚れちまう、と言われて彼は、そこを通るのをやめた。上の階にじっとしてたらどうだ、足場が頭の上に落ちてきても知らねえぞ、と言われて彼は、上にじっとしていることにした。が、それでも大工たちの立てるうるさい音や、左官たちのがなり立てる声に悩まされた。この耄碌じじい、ここに近づくな、しっくいにくそを垂れるつもりじゃないのか、と連中に言われて、彼はそこを離れた。潮風を受け入れる新しい窓が造られはしたけれど、相談抜きの修理が続けられていた数カ月のあいだの彼は、一兵卒よりも従順な態度を強いられた。また、護衛の者たちの厳重な警戒のもとで、かつてなかったほど孤独だった。この連中の使命にしても、彼を保護するよりは、むしろ監視することにあるとしか思えなかった。連中は毒殺を防ぐという口実で、彼の食事の半分をたいらげた。彼の蜂蜜の隠し場所を勝手に変えた。闘鶏ではないけれど、歩いても音がしないような金の拍車のつけ方をした。冗談じゃない、牧童みたいな小細工ばかりしおって、親友のサトゥルノ・サントスが見たら、笑い死にしかねんぞ。彼は、上着とネクタイをちゃんとつけた十一人の召使の言いなりになっていた。この連中は日がな一日、日本式の手品をして遊んでいた。直径五十メートルの円内に武器を携行している者が入ると点滅する、緑と赤のライトのついた機械をいじり回していた。表に出ても、まるで逃亡犯人みたいなものだった。そっくりおなじ車が七台並んで走っていて、途中で前になったり後になったり、しょっちゅう位置を変える、おかげでわしまでが、どの車に自分が乗っているのか分からなくなる始末だ、ばかげた話さ、ほら、俗にいう、牛刀を用いるってやつよ。長年のあいだ引きこもっていた彼は、車の窓のカーテンを分けて通りのようすをうかがった。そして、おしのびとはいえ大統領の一行の陰気なリムジンが通過するのを見ても、誰ひとり顔色を変えないのを知った。大聖堂の塔よりも高くそびえる省庁の建物の岩礁(がんしょう)めいたガラス窓が、日を受けてきらめいているのを見た。港を取り巻く丘を埋めていたが、岬めいた、黒人たちの色とりどりのバラックが塀で隠されているのを見た。兵隊たちのパトロールが、壁になぐり書きされたばかりの落書きを消しているのを見た。何が書かれていたのだ、と訊くと、兵隊たちは答えた、新しい国の建設者に永遠の栄えあれ、と書いてありました。しかし、彼はそれが嘘(うそ)だということを知っていた。もしそうでなかったら、なんで連中が消したりするもんか。彼はまた、花で埋まった分離帯があり、ココヤシの並木が両脇(りょうわき)に茂った六車線の道路が、かつて干潟(ひがた)だった海岸まで伸びているのを見た。昔は公設市場のごみ捨て場だったが、アマゾンふうの庭園があるホテルや、どれもこれもローマふうのポーチをそなえた別荘などが立ちならぶ郊外を見た。投げたテープのような高速道路の迷宮を這(は)いずりまわる、カメの子そっくりな車を見た。真昼の太陽が照りつける歩道の、土用めいた暑さにぐったりしている大勢の人びとがいるのに、反対側の歩道には、影のなかを歩く者から金を取ろうという、勝手な連中しか立っていないのを見た。いずれにせよ、ドライアイスのきいたお棺のような大統領専用車にひそんだ権力の存在を嗅ぎとっても、身震いする者は一人もいなかった。絶望をたたえた目や切なげな唇、誰へともなく挨拶を送る頼りない手。こうしたものを覚えている者は一人もいなかった。新聞や魔除けの売り声、アイスクリームの屋台、三桁の数字の宝くじの看板。この街頭のふだんのにぎわいに無視された、孤独な軍人の内面の悲劇。彼は昔をしのびながら溜息をついた、おふくろよ、ベンディシオン・アルバラドよ、わしの市はどこへ行ったんだろう、決まった男のいない女たちが住んでいた、あの貧相な街は、いったい、どこへ消えたんだ、日暮れになると彼女たちは、素っ裸で表へ出て、青いタラや桜色のタイを買ったり、バルコニーに洗濯物を干しながら、野菜売りの女たちと口汚くやり合ったりしたもんだ、自分の店の前でくそをするインド人たちは、いったい、どこへ行ったんだ、哀れっぽい歌で死神をあやしていた、やつらの顔色の悪い妻君たちはどこへ消えたんだろう、両親の言いつけに背いたばっかりにサソリにされてしまった女は、いったい、どこへ行ったんだ、傭兵たちのバーや、すえた臭いのする垂れ流しの小便や、街角にいつも立っていたペリカンなどは、どこへ行ったんだろう。そこで突然、彼は思いだして、そうだ、港だ、確かここにあったはずだが、いったい、どこへ消えたんだ、密輸業者たちの帆船や、海兵隊が上陸のあとに残した屑鉄の山は、いったい、どこへ行ったんだろう、おふくろよ、あの懐かしいくその臭いは、どこへ消えたんだ。いったい、この世界はどうなっているんだろう。その必要もないのに開通列車の窓ガラスを開けていつまでも振っている、忘れられた、つかの間の恋人のような手を気にする者は一人もいない。かつてはマラリアを運ぶけたたましい鳥が群れていた水田の広がる湿地帯だったが、薬草の茂る畑を縫って、列車は汽笛を鳴らしながら進んだ。信じられないほど広い青あおとした牧場を越え、大統領所有の焼き印の押されている無数の牛をびっくりさせながら走った。今さらどうにもならぬ運命への呪詛であふれている、僧衣めいたビロード張りの客室のなかで、彼はつぶやいた、あの懐かしい四つ足の小さな汽車は、どこへ消えたんだ、畜生、アナコンダや有毒のニガウリがからんでいた太い木の枝、騒々しいオナガザル、極楽鳥、ドラゴンを含めて、あのころのこの国は、いったい、どこへ消えたんだろう、おふくろよ、山高帽子をかぶった、口数の少ないインディオの女たちが立っていた駅、あれはどこへ行ったんだ、彼女たちは窓から窓へと移動しながら、動物をまねたキャンディーを売って歩いた、雪のように白いマッシュポテトを売って歩いたもんだ、おふくろよ、どこにいるのか誰も知らないくせに、大統領に永遠のみ栄えを、なぞと花文字で描いたアーチの下に立って、彼女たちは黄色いバターをたっぷり使ってゆでたニワトリを売っていたもんだ。にもかかわらず彼が、逃亡犯人じゃあるまいし、こんな生活をいつまでも続けるくらいなら、いっそ死んだほうがましだ、と文句を言うと、とんでもない、閣下、これが秩序のなかの平和というものです、という返事が戻ってきた。なるほど、というわけで彼もしぶしぶ納得したけれど、このとき彼の思考を惑わし鈍らせたのは、またしても、あのいまいましいホセ・イグナシオ・サエンス＝デ＝ラ＝バラの個人的な魅力だった。眠れぬ夜の闇のなかで何度もこき下ろしたり毒づいたりしている男なのに、夜明けの光とともに執務室に姿を現わしたとたんに、その魅力の虜になってしまう。人間の目をした例の犬の鎖を握って現われるのだが、こいつは、小便をするときでさえ主人のそばを離れようとしない。おまけに、ケッヘル卿という人間なみの名前を持っている。ともあれ彼は、自分でもいやになるほどの素直さでサエンス＝デ＝ラ＝バラの提案を認めて、何も心配することはない、と言ってしまうのだった、やるべきことをちゃんと果たすことだ。おかげでこれまでの権限をあらためて保証されたホセ・イグナシオ・サエンス＝デ＝ラ＝バラは、大統領府から五百メートルも離れていないところに据えられた、拷問道具のそばに戻っていくことができた。植民地ふうの白い石の建物は昔はオランダ人経営の精神病院で、大統領府ほどの広さを誇っていた。アーモンドの森に隠れるように建っており、一面の野生のスミレにも囲まれていて、その二階が市民の身許の確認や記録を担当する部課にあてられ、その他の部分は、およそ想像を絶する、巧妙かつ野蛮な拷問道具のかずかずを設置するのに使われていた。あまりの残酷さに驚いた大統領は、それらをいちいち調べるどころか、サエンス゠デ゠ラ゠バラにこう言った、これまでどおり、国家の利益になるように、忠実に義務を遂行しろ、ただし、ひとつ条件がある、わしは何も知らん、何も見なかった、あそこへ一度も足を踏み入れたことがない、ということにしてもらいたい。かしこまりました、というわけでサエンス゠デ゠ラ゠バラはそのことを約束し、忠実にそれを守った。おなじように、親たちの自白を強要する目的で、五歳以下の幼児の睾丸に電極をあてるといった拷問はやめるようにという、大統領の命令にもしたがった。彼が恐れたのは、この恥ずべきものの存在によって、あの宝くじ騒ぎのころの眠られぬ夜がくり返されることだった。しかし、寝室からわずかしか離れていない場所にある、この恐怖の殺人工場の存在を忘れることは、やはり無理だった。月の明るい静かな夜など、汽車が走り抜けるような、夜空に雷鳴がとどろくような、ブルックナーの音楽が眠りを破ったのだ。この音楽は、洪水のように部屋に流れこんだだけではない。かつてのオランダ人経営の精神病院のアーモンドの木の太い枝に、死んだ花嫁たちの無残に裂けた衣裳を貼りつかせて、瀕死の人間たちの恐怖と苦痛の叫びが表に聞こえないようにする役目を果たしたのだった。これだけのことをやりながら、閣下、一文も金を受け取ろうとはしないんですよ、というのはつまり、ホセ・イグナシオ＝デ＝ラ＝バラは、国王のように豪勢な下着や、胸にイニシャルのついた正真正銘の絹のシャツや、キッドの靴や、数ケース分もの襟に飾るガーデニアや、ほんもののラベルに家族の紋章を印刷させたフランス製のローションなどを買うために、そっくり給料を使ったが、ガールフレンドひとり持たなかったのだ。ホモだというわさもべつにありません、一人の友人もいないし、第一、自分の家も持っていないのです、閣下、じつにさっぱりしたものです、まるで聖者のような暮らしぶりですよ。サエンス＝デ＝ラ＝バラは拷問の建物のほうに入りびたりで、疲れると、執務室の長椅子にひっくり返ってうたた寝をした。それも夜だったことは、また三時間を超えることは、決してなかった。ドアのところにガードマンを立たせることも、手近に武器を置くこともしないで、もっぱらケッヘル卿のまめまめしい庇護だけに頼った。このケッヘル卿は、食えと言われて与えられるただひとつの餌、つまり首を刎ねられた人間の臓物だけしか口にできないために、いつも飢えていて、煮物の鍋のように咽喉をごろごろ言わせていた。その人間のような目で、何者かが執務室に近づいてくるのを壁越しに察知すると、すぐさま主人を起こした。それが誰であろうと、おなじなんですよ、閣下、とにかくあの男は、鏡でさえ信用しておりませんね。その手先の報告を聞くだけで、誰にも相談せずにさまざまな決定を下した。おかげで国内では何事も起こらなかったし、地球上の各地にいる亡命者たちも息をひそめていた。密告と買収の組織をクモの巣のように張りめぐらしているので、吐息でもつこうものなら即座に、ホセ・イグナシオ・サエンス＝デ＝ラ＝バラの知るところとなったからだ。世界じゅうに網を張っていて、それに大金を使っているのです、閣下。拷問係たちがうわさのように大臣なみの給料をもらっているというのは嘘で、それどころか彼らは、自分の母親でさえ八つ裂きにして、顔色も変えずに、切れっぱしを餌としてブタに与えられることを証明するために、ただではたらいているのだった。推薦状や善行証の代わりに、恐るべき前歴を証明する書類が与えられ、おかげで彼らは、フランス人の主任たちの下ではたらく仕事にありつけるのだった。フランス人たちは根っからの合理主義者でして、閣下、ですから残虐さも徹底しているし、同情なんて少しも感じないのです。秩序のなかの進歩を可能にしているのは彼らだった。陰謀めいたものが人びとの心にきざす前に、早ばやとその芽を摘んでしまうのが彼らだった。パーラーの天井の扇風機の下でぼんやりと冷たいものを飲んでいる者、中国人経営のレストランで新聞を読んでいる者、映画館で居眠りしている者、バスのなかで妊婦に席をゆずっている者、夜の追剝ぎや路地の強盗として半生を送ったあと、電気工や鉛管工の仕事を身につけた者、小女たちのかりそめの恋人に身をやつしている者、大西洋航路の汽船や国際的に有名なクラブを稼ぎ場にしている娼婦、マイアミの旅行社で楽園カリブ観光の旅のプロモーターをしている者、ベルギーの外務大臣の私設秘書を務めている者、モスクワの国際ホテルの五階の暗い廊下で長く客室係をやっている女、その他。誰も知りませんが、世界のすみずみに、こうした連中が大勢配置されているわけです、しかし、どうぞ安心してお休みください、閣下、国をおもう善良な市民たちは申しております、閣下は何もご存知ないのだ、これはすべて、閣下の同意なしに行なわれていることだ、閣下が事実をお知りになったら、サエンス＝デ＝ラ＝バラを港の要塞へ追いやって、反逆者たちの墓地のヒナギクでも摘ませるだろうと、そう申しております。市民たちは新たな蛮行について知るたびに、胸のうちでつぶやいた、閣下のお耳に入れたいなあ、何とかお知らせできたらなあ、お目にかかる方法があれば、いちばんいいんだが。一度その話をする機会をえた者がいたが、大統領はその者に厳しく命令したのだった、いいか忘れるなよ、わしは何も知らんのだ、何も見ていないのだ、この話を誰ともしたことがないのだ、分かったな。そう命令してやっと気が休まる始末だったが、しかし相変わらず、刎ねられた首の入った袋は送り届けられていた。その数があまりにも多いので、なんの得にもならないことが分かっていて、なおかつ、ホセ・イグナシオ・サエンス＝デ＝ラ＝バラがその髪の根本まで血で染まるような所業をいつまでも続けているのが、大統領にはどうにも納得できなかった。世間の人間はばかかもしれん、しかし、それほどでもないぞ。大統領にはまた、こんなことが何年も続いているのに、三軍の司令官たちが下風に立って文句ひとつ言わないことや、俸給の増額をまったく要求しないことなどが、理屈に合わぬことのように思われた。そこで彼は、一人ひとりに探りを入れて、軍の服従の理由を明らかにしようと努めた。なぜ軍は反抗を試みないのか、なぜ一民間人の振るう権力を黙認しているのか、そのわけを知りたいと思ったのだ。軍のはたらきによってもたらされたものを血で汚しつつある、残忍なな成り上がりの首を、そろそろ刎ねるべきときが来たとは思っていないのかと、もっとも野心の強い連中に訊いてみた。ところが連中は答えて言った、とんでもありません、閣下、それほどひどくはないと思います。このときからだ、わしにはもう分からなくなった、いったい誰が、誰なのか、誰の味方で、誰の敵なのか、ろくでもない、この秩序のなかの進歩とやらがわしには、思いだしたくもないが、あの宝くじの哀れな子供たちのように、部屋に閉じこめられた死人みたいな感じがするんだ。しかし、ホセ・イグナシオ・サエンス＝デ＝ラ＝バラは野犬の調教師にふさわしい優しいが自信にみちた態度で、大統領の激しい非難の矛先をかわすのだった。閣下、安心してお休みください、とくり返すのだった、世界は閣下のものですよ。いっさいは単純かつ明瞭なことだと信じこませたあげく、ふたたび大統領を闇のなかに置きざりにするのだった。大統領は暗い無人の建物のなかを端から端までさまよいながら、声を出して自分の胸に訊いた、わしは、いったい何者だろう、まるで鏡の光の向きを逆さにされたような気がする。わしは、いったいどこにいるのだ、もうすぐ午前十一時になるというのに、ニワトリ一羽見かけない、この無人の砂漠のような場所が、以前はどんなようすだったか、そいつを思いだしてみるがいい、と彼は叫んだ。犬たちと餌の取り合いをやっていたレプラ患者や中風病みたちの騒ぎを、思いだしてみるがいい、牛たちの糞のせいで足を取られることが多かった階段のことを、思いだしてみるがいい、あの愛国者たちの歓迎の声もだ、うるさく追いまわすので、わしは歩くこともできなかった、この体にお薬をお願いいたします、閣下、この子に洗礼をお授けくださいまし、下痢が止まるかもしれません、と言うんだ、わしのこの手は、青いバナナよりも、尻の穴を締める力があるという評判だった、ここへ手をあててみてください、動悸が治まるかも分かりません、このとおり、足の下の地面がしょっちゅう揺れるので、生きた心地がしないのです、閣下、海にじっと目を注いで、ハリケーンを呼び戻してください、大空にじっと目を注いで、日蝕に後悔のほぞを嚙ませてやってください、地面にじっと目を注いで、疫病を追い払ってください、というわけだ、わしの身には自然を恐れさせ、宇宙の秩序を正すという、万能の力がそなわっているという評判だった、事実、わしは神の摂理とやらを出し抜いて、ここまで来たんだ、わしは、頼みごとは、なんでもかなえてやった、売りつけられるものは、なんでも買いあげてやった、おふくろのベンディシオン・アルバラドがよく言ったように、気が弱いからじゃない、褒めてくれる相手を袖にするのは、よっぽど心の冷たい人間でなきゃできんことだ、と叫んだ。ところが今では、彼に何かを頼む者はいない。お早うございます、閣下、昨夜はよくお休みになれましたか、と訊いてくれる者もいない。あの夜間の大爆発を聞く楽しみさえなくなった。窓ガラスの砕ける音で目が覚めるわ、鴨居は狂うわ、軍隊はパニック状態に陥るわ、というありさまだったが、しかし少なくとも、自分が生きていることを確かめる役には立った、あんまり静か過ぎて、かえって頭にガンガンひびいて、思わず目を覚ましてしまう、今のこの状態とは大違いだ、わしは、この幽霊屋敷の壁に描かれた人形でしかない。そこに住む彼にとって、あらかじめ実行されていないような命令を出すことは不可能だった。心に秘めた願いも、すべて御用新聞のなかでかなえられていた。昼寝の時間にはハンモックに寝そべって、相変わらずすみからすみまで、広告のページまで読んでいるのだが、大きな活字で新聞に印刷されていない彼の一時の思いつきや、気まぐれな計画はひとつもなかった。うっかり忘れて建設の命令を出さなかったはずの、橋の写真。掃除のしかたを教える学校の落成式。乳をよく出す牛やパンが実る木の紹介。さらに、まだ栄華を誇っていたころだが、べつの場所でテープにはさみを入れている彼自身の写真。しかし、彼はそれでも心が休まらなかった。年老いた象のような大足を引きずって歩きながら、孤独の家のなかでまだ失われていないものを捜した。そして知ったのは、何者かが彼を出し抜いて鳥籠に黒いカバーをかぶせてしまっていること、何者かがすでに窓から海を眺めてしまっていること、何者かが彼より早く牛の数をかぞえてしまっていること、すべてが完璧(かんぺき)に整理されていることなどだった。しかも、明りを持って寝室へ戻りかけたとき、彼は、自分の声が護衛の者たちの詰所で鳴りひびいているのを聞いた。細目に開いている窓からのぞくと、タバコの煙がもうもうと立ちこめた部屋のなかで、テレビの画面の哀れな光線を前にして舟を漕(こ)いでいる将校たちの姿が目に映った。そしてそのテレビの画面に、彼がいた。もっとやせて、しゃきっとしていた。しかし、おふくろよ、あれは確かにわしだ。いずれ死に場所になるはずだが、国章がバックに見える執務室の椅子に腰かけていた。目の前のテーブルの上には、三つも金縁の眼鏡が並んでいた。そしてまるで学者のような口調で、二度と口にする気にはなれない内容のものだったが、暗記した国家財政の現状とやらをとうとうとまくし立てていた。冗談ではない、それは、花に埋まった自分の死体よりももっと面食らう光景だった。生きている自分の姿を眺め、間違いなく自分の声でしゃべる、自分の話を聞いたのだから。おふくろよ、わしの、このわしの話だよ、バルコニーに姿を見せることさえ恥ずかしく、公の場でしゃべることが大の苦手である彼が、そこにいたのだ。あまりにも生き写しなので、彼は茫然と窓辺に立ちつくしながら思った、おふくろよ、ベンディシオン・アルバラドよ、こんな不思議なことがあっていいのかな。ところがホセ・イグナシオ・サエンス＝デ＝ラ＝バラは、政権の座にあった長い年月を通じてごくまれなことだったが、大統領が怒りを爆発させても、顔色ひとつ変えなかった。お怒りになることはありませんよ、閣下、とふだんよりもいっそう穏やかな声で、サエンス＝デ＝ラ＝バラは言った、秩序のなかの進歩を破滅から救うために、決していいとは思いませんでしたが、こういう手を打ったわけです、まさに天啓と言うべき妙案でした、閣下、おかげでわれわれは、閣下の身の上にたいする大衆の不安を一掃することができました、閣下は、毎月の最後の週の水曜日に、国営のラジオとテレビを通じて政務の内容について説明し、民心の安定をはかっておられるのです、わたしがこの花瓶に、ヒマワリの形をした六個の盗聴器を仕掛けまして、閣下が声にお出しになることをすべて記録に取ったわけです、すべての責任はわたしにあります、質問はわたしからいたしました。金曜日ごとの謁見のさいに大統領は、まさかそれが国民向けの月例の放送のなかに組みこまれるとは知らずに、無邪気に答えていたのだった。放送のなかで、彼のものではない映像や、彼が口にしなかったことばが使用されたことは一度もなかった。閣下がご自分の目で、このディスクを、とサエンス＝デ＝ラ＝バラはテーブルの上にそれを置きながら言った、それから、このフィルムをお確かめください、また、ここに手書きの辞表があります、閣下の前でサインをいたしますから、わたしをお気のすむようにご処分ください。大統領は茫然と相手を眺めるだけだった。サエンス＝デ＝ラ＝バラが犬を連れていないのは、元気がなく青白い顔をしているのは、それが初めてであることに突然気づいたからだ。大統領は溜息をつきながら答えた、まあいい、ナチョ、そのまま仕事を続けろ。いかにもうんざりしたという口調で、そう言った。スプリングの椅子にもたれ、元勲たちの肖像の油断のならない目を見詰めながら、彼は、いっきに年を取ったような、暗い、悲しい気分に陥ったが、しかし表情は変えなかった。彼が肚のなかで考えていたことをサエンス＝デ＝ラ＝バラが知るのは、それから二週間後のことである。あらかじめ謁見の許可を求めることもせず、鎖につながれた犬を引きずるようにして、ふたたび大統領の執務室に現われ、軍部の反乱の計画について緊急の報告をしたときである。これが止められるのは、もはや閣下だけでありますと言うのを聞いて大統領は、多年にわたって魅惑の黒曜石の壁に捜し求めていた、かすかな亀裂をついに発見したと思った。おふくろよ、復讐の守り神ベンディシオン・アルバラドよ、と彼は口のなかでつぶやいた、気の毒にこの男、くそをチビるほどおびえているようだ。しかし、肚の底を見抜かれるようなそぶりはちらとも見せなかった。それどころか、母親のように優しい口調でサエンス＝デ＝ラ＝バラに言った、そう心配することはない、誰にもじゃまされずに二人で考える時間は、たっぷりある、嘘よりももっと曖昧な感じがするが、この矛盾する真実のなかの、いったいどこに、真実が隠されているか、これから二人で突き止めることにしよう。サエンス＝デ＝ラ＝バラは懐中時計を見て、そろそろ午後七時になることを確かめた。三軍の司令官たちは各自の家で、何も知らない妻子と夕食をとっているが、それも間もなく終わるだろう。連中は平服で、護衛も連れずに裏口から出てくるはずです、われわれの手先の目をごまかすために電話で呼んだ公用車が、そこで待っています、仮にわれわれの手先がそこにいても、恐らく気がつかないでしょう、連中は、閣下、運転手になりすましているのですから。しかし、大統領はなるほどとうなずくだけだった。そして上機嫌な笑顔で、まあそう心配するな、それよりも説明してくれ、わしら二人が今までよく生き延びられたもんだ、刎ねた首に関する報告書によれば、わしらの敵の数は兵隊たちの数を上回ることになるようだが。しかし、サエンス＝デ＝ラ＝バラは懐中時計のかすかな鼓動によってかろうじて体を支えているような状態だった。もう三時間もありません、閣下。こうしているあいだにも陸軍司令官はコンデ兵営に、海軍司令官は港の要塞に、空軍司令官はサン・ヘロニモ基地に、向かっているはずである。今ならまだ彼らを逮捕することができるだろう。野菜を積んだ公安局のトラックが、至近距離で彼らのあとを追っているからだ。しかし、大統領は眉ひとつ動かさなかった。サエンス＝デ＝ラ＝バラの不安がつのるにつれて、彼自身の権力欲よりもはるかに重く、つらい、隷従の苦しみから救われるような気がしたのだ。まあ落ち着け、と彼は言った、それよりもわしに説明してくれ、なぜ、汽船ほども広さのある屋敷を買わなかった、金がほしいわけでもないのに、なぜ、ラバのようにはたらく、どんなに身持ちの堅い女でも心を許して寝室にしのんできただろうに、なぜ、新兵みたいな暮らしをしている、坊主よりもよっぽど坊主らしく見えるぞ。しかし、サエンス＝デ＝ラ＝バラは全身に冷たい汗を搔きながら息苦しさに喘いでいた。死体焼却炉のような執務室のなかで、ふだんの非の打ちどころのない威厳をたもちかねていた。時刻はすでに十一時になっていた。もう手遅れです、とサエンス＝デ＝ラ＝バラは言った。

この時間には、暗号による電文が、電線を伝って全国各地の警備隊に流れているはずだった。反乱軍の司令官たちは、新しい軍事評議会の公式発表のさいのカメラにそなえて、礼装の胸に勲章を吊っているはずだった。そしてこの間に彼らの副官は、戦闘らしきものが考えられるとすれば、それは放送局を含む公共機関を制圧するだけという、いわば敵のいない戦いの最後の命令を伝達しているはずだった。しかし大統領は、涙のようにも見えるよだれの長い糸を口から垂らしながら、不吉な予感におびえて立ちあがったケッヘル卿を見ても、まばたきひとつしなかった。びくびくすることはない、それよりもわしに説明してくれ、なぜ、死をそんなに恐れるんだ。ホセ・イグナシオ・サエンス＝デ＝ラ＝バラは汗のために型の崩れたセルロイドのカラーをむしり取った。バリトン歌手のようなその顔は醜くゆがんでいた。当然ですよ、とサエンス＝デ＝ラ＝バラは答えた、死への恐怖は、いわば幸福の埋火(うずみび)なのです。だからこそ閣下はお感じにならないのです。いつもの習慣で大聖堂の鐘の音をかぞえながら、サエンス＝デ＝ラ＝バラは立ちあがった。そして言った、十二時になりました、閣下、もうここには誰もいません、わたしが最後です。しかし椅子に座った大統領は身じろぎもしなかった。やがて、アルマス広場で大地を揺るがす戦車のキャタピラの音がした。それを聞いて初めて彼は笑顔を浮かべて、そいつは思い違いだ、わしにはまだ民衆が残っている、と言った。例によって哀れな民衆は、夜明け前に、何をするか予測のつかない老人に煽動されて街頭に飛びだしていた。老人は国営のラジオとテレビを通じて、あらゆる差別を超えて歴史的な使命感に燃える全国の愛国者たちに訴えたのだった。政府の掲げる不易の理想に共鳴する三軍の司令官たちは、彼の個人的な指導のもとに、また例のとおり主権者たる国民の意志を体して、この記念すべき日の深更、残虐この上ない一人の民間人による恐怖政治に終止符を打ったことを告げたのだった。大衆の盲目的な正義によって裁かれたホセ・イグナシオ・サエンス＝デ＝ラ＝バラ。あのとおり、やつは殴り殺されて、アルマス広場の街頭に逆吊りにされています、睾丸を口のなかに押しこまれて、万事、閣下のお命じになったとおりに運ばれました、やつが逃げこむのを防ぐために、大使館のある通りを封鎖するように言われましたね、民衆は石を投げてやつを追いつめたのです、もっともその前に、群衆がやつの住居兼用の事務所を襲ったとき、四人の市民のはらわたを食いちらし、七人の兵隊に重傷を負わせた、例の獰猛な犬を射殺しなければなりませんでしたが、群衆は窓から、まだ製造元のラベルのついた二百着以上のチョッキを、外へ放りだしました、まだ履いていないイタリア製のブーツを、三千足も放りだしました、三千足ですよ、閣下、やつはこんなものに公金を使っていたのです、襟につけるガーデニアの無数の箱や、やつの筆跡で書き込みのされている、総譜付きのブルックナーのレコードも全部、おなじ憂きめに遭いました、群衆はさらに、地下室から囚人たちを連れだしたあと、昔はオランダ人が経営していた精神病院の拷問室に火をつけました、大統領バンザイ、バンザイと叫びながら、男のなかの男であるお方がやっと真実に気づいてくださった、というわけですよ、みんなはうわさしています、閣下自身は何もご存知なかった、閣下は真相から遠ざけられ、ただ、その善意を悪用されていたのだ、とうわさしています、群衆はまだ、公安局の拷問係たちをネズミのように追いまわしております、閣下のご命令にしたがって、連中を軍の保護下からはずしておきました、おかげで民衆も積年の怨みを晴らし、多年の恐怖から逃れることができるというものです。なるほどそうか、と大統領はうなずいた。楽しげな鐘の音や、解放を祝う音楽や、感謝の声などに感激しながらである。アルマス広場に集まった群衆は、恐怖の闇黒からわれわれを救った寛仁なお方に、神のご加護を、と描いた大きなプラカードを掲げていた。栄光を誇っていた時代のこの一時的な再現に気をよくした大統領は、漕刑囚なみの権力の鎖を断つ手助けをしてくれた、士官候補生を中庭に集めた。そしてその場の思いつきで指名しながら、疲弊し尽くした政権下の最後の最高司令部をでっち上げた。更迭の対象となったレティシア・ナサレノとその子供の殺害犯人たちは、パジャマ姿でいるところを逮捕された。大使館に逃げこもうと画策していたらしいのだが、それはともかく、大統領自身は彼らの顔の見分けもつかなかった。名前も忘れてしまっていた。死ぬまで絶やすまいと努めてきた憎悪のほむらを心のうちに探ったが、もはや掻き立てるまでもない、傷ついた自尊心の灰しか見出せなかった。どこへでも消えろ、と彼は命令した。彼らは、哀れな男たちは最初の船で放逐され、二度と彼らのことを思いだす者はいなかった。新政府の最初の閣議にのぞんだ大統領は、新しい時代の新しい世代からえらび抜かれた連中もまた、薄汚れたフロックコートを着た、意気地のない、代わり映えのしない大臣であることをしみじみと感じた。ただ、この連中は権力よりも名誉に飢えていた。惨めな裸同然のこの国の売れそうなものを全部売ってもまだ足りない外債に関するかぎり、前任者のすべてよりさらに無能であり、さらに小心かつ卑屈だった。しかし閣下、もう手の施しようがありません、というのはつまり、高地を走っていた最後の列車もランの茂る絶壁から転落してしまっていたのだ。ヒョウたちがビロード張りの椅子で眠り、外輪船の残骸は水田あとの湿地帯に打ち捨てられ、手紙は郵便袋のなかで腐り、海牛のつがいは愚かにも、大統領のキャビンの鏡に映った陰気なアイリスの茂みで人魚を産むことを夢みていたのだ。彼ひとりがそれを知らなかった。秩序のなかの進歩を信じきっていたのだ。当時の彼の実生活との接触は、御用新聞で読むニュースに限られていたからである。新聞は、もっぱら閣下のために発行されているのです、閣下のお気に召すようなニュースや、閣下が見たいと思っておられる写真や、午睡のために目の前に差しだされたものとは異なる世界を閣下に夢みさせる広告などを掲載した、たった一種の新聞は、閣下のためにだけ発行されているのです。信じられんことだが、わしはその世界を、この目で確かめることができたんだ。日がガラスに照り映えた省庁の建物の背後には、港を取り巻いて、黒人たちの色とりどりのバラックがそっくりそのまま残っていた。おなじようなポーチが並んだ別荘のかげに、相変わらずだが絶えず襲ってくるハリケーンのひとつで、めちゃめちゃに破壊されたスラム街が広がっているのがわしの目に入らないように、波打ち際(ぎわ)までヤシの並木路が延びていたぞ。懐かしい母ベンディシオン・アルバラドがコウライウグイスの色付けに使ったものだが、腐りかけの水で、世界が美しくいろどられているのを、大統領専用車の窓から見てもらうために、線路の両脇に香りのよい草花が植えられていた。けれどもそれは、まだ栄華の名残りが感じられた時代のロドリゴ・デ＝アギラル将軍がやったように、彼をあざむきながら歓心を買うためではなかった。また、愛情よりはむしろ同情からレティシア・ナサレノがしたように、らちもない癇(かん)癪(しゃく)を起こさせないためでもなかった。それはむしろ、緑のレモンの木に止まった、小さな赤い鳥、という学校の唱歌も、すでに晩年には現実のものとは聞こえなくなっていたのだけれど、中庭のパンヤの木蔭のハンモックに老い疲れた身を横たえた彼を、それ自身の権力の虜の状態にいつまでもとどめておくためだった。しかし、このいかさまも彼には通じなかった。それどころか彼は政令を出して、国家の繁栄にとって不可欠なキニーネその他の薬品の独占権を回復することで、現実との和解をはかろうとした。しかしその現実は、確かに世界は変化しつつあるが、生はいまだに権力の背後で営まれていると教えることによって、ふたたび彼を驚かした。キニーネなんてもうありません、閣下、カカオもありません、藍もありません、閣下。事実、まったく何もなかったのだ。例外は彼の個人的な財産だけだったが、この莫大な財産も不毛な無為無策によって脅かされていた。しかし彼は、この不吉な報告を聞いても眉ひとつ動かさず、年老いたロックスベリー大使のもとに挑戦状を送って、ドミノの勝負のテーブルで、なんらかの解決策を見出すことにしよう、と申し入れた。ところが、大使はそれにたいして、いかにも大使らしい答えかたをした、とんでもありません、閣下、この国はもう一文の値打ちもないのです、海はべつですが。確かに、この海は透明であり豊饒であった。海面下の噴火口に火さえつけてやれば、世界じゅうの貝をぶち込んだ豪勢なスープを作ることができただろう。ですから閣下、このさいお考えください、支払いのとどこおっている外債の利子と引き替えに、海を申し受けたいのです、この利子は、閣下ほどの勤勉な指導者が百代続いたとしても、とても払いきれるものではありません。しかし大統領は、少なくとも最初は、その返事をまじめに受け止めはしなかった。大使を階段のところまで送っていきながら、頭のなかで考えていたのだ、おふくろよ、ベンディシオン・アルバラドよ、アメリカ人ってやつは、ほんとに野蛮な連中だよ、海を取って食うことしか考えない、どういうこった。それでも、いつものように軽く肩をたたいて大使を送りだしたあと、彼はふたたび一人きりになって、権力の荒野を幻のようにさまよう霧の縁を手探りしながら歩いた。群衆はすでにアルマス広場を去っていたからだ。どれもこれもにたようなプラカードは姿を消していた。賃貸しの立て看板は、軍隊が群衆の歓呼のあいまを縫って支給した食べ物や飲み物の功力(くりき)がなくなったら早速始まるにちがいない、そっくりおなじお祭り騒ぎにそなえて蔵に入れられていた。大統領府の広間は無人の陰気な状態に戻っていた。門はいつも開いている、昔のように、誰でもなかへ入ってよろしい、あのころは、ここも死人の家のようじゃなかった、みんなが気楽に出入りできたもんだ、という彼の命令にもかかわらず、そこに残ったのはレプラ患者や、盲人や、中風病みだけだった。この連中は、デメトリオス・アルドゥスがイェルサレムの城門で肌を焼いているのを見たとおりに、もう何年も大統領府の建物の前に居着いていた。肉体は崩れていても不屈の精神の持ち主である彼らは、遅かれ早かれ、ふたたび建物のなかに入って、大統領の手によって体を癒してもらえる日の来ることを確信していたのだ。あらゆる逆境の波や、無残この上ない受難や、恐るべき忘却の危機などを乗り越えて、彼が生き永らえることは間違いなかったからである。彼は不滅の存在でなければならず、事実そうであったからである。彼は乳しぼりから戻る途中、中庭のにわか造りの煉瓦のかまどで空缶に入った残飯を温めている連中を見かけた。バラの馥郁たる香りがただよう影のなかで、傷口から流れる膿で汚れたござの上に腕組みして横たわっている連中を見かけた。彼は連中のために共同の炉を築いてやった。新しいござを都合してやった。中庭の奥に、ヤシの葉でふいた小屋を連中のために建てろ、と命令した。大統領府の建物にまで入る必要がなくなるようにという配慮からだったが、しかしそれから四日めには、レプラ患者のカップルが、謁見の間のアラビア絨緞の上で眠っているのを見なければならなかった。盲人が執務室のあたりまで迷いこんでいるのを、あるいは中風病みが階段でつまずいて骨を折っているのを見なければならなかった。彼は、すべての門を閉めるように命令した。連中が傷口から流れる膿の痕を壁に残さないように、また、衛生部の係のものが消毒に使う、石炭酸のいやな臭いが建物内の空気を汚さぬように、という狙いからだった。ところが連中は、ここから追われれば、あちらに現われるというぐあいで、じつにしつこくて、根絶やしにすることはとうてい無理だと思われた。老いぼれた年寄りに何かを期待する者は一人もいなくなっていたが、それでも昔どおりに、連中は途方もない希望にしがみついていた。ところでその年寄りだが、彼は相変わらず、紙に書きつけた思い出を壁の割れ目に隠したり、霧に包まれた記憶の湿地帯を渡る風のなかを、夢遊病者のように手探りしながらさまよっていた。眠れぬままにハンモックの上に何時間も横たわって、つぶやいていた、はて、あの新任のフィッシャー大使の攻撃を、どうかわしたものだろう。大使は、黄熱病が流行している事実を暴露する、と言ったのだ。それによって、相互援助条約の取り決めにもとづいて、死に瀕したこの国に新生のいぶきがよみがえるまで、必要とあれば何年でも駐留できる、海兵隊上陸を正当化しようとしたのだ。大統領は即座に答えた、それだけは断わる。政権に就いたばかりのころに戻ったような、まるでそんな気分だった。当時は彼も、たとえば民衆の蜂起のような重大な脅威にたいして戒厳令を布くという、特別の権限を手中に収めるために、おなじ策略を用いたものだ。政令を発して悪疫による非常事態を宣言した。灯台のポールに黄色い旗を掲げさせ、港を閉鎖した。人前で死者たちのために涙を流し、彼らをしのぶ音楽を奏することを禁止した。政令が守られているか否かを監視し、その判断にしたがって自由に病人を処分する権限を軍隊に与えた。おかげで衛生兵の腕章をつけた兵隊たちは、さまざまな身分の人間を衆人環視のなかで処刑することができた。政府のやり口に反対していると思われる者の家の戸口に、赤い丸を描いてまわった。単純な法律違反者や、男っぽいレスビアンや、ホモなどの額に牛の焼き印を押した。一方、ミッチェル大使が緊急に本国政府に派遣を要請した医師団が、大統領府の住人たちを感染から守ることに専念した。七カ月の月足らずの赤子たちの便を床の上から拾い集めてきて、顕微鏡で観察した。水の瓶に防腐剤を投入した。科学研究所の実験動物たちに餌として蛆虫を与えた。その話を通訳を通して聞いた大統領は、腹をかかえて笑いながら医師たちに言った、いい加減にやめたらどうだ、ばかばかしい、この国に病菌がいるとしたら、それはお前さんたちだよ。しかし、彼らは頑としてやめなかった。疫病が流行していることにしろという命令を上司から受けていたのだ。彼らは予防の効果があるという、ねっとりした緑色の蜂蜜を調製して、推薦状の種類によって分けへだてすることなく、下じもの者から身分の高い者までいちように、全身にそれを塗りたくった。大統領は、この連中を入口に立たせ、自分は、声はともかく息の届かぬ奥の椅子に腰かけた。そして、閣下、と片手で挨拶しながら、もう一方の手で蜂蜜べた塗りの一物を隠そうとする素っ裸の名門の男たちと、どなるような大声で話をした。それもこれもみんな、まやかしの疫病の細部まで、夜もろくすっぽ眠らずに考えた人間を感染から守るためだった。彼が途方もないでたらめを思いつき、黙示録的な予言を世間に流布させたのは、わけが分からなければ分からぬほど民衆は恐れるだろう、という彼流の判断による。ところが、それからほとんど間をおかずに、恐怖に青ざめた副官の一人が駆けこんできて、直立不動の姿勢を取りながら言った、ご報告いたします、閣下、疫病のおかげで、一般民衆のあいだに驚くべき数の死者が生じつつあります。そこで大統領専用車を走らせながら、くもったガラス越しに外をのぞくと、彼自身の命令で停止させられた時間が、人けのない通りをうろついているのが見えた。空気が黄色い旗の上でぼんやりしているのが見えた。赤い丸を免れた家々の戸まで閉めきられているのが見えた。バルコニーに止まっているハゲタカが見えた。死者たちが、死者たちの山が見えた。死者たちは至るところに、ぬかるみのなかに、数えきれないくらい転がっていた。日のあたったテラスに折り重なっていた。市場の野菜のなかに横たわっていた。たいへんな死人ですよ、閣下、いったい、どれくらいの数になるのか見当がつきません。事実、彼が望んでいた数をはるかに超える死者だった。死んだ犬のようにごみ箱に投げ入れられている、多くの政敵もいた。死臭や馴染み深い街の臭気にまじって、凄まじい悪疫の臭いを嗅ぎとったが、しかし彼は顔色も変えなかった。ふたたび絶対的な権力を掌握したと感じるまでは、いかなる嘆願にも耳を貸そうとしなかった。神も、人間も、この死者の続出を食い止めることができないと思われたときに初めて、われわれは、標旗を取りはずした馬車が街々に出没するのを見た。一見したところ、馬車は権力者の威厳が吐く冷たい息で包まれてはいなかったが、しかし陰気なビロード張りの内部にひそんだ死者のような目や、わななく唇や、扉の窓から塩を振りまく花嫁のような手を、われわれははっきりと見た。おびえているガーデニアの花やヒョウの群れを分けて、山また山の険しい土地の霧に包まれた断崖絶壁の上まで爪で這い登っていく、国旗の色で塗りわけられた列車を見た。わびしい客車のカーテン越しに外をのぞいている濁った目や、悲しげな表情や、幼時を送った陰鬱な高地に塩をばらまいていく、憂わしげな花嫁のような手などを見た。木製の外輪や奇妙な自動ピアノのマズルカ*のテープをそなえた汽船が、暗礁や、砂洲や、春先の竜巻の通過による大災害のあと密林に残されたがらくたなどに行く手をはばまれながら、それでも進むのを見た。大統領の船室の窓に、たそがれゆく目を見た。血の気のない唇や、暑さでぐったりした村々に塩を振りまく素姓の怪しい手を見た。その塩を口にしたり、彼の立っていた地面を舌で舐めたりした者は、立ちどころに健康を回復し、その後も長く、不吉な予兆や突風めいた幻影にたいする免疫性を保つことができた。そういうことだったので、彼自身の秋の季節もようやく終わるころになって、黄熱病という、おなじ政治的意図を秘めたいかさまを根拠に、新たな海兵隊上陸の話を持ちかけられても、彼が驚くはずはなかったのだ。彼は無能な大臣たちの主張にじっと耳を傾けた。どうか海兵隊を呼び戻してください、閣下、消毒器を持った彼らを呼び戻して、その代わりに、望みのものを彼らに与えてください、白ペンキの病院や、緑の牧場や、回転式のスプリンクラーといっしょに、閏年(うるうどし)を長い健康な月日に変えた実績をもつ彼らを、ここへ呼び戻してください、と大臣たちは要請したが、彼はテーブルをどすんとたたいて、自分が全責任を負っているあいだは、それはだめだ、と決断を下した。ところが粗野なマックィーン大使は彼に反論して言った、もはや議論しているような事態ではありませんよ。政府をかろうじて支えているのは、希望でもあきらめでもなく、恐怖ですらなかった。それは、昔ながらの手の施しようのない幻滅から生じた、単なる怠惰だった。表へ出てごらんなさい、そして真実の顔を見てください、閣下、われわれはすでに、ぎりぎりの、最終的な段階に立っています、海兵隊を呼ぶか、それとも海を頂いていくか、これいがいに道はありませんよ、閣下。おふくろよ、ほんとに、ほかに道はなさそうだ、というわけで、四月という月をえらんでカリブ海は運び去られた。エウイング大使の呼んだ造船技師たちが番号を打った部品に分解して運搬し、ハリケーン襲撃地帯からはるかに隔たったアリゾナの血の曙光のなかに撒布したのだ。海中にあるものを含めてすべて、連中は運んでいってしまいました、閣下、われわれの都市の影や、われわれの小心な溺死者たちや、われわれの気の触れたドラゴンごとです。もちろん、彼はあらゆる老獪な手段を弄して、略奪にたいする全国的な抗議運動をまき起こそうと努めた。しかし、誰ひとり関心を示す者はいませんでした、閣下。いくら説得しても、あるいは強制しても、街頭に出ようとする人間はいなかった。つまりわれわれは、それまでにも何度かおなじことがあって、このたびの呼びかけも、権力にしがみついていたいという抑えがたい情熱を限度を超えてまでみたそうとする、彼の新しい作戦だと考えたのだ。われわれは心のなかで思った、いっそ何か起こってくれればいい、海なんかくそ食らえだ、ドラゴンごと国全体を持っていけ。軍人たちのさまざまな誘惑の手をしりぞけながら、そんなふうに思っていたのだ。彼らは民間人を装ってわれわれの家に現われた。略奪が行なわれるのを防ぐために街頭に出て、アメ公帰れ、とシュプレヒコールするように、祖国に代わって要求した。商店や外国人の別荘を略奪し焼き打ちにするようにそそのかした。民衆と連帯した軍隊の保護のもとに、侵略にたいして抗議すべく街頭に出るように、現ナマさえ握らせようとした。しかし、街頭に飛びだす者は一人もいませんでした、閣下。つまり、いつかも軍人の名誉にかけておなじことを言いながら、秘かに潜入した煽動分子が軍隊に発砲したのをきっかけに、民衆を虐殺した事実を忘れている者は一人もいなかったのだ。したがって、閣下、今回は民衆を当てにはできません。そこでわしは、一人でこの重荷を背負わなきゃならなかった、一人で書類にサインしなきゃならなかった、一人で何もかも考えなきゃならなかった、おふくろよ、ベンディシオン・アルバラドよ、海兵隊の上陸を許すくらいなら、海を失ったほうがましだってことは、おふくろがいちばんよく知ってるはずだ、思いだしてくれ、わしにサインさせようとしている命令書の内容を考えたのは、やつらなんだ、やつらは芸人たちをホモに変えおった、やつらは聖書と梅毒を持ちこんだ、生きるってことがたやすいことだと、なんでもお金で手に入ると、黒人たちは伝染性の病気を持っていると、民衆に信じこませたのも、じつは、やつらなんだ、おふくろよ、やつらはわしの兵隊を説得して、国家は一種のビジネスで、名誉なんてものも、軍隊をただで戦わせるために政府がでっち上げた、うさん臭いしろものだと信じこませようとした、やつらが勝手に、あるいは全人類の利益と国家間の平和に貢献すると考えるかたちで、わが国の領海を利用する権利を、わしがやつらに譲渡したのは、これ以上災難がくり返されるのを避けるためだった。ただし、この譲渡契約に含まれるのは、彼の寝室から水平線まで見渡すことのできる、物理的な海水だけではなかった。もっとも広い意味で海と解釈されるもののすべて、すなわち問題の海域の動植物や、風向きや、変化の激しい気圧などのいっさいだった。しかし、さすがのわしも、やつらがとてつもなくでかい浚渫船を使って、わしの好きな、市松模様の海の番号つきの閘門を掻っさらっていくような、あんなまねが実際にできるとは、思いもしなかった。その海の引き裂かれた噴火口だが、われわれはそこに、蟻の大群によって破壊された古都*サンタ・マリア・デル・ダリエンの海底に沈んだ遺跡が、瞬間的にきらめくのを見た。われわれはまた、大海原の大提督の旗艦を見た。おふくろよ、わしの部屋の窓から見たとおりだった。そっくりそのまま、エボシ貝で蔽われて横たわっていた。いや、エボシ貝だけは浚渫船の鋭い歯で根こそぎにされていた。彼は、この沈没船のもつ歴史的意義にふさわしい、盛大な式典を執り行なうよう命令したいと思ったが、その余裕さえなかった。彼の戦いの動機であり、彼の権力の根源であったものが洗いざらい運び去られて、あとに残ったのは、月面の粗い塵で蔽われた無人の平原でしかなかった。車窓の外を通り過ぎていく平原を眺めながら、彼は胸を締めつけられるような思いで叫んだ、おふくろよ、ベンディシオン・アルバラドよ、賢いおふくろの光で、わしの目の前を照らしてくれ。じつは晩年もそのころになると、夜寝ていても、祖国のために命をなげうった者たちが墓のなかで起きあがって、海について釈明せよと迫るために、恐ろしさのあまり目を覚ますことがよくあったのだ。彼は、壁を掻きむしる手をまざまざと感じた。埋葬されていない死者の声を聞いた。闇のなかの建物という、最後の救いとして残された沼地、霧の流れる湿地帯の瀕死のトカゲの大きな足跡を鍵穴からうかがっている、死者の視線を感じた。割に合わぬ海の取引きから多少でも注意をそらそうというので、エバーハート大使がわざわざ贈ってきたしろものだが、その風洞の時季はずれの貿易風といかさまな北西風とが交錯するなかを、彼は絶えず歩きまわった。岩礁のてっぺんに、彼の庇護を受けている独裁者たちの憩いの家のわびしい灯を見た。ろくでなしめ、連中が牛のように座りこんで居眠りしているあいだも、わしはこうして、一人で悩んでいるんだ。彼は、郊外の屋敷で聞いた、生みの母ベンディシオン・アルバラドのいまわの際のいびきや、花ハッカに見守られた明るい部屋のなかで見た、小鳥売りの女の安らかな眠りなどを思いだした。悪いっそ替わってもらいたいよ、と彼はつぶやいた。よく眠る母は、幸せなことに、死疫におびえることもなかった。愛というもののために気弱になることもなかった。死に怖じけることもなかった。それに引き替えて、彼はすっかり気が動転しているせいか、間をおいて窓から射しこむ、海を失った灯台の光までが、死人たちで汚されているように思うのだった。回転する悪夢の輪のなかで、死人たちの発光する骨粉を恐ろしい勢いで噴射する星の奇怪なホタルにおびえて、彼はその場から逃げだした。あれを消せ、という彼の叫びに応じて、灯台の灯は消された。彼は、建物の内と外から槇皮(まいはだ)を詰めるように命令した。ぞっとしない死の夜風がほかの臭いにまぎれて、ほんの少しでも、ドアや窓のすき間から入りこまないようにという意図からだった。彼は真っ暗闇のなかに取り残され、手探りしながら歩きまわった。空気の薄くなった暑さのなかで息苦しさを感じた。暗い鏡をくぐり抜けていくような気分を味わった。こうして不安におびえながら歩きまわっていると、海底の噴火口のあたりでひびく騒々しい蹄(ひづめ)の音が聞こえた。それは、薄れかけた雪もろとも昇ってくる、恐ろしい月だった。あいつをどけろ、と彼はわめいた、あの星を消してしまえ、くそっ、これは神のお言いつけだぞ。しかし、この声を聞いて駆けつける者はいなかった。誰の耳にも届かなかったのだ。ただ、昔の執務室の中風病みや、階段の盲人たちはびっくりして目を覚ました。夜露に濡(ぬ)れたレプラ患者たちは、花の咲きはじめたバラの株のあいだから立ちあがって彼の前をふさぎ、健康を取り戻してくれる塩をねだった。世界じゅうの不信心な人間よ、呪(のろ)われた異端者たちよ、そのとき奇跡のようなことが起こったのだ、大統領は歩きながら、おれたちの頭に、一人ひとりの頭にさわった、めいめいの悪いところに、すべすべした霊験あらたかな手をあてた、あれこそ、まことの手というもんだ、大統領にさわってもらった瞬間に、おれたちは健やかさと安らぎを取り戻したんだ。われわれは、バラの花の放つ光をまぶしがっている盲人たちを見た。足の萎えていた者たちが階段を駆けおりるのを見た。おれは、生まれたばかりの赤子のような、自分の皮膚を見たんだ、この奇跡をみんなに知ってもらいたいと思う、おれは世界じゅうの市を回って、こいつをみんなに見せるつもりだ、傷口のかさぶたはもう、早咲きのアヤメのようないい匂いがしてるだろう、おれはこいつを地球のあっちこっちに振りまいて、不信心な連中をあっと言わせ、ふしだらな連中の戒めにするつもりだ。彼らは市中の街頭や路地で、ダンスパーティーや行列で、声を張りあげて、奇跡のめざましさを民衆にも伝えようとやっきになった。しかし、連中の話を真実だと思う者はいなかった。およそ信じられないことだが、大統領がレプラ患者に皮膚を、盲人に光を、中風病みに力を取り戻してやったという、いかさまな布告を携えて町や村へ派遣された大勢の側近だと、われわれは考えたのだ。いるのかいないのか分からない大統領の存在にふたたび注意を引きつけようとして政府が打った最後の手だと、われわれは考えたのだ。すでに彼の護衛の数は、閣議の一致した意見を無視して、新兵の一隊にまで縮小されていた。とんでもないことです、閣下、もっと厳重な警護が必要です。少なくともライフルを装備した一部隊ていどのものは、と閣僚たちは主張した。ところが彼も頑固で、こう考えたのだ、わしを殺さねばならん者や、殺したいと思う者は一人もおらん、いるとすれば、わしの無能な大臣や怠慢な司令官だけだろう、ただし、やつらにわしを殺す勇気はない、これからだって、恐らくそうだろう、理由は、あとでおたがいに殺し合いをやらなければならんということを、ようく心得ているからだ。そういうわけで、火の消えたような大統領府の建物には、新兵からなる護衛だけが残された。そしてこの建物自体は、正面の玄関から謁見の間まで、牛たちが勝手にうろつき回る場所になってしまった。牛たちは壁掛けの花の群がり咲く牧場を食い荒らしてしまった。ファイルをたいらげてしまった。しかし、彼はその報告に耳を貸そうとはしなかった。彼自身がその目で、激しいスコールのためにとても外にはいられない状態だったが十月のある日の午後、一頭の牛が初めて建物のなかに上がりこむのを見ていたのだ。シッ、シッと手を振ってそいつを追いだそうとしながら、彼はふと、ウシはウとシの二つの文字で書くのだということを思いだしていた。さらに彼は、ランプの笠(かさ)を食べている一頭を見かけたが、しかしそのころには、わざわざ体を動かして牛を階段まで追ってもしかたがないと思いはじめていた。メンドリの群れに荒らされた宴会の間で二頭に出くわしたこともあって、見ればメンドリたちは、牛の背中にまで上がってダニをついばんでいた。というようなぐあいで、たとえば、最近は夜になると、船の信号のような明りが見えたり、厚い壁の背後で大きな獣の蹄が立てる、凄まじい音が聞こえたりするようになっていたが、その理由はほかでもない、彼が船舶用のカンテラをさげてうろうろしながら、牛たちと寝床の奪い合いを演じていたからだった。しかし一方、外部では、彼自身を欠いた彼の公的な生活が続いていた。われわれは毎日のように、御用新聞の紙面で、でっち上げの写真にお目にかかった。民間人や軍人との謁見の模様を撮ったそれらの写真のなかでは、彼は謁見の性質に応じて異なった礼装をさせられていた。われわれはまたラジオの放送を通じて、祖国独立の記念すべき日に昔から毎年くり返されてきた演説を聞いた。家を出、教会に入り、食事をし、ベッドで眠るというわれわれの生活のなかに、つねに彼がいた。ところが、そのころの誰もが知っていた隠れもない事実だが、ハイカー用の粗末な靴をはいた彼は、荒れ果てた建物のなかを歩くのにひどく難渋していたのだ。また大統領府の使用人の数は、当時すでに、三人か四人の従卒にまで減っていたが、この連中が彼の食事の面倒を見たり、隠し場所の蜂蜜を切らさないように補充したりしていたのだ。彼自身が忘れていたけれど、巫女（みこ）たちの託宣のひとつによれば、いずれその死に場所になるという出入り禁止の執務室に置かれた、磁器の将軍たちからなる参謀本部をめちゃめちゃにした牛たちを追い払ったりしていたのだ。彼がドアにランプを吊し、海が消えたせいで空気の薄くなった寝室の三個の差し金、三個の掛け金、三個の錠前を下ろす音が聞こえるまで、いつ出されるか分からない命令をじっと待っていたのだ。連中はその音を聞いて初めて、一階のそれぞれの部屋へ引きさがっていった。夜明けまで孤独な水死人めいた眠りのなかをただよってくれるだろうと、連中は信じていたが、しかし彼はふいにぱっと目を覚まして、不眠の牧場をさまよった。幽霊じみた大きな足を引きずって、牛ののんびりした消化や、副王時代の衣裳掛けで眠るメンドリの鈍な息遣いなどでわずかに掻き乱される、真っ暗な、だだっ広い建物のなかをさまよい歩いた。闇のなかの月面の風の音を聞いた。闇のなかの時の足音を聞いた。生みの母ベンディシオン・アルバラドが生木の小枝のほうきを持って、闇のなかで掃除をしている姿を見た。彼女は昔、おなじほうきを使って、いずれも高名な人物だがコルネリウス・*ネポスの書物や、*リウィウス・アンドロニクスと*セシリウス・ストラトゥスの名文など、執務室のごみになり下がっていたものを掃き集めて、焼いてしまったことがあった。それは、彼が初めて主人のいない権力の家に足を踏み入れた、流血の夜のことだった。その夜、今は亡き高名なラテン語学者、ラウタロ・ムニョス将軍麾下の命知らずの兵士たちは、建物の外のバリケードに立てこもって最後まで抵抗したものだ。三日熱で震えている彼と、生木の小枝のほうき以外に武器を持たない母親のベンディシオン・アルバラドは、あの学識を誇る大統領の護衛たちの死体の山をまたいで、炎上する市街の火で明るむ中庭を渡らなければならなかった。階段を昇るとき闇のなかで蹴(け)つまずいたものがあったが、それは、あっぱれ大統領の部下たちの馬の死体だった。正面の玄関から謁見の間のあたりまで、まだ血が流れていた。閉めきられていた建物の内部は、馬の血でしけた火薬のいやな臭いのせいで息ができなかった。われわれはこの目で、馬の血で汚れたはだしの足跡が廊下に残っているのを見た。馬の血が朱肉代わりの手形が壁に残っているのを見た。謁見の間の血の海のなかに、心臓にサーベルを突き立てられて朱に染まった、イブニング姿の美しいフィレンツェ女の死体を見た。それはムニョス大統領夫人だった。そしてそのかたわらに、額にピストルの弾丸を一発打ちこまれた、ゼンマイ仕掛けの踊り子人形のような少女の死体を見た。それは九歳になる夫妻の娘だった。みんなはまたその目で、十四人の連邦派の将軍のなかでもっとも老獪で有能な、かの*ガリバルディーにも比すべきラウタロ・ムニョス大統領の死体を見た。血なまぐさい抗争がくり広げられた十一年間に、相つぐ暗殺によって彼らはつぎつぎに政権の座に就いたのだけれど、英国の領事に向かって自分のことばでノーと言う勇気があったのは、ムニョス大統領ひとりだった。その男が今、ウサギのように、はだしでそこに転がっていた。頭部にピストルの弾丸をぶち込むというかたちで、その横暴をつぐなっていた。制裁の目的で派遣された英国艦隊の手に渡るのを恐れて、妻と娘、それに四十二頭のアンダルシア産の馬を射殺したあと、ムニョス大統領は上顎部にピストルをあてて引き金を引いたのだ。そのときだった、キッチナー司令官は死体を指さしながら、わしに向かって言った、よく見ておくことだ、将軍、父に手をあげる者の末路がどういうものか、この国の主人になっても、これだけは忘れないように、とね。司令官は彼にそう言ったのだ。その日の来るのが待ちどおしくて眠れなかった夜、抑えねばならなかった激しい怒り、しばしば涙を飲んで耐えた屈辱、しかし、おふくろよ、わしはついに、国内の秩序の回復と経済の安定を達成するのに必要な期間という条件で、三軍の最高司令官に推され、大統領に就任したぞ。生き残った連邦派の領袖たちは上院と下院の承認をえて、満場一致でその決定を下したのだった。もちろん英国艦隊の後ろ楯があってのことだが、それがえられたのは、ひとつには、わしがマクドナルド領事を相手に、幾晩もつらいドミノの勝負をやったおかげだった、ただ最初は、わしも、ほかの人間も、誰ひとり信じようとはしなかったよ、うん。あの恐怖の夜の混乱のなかで、果たして誰がそれを本気で信じただろう。肉が腐っていくベッドの上のベンディシオン・アルバラドでさえ、最後まで信じなかったくらいだ。そのころ彼女がよく思いだしたのは、混乱のなかでどこから手をつけたらいいのかとまどっている息子の姿だった。だだっ広いだけで家具ひとつない建物のなかには、熱を下げる薬草の一本も見当らなかった。スペインの色あせた栄光をしのばせる、副王や大司教たちの虫食いだらけの肖像画いがいには、値打ちのあるものは何ひとつ残っていなかった。そのほかのものはすべて、歴代の大統領によって少しずつ私邸へ持ちだされていたのだ。勇壮な戦闘の情景を描いた壁紙でさえ跡形もなかった。寝室はどれもこれも兵営めいたがらくたで埋まっていた。至るところに、歴史的な大虐殺(ぎゃくさつ)の名残りが、一日天下の幻の大統領たちが血に染まった指で書き残した命令が見られた。しかし、汗を掻いて熱を引かせるために横になろうにも、ござ一枚残っていなかった。そこでだ、おふくろのベンディシオン・アルバラドはカーテンを引きちぎって、そいつでわしの体を包んでくれた。そして正面の階段の上に横たえ、彼女自身は生木の小枝のほうきを持って、イギリス兵たちが略奪をはたらいたばかりの大統領府の部屋を掃除してまわった。ほうきを振りまわして、ドアのかげで凌辱(りょうじょく)しようとするこの海賊たちから身を守りながら、建物全体の掃除を終え、夜明けの近づいたころ、息子の横に座ってひと息入れた。荒らされた建物の正面の階段のいちばん上に横たわった息子は、ビロードのカーテンにくるまりながら悪寒に苦しめられ、びっしょり汗を掻いていた。彼女は明るい未来の予想によって息子の熱を下げようと試みた。いいかい、ずいぶん散らかってるけど、こんなことで驚いてちゃだめだよ、安い革張りの腰掛けをいくつか買って、色のにぎやかな花や動物を描けば、それで間に合うんだから、わたしが自分で描くよ、と彼女は続けた、客があったときのことを考えて、ハンモックもいくつか買わなきゃね、そうだよ、ハンモックを忘れちゃいけないよ、だって、こういう家には大勢の客が、なんの前触れもなしに、しょっちゅう出入りするはずだもの、教会にあるような、食事用の大きなテーブルも買わなきゃね、それからひどい軍隊暮らしに耐えられるように、鉄のナイフやフォーク、白鑞の皿などもね、飲み水を入れておく見ばえのする瓶や、石炭のコンロもね、これだけあればたくさん、どっちみち政府のお金で買うんだけどね。彼を慰めるためにそう言ったが、しかし彼は母親の話を聞いていなかった。夜明けの淡い紫色の光がまざまざと照らしだした、隠された真実に打ちのめされていたのだ。階段に腰かけて悪寒に震えている惨めな老人いがいの何ものでもない、自分を意識していたのだ。彼は心のうちで思った、おふくろよ、ベンディシオン・アルバラドよ、さんざん苦労して、これがその結果か、畜生、権力というのは結局、いかれた連中がうろうろしているこの建物、人間そっくりな、焼け死んだ馬のこの臭い、わびしいこの夜明けなのか、権力を手中にしたというけれど、この八月十二日も、ほかの日とちっとも変わっちゃいない、おふくろよ、こいつは、面倒なことに首を突っこんじまったぞ。彼の許しもえないで世界に君臨しようとする新しい闇の世紀にたいする奇妙な不安が、隔世遺伝的な恐怖が、彼を苦しめた。海上でオンドリが時を告げていた。中庭の死体を掻き集めながら、イギリス兵たちが英語の歌をうたっていた。母親のベンディシオン・アルバラドは頭のなかであれこれ計算していたが、どうやらそれが終わったらしく、明るい、ほっとした調子で言った、わたしが心配してるのは、買わなきゃならない品物や、しなきゃならない仕事のことじゃないよ、そんなこと、なんでもありゃしない、わたしが心配してるのは、いいかいお前、こんな大きな家だろ、洗濯しなきゃならないシーツの数なのさ。それを聞いた彼は、幻滅をむしろ支えにしながら、慰めのことばを掛けた、心配しないで寝ろよ、おふくろ。この国の大統領は長続きしたためしがないんだ、と彼は続けた、二週間もしないうちに、わしは引きずり降ろされるさ。当時そんなふうに思っていただけではない。独裁者の地位をたもち続けた長い年月のあいだ、彼は、つねにそう信じていたのだ。長年、権力の座についていても、おなじ日が二日つづくことはないという確信は、ますます強くなるばかりだった。総理大臣が慣例の水曜日の報告のなかで、目の前が真っ暗になるような真実をぶちまけても、それにはたいてい裏があった。だから彼はかすかな笑みを浮かべて答えた、真実はたくさんだ、聞けば信じたくなるからな。彼はこのひと言によって、質問を封じながらサインさせようという、閣僚たちの苦心の作戦を失敗に終わらせてしまうのだった。公式訪問の最中に、ズボンをはいたまま小便を洩らした、そんなうわさがまことしやかに伝えられていたが、わたしの感じでは、あのときくらい、彼が正気であったことはなかったな、病人のようにスリッパを引きずって歩いたり、一本きりのつるを縫糸でしばった眼鏡をかけたりして、まるで沼の底に沈むように老いぼれていくにつれて、ますます厳格になったように、わたしには思えたな。彼の生まれついての性格はいっそうはっきりし、本能的な直感がますます鋭くなった結果、不都合なものは間違いなくはねつけ、都合の良いものは目を通さずにサインできるようになった。なあに、誰もわしのことなんか気にしておらんのだ、と彼は笑顔で言った、分かったかね。事実、牛たちが階段を上がってこないように、玄関のドアに閂を掛けるように命令したはずなのに、やはり牛が入りこんでいた。執務室の窓から首を突っこんで、祭壇の造花をむしゃむしゃっていた。しかし、彼は笑顔を浮かべて言った、わしの言ったとおりだろう、首相、この国がこんなになったのは、誰もわしの言うことを聞かんからだ。その年齢では考えられない明晰な頭脳のはたらきを証明するように、彼はそう言った。もっとも、出版を禁止された回顧録のなかでキップリング大使は書いている、その当時の大統領は老齢のために嘆かわしい痴呆状態に陥っており、幼児のような動作さえ自由にはできなかったと。大使の語るところによれば、大統領の体は、その皮膚からにじみでる塩っぱい水分でいつも濡れていた。水死人のように異常にふくれ上がっていた。のたりのたりと心地よげにただよう溺死者のような感じがした。大統領はわざわざシャツの前をはだけて、陸に打ちあげられた水死人のように皮膚の張りつめた、艶のいい体を見せたが、そのくびれには、海底の岩にすむ虫がびっしりと張りついていた。背中にはコバンザメがしがみついていた。腋の下には小さなポリープや甲殻類が巣くっていた。しかし大統領自身は、そうした岩場の微生物たちは海が自発的に戻ってくる最初の徴候である、と信じていた。あんた方が運んでいった海がだよ、ジョンソン大使、つまり海はだな、猫みたいなものさ、と彼は言った、いつかは戻ってくる。股の付け根のエボシ貝の群れは、めでたい朝の訪れの秘かな前触れであり、寝室の窓を開ければ、大海原の提督の三隻の帆船をふたたび見ることができる、と信じていたのだ。大統領は八方手を尽くして提督の行方を探っていた。自分とおなじように、あるいは歴史に残る他の偉人たちとおなじように、提督はすべすべした手をしているというわさが真実かどうか、その点を確かめるためだった。力ずくでもいいから提督を引っぱってくるようにという命令を、大統領は出していた。ほかの航海者たちの口から、提督が近くの海域にある無数の島々の地図を作成し、昔つけた軍人の名前を国王や聖者の名前で置き替えつつある、と聞いたからだ。ところが実際には、提督は土着の医術のなかに、真に関心のあるただひとつのもの、抜けあがりはじめた頭によく効く養毛剤を探していたのだった。われわれがふたたび提督に出会う希望をすっかり失ったころに、大統領は専用車の窓からその姿を捉(とら)えた。提督は茶色い僧衣をまとい、腰に聖フランチェスコを思わせる縄を巻いて、日曜の公設市場を埋めた人混みのなかで、苦行者のガラガラを盛んに振っていた。あまりにも姿かたちが変わっているので、昔、緋色(ひいろ)の軍服に金の拍車をつけ、陸に上がったザリガニのような堂々とした歩きかたで謁見(えっけん)の間に現われた人物と、これが同一人であるとはとても思えなかった。ところが、大統領の命令で車のなかへ押しこもうとすると、閣下、どこにも姿が見えません、きっと、大地に呑(の)みこまれたのでしょう。世間のうわさによれば、提督は改宗して回教徒になったあと、セネガルでペラグラ*にかかって死に、世界の三つの異なる都市の三つの異なる墓に埋葬されたということだった。けれども真相は、提督はどの墓にもいなくて、その怪(け)しからぬ所業のゆえに、この世の終わりまで墓所を転々としていたのだ。あの男は、とんだいかさま師ですよ、閣下、黄金よりも不吉な男です、と教えられたが、しかし大統領はそれを信じようとはしなかった。提督は必ずまた戻ってくると期待しつづけた。晩年もいよいよ終わりに近づいたころになっても、頑固さはおなじだった。厚生大臣がその体から見つけた牛のダニをピンセットで挟んで目の前に突きつけると、大統領は言った、ダニじゃない、博士、こいつは、海が戻ってきたしるしだ。いかにも自信ありげに言うので、厚生大臣はしばしば疑った、世間にはそう思わせているけれど、閣下の耳はそんなに悪くないのではないか、都合の悪い謁見の場ではそう装っているだけで、それほどぼけてはいないのではないか、しかし精密検査の結果によれば、動脈はガラスも同然、腎臓には海岸の砂がたまっているし、心臓は愛の欠乏のためにひびが入っていた。そこで老医師は、古くからの友人としての信頼をたのみに、大統領に進言した、このがらくた同然の国を、そろそろ手放すべきですよ、閣下。せめて、われわれのうちの誰にゆずるか決めてください、と老医師は続けた、われわれを放っぽりだすのだけはやめてください。ところが大統領はびっくりしたような表情で訊いた、わしが死ぬつもりだと、誰が吹きこんだんだね、博士。とんでもない、死ぬのはほかの連中だ、と言ったあとで、相手をからかうように、二日前の夜だ、わしはテレビに出ている自分を見たが、前よりはるかに元気そうだった、まるで闘牛のようだったぞ。腹をかかえて笑いながら、大統領はそう言った。最近の孤独な夜の習慣にしたがって音を消したスクリーンの前に腰を落ち着け、タオルを巻いた頭でときおり舟を漕ぎながら、もやに包まれたような自分の姿を眺めていたからだった。事実、彼はフランス大使夫人の魅力にたいしても闘牛のごとく動じなかった。ひょっとするとトルコ大使夫人か、それともスウェーデン大使夫人だったかもしれん、ま、どっちでもいい、あまり大勢なもんで見分けがつかんのだ。しかも、それからあまり時間がたっているので、八月十二日の就任記念のパーティーや、一月十四日の戦勝記念のパーティーや、三月十三日の復活記念のパーティーで、夜会用の礼装をつけ、手つかずのシャンパンのグラスを手にして、彼女たちのあいだに立っている自分の姿さえ思いだせなかった。とんでもない、わしに思いだせるわけがないだろう。最後には、政府が決めた記念日のくだらない演説のなかでも、どの記念日がいつで、それがなんの記念日なのか、まったく分からなくなったくらいだ。いそいそと、丁寧に丸めて壁のすき間に隠した紙切れも役に立たなかった。記憶しておくべきことが何かということを忘れてしまったからだ。蜂蜜の隠し場所で偶然、それらの紙切れが見つかることもあった。読んでみると、四月七日、誕生日、マルコス・デ＝レオン博士、プレゼントはジャガー、と自分の筆跡で書かれていた。しかし、それが何者なのか見当もつかなかった。己れの肉体の裏切りくらい人間にとって屈辱的な、不当な罰はないと、しみじみ思わないわけにはいかなかったが、そんなふうに思いはじめたのは、じつは、ホセ・イグナシオ・サエンス＝デ＝ラ＝バラがまだ生きていた遠い昔よりさらに遠い昔のことだった。謁見のために集まった大勢の人間を目の前にして、いったい誰が誰なのか、さっぱり分からないことに自分で気づいたのだ。だだっ広いだけで貧しいこの国の、どんなに辺鄙（へんぴ）な村の住民でも、一人ひとり苗字（みょうじ）と名前で呼びかけることのできた彼が、まったく逆の状態に陥ってしまったのだ。あるとき馬車に乗っていて、群衆のなかに見覚えのある顔を見つけたが、驚いたことに、どこでその顔を見たのか思いだすことができなかった。わしはその男を逮捕させたよ、思いだすまでな、というわけで哀れな男は、二十二年間も独房生活を送るはめになった。取調べが始まった最初の日から、男が嘘（うそ）いつわりのない事実だと主張したところによれば、その名はブラウリオ・リナレス＝モスコテ、ともにロサル・デル・ビレイに居を構えているが川舟の船頭のマルコス・リナレスとジャガー狩り用の犬を飼うデルフィナ・モスコテの両名のあいだに生まれた私生児、その後に正式に認知された私生児だった。首都に足を踏み入れたのは後にも先にもあれが最初、それも母親の言いつけで、三月の花祭りで二匹の子犬を売るために出てきたのだった。着替えも持たずに借りもののロバに乗って、逮捕されることになる木曜日の朝、やって来たのだった。公設市場の一軒の店の前で、ブラウリオはひなたぼっこをしながらブラックコーヒーを飲んでいた。まわりでフライを売っている女たちに、ジャガー狩り用に交配を重ねた二匹の子犬をほしがっている者を知らないか、と尋ねた。知らないという返事ばかりだったが、このときにわかにドラムやラッパ、爆竹などのにぎやかな音が聞こえ、群衆がくちぐちに叫んだ、あの方が来られたぞ、ほれ、あそこだ。あの方っていったい誰のことだ、と訊くと、誰ってことはないだろう、この国でいちばんお偉い方だよ、という答えが返ってきた。そこで子犬を箱のなかに入れ、フライ売りの女たちに頼んだ、悪いけど、戻ってくるまで、こいつらを見ててくれよ。窓のひとつによじ登って群衆の頭越しにそちらを見ると、金の馬飾りや羽毛の前立ての軍帽が日に映える警護の一行が目に飛びこんできた。国章のドラゴンのついた馬車、挨拶を返す手にはめられた布の手袋、土気色の顔、にこりともしないお偉方の一文字に結ばれた唇。その憂鬱そうな目が突然、針の山のなかの一本の針のようなブラウリオの姿を捉えた。指でブラウリオをさしながら、大統領は叫んだ、あの男だ、窓によじ登っているあいつだ、どこであの顔を見たのか思いだすまで、牢にぶち込んでおけ。大統領がそう命令したおかげさ、おれは捕まって、いやというほどぶん殴られた、サーベルの刃で打たれた、焼き串に縛りつけられて火炙りにされた、以前、どこで大統領に会ったか、そいつを白状しろというわけさ。しかし、ブラウリオの口から引きだされたのは、港の要塞の独房で吐いた、ただひとつの真実でしかなかった。ブラウリオが自信たっぷり、あまりにも大胆にそれを主張しつづけるので、大統領もついに自分の間違っていたことを認めざるをえなかった。しかし、今となってはどうしようもない、あんなにむごい目に遭ったのだ、彼に敵意を持っていなかったとしても、今はどうかな、気の毒だが、というわけで、ブラウリオは独房で朽ち果てるはめになった。そしてその間、わしはこの暗い建物のなかをうろつき回りながら、頭のなかで思いつづけていたんだ、おふくろよ、ベンデイシオン・アルバラドよ、わしが栄華を誇っていたころをおふくろはよく知っているはずだ、わしを助けてくれ、おふくろに守ってもらえなくなってからのわしは、見てくれ、このざまだ。栄耀の限りを尽くしたことも、今となってはなんの意味もない。それを思いだしても心が慰むわけではないし、腹がふくれるわけでもない。泥沼めいた老いの日々を、それにすがって生き延びるということでもない。栄華を誇っていたころの幸せな瞬間も、深い悲嘆も、すべて記憶の小窓から外へ消えてしまった。今さら手の施しようがない。無邪気な話だが、巻いた紙切れで小窓をふさいで洩れるのを防ごうと試みたが、なんの役にも立たなかった。九十六歳のフランシスカ・リネーロが何者かということさえ、いまいましいが覚えていない。自分で書いたべつのメモの内容にしたがって、女王にふさわしい立派な葬儀を執り行なうよう命令したことは確かなのに。十一個もの役立たずの眼鏡をデスクの引き出しに用意しながら、盲人同然の手探りで政務を執っている。ひた隠しにしているけれど、亡霊たちを相手にしゃべっているのとおなじ状態なのだ。亡霊たちの話の意味もほとんど分からない。亡霊たちの素姓も第六感で推しはかるしかない。まことに心細い境遇に陥ったものだが、この境遇が秘めている大きな危険が、あるとき一挙に明らかになった。陸軍大臣と顔を合わせたときに、偶然、くしゃみが出たのだ。陸軍大臣は言った、お大事に、閣下。もう一度くしゃみをすると、陸軍大臣もくり返した、お大事に、閣下。そしてさらにもう一度、お大事に、閣下、というぐあいで、しかしね、九回も続けてくしゃみを聞かされたんだ、わたしも、お大事に、閣下、とは言えないじゃないか、それどころか、自分でもあっけに取られている、その妙な顔を見ているうちに、なんだか背筋が寒くなってきた、涙をためた目をのぞくと、泥沼のなかでもがきながら、恐ろしげな表情でこちらをにらんでいる、老いぼれた牛じゃないが、舌はだらりと口の外に垂れているし、なんの罪もないわたしのこの腕のなかで、今にも息を引き取りそうな感じだった、ほかに証人として見ている者はいない、手遅れにならないうちに、執務室から逃げだそう、これしかわたしは考えなかった、ところが彼はそれを許さなかった、にわかに威厳を取り戻し、二度のくしゃみを交えながらわたしに向かって叫んだ、びくびくするな、ロセンド・サクリスタン少将、そこにじっとしていろ、貴様の前でくたばるほど、わしは間抜けじゃない、とこうさ。事実、そのとおりだった。くしゃみはさらに続いて、生死の境をさまようというか、白昼のホタルの群れが舞い狂う無意識の世界をただようはめになった。しかしそれでも彼は、下僚の見ている前でくしゃみの発作のために亡くなる、そんな恥ずかしい死にざまを、生みの母のベンディシオン・アルバラドが許すはずがないという確信を捨てはしなかった。とんでもない、そんな屈辱を嘗めるくらいなら、いっそ死んだほうがいい、ぶざまな死を黙って見ているような人間よりは、牛といっしょに暮らすほうがまだましだ、嘘でなく。彼はあれっきり、大司教を相手に神の存在について論じることをしなかったが、その意図は、スプーンを使ってショコラを飲んでいることを、ローマ教皇大使に知られたくないということだった。また、ドミノの勝負からも遠ざかっていたが、その理由は、同情して勝ちをゆずる者が現われることを恐れたからだった。彼はもう誰にも会おうとしなくなったが、その肚はつぎのようなことだった。自分の行動に細心の注意を払っていても結局はそうなるのだけれど、足を引きずらないようにせいぜい気取って歩いているにもかかわらず、また年齢にふさわしい気品を保とうとしているにもかかわらず、失脚した先の大統領たちとおなじように哀れな状態にあると自分でも感じていることを、ほかの者に気づかれたくはなかったのだ。彼がこの大統領たちを断崖絶壁の上の別荘に囲っているというか、むしろ軟禁しているのは、彼らの悪疫めいた惨めさによって世界が汚染されぬようにという配慮からだったが、それはともかく、自分の哀れな状態にひとりで耐えていたころのある朝のことだった。彼はうっかりして、薬草を煎じたお湯に浸っていた、専用の中庭の池のなかで眠ってしまった。おふくろよ、わしは、おふくろの夢をみたんだ、実際にここに立っているが、花をつけたアーモンドの茂みで、わしの頭の上でうるさく鳴くセミをこしらえているおふくろを、夢のなかでみたんだ、コウライウグイスの七色の声を絵筆で描いているおふくろを、夢のなかでみたんだ。思いがけないことだが、水中で胃の腑からこみ上げてきたげっぷに自分でびっくりして、彼は目を覚ました。怒りに顔を真っ赤にして目を覚ました。彼に赤恥を掻かせた性の悪い池には、ハッカとアオイの匂いのするハスが浮いていた。木から落ちたばかりの、みずみずしいレモンの花が浮いていた。香りのよい水のなかにこぼれた将軍の黄色くて軟らかいうんち。この珍しいご馳走にありついたカメたちが、大喜びでそこらを泳ぎまわっていた。くそいまいましい！　しかし大統領は、老齢のせいで嘗めなければならぬ、こうした、あるいはその他多くの屈辱によく耐えた。使用人の数を最小限に引き下げることによって、誰にも見とがめられずに、ひとりで耐えた。無人に近い建物だから、昼となく夜となく、その内部をあてどなくさまよっても、誰かに見られるという心配はなかった。リニメント剤*を染みこませた布を巻いた頭を、絶望の呻きもろとも壁に打ちつける。うんざりするほど香を焚きこめる。耐えがたい頭痛のために頭がおかしくなる。しかし、彼はそのことを主治医にさえ話さなかった。老齢にともなう、無数のやくたいもない苦痛のひとつでしかないことを、よく心得ていたからだ。あらしの黒雲が空いちめんに広がる前に、まるで大石を転がすようにとどろく雷鳴ではないけれど、彼は頭痛の始まりをいち早く察した。こめかみで回転ドアが回りはじめるのを感じるや否や、命令した、誰もわしのじゃまをするな、何が起こっても、この建物のなかに入ることは許さん。厳しくそう命令した。回転ドアがふたたび回りはじめ、頭蓋骨がみしみしきしむのを感じると、神が来たって、ここへ入れるなよ、と命令した。仮にわしがくたばってもだ、いいな。目の前が暗くなるような、この恐ろしい頭痛は、ものを考える一瞬の余裕さえ与えてくれなかった。苦しみはこの世の終わりまで続くとさえ思われたが、やがて恵みの雨が沛然と降りはじめ、降りはじめると同時に、彼はわれわれをそばに呼んだ。見ると、生まれ変わったように生き生きとした表情で、夕食の載った小さなテーブルに座り、音のしないテレビを眺めていた。夕食は肉のシチュー、ベーコンで炒めたインゲン豆、ココナッツ入りのライス、薄切りにして揚げたバナナなどだった。その年では考えられないようなこの料理が冷たくなってしまうのに、彼は手をつけようともせず、急に流されることになった、いつもとおなじテレビ映画の画面を眺めていた。フィルムの齣が逆方向に動いていることに気づかずに、おなじ映画をまた流しているところからすると、政府が何かを隠そうとしていることは明らかだった。しかし、彼はつぶやいた、気にすることはない。政府が何を隠そうとしているのか、そのことを忘れようと努めながらつぶやいた、もっと重大なことだったら、とっくに、わしにも分かっているはずだ。夕食を前にして、いびきを搔きながら眠っていると、教会の鐘が八時を告げた。彼は料理をそのままにして椅子から離れ、ずいぶん前から毎晩おなじ時間にくり返してきたとおり、トイレに料理を捨てた。すでに胃が何も受けつけなくなっているという、ぶざまな状態を他人の目から隠すためだった。年寄りにありがちな、ぞっとしない粗相をするたびに自分にたいして感じる怒りを、栄華を誇っていたころの伝説でごまかすためだった。かろうじて生き延びていることを忘れるためだった。男のなかの男、閣下万歳、などとトイレの壁に書きなぐったりするのも、ほかならぬ彼自身だった。ひと晩にやりたい回数だけやれるように、一回ごとに三人の違った女を相手にして三度いけるように、怪しげなもぐり医者の調製した水薬をこっそり飲むことさえした。いい年をしてばかなまねをした報いはてきめん、トイレのチェーンにしがみついて、苦痛よりもむしろ口惜しさに涙するはめになった。おふくろよ、恋しいベンディシオン・アルバラドよ、おふくろの燃える水でわしを浄めてくれ、頼む。それでも彼は、自分の愚かさにたいして下された懲罰に雄々しく耐えた。昔も今も変わりなく、ベッドの上の彼にとって必要なものは、自尊心ではなくて愛だということを充分に心得ていたからだ。彼に欠けているのは、隣りあった学校が閉鎖されてからも、結構な習慣を廃することはないというわけで、友人の外務大臣が提供してくれる連中ほどがさつでない女たちだった。アムステルダムの飾り窓の奥から、ブダペストの映画祭の席から、イタリアの海辺から、正式に免税措置を受けて送られてくる、骨のない、肉の柔らかい女たち。閣下、ごらんください、素晴らしい眺めでしょう。世界じゅうから集められた美女たちが彼の目の前にいた。声楽の女教師のような慎ましさで、薄暗い執務室の椅子に座っていた。プロの芸人のように裸になった。黄金色の糖蜜を思わせる温かい肌に写真のネガを焼き付けたように、小さな水着をつけて、ビロードの長椅子に横たわった。ハッカ入りの歯磨き粉のような、花瓶に盛った花のような匂いを振りまきながら、軍服を脱ごうとしないセメント造りの巨大な牛の横に寝そべった。いろんな手を使って誘っても、やっぱり、だめなのよね、という状態が続いたが、しかしやがて、死んだ魚も同然の、この目くらむような美女の誘惑に耐えることに疲れてしまった。わしは言ってやった、もうけっこうだ、尼寺へでも行け。そうは言ったものの、自分の無精にさすがにあきれ果てた彼は、その晩、八時の鐘を聞くと同時に、兵隊の服の洗濯を請け負っている女たちの一人を襲った。仰天して逃げようとするのを、平手打ちを一発お見舞いして、並んでいる洗濯桶(おけ)のなかへひっくり返した。今日はだめなんですよ、閣下、嘘じゃありません、吸血鬼がお出ましになってるんですから、と女はわめいたが、彼は委細かまわず洗濯板の上に裏返しにし、哀れな女がそのまま息絶えるのではないかと思ったほどの凄(すさ)まじい勢いで、後ろから押しこんだ。女は呻きながら言った、乱暴だわ、閣下、それじゃまるでロバよ、彼はこの苦痛の呻き声を聞いて、おべっかを使うのを商売にしている連中の熱烈な賛辞を耳にしたときよりもうれしい気分になり、子供たちの養育に使うようにと言って、洗濯女に終身年金を与えることにした。乳しぼりの小屋で牛に牧草をやりながら、久しぶりに歌をうたった、一月の明るい月よ。歌をうたっていたとき、彼は死のことなど念頭になかった。最後の夜でさえ、意味のない何かを考えるような気力の衰えを見せないはずの彼だったから。彼は久しぶりにうたった。二度も牛の数をかぞえながら、うたった、お前はおれの暗い小径を照らす光だ、お前はおれの北極星だ。牛が四頭不足していることを確かめたあと、建物のなかへ引き返した。引き返しながらついでに、副王時代からの止まり木で眠っているメンドリの数をかぞえた。やはり眠っている小鳥たちの籠に布のカバーを掛けてやりながら、その数をかぞえた。よし、四十八羽だ。正面の玄関から謁見の間にかけて、牛たちが昼のうちに振りまいた糞に火をつけながら、遠い子供のころを思いだした。初めてのことだったが、高地の氷のなかで震えている自分の姿と、ごみ捨て場のハゲタカのくちばしからヒツジのはらわたの一片を奪って昼飯にしようとしている、生みの母ベンディシオン・アルバラドの姿を見た。十一時の合図を聞いてから、ランプで足許を照らしながら、こんどは逆方向に建物全体を見てまわった。玄関までの明りをひとつひとつ消していった。ランプをさげて歩いている将軍十四人が、自分の姿が暗い鏡のひとつひとつに映っているのを見た。音楽室の鏡の奥に、あお向けにひっくり返っている一頭の牛を見た。牛だ、牛だ、と彼はつぶやいた、牛が死んでやがる。警護の者たちの寝室に立ち寄って、死んだ牛が鏡のなかにいることを教え、彼らに命じた、明日の朝早く、あれを外へ出しておけ、忘れるな、ぐずぐずしてると、建物じゅうにハゲタカが入りこむぞ。そう命令してから、ほかにも牛が迷いこんでいないかどうか調べるために、ランプの光で照らしながら一階の元執務室を見てまわった。あと三頭だった。トイレのなかや、デスクの下や、鏡のひとつひとつのなかを捜した。二階に上がって部屋のひとつひとつを調べた。名前は忘れてしまったけれど、昔いた修練女のピンクのレースの蚊帳の下に横になっている、一羽のメンドリしか目に入らなかった。ベッドに入る前にスプーン一杯の蜂蜜を舐めた。舐めてから瓶をいつもの隠し場所に戻した。そこに例の紙切れのひとつがあって、聖なる神の国のいと高き座にいます詩聖ルベン・ダリーオに関わりのある、記念日か何かの日付けが書きこまれていた。彼はふたたび紙切れを巻いて元の場所に戻しながら、はっきりと記憶しているお祈りの文句をとなえた、空に飛行機を、海に汽船を浮かべたもう我らが父よ、幻術師よ、天界の詩人よ。そうとなえながら、不眠症の病人にふさわしい大足を引きずって、つかのまの夜明けの光、灯台の回転する緑色の夜明けの光のなかをくぐった。消えた海をいたむ風の音を聞いた。神の怠慢のせいで危うく背後から殺られるところだった、結婚式のにぎやかな音楽を聞いた。迷いこんだ一頭の牛を見つけたが、手を出さずに、ただ前に立ちふさがってつぶやいた、牛だ、牛だ。寝室へ引き返すことにして、窓の前を通りかかるたびに、どの窓にも海を失った首都の明りがぼんやりと映えているのを見た。都会の内部から立ち昇ってくる熱い湯気の神秘を、その乱れることのない息遣いの不思議さを思った。足を止めずに、二十三回、その都会の姿を眺めた。胸に手をあてて眠っている民衆という、広漠として究めようのない大海原にたいする永遠の不安に、いつものことながら悩まされた。彼をもっとも愛している者によってさえ嫌悪(けんお)されていることを悟った。聖者たちの灯によって啓示を受けたような心持ちだった。産婦たちのたどるべき道を正し、瀕死(ひんし)の病人たちの行く手を変えるように、その名が呼ばれるのを感じた。母親のことをあしざまに言う者たちの声によって、記憶が目覚めるのを感じた。連中は、遠い昔の夢遊病者めいた車の鋼(はがね)入りの透明なガラスの奥に、もの言わぬ目や悲しげな唇、もの思わしげな恋をする女の手などを見た。われわれは、土の上に残った彼の靴跡にくちづけした。蒸し暑い夜など、大統領府の非情な窓にちらちらする明りを中庭から眺めながら、いっそくたばってくれ、と彼を呪(のろ)った。誰もわしらを愛してはいないんだな、と彼はつぶやいた。コウライウグイスに色付けしていた血の薄い小鳥売りの女、全身に青かびの吹いた生みの母ベンディシオン・アルバラドの昔の寝室をのぞきながら、そうつぶやいた。あの世でゆっくり、おふくろよ、休んでくれ、と彼が話しかけると、お前もりっぱに死んでおくれ、と地下の納骨堂の母親が答えた。十二時きっかりに、彼はドアの上にランプを吊した。ヘルニアが恐怖のあまり上げる、かすかな悲鳴が聞こえた。体をよじりたくなるような激痛が身内を掻きむしった。この世に苦痛いがいのものは存在しないとさえ思われた。それが最後になるはずだが、彼は寝室の三個の掛け金をかけた。三個の差し金をさし込み、三個の錠前を下ろした。最後の火炙りめいた苦痛を味わいながら、携帯用の便器に少量のお小水を落とした。剝きだしの床に横たわった。謁見をやめたときから大統領府のなかではいている、地の粗い毛布で作られたズボンや、カラーの替えのついていないチェックのシャツや、病人用のスリッパなどを身につけたままだった。枕がわりの右腕を頭の下にあてがってうつ伏せになり、たちまち眠りに落ちていった。しかし、二時十分には目を覚ました。頭はぼんやりしているし、暴風の前のように生暖かくてぞっとしない汗で、着ているものがびっしょり濡れていた。そこにいるのは何者だ、と彼は震えながら誰何した。夢のなかで何者かに名前を呼ばれたことは確かだが、それは彼の名前ではなかった。ニカノル、ニカノルと二度呼びかけられたのだ。好きなときに壁を通り抜けて出入りできる、あるいは錠前を開けずに部屋のなかに入る、そんな力のそなわった何者かがいるのにちがいなかった。事実、そのとき彼は見た。死神だよ、閣下、あんたを迎えにきた死神だよ。ボロボロに裂けたリュウゼツランの繊維の苦行衣を死神はまとっていた。曲がりくねった杖を手に持っていた。陰気な海藻の若い芽が頭蓋骨にびっしり貼りつき、骨の継ぎ目には陸の花が咲き誇っていた。肉の落ちた眼窩には、古拙でほうけたような目があった。死神の全身を見たとき初めて、彼は悟った。死神は彼をニカノル、ニカノルと呼んだが、これは、死を迎える瞬間のわれわれ人間のすべてを、死神が呼ぶときに使う名前なのだ。彼は首を横に振った。死神よ、まだその時じゃないぞ。鉢を使った水占いで以前から予言されてきたとおり、彼はうす暗い執務室で眠るように大往生を遂げるはずだった。ところが死神は答えて言った、いや、それは違う、今ここで、はだしのまま死んでもらわなきゃならん、身につけている貧相な服もそのままだ、もっとも死体を発見した連中は、階級章も何もついていない麻の軍服を着、左のかかとに金の拍車をつけて執務室の床に横たわっていた、巫女たちの予言のとおりだった、と言うかもしれないが。この死は思いがけないものだった。これでは生きているとは言えない、ただ生き永らえているだけだ、どんなに長く有用な生も、ただ生きるすべを学ぶためのものに過ぎない、と悟ったときはもはや手遅れなのだと、やっと分かりかけてきたが、しかしそのために、いかに実りのない夢にみちた年月を重ねてきたことか。もの言わぬ手のひらの秘めた謎や、トランプの目に見えぬ数字によって、彼は自分に愛の能力が欠けていることを悟り、この呪われた宿命をわびしい悪癖めいた権力への熱烈な帰依によって埋めあわせようと努めた。彼自身の宗派のいけにえとして、この無限に続く燔祭の火のなかに身を投じた。策略と犯罪に終始してきた。冷酷に徹し、汚名を重ねてきた。恐るべき貪欲さと生まれながらの怯懦を克服してきた。しかしその理由はただひとつ、その手に握った小さなガラス玉を、この世の終わりまで手放さないためだった。すなわち彼は、その充足がかえってこの世の終わりまで続く欲望じたいを産みだす悪徳、それが権力だということを知らなかったのだ。彼がそもそもの初めから心得ていたのは、周囲の者たちが歓心を買うために彼をあざむいていることだった。媚を売ることによって彼から金をえていることだった。実際の年齢よりは老けて見えるお偉方を沿道に立って歓呼の声で迎えたり、その長寿を祈る文句を書きつらねたプラカードを持っていたりする群衆が、じつは、銃の力を借りて無理やり狩り集められた連中だということだった。しかし、栄光にともなうそうした惨めな経験のすべてを通して、彼は生きるすべを学んだのだった。長い年月の流れるあいだに、虚偽は疑惑よりも快適であり、愛よりも有用であり、真実よりも永遠のものであることを知ったのだ。権力を持たないのに命令し、栄光を与えられないのに称賛され、権威をそなえていないのに服従されるという、恥ずべき欺瞞に思い至っても、べつに驚きはしなかった。秋の黄葉が舞うなかで、彼自身が権力のすべてを把握し、その主人になることは決してないと悟ったのだ。裏面からしかこの生を知りえないという運命にあることを、また、現実という迷妄のゴブラン織りの縫い目の謎を解いたり、緯糸を整えたり、経糸の節をほぐしたりする運命にあることを、悟ったのだ。もっとも彼は、もう手遅れだというときになっても、彼にとって生きることが可能な唯一の生は、見せかけの生、彼がいるところとは反対の、こちら側からわれわれが見ている生だとは考えもしなかった。われわれ貧しい者たちの住んでいるこちら側では、果てしなく長い不幸な歳月や、捉えがたい幸福の瞬間が枯葉のように舞っていた。そこでも愛は死の兆しによって汚されていた。しかし、愛は確かにあった。そしてそこでは閣下自身は、列車の窓の汚れたカーテン越しに見る、悲しげな目をした、おぼろな幻でしかなかった。もの言わぬ唇のおののきでしかなかった。誰のものとも分からぬ手にはめられたサテンの手袋を振る、一瞬の挨拶でしかなかった。われわれもまた、あてどなくさまようこの老人がいったい何者なのか、どうしてそうなったのか、見当をつけかねていた。妄想の産物でしかないのではないかと思ったりしたが、しかし確信はなかった。結局、喜劇的な専制君主は、どちら側がこの生の裏であり、表であるのか、ついに知ることはなかったのだ。われわれが決してみたされることのない情熱で愛していた生を、閣下は想像してみることさえしなかった。われわれは充分に心得ていることだけれど、生はつかのまのほろ苦いものだが、しかしほかに生はないということを知るのが恐ろしかったからだ。われわれは自分が何者であるかを心得ていたが、彼は、くたばりぞこないの老いぼれめいたヘルニアの甘い声にだまされて、ついにそれを知ることがなかった。知らぬまに、秋も終わりの冷たく凍(い)てた枯葉の陰気な音を聞きながら、忘却という真実が支配する常闇(とこやみ)の国へと飛び立っていった。恐怖のあまり、死神の糸のほつれたころもの裾(すそ)にしがみつきながらである。彼が死んだというめでたいニュースを伝え聞いて表へ飛びだし、喜びの歌をうたう熱狂的な群衆の声を聞かずにである。解放を祝う音楽や、にぎやかな爆竹の音や、楽しげな鐘の音などが、永遠と呼ばれる無窮の時間がやっと終わったという吉報を世界じゅうに告げたが、それも聞かずにである。

一九六八―一九七五

注解

七　ダンピア　英国の航海者（一六五二—一七一五）。

八　副王　スペイン領アメリカにおける最高位の王室官吏。

九　アストロメリア　ヒガンバナ科の多年草。ブラジル原産の球根草。別名ユリズイセン。

一〇　サテン　地が厚くなめらかで光沢のある綾絹(あやぎぬ)織物。繻子(しゅす)。

一〇　風洞　トンネル形の穴の中で人工的に気流を発生させる装置。風路に模型を置き、物体の空気力学的諸性質を調査するために使用。

一一　スカプラリオ　祝福された二枚の布を、二本の紐(ひも)で肩から胸と背に吊(つる)すもの。

一二　ダリーオ　ニカラグアの詩人（一八六七—一九一六）。

一二　センターボ　補助通貨単位。ペソの百分の一。センタボ。

一六　トパーズ　黄玉(おうぎょく)。

二一　フランダース　ベルギー西部とフランス北端部にかけての地域。フランドル。

二二　トリカブト　キンポウゲ科の多年草。天然物としてはフグに次ぐ強い毒を含有。烏帽子(えぼし)に似た青紫色のよく目だつ花を咲かせる。

二二　フトモモ　熱帯アジア原産の常緑高木。多量の水分を含み、肉質卵形の果実をつけ、果肉の香はバラに似る。蒲桃(ほとう)。ローズアップル。

二六　**クラビコード**　鍵(けん)を押すと金属片が弦を叩(たた)いて音を出す矩形(くけい)の鍵盤楽器。音は小さく、繊細。わずかな強弱変化と、ヴィブラートの表現が可能。十五―十八世紀にかけて広くヨーロッパで演奏された。

二六　**ビスカヤ**　スペイン北部、バスク地方の県の一つ。

二九　**ガーデニア**　クチナシ。アカネ科の常緑低木。花弁の厚い白または黄色の花をつけ、芳香を放つ。

三三　**タマリンド**　マメ科の常緑高木。熱帯原産。

四八　**ドリス様式**　古代ギリシャの建築様式の一つ。雄大・簡素で、縦みぞのある柱、飾りのない柱頭が特徴。

四八　**バビロニア**　現在のバグダッドから南東ペルシャ湾に至るチグリス川、ユーフラテス川の流域を占めた古代帝国。首都バビロンは富と栄華と罪悪の都として名を残す。宮殿や神殿はレンガ造りで耐久性に乏しく、その遺構は極めて少ない。

四九　**ブロケード**　金襴(きんらん)織。

六三　**アンティリヤ**　西インド諸島の主島群で、ユカタン海峡からベネズエラ沖にかけ、弧を描いて大西洋とカリブ海とを仕切る形で連なる島々。西部を大アンティリヤ諸島、東部を小アンティリヤ諸島と呼ぶ。

六三　**マルティニーク島**　フランスの海外県をなす火山島。西インド諸島東部に位置し、ナポレオン一世の皇后ジョセフィーヌの生地として知られる。

六二　**パラマリボ**　オランダ領ギアナ（現スリナム共和国）の首都。

六三　**タナグアレナ**　ベネズエラの大西洋岸の町。

六三　**レアル**　十一—十九世紀のスペイン、中南米で広く用いられた銀貨。

六三　**ラ・グアイラ**　コロンビア北部の州。州都はリオアチャ。ラ・グアヒラとも。

六三　**トリニダード**　小アンティリャ諸島の南端、トリニダード・トバゴ共和国の主島。

六三　**キュラソー**　カリブ海南部、ベネズエラ沖にあるオランダ領の島。

六三　**カルタヘナ・デ・インディアス**　コロンビアのボリバル州の州都。カリブ海に面した観光地。

六四　**バルバドス**　小アンティリャ諸島の最東端に位置するバルバドス島を占める共和国。

六四　**ベラクルス**　メキシコの湾岸部の都市。

六四　**ボンネット**　前額をあらわして後頭部にかぶる、紐のついた婦人・子供用の帽子。

七一　**ブラッセルレース**　模様が縫いつけられた高級レース編み。ブラッセルはベルギーの首都。

七一　**琥珀織り**　平織りの、光沢のある薄い絹地。

七三　**コノリ**　ワシタカ科の小形の鷹（たか）、ハイタカの雄の称。雌よりやや小ぶりで、山地の森林に棲息（せいそく）。

八一　**スエトニウス**　ローマの歴史家（六九？—一四〇？）。

八三　**パンテレリア**　イタリアのシシリー島沖の島。

八四　**デコルテ**　ローブデコルテの略。フランス語で、襟を大きく開けた服、の意。袖（そで）なしで、裾（すそ）が床まである婦人用礼服。紳士の燕尾服（えんびふく）に相当。

八四 **モスリン** メリンスの別称。スペイン原産の羊メリノの毛を薄くやわらかく織った布。

八五 **アニス酒** ウイキョウ（アニス）の実で風味をつけたリキュール。

九〇 **ゼニアオイ** アオイ科の二年草。ヨーロッパ原産。葉腋（ようえき）に紅紫色の五弁花をつける。

九六 **ヘラクレイオス** 三世紀半ばのアレキサンドリア大司教。祭日は七月十四日。

一〇三 **カンゾウ** マメ科の多年草。根は黄色く甘く、薬用、食品の香りづけに用いる。甘草。

一一四 **ヤード** 一ヤードは三フィート、約〇・九一四四メートル。

一一八 **トゲバンレイシ** 熱帯アメリカ原産の果樹、蕃荔枝（ばんれいし）の多数ある近縁種のうち、最も広く栽培されている種類。

一二〇 **同種療法** ドイツの医師ハーネマン（一七五五―一八四三）が創始した治療法。ある薬剤を健康人に投与した場合に現れる症状を調べておき、これと同じ症状を示す患者に、その薬を微量服用させる。

一三六 **プレーナ** 西インド諸島の踊りの一種。

一三七 **バルロベント諸島** 小アンティリャ諸島の南部を形成する島々。

一三七 **アラカタカ** コロンビア北部マグダレナ州の、カリブ海沿岸の町。ガルシア＝マルケスの生地。

一三〇 **ゴブラン織り** 壁掛け織物の一つ。色糸で人物、風景などを織り出したつづれ錦。十五世紀にベルギー人染織家ゴブランがパリで創始。

一五〇 **カンショウ** 甘松香の略。オミナエシ科の多年草。根茎を乾燥させたものは芳香があり、薬用、香料に用いる。

一五一　**サルガッソー海**　アメリカ合衆国およびバハマ諸島の東方、北大西洋の広い海域。繁茂するホンダワラ（サルガッスム）が船にまとわりつき、難破する海として怖れられていた。
一五四　**ペルシュロン**　フランスのペルシュ地方原産の荷馬。大型で足が早い。
一五四　**ゴート**　民族大移動期、東ゲルマン系の一部族。無学な無法者の別称とされる。
一五四　**グアバ**　熱帯アメリカ原産のフトモモ科の小高木。果実は球形か西洋梨形。和名バンジロウ。
一五五　**パタゴニア**　アルゼンチン南部、すなわち南米大陸南端の半乾燥草原台地。
一五八　**曲射砲**　湾曲した弾道で、上方から砲弾を落すために用いる大砲。
一六四　**キニーネ**　キナの樹皮から精製した結晶性アルカロイド。解熱剤、マラリアの特効薬。
一八一　**フェナセチン**　白色の結晶または結晶性粉末の解熱鎮痛剤。劇薬。
一八三　**ポンド**　一ポンドは約〇・四五四キログラム。
一九六　**クレオリン**　ブナの木タールなどから採取される無色油状の液体クレオソールと樹脂石鹸を調合した製品の商標。脱臭、殺菌用。
二〇〇　**マングローブ**　熱帯の海辺、河口の浅い水中に発達する森林群落。ヒルギ科の喬木を主とし、枝から多数の気根を水中に延ばす。
二一〇　**グロリア**　キリスト教の礼拝式で、グロリア（栄光あれ、の意）で始まるラテン語の栄誦。
二一一　**エリトリア**　エチオピア北部の州。現在は分離、独立。三行後のアビシニアはエチオピアの旧称で、アラビア語で混血を意味する。エチオピアはギリシャ語で、日に焼けた人、の意。
二一一　**クンビア**　コロンビア起源の黒人系ダンス音楽。

二二二　**ローリー卿**　英国の探険家、著述家(一五五二?—一六一八)。

二二三　**グアンタナモ**　キューバ東部の都市。米軍基地がある。

二二三　**サンティアゴ・デ・ロス・カバイエロス**　ドミニカ共和国中北部、サンティアゴ州の州都。

二二五　**カナキン**　堅く細かく織った薄手の綿布。金巾。

二三〇　**リーグ**　一リーグは三マイル、約四・八三キロメートル。

二三二　**荘厳ミサ**　カトリック教会で、司祭が助祭、副助祭を伴って執り行う盛式ミサ。ミサは、最後の晩餐を記念しキリストの恩寵の実現を祈る儀式。

二三三　**サレジオ会**　イタリアのカトリック司祭ドン・ボスコが、キリスト教による青少年教育のために、フランスの教会博士、聖フランシスコ・サレジオを保護聖人として、一八五九年、トリノに設立した修道会。

二四五　**パンヤ**　東南アジア原産で、熱帯地方に分布する落葉高木。高さ約三十メートルにもなり、種子から綿毛を得る。

二四八　**ロウ**　蜜蠟などの蠟。ワックス。

二五〇　**アンティグア**　小アンティリャ諸島中の島。

二五三　**クレープ**　黒い縮緬の喪章。

二五四　**四旬節**　灰の水曜日から四十日間。キリストの荒野における四十日間の断食を記念する期間。

二六一　**豊饒の角**　ギリシャ神話で、最高神ゼウスに授乳した山羊アマルテイアの角。この角は不死の食物と神酒に満ちていたとされ、中から果実、花、穀物などが溢れ出る形で表現される。

二六一 **プリンス・エドワード・アイランド**　カナダ南東部、セント・ローレンス湾内の島で、カナダの一州。キツネの飼育が主産業の一つ。

二六五 **叙品**　聖職授任、またその式。

二七四 **降誕祭**　五旬節（ペンテコステス）。復活祭（イースター）後の第七日曜日に当る祝日。使徒たちに聖霊が降臨したことを祝う。聖霊降臨節。

二七四 **サンティアゴ・デ・クバ**　キューバ東部の州、またその州都名。

二七五 **コモドロ・リバダビア**　アルゼンチン南部、チュブト州南東部の都市。

二七七 **ミノタウロス**　ギリシャ神話で、クレタ島の王ミノスの后（きさき）が牡牛（おうし）と交わって生んだ人身牛頭の怪物。ミノスによって迷宮に閉じこめられ、男女七人ずつの若者を餌食（えじき）にしていたが、アテナイの英雄テーセウスに退治された。

二七七 **マルス**　ローマ神話の軍神。

二七七 **ミネルバ**　ローマ神話で知恵、工芸、発明の女神。

二七八 **ケトルドラム**　釜底（かまぞこ）形の金属の胴に皮を張った太鼓。ティンパニー。

二八三 **エンビガド**　コロンビア北部、アンティオキア州の都市。

二八五 **コードバン**　馬の尻（しり）、背からとった上質のなめし革。原産地スペインのコルドバに由来。

二八五 **ネット**　均等の網目を持つレース状の織物。

二九二 **リオバンバ**　エクアドル中部、チンボラソ州の州都。

二九八 **ヘンリー・プール**　英国王室御用達のロンドンのテーラー。

三八二　ドーヴィル　フランス北西部、カルバドス県の町。映画「男と女」の舞台。

三〇三　ナチョ　イグナシオの愛称。

三五五　マズルカ　ポーランドの民族舞曲。四分の三または八分の三拍子で、第二か第三拍にアクセントが置かれる。ショパンはピアノ独奏用に五十曲余のマズルカを作曲している。

三五九　サンタ・マリア・デル・ダリエン　パナマのエレーラ州の町。

三六五　ネポス　ローマの伝記作者（前九九頃—前二四頃）。

三六五　リウィウス・アンドロニクス　ローマの詩人（前二八四頃—前二〇四頃）。

三六五　セシリウス・ストラトゥス　二世紀のギリシャの詩人。

三六六　ガリバルディー　イタリアの愛国者。イタリア統一の英雄（一八〇七—八二）。

三七三　ペラグラ　ニコチン酸の欠乏による症候群。

三八二　リニメント剤　皮膚にすりこんで内部に吸収させる軟膏（なんこう）または液剤。リニメントはラテン語の塗布の意の語に由来。

訳者あとがき

一九八二年、スウェーデンの王立アカデミーはガブリエル・ガルシア＝マルケスにノーベル文学賞を与えるさいに、理由として「現実的なものと幻想的なものを結合させて、ひとつの大陸の生と葛藤の実相を反映する、豊かな想像力の世界」を創造したことをあげた。じつに適切な判断であるが、その確かな根拠となったのが、彼の〈マコンド物〉の頂点に立つ『百年の孤独』であると同時に、この系列から遠ざかる一群の作品にさきがけた『族長の秋』であることは言うまでもない。

後者は、いわゆる独裁者小説の系譜に属している。それがラテンアメリカ独自のサブジャンルであるわけは、もちろんない。しかし、この地域が残酷な征服者や横暴な副王や強圧的な軍人など、時代に応じて姿は変わるが独裁的である点では一致する、怪異な政治的人物の続出する土壌をそなえていたことは確かだ。十九世紀初葉の独立とともに誕生するラテンアメリカ小説のなかで、アルゼンチンの有名な僭主、ロサス将軍を扱ったJ・マルモルの『アマリア』のような作品が早ばやと登場したのは、しごく当然のことだった。

この由緒（ゆいしょ）あるサブジャンルは、その出現をうながす基盤がいっそう広がったかのように、二十世紀に入ってますます勢いを振るいはじめた。グアテマラからM・A・アストゥリアスの『大統領閣下』、キューバからA・カルペンティエルの『方法再説』、パラグアイからA・ロア＝バストスの『至高の存在たる余は』というように、多くの傑作を生みだしてきた。この『族長の秋』も、そのうちの一冊にほかならない。

対談集その他の場所で明らかにしているとおり、ガルシア＝マルケスは幼年時代に、亡命者らの口からベネズエラの暴君のゴメス将軍の名を聞き、さらに青年時代に、失脚して逃亡する、おなじくペレス＝ヒメネス大統領の飛行機をその目で見た。こうした直接的な体験がもとになって独裁者という存在に強く引かれ、パラグアイのデ＝フランシア博士やハイチのデュバリエ大統領らの伝記を熱心に読むだけでなく、フランコ総統下のスペインやサラザール首相の支配するポルトガルに赴いて、専制についての見聞を深めたりした。

それもこれも、独裁者小説を自分も書こうと思い立つに至ったからだが、この『族長の秋』の第一稿に手をつけたのが一九六三年、第二稿を完成したのが六八年、その改稿が成ったのが七〇年だったと伝えられている。時間がかかり過ぎているようだが、その理由は、語るべき内容ではなくて、いかに語るかという形式の発見に手間取ったことだった。独裁者ひとりの独白とか伝記とかいった形式も考えたが、より効果的なものの模索を続けたあげく、ようやく、ある事件をめぐって多様な視点からの照射が可能な、複数の人物による独白という基本形式の採用にたどり着いたからだった。

『族長の秋』に通常の章立てはない。しかし、中間に挟まる空白のページで実質上、六つの章に分かれている。そしてこの各章が、何者か特定しがたい異なる語り手の独白で始まる。さらに、四番めのものを除いた章のすべての冒頭が、主役の大統領の死体のおぞましい発見という事態の報告で切りだされる。この同一の形式と内容の執拗(しつよう)な反復が作品のなかで果たしている効用は、きわめて大きい。

一読して分かるとおり、『族長の秋』の匿名(とくめい)の語り手たちの独白は必要に応じて、彼ら自身、大統領閣下、その他の多彩な登場人物による独白や回想、直接的および自由間接的な会話などへと、手妻のように自在に移行していく。それにともなった時間軸と空間軸のめまぐるしい転移に乗りながら、閣下の遺体発見という大事件は、語り手たちをふくむ登場人物のすべてがその意志に関わりなく直面させられた、グロテスクな出来事をとめどなく引きずりだしていく。結果的に生じるのが解きほぐしようのない挿話の錯綜(さくそう)であるが、その整序の機能を担(にな)っているものこそ、波のうねりを思わせる、あの同一の形式・内容の反復なのだ。

作品のなかで軍服、階級章、拍車、錠前、灯台、ハゲタカ……といったことばが間欠的にくり返され、全体に心地よくさえあるリズムを与えていることも見逃せない。これもやはり、おなじ整流器的な機能を果たしていると考えられるが、さて、こうした幾重もの巧妙な仕掛けによって捉えられた至高の権力者の姿は、果たしてどのようなものか。

それは、何よりもよく、暮れなずむ夕べの空の下の荒廃した大統領府のバルコニーに立つ、〈牛〉でイメージされるものだろう。すなわち私人としては、百七歳から二百三十二歳のあいだという途方もない頽齢に苦しめられ、信じるにたる唯一の肉親である母や妻子にも先立たれて、わびしい身の上をひとり嘆く男である。また公人としては、百年の栄華も冷たい秋風に誘われたかのように消えて、つまりは「権力の燔祭」もあっけなく終わって、惨めというしかない孤立のなかで悶々とする男である。

寒冷な高地のうらぶれた村で、水彩で色付けした小鳥を売るというのは表向き、じつは春をひさいでいた美しいが貧しい女の腹から、父無し子として生まれた大統領の目につく肉体的特徴のひとつに、イチジクほどの大きさに腫れた睾丸がある。作品のなかでくり返し言及される、この聖痕が意味しているのは、その持ち主における愛の不能であるにちがいない。軍隊生活中の川底における初体験の失敗、五千人の月足らずの子を産ませた愛妾相手の性交、亭主を粗暴な護衛に殺害させた上での若い人妻との関係、恋した相手である美女の日蝕中の昇天、女学生と信じきった娼婦らとの交渉……。修練女から唯一の正妻に据えて、したい放題のことを許してやったレティシアも、愛児ともども、いや彼の「生涯にただ一度の純粋な愛」ともども、凶暴な犬たちの牙にかかって死んだ。自分の聖痕に見合うものを与えて聖女に祀りあげようとした母親ベンディシオンの遺体も、結局、その海より深い愛とともに、もろいウエハースのごとく崩れて消えた。こうしたエピソードのすべてから読み取られるのは、もはや言うまでもないが、愛に見捨てられてもだえる孤独な人間の姿である。

そもそも大統領が軍隊入りを志したのは、愛国心や立身出世のためではなく、もっぱら海へのあこがれからであったことを、ここで思いだすべきだろう。〈海〉こそは、時折り大統領府の窓から見える三隻の帆船が〈発見者コロンブス〉の到来を告げ、新世界における不吉な権力の歴史の始まりを指示するように、その権力の広大無辺のありようを表徴するものにほかならない。領海という、この大海原の一部が、もろもろの資源や河川や鉄道とおなじく莫大な借款の見返りとして、〈北方の巨人〉アメリカの手で分解され、搬出されていくという事態がやがて生じる。他の原因もいろいろと考えられるだろうが、専制君主としての権威の源泉であり象徴である〈海〉を失ったとき、決定的に、大統領は「権力の辺土の無害な存在」へと転落していくことになったのだ。部下や民衆の忠誠心を試すための頓死騒ぎ、蜂起した兵営へのダイナマイト入りミルク缶の送付、反逆した将軍を丸焼きにして供するパーティー、いかさまな宝くじの証拠となる二千人の少年の爆殺……。胸の悪くなるほど醜悪で、背筋の寒くなるほど残酷で、笑いかけた口が凍りつくほどブラックなユーモアをたたえたイメージや挿話が、作品のなかでとめどなくくり出されるけれども、すべては、あの取り返しのつかない喪失を機に、時空を自在に変換しうる権力への「絶対的な意志」が、単なる「わびしい悪癖めいた（……）帰依」になり下がった結果だろう。そこから浮きだしてくるのは、権力の無間地獄でもだえ続ける、やはり孤独な人間の姿である。

『族長の秋』という作品は、くり返しになるけれど、「独裁者の牧場」とも呼ばれるラテンアメリカの特殊な政治的・社会的なコンテキストから生まれた、特異な権力的存在を素材にしている。しかし、それから造形されたものは、実在の人物の等身大の肖像画ではない。偉大さも卑小さも併せて大きく引き伸ばされた、神話的な人物のいわば合成写真である。大統領が心臓のあたりに当てた右手があのナポレオン一世お得意のポーズを偲ばせたりもするが、ラテンアメリカの時空を超えた普遍的な寓意をも担う存在をみごとに彫りこんだ、細密な戯画であり巨大な壁画でもあるのだ。

作者は一九二八年生まれのコロンビアの小説家。ジャーナリストとして出発したが、『落葉』（五五）、『大佐に手紙は来ない』（六一）、『悪い時』（六二）、『ママ・グランデの葬儀』（六二）などで文壇に認められ、『百年の孤独』（六七）が空前のベストセラー化することによって、その名を世界的に知られるに至った。活発な政治活動や映画製作のあいまに書かれた、その後の代表的な作品のひとつが、この『族長の秋』（七五）にほかならない。それ以外では『エレンディラ』（七二）、『予告された殺人の記録』（八一）、『コレラの時代の愛』（八五）、『迷宮の将軍』（八九）、『十二の不思議な物語』（九二）などが注目される。

翻訳に当たって使用したテクストは、Gabriel García Márquez: *El otoño del patriarca*, Barcelona, Plaza y Janés. 1975である。じつは、これまでにも集英社版のシリーズ「ラテンアメリカの文学」とギャラリー「世界の文学」で陽の目を見ている拙訳が、今回ふたたび文庫版「ラテンアメリカの文学」に収められることになった。可能なかぎり見直しを行なう機会を与えてくださった集英社編集部の治田明彦氏、綜合社編集部の篠勇氏と大根田能子氏に深く感謝いたします。

集英社文庫版（一九九四年刊）より

解説

池澤夏樹

『族長の秋』はいわば城壁に囲まれた一つの都市である。中の街路は錯綜(さくそう)してほとんど迷路のようになっている。

この解説の目的はこれを読もうとしているあなたを城門まで連れて行き、中の様子を少し説明してから背中をぽんと押すことだ。

入ったところはいきなり大統領府の正門。押しかけた群衆と共に奥に進むといくつも続く広間や部屋や廊下や中庭は散らかり放題で、牛の糞(ふん)などの悪臭が漂い……という光景がとんでもない規模で広がり、果てもなく思われる混乱の先に一つの死骸(しがい)があって、それが大統領だと告げられる。主人公は初めから死んだ姿で紹介され、そこから話は過去に戻って彼の途方もない行状と数奇な運命が語られる。

語るのは彼自身ではなく、その場その場に交代で現れるたくさんの語り手で、時には無人称であり、時には「われわれ」であり、ある人物の言葉がそのまま引用符もないまま書かれることもある。

改行なしでどこまでも続く文章は映画でいう移動撮影（トラヴェリング）のようで、展開される画面のそこここに派手なエピソードが象眼されていて、統語法（シンタックス）の乱れはどうやら計算ずくらしい。話を滑らかに流そうという意思を欠いて、思いつくままに語るその語り口は近代的な小説というよりはむしろ民話に近い。他の論者はしばしば神話的と言っているがぼくにはこの猥雑（わいざつ）でとめどない言葉の奔流は民話に属するものと思える。この乱脈の国自身が大統領の肩ごしに語っているとも考えられて、そうなると同じ作者の『百年の孤独』を語るのがマコンドという町であったことを思い出さないわけにいかない。

もちろん、作者は単語の一つずつを手間を掛けて選んで繋（つな）げてこの混沌（こんとん）の印象を作り上げている。ガルシア＝マルケスはもともとはジャーナリストで『ある遭難者の物語』などは正にルポルタージュのお手本だが、やがて小説家として立って、『百年の孤独』や『族長の秋』ではとりわけ高密度の詩的な文章を丁寧に作った。

ストーリーは単純である。独裁者である大統領がおり、その周辺に名前を付与された人物が数名いて、大統領はなんとか権威と地位を保ちつつ、しかし国と共にゆっくり衰退して死に至る。それは暗殺などではなく自然死であったらしい。

名のある人物の筆頭は彼の母親ベンディシオン・アルバラド。貧しい女で、そのあたりにいる鳥を水彩絵具で彩色して珍しいものに仕立てて売っていたが、その一方で男たちの相手もしていたらしい（従って大統領の父親は誰とも記されない）。大統領にとっては唯一で絶対の信頼の相手だが、母は宮殿で息子と共に贅沢に暮らすことを拒んで市中に昔と同じように住んでいる。

　次は影武者パトリシオ・アラゴネス。相貌があまりに似ているので採用され、公式の場などで実際に代役を務める。心理的にもずいぶん距離を詰めて、猜疑心に凝り固まった大統領が心の内を打ち明ける相手になっているが、本人はそれを重荷と感じている。

　そしてマヌエラ・サンチェス。美人コンテストで選ばれた彼女に王冠を授ける役をパトリシオ・アラゴネスが務め、そこでこの若い美女に惚れ込む。その報告を聞いた大統領は、さっさと拉致してやっちまえばいいと言うが、恋とはそういうものではない。彼は相手からも愛されたいと願ったがそれはかなえられなかった。

　大統領は自ら彼女に会いに行き、同じ陥穽に落ちる。もともと彼とパトリシオ・アラゴネスは分身のような仲だからこれは当然のことだ。大統領は彼女の貧しい家に足を運び、愛を訴えるが、母親の監視のもとにいるマヌエラ・サンチェスはイエスともノーとも返事のしようがない。「つれなきたおやめ belle dame sans merci」というヨーロッパ中世以来のテーマがここで再現されているかと見えるが、しかし彼女は誘惑した上で拒むのではなく、無垢ゆえにこの事態に困惑しているのだ。

将軍ロドリゴ・デ＝アギラルは腹心の部下であり絶対の信頼の相手のように見えたが、実は叛意を持つことが明らかになって、最期を多くを招いた宴会の椅子ではなく大きな卓の上に横たわって迎える。この語り口は話を一方に振っておいていきなり事実を見せるという点で民話風であると同時に映画的でもある。炉端で孫たちに語る祖母の演出に満ちた恐いおとぎ話のよう。

生涯で唯一の妻であったレティシア・ナサレノ。死んだ母を列聖しようとして教皇庁と対立した大統領は国中の神父や修練女を放逐する。その列の中にいた彼女を大統領が見初めて、長い手間を掛けて正妻とする。エマヌエルという息子ができて、この子に軍人の服を着せて連れ回し……

そして二千人の子供たち。

大統領は国営の宝くじを始める。宝くじで大事なのは抽選が公正であることだ。群衆を前にした舞台に会場から子供たちが呼び上げられる。袋の中から数字の書かれた玉を一つ取り出すという役で、しかしここにインチキが仕掛けてある。終わった後、秘密を知った子供たちを親の元に帰すわけにはいかない。集めて特別な施設で育てるということにするのだが、やがてその数は二千に及ぶ。

この子たちの始末に大統領は煩悶(はんもん)する。国内をあちらこちらへ移動させ、最後には……

ガルシア＝マルケスを初めとするラテン・アメリカの作家たちの作風を説明するのにマジック・リアリズムという文芸批評の用語が定着している。ありえないような状況が成立してしまうことを中南米に特有のマジックの風土という言葉で解く。

しかしこの言葉の意味するところについて、外部の人間と現地に住む人々の間では解釈にずれがある。知らない者はおとぎ話のようなマジックに共鳴するが、ラテン・アメリカではそれがそのままリアルなのだとその地の住民は言う。『族長の秋』の主人公のような独裁者がいるはずはない、とても考えられないと遠方の読者は考える。しかしガルシア＝マルケス自身が奇矯な大統領の実例を挙げている(『グアバの香り』岩波書店、二〇一三年)――

政敵の一人が暗殺を避けようと黒い犬に姿を変えたと信じて国中の黒い犬をすべて殺させたハイチのデュヴァリエ。

二十一歳以上の男性はすべて結婚しなければならないと命じたパラグアイのフラン

シア。

麻疹(はしか)の流行を止めるために国中の街灯を赤い紙で覆(おお)わせたエル・サルバドルのマクシミリアーノ・エルナンデス＝マルティーネス。

自分が死んだという告知を出して、その後でよみがえってみせたベネズエラのファン・ビセンテ・ゴメス。

ラテン・アメリカとは実際にこういうところだ。

またここはサッカーの勝敗をきっかけに本当に戦争が起こるところである。一九六九年六月、ワールドカップの予選でエルサルバドルとホンジュラスが対決し、前者が3対2で勝った。これをきっかけにもともと仲が悪かった両国は互いに宣戦布告して戦闘を始めた。国際機関の介入もあって数日の後に停戦になり、勝敗を決めないまま終戦になった。


政敵を殺す政治家は悪いが、国民を殺す独裁者はもっと悪い。

『族長の秋』の主人公は二千人の子供を殺した。『百年の孤独』の中ではストライキをしたバナナ農園の労働者が軍隊によって殺される。「二百両に近い貨車」に積まれた死体が運び出され、記憶は消される。この大量の死者に弔意(ちょうい)を示すかのように、それから四年十一カ月と二日の間、マコンドに雨が降る。

殺しかたは二千人の子供の場合は船と爆薬だった。世界で初めて暴力革命ではなく選挙で社会主義政権を立てたチリのアジェンデ大統領はアメリカに後押しされるピノチェトのクーデタで殺された。典型的な中南米の独裁者となったピノチェトは全国の市町村から旧アジェンデ派を狩りだし、ヘリコプターに乗せて沖合に運んで海に落とした。

殺す以外にも国民を減らす方法はある。

ペルーのアルベルト・フジモリ大統領は憲法を勝手に改正して任期を延ばし、事実上の独裁者になった。その後で貧困解消のためと称して三十三万人の女性に不妊手術を施したが、その三分の二は本人の同意を得ないものだった。日本財団はこの計画を支援した。

カリブ海から南の国々の歴史は北半球の古い国々に比べて特異なのだろうか。シモン・ボリバルの南米統一計画がもしもうまく行っていたら、もしも彼の理性と知性が国の方針を決めていたら、はたして事態は変わっていただろうか。

この地域にはマヤやアステカなど高度の文明があり、コロンブスに続くスペインの乱暴者が来た時には整備された国家があった。それがあっけなく倒されたのは受け入れる側に戦意がなかったからで、それは征服者の襲来がはるか昔から予言されていたからだという。ものすごく馬鹿げた勘違いから一大文明が崩壊した。

しかもスペイン人はこの地を植民地として経営して収奪するのではなく金銀を強奪して母国に運んだ。スペイン王国は当時ヨーロッパで流通していた金や銀の総量をはるかに上回る量の金銀を得たが、それをただ浪費して六十五年後には財政破綻に陥っている。

ぜんぶがあまりにドラマティックであって、これがラテン・アメリカと呼ばれる地域の、そこにある国々の歴史である。マジックと見えるのも無理はない。

北米と中南米では人種の構成が違う。北に行ったのはプロテスタントで、彼らは妻同伴で大西洋を渡った。だから先住民とは混血せずただ殺戮した。それでもアフリカから輸入（モノ扱いしたのだから敢えてこう言おう）した黒人との間に子が生まれて困惑した例はフォークナーの小説に詳しい。

南に行ったのはカトリックで、女たちを連れて行かなかった。女は現地調達だからさまざまな配合比の混血の人々が生まれて何段階もの差別の制度が作られた。

マジックに見えるリアリズムの例を一つ挙げよう。「コモドーロ・リバダビアの凄まじい南極風」の話がある。「かつての奴隷貿易港の広場にテントを張っていた動物サーカスは吹っ飛んだ」というのだが、この話には事実の裏付けがある。実際にパタゴニアの港町コモドーロ・リバダビアでサーカスのテントが吹き飛んで動物たちが巻き込まれて海へ運ばれ、数日後にみんな死骸で漁師の網にかかったという話をガルシア＝マルケスが友人のP・A・メンドーサに語っている（『グアバの香り』）。テントというのは棒と布からできていて、その点では帆船の帆と同じ構造をしている。風で飛ぶのは当然である。

更に、パタゴニアというのはとても風が強いところとして知られている。実際にぼくはパタゴニアの草原に立って風を身に受け、直立していることができなくてよろけたことがある。その後で行ったコモドーロ・リバダビアは幸い風の弱い日だったが、今にして思うとサーカスがまるごと空を飛ぶという事態は他の地ならばともかくパタゴニアではあり得ないことではない。

リアルとマジックの間の段差はまことに低いのだ。

この小説は六つのパートから成っているが、そのどれもが大統領の遺体の場面から始まっている。しかしその先で六つの並びはある程度まで時間軸に沿っていて、これによって大統領の人生を辿ることができる。話の始まりですでに彼は終身大統領である。やがて彼は影武者を失い、母親を失い、その列聖の騒ぎの中に登場した正妻と彼女が生んだ息子を失い、その他さまざまなものを失い続けて……

この文章の最初に「この解説の目的はこれを読もうとしているあなたを城門まで連れて行き……」と書いた。これが正統な読みかただが、子供を使った宝くじのようなインチキを使う方法もある。空飛ぶ絨毯で城壁を越えて町の任意の場所に降りて歩く。つまり勝手なところからしばらく読む、を繰り返す。

これはプルーストの大著『失われた時を求めて』を読むのにヴァレリーが提案した方法である。登場人物を一通り知っていればどこから読んでも楽しめる。『源氏物語』でもこの方法は有効である。

『族長の秋』は派手でグロテスクなエピソードが連続するどんちゃん騒ぎである。それがかくも美しい文章で綴られることに感動する。オーケストラ規模のブラスバンドによる六楽章の変奏曲は賑やかで悲しくて美しいのだ。

（二〇二五年一月　作家）

この作品は一九八三年集英社より刊行され、二〇〇七年四月に新潮社刊「ガルシア＝マルケス全小説」に収録された。文庫化にあたっては二〇一一年刊の集英社文庫改訂版を底本とした。

本作品中には今日の観点からは明らかに差別的表現ともとれる箇所が散見されますが、著者・訳者ともに故人であり、作品の持つ文学性ならびに芸術性、また歴史的背景に鑑み、底本通りの表記としたことをお断りいたします。（新潮文庫編集部）

ガルシア＝マルケス
鼓　直訳

百年の孤独

蜃気楼の村マコンドを開墾して生きる孤独な一族、その百年の物語。四十六言語に翻訳され、二十世紀文学を塗り替えた著者の最高傑作。

ガルシア＝マルケス
野谷文昭訳

予告された殺人の記録

閉鎖的な田舎町で三十年ほど前に起きた幻想とも見紛う事件。その凝縮された時空に共同体の崩壊過程を重層的に捉えた、熟成の中篇。

V・ウルフ
鴻巣友季子訳

灯台へ

ある夏の一日と十年後の一日。たった二日のできごとを描き、文学史を永遠に塗り替え、女性作家の地歩をも確立した英文学の傑作。

R・ライト
上岡伸雄訳

ネイティヴ・サン
―アメリカの息子―

現在まで続く人種差別を世界に告発しつつ、アフリカ系による小説を世界文学の域へと高らしめた20世紀アメリカ文学最大の問題作。

C・マッカラーズ
村上春樹訳

結婚式のメンバー

多感で孤独な少女の姿を、繊細な筆致と音楽的文章で描いた米女性作家の最高傑作。村上春樹が新訳する《村上柴田翻訳堂》シリーズ。

C・マッカラーズ
村上春樹訳

心は孤独な狩人

アメリカ南部の町のカフェに聾啞の男が現れた――。暗く長い夜、重い沈黙、そして小さな希望。マッカラーズのデビュー作を新訳。

コンラッド
高見浩訳
闇の奥
船乗りマーロウはアフリカ大陸の最奥で不気味な男と邂逅する。大自然の魔と植民地主義の闇を凝視し後世に多大な影響を与えた傑作。

H・ジェイムズ
小川高義訳
デイジー・ミラー
わたし、いろんな人とお付き合いしてます――。自由奔放な美女に惹かれる慎み深い青年の恋。ジェイムズ畢生の名作が待望の新訳。

H・ジェイムズ
小川高義訳
ねじの回転
イギリスの片田舎の貴族屋敷に身を寄せる兄妹。二人の家庭教師として雇われた若い女が語る幽霊譚。本当に幽霊は存在したのか？

S・アンダーソン
上岡伸雄訳
ワインズバーグ、オハイオ
発展から取り残された街。地元紙の記者のもとに届く、住人たちの奇妙な噂。現代人の孤独をはじめて文学の主題とした画期的名作。

M・ブルガーコフ
増本浩子
V・グレチュコ 訳
犬の心臓・運命の卵
人間の脳を移植された犬、巨大化したアナコンダの大群――科学的空想世界にソ連体制への痛烈な批判を込めて発禁となった問題作。

スタインベック
伏見威蕃訳
怒りの葡萄（上・下）
ピューリッツァー賞受賞
天災と大資本によって先祖の土地を奪われた農民ジョード一家。苦境を切り抜けようとする、情愛深い家族の姿を描いた不朽の名作。

フローベール
芳川泰久訳
ボヴァリー夫人

恋に恋する美しい人妻エンマ。退屈な夫の目を盗み重ねた情事の行末は？　村の不倫話を芸術に変えた仏文学の金字塔、待望の新訳！

E・ケストナー
池内紀訳
飛ぶ教室

元気いっぱいの少年たちが学び暮らすギムナジウムにも、クリスマス・シーズンがやってきた。その成長を温かな眼差しで描く傑作小説。

J・M・ケイン
田口俊樹訳
郵便配達は二度ベルを鳴らす

豊満な人妻といい仲になったフランクは、彼女と組んで亭主を殺害する完全犯罪を計画するが……。あの不朽の名作が新訳で登場。

G・グリーン
上岡伸雄訳
情事の終り

「私」は妬心を秘め、別れた人妻サラを探偵に監視させる。自らを翻弄した女の謎に近づくため――。究極の愛と神の存在を問う傑作。

ジョイス
柳瀬尚紀訳
ダブリナーズ

20世紀を代表する作家がダブリンに住む人々を描いた15編。『フィネガンズ・ウェイク』の訳者による画期的新訳。『ダブリン市民』改題。

カポーティ
佐々田雅子訳
冷血

カンザスの片田舎で起きた一家四人惨殺事件。事件発生から犯人の処刑までを綿密に再現した衝撃のノンフィクション・ノヴェル！

カポーティ
小川高義訳

ここから世界が始まる
―トルーマン・カポーティ初期短篇集―

社会の外縁に住まう者に共感し、仄暗い祝祭性を取り出した14篇。天才の名をほしいままにしたその手腕の原点を堪能する選集。

カポーティ
川本三郎訳

叶えられた祈り

ハイソサエティの退廃的な生活にあこがれるニヒルな青年。セレブたちが激怒し、自ら最高傑作と称しながらも未完に終わった遺作。

カポーティ
川本三郎訳

夜の樹

旅行中に不気味な夫婦と出会った女子大生。人間の孤独や不安を鮮かに捉えた表題作など、お洒落で哀しいショート・ストーリー9編。

ナボコフ
若島正訳

ロリータ

中年男の少女への倒錯した恋を描く誤解多き問題作にして世界文学の最高傑作が、滑稽でありながら哀切な新訳で登場。詳細な注釈付。

ヘミングウェイ
高見浩訳

われらの時代・男だけの世界
―ヘミングウェイ全短編1―

パリ時代に書かれた、ヘミングウェイ文学の核心を成す清新な初期作品31編を収録。全短編を画期的な新訳でおくる、全3巻の第1巻。

ヘミングウェイ
高見浩訳

勝者に報酬はない・キリマンジャロの雪
―ヘミングウェイ全短編2―

激動の'30年代、ヘミングウェイは時代と人間を冷徹に捉え、数々の名作を放ってゆく。17編を収めた絶賛の新訳全短編シリーズ第2巻。

筒井康隆著
敵

渡辺儀助、75歳。悠々自適に余生を営む彼を「敵」が襲う——。「敵」とはなにか？　意識の深層を残酷なまでに描写する長編小説。

筒井康隆著
虚航船団

鼬族と文房具の戦闘による世界の終わり——。宇宙と歴史のすべてを呑み込んだ驚異の文学、鬼才が放つ、世紀末への戦慄のメッセージ。

筒井康隆著
旅のラゴス

集団転移、壁抜けなど不思議議な体験を繰り返し、二度も奴隷の身に落とされながら、生涯をかけて旅を続ける男・ラゴスの目的は何か？

筒井康隆著
夢の木坂分岐点
谷崎潤一郎賞受賞

サラリーマンか作家か？　夢と虚構と現実を自在に流転し、一人の人間に与えられた、ありうべき幾つもの生を重層的に描いた話題作。

筒井康隆著
世界はゴ冗談

異常事態の連続を描く表題作、午後四時半を征伐に向かった男が国家プロジェクトに巻き込まれる「奔馬菌」等、狂気が疾走する10編。

筒井康隆著
モナドの領域
毎日芸術賞受賞

河川敷で発見された片腕、不穏なベーカリー、全知全能の創造主を自称する老教授。著者がその叡智のかぎりを注ぎ込んだ歴史的傑作。

新潮文庫の新刊

万城目学著
あの子とQ
高校生の嵐野弓子の前に突然現れた謎の物体Q。吸血鬼だが人間同様に暮らす弓子の日常は変化し……。とびきりキュートな青春小説。

川上未映子著
春のこわいもの
容姿をめぐる残酷な真実、匿名の悪意が招いた悲劇、心に秘めた罪の記憶……六人の男女が体験する六つの地獄。不穏で甘美な短編集。

桜木紫乃著
孤蝶の城
カーニバル真子として活躍する秀男は、手術を受け、念願だった「女の体」を手に入れた！　読む人の運命を変える、圧倒的な物語。

松家仁之著
光の犬
河合隼雄物語賞・芸術選奨文部科学大臣賞受賞
やがて誰もが平等に死んでゆく——。ままならぬ人生の中で確かに存在していた生を照らす、一族三代と北海道犬の百年にわたる物語。

池田渓著
東大なんか入らなきゃよかった
残業地獄のキャリア官僚、年収230万円の地下街の警備員……。東大に人生を狂わされた、5人の卒業生から見えてきたものとは？

西岡壱誠著
それでも僕は東大に合格したかった
—偏差値35からの大逆転—
成績最下位のいじめられっ子に、担任は、東大を目指してみろという途轍もない提案を。人生の大逆転を本当に経験した「僕」の話。

新潮文庫の新刊

國分功一郎著

中動態の世界
―意志と責任の考古学―
紀伊國屋じんぶん大賞・
小林秀雄賞受賞

能動でも受動でもない歴史から姿を消した〝中動態〟に注目し、人間の不自由さを見つめ、本当の自由を求める新たな時代の哲学書。

C・ハイムズ
田村義進訳

逃げろ逃げろ逃げろ！

追いかける狂気の警官、逃げる夜間清掃員の若者――。NYの街中をノンストップで疾走する、極上のブラック・パルプ・ノワール！

W・ムアワッド
大林　薫訳

灼熱の魂

戦争と因習、そして運命に弄ばれた女性の壮絶なる生涯が静かに明かされていく。現代のシェイクスピアが紡ぎあげた慟哭の黙示録。

ヘミングウェイ
高見　浩訳

河を渡って木立の中へ

戦争の傷を抱える男と、彼を癒そうとする若い貴族の娘。終戦直後のヴェネツィアを舞台に著者自身を投影して描く、愛と死の物語。

P・マーゴリン
加賀山卓朗訳

銃を持つ花嫁

婚礼当夜に新郎を射殺したのは新婦だったのか？　真相は一枚の写真に……。法廷スリラーの巨匠が描くベストセラー・サスペンス！

午鳥志季著

このクリニックはつぶれます！
―医療コンサル高柴一香の診断―

医師免許を持つ異色の医療コンサル高柴一香とお人好し開業医のバディが、倒産寸前のクリニックを立て直す。医療お仕事エンタメ。

族長の秋

新潮文庫　カ-24-3

Published 2025 in Japan
by Shinchosha Company

令和七年三月一日発行
令和七年四月五日三刷

訳者　鼓直
発行者　佐藤隆信
発行所　株式会社新潮社

郵便番号　一六二―八七一一
東京都新宿区矢来町七一
電話　編集部(〇三)三二六六―五四四〇
　　　読者係(〇三)三二六六―五一一一
https://www.shinchosha.co.jp

価格はカバーに表示してあります。

乱丁・落丁本は、ご面倒ですが小社読者係宛ご送付ください。送料小社負担にてお取替えいたします。

印刷・錦明印刷株式会社　製本・錦明印刷株式会社

ISBN978-4-10-205213-6 C0197